KB240155

高山 大三國志

6 황제여 백성이여

고산고정일

고산 대삼국지 6 황제여 백성이여

하늘이여, 하늘이여

“그렇다면 부딪쳐 보겠습니다.”

대답했지만 복표도 신중을 기하여 일을 서두르려 하지는 않았다.

우선 조비와 함께 술을 마셨다.

‘전에 비하여 술버릇이 아주 나빠졌구나.’

확실히 자포자기의 깊은 늪에 빠져 있었다. 자멸도 각오한 몸이라 무슨 일이든 마다하지 않을 것 같았다.

“그대가 마음만 먹는다면 조씨 가문을 앗지 못할 것도 없지 않소? 그러나 그러기 위해서는 그대를 후계자 대열에서 탈락시킨 사람을 먼저 물러나게 만들어야만⋯⋯.”

“내 아버지 말인가? 그런 늙은이 따위 없애버릴 테다. 하지만 워낙 구미호 같은 영감이라 섣불리 건드릴 수는 없지⋯⋯. 분하지만 내 힘에는 벅차다.”

조비는 그렇게 말하고 술을 벌컥벌컥 들이마셨다.

“물론 한두 사람의 힘으로서는 어쩔 수 없겠지요. 그러나 힘을 모은다면⋯⋯.”

“힘? 그런 힘이 어디에 있지?”

“있소. ……이런 말씀드리기에는 아직 이르지만 조정에도 힘이 없
는 것은 아니오. 천자는 역적을 치라는 조서를 내릴 수가 있소.”

“음, 그것은 그렇지만 과연 그와 같은 조서를 내릴 수가 있을까?
분명히 내릴 수 있다는 것을 알면 나도 그 힘을 빌리겠네.”

“진정으로 하시는 말씀이오?”

“오오, 더 말하면 군소리일세……. 그러나 역적을 치라는 조서를
내린다는 보증이 있는가? 그 증거는?”

“의심난다면 보여 줄 수도 있소.”

“음, 보고 싶군.”

조비는 술취한 눈을 손등으로 비볐다.

복표가 보여주겠다고 한 것은 벌써 10년 전에 복 황후가 쓴 두
장의 밀서 가운데 한 장이었다. 말할 것도 없이 황후의 아버지는 그
것을 불 속에 던졌고, 남아 있는 한 장은 황후의 숙부 복망에게 보
낸 것이었다.

그 밀서는 어제까지 큰 역할을 담당했다. 복표가 ‘타도 조조’의
조직에 가담한 것은 복씨 일족이어서만은 아니었다. 제 눈으로 직접
황후의 밀서를 보았기 때문이었다.

‘황공한 일이다. ……죽을 힘을 다해서라도 천자를 억압하고 있는
조조를 제거하지 않으면 안 된다.’

황후의 밀서를 읽고 복표는 한동안 온몸이 떨려 한참 동안 진정할
수가 없었다.

그만큼 그는 그 밀서의 위력을 믿었다.

이튿날 복표는 그것을 조비에게 보였다. 아침이건만 조비는 술냄
새를 풍기고 있었다.

“어떻소?”

복표는 황후의 밀서를 읽는 조비의 얼굴을 들여다보려 했다. 그

순간 조비는 별안간 몸을 일으키며 복표를 발길로 차넘겼다.

복표는 그 자리에 쓰러졌다. 그는 급히 일어나려 했다. 하지만 그보다 빨리 조비가 허리를 비틀었다. 허리에 찼던 칼이 한 번 번쩍했다.

복표의 이마가 피로 물들었다.

"왜, 왜 이러시오!"

믿어지지 않는다는 표정이었다.

다음 순간 그 표정도 사라졌다. 조비가 내지른 칼끝이 복표의 심장을 정면으로 찔렀기 때문이다.

"이것이 증거다!"

조비는 황후의 밀서를 주워올리며 중얼거렸다.

건안 19년 11월의 일이었다.

어림장군 치려(郗慮)가 절(節 : 천자로부터 전권을 위임 받았음을 나타내는 信標)을 가지고 황후에게 새수(璽綬 : 황후의 인과 인끈)를 내놓으라고 명했다.

그것은 황후의 자리에서 내쫓기는 것을 뜻했다.

조서에——

황후 수는 미천한 몸으로 고귀한 지위에 올라 초방(椒房 : 황후궁)에 있은 지 20년이 되지만, 임(句문왕의 어머니)과 사(주무왕의 어머니)와 같은 미덕이 없고 몸을 삼가 자기의 복을 기르는 데 모자람이 클 뿐 아니라 뒤로 질투와 해심(害心)을 품었도다. 이래서는 천명을 받들고 조종(祖宗)을 받들 수가 없노라. 마땅히 황후의 새수(璽綬)를 돌려주고 궁에서 물러나렷다. 아아, 애처롭도다!

상서령 화흠(華歆)이 병사를 이끌고 황후를 대궐에서 끌어내기 위해 나타났다.

황후는 머리를 풀었고 신도 신지 않은 맨발이었다. 그것은 죄를 기다리는 보통 여인네의 모습이었다.

황후는 울면서 황제께 작별을 고했다.

"저의 목숨은 이제 끝장이옵니까? 폐하의 온정으로써도 살 수가 없는가요?"

헌제는 힘없이 대답했다.

"짐의 목숨조차 언제 잃을지 모른다오."

황후는 포실(暴室)에 넣어졌다. 포실은 죄를 지은 궁녀를 가두는 궁궐의 여자용 감옥이었다.

복 황후는 포실에서 죽었다. 죽은 날짜나 죽은 원인은 역사에 기록되어 있지 않다. 아마 하옥과 동시에 독살되었으리라.

복 황후가 낳은 두 황자도 독살되었다.

이 황후 사건으로 반조조파가 줄줄이 검거되었다. 복씨 일족과 그 도당으로 처형된 자는 백여 명에 이르렀다.

후세 사람이 이를 탄식한 시가 있다.

조조처럼 흉포한 인간 세상에 또 있으랴
복완이 충의만으로 무슨 일을 했겠는가
황제 황후 이별 모습 눈물만 흐르누나
여염집 남편 아내만도 못하구려!

이리하여 반대파는 단숨에 숙청되었다.

이제 조조에게 반대하는 자는 하나도 없게 되었다.

"무서운 일입니다. 사람들은 모두 그렇게 말하고 있습니다."

숙청이 일단락되고 조조가 이번 사건의 반향을 물었을 때 채문희는 대답했다. 금의 명수인 문희는 그 가락으로 조조의 마음을 위로할 뿐 아니라 일반 서민이나 사대부의 동정을 조사하여 보고하기도 했다.

"무엇이 무서운가? 죄가 있다면 벌을 받는다. 옛날부터 그랬어."

조조는 퉁명스럽게 말했다.

"사람들이 무서워하는 것은 어떠한 일이 죄가 되고 어떠한 일이 죄가 되지 않는지 도무지 구별이 되지 않는다는 것이옵니다."

채문희는 조금도 겁내지 않고 거침없이 말했다.

"그런가? ……법률을 정비해야만 하겠군. 그리고 법관도 단단히 교육시켜야 하겠다. …… 사람들의 목숨이 달려 있으니……."

조조는 끄덕이면서 말했다.

이조연속(理曹掾屬)이라는 법률 전문 관직을 새로 둔 것은 그 해 말이었다.

해가 바뀌어 건안 20년(215) 봄, 앞서 후궁에 들어가 있던 조조의 차녀인 절(節)이 황후가 되었다.

"옳지! 황후님이 방해가 되어 없앴군그래. 우리들도 그만한 것쯤은 읽어낼 수 있지."

"쉬, 목소리가 높다. 함부로 말했다가는……."

그러나 사람들은 별로 쉬쉬하지도 않고 그런 말을 주고받았다. 채문희는 그런 말을 들어도 조조에게는 보고하지 않았다. 또 보고하고 싶어도 조조는 너무나 바빴다.

드디어 장로가 다스리는 한중으로 병을 진격시키기로 결정되었다. 원정군 편성으로 조조는 눈코 뜰 새 없었다.

조조는 말했다.

"이번에는 식도 종군하라."

요전번 손권과의 전쟁에서 조조가 친히 원정했을 때 그는 조식에게 도성 수비를 명했다.

'이번에 식을 도성에 남겨두었다가는 일이 시끄럽게 되겠지.'

조조는 조식과 견락의 사이를 눈치채고 있었다. 우선은 조식을 견락이 있는 업에서 떼어놓는 편이 좋다.

"고맙습니다."

조식은 진심으로 기뻐하는 것 같았다. 그로서도 견락이 있는 도성에서 벗어나고 싶었던 것이다. 도성에 머물러 있으면 괴롭기만 했다.

조조는 말했다.

"싸움다운 싸움이 없을지도 모르지만 말이야."

그는 소용의 공작에 기대를 걸고 있었다.

　　군을 따라 함곡을 건너고
　　말을 달려 서경을 지나네
　　산과 봉우리는 그지없이 높고
　　경수(涇水)와 위수(渭水)는
　　혹은 맑고 혹은 흐리네

아버지 조조의 서정군에 끼어 종군한 조식은 옛도시 장안을 출발하면서 도성에 있는 정의와 왕찬(王粲)에게 시를 지어 보냈다.

경수라는 강은 물이 흐렸고 위수는 맑았다. 이 두 강은 장안 근처에서 합류하여 다시 동쪽으로 흘러 동관(潼關) 부근에서 황하로 흘러든다.

조조의 서정군은 위수를 따라 서쪽으로 진군했다.

진창(陳倉)은 사천의 입구라 했는데 정확히는 바깥문에 해당된다. 문을 들어가 현관으로 가는 셈이다. 사천으로 들어가는 현관이 한중이다.

한중의 오두미도 왕국을 공격하기 위해 조조는 위수를 따라 서쪽으로 나아갔고 우선 진창을 목표로 삼았다.

그 행군 도중 24세의 조식은 잇따라 시를 지었다. 그만이 아니었다. 조조도 붓끝을 입술로 핥아가며 시를 구상하는 일이 많았다.

그만큼 이 행군에는 긴장감이 없었다.

오두미도의 장로를 치는데, 장로의 어머니 소용이 도중에서 기다렸다가 안내하겠다 했을 정도이니 긴장감이 없는 것도 당연했다.

"교모는 어디서 기다린다고 했느냐?"

조조가 다시 물었다.

'아버지도 늙으셨구나.'

조식은 생각했다. 장안을 떠나온 뒤 몇 번이고 같은 질문을 되풀이했으니 말이다.

"소용님은 오장원(五丈原)에서 기다리고 계시다는 연락이 있었습니다."

주부(主簿) 사마의(司馬懿)가 근엄한 얼굴로 같은 대답을 되풀이했다.

"호오, 오장원이라……."

"예, 그렇습니다."

"오장원……색다른 이름이군. 너비가 5장밖에 안 된다는 뜻일까?"

"…… 아마도 그 들판의 높이 때문에 붙여진 이름이 아닐까 생각됩니다."

조조의 물음에 사마의가 대답했다. 대답하면서 그는 흘끗 눈길을 조식에게로 보냈다. 서로 눈길이 부딪치는 순간 중달(사마의의 자)의 눈썹이 꿈틀했다.

어제 사마중달은 조식에게 이런 말을 했다.

"주군께서는 요즘 똑같은 말씀을 몇 번이고 되풀이하십니다. 무엇인가 망설이고 계시는 것 같습니다. 어차피 무난한 결정으로 낙착될 일일 텐데……."

허탈감에 빠진 듯한 말투였다. 그것이 공연한 허탈이 아님을 조식은 민감하게 알아차렸다.

‘온몸이 슬기 덩어리 같은 인물.’

조식은 사마중달을 이렇게 평하고 있었다. 모든 말과 행동에 저마다의 의미가 감추어져 있다. 37세의 사마의는 헛되게 힘을 쓰지 않는 인물이다. 허탈 비슷한 소리에도 의미가 있을 것이다.

‘주군께선 아직 후계자를 정하고 계시지 않지만, 여러 가지로 망설이기는 해도 결국 장남인 조비님을 선택하시겠지요. 그 점을 잘 생각하도록 하십시오. 위공 2대째의 지위는 멍청히 기다리고 있는데 굴러들어오는 것이 아닙니다!’

조식은 사마중달의 말을 이렇게 분석했다. 그리고 지금은 눈짓을 하고 있다!

‘주군께서는 망령이 들었습니다. 이미 지난날의 저 무서운 조조가 아니지요. 위공의 지위가 탐난다면 돌격하십시오! 상대편은 뜻밖에 약할 겁니다.’

조식은 급히 눈길을 피했다. 이건 너무 깊이 읽고 있는 것 아닐까.

또 그렇게 읽은 것을 보니 자신의 마음속에 아버지에의 반항, 권력에의 동경이 숨어 있는지도 모른다. 그는 그것을 깨닫고 자신이 무서워졌다.

‘내 마음에 악마가 숨어 있다.’

그 악마를 달래기 위해 그는 시문을 지었다.

사마의는 물러갔고 조조는 안으로 들어갔다. 혼자 남은 조식은 저도 모르게 붓을 들어 그 끝을 혀로 축였다. 그것은 아버지의 버릇 그대로였다.

‘나는 아버지를 닮았어!’

풍부한 감정을 가졌으면서도 냉혹하고 무정할 수도 있다. 그러나 이제까지 조식에게 냉혹한 언동이 있었던 것은 아니다. 하지만 그는 여차하면 자기가 철저히 냉혹해질 수 있다고 믿고 있었다.

세상에서는 형 조비를 비정한 인물로 보고 있는 모양이었다. 그것은 그야말로 평판에 지나지 않는다. 사실은 형보다 자기가 더욱 비정할 것이다.

'형은 자기의 비정을 겁내고 있지 않다. 그것은 대단한 비정이 아니기 때문이다.'

조식은 이렇게 생각했다.

오두미도의 교모 소용과 아버지 조조와의 사이에 무엇인가 비밀이 있는 것은 아닐까? 조식은 소년 시절부터 그렇게 느끼고 있었다.

소용이 오면 조조는 딴 사람을 물리치고 단둘이서 이야기하는 일이 많았다.

오장원에 숙영하는 날, 과연 연락대로 소용은 본진을 찾아왔다. 이 날 따라 조조는 소용의 애기를 듣는 자리에 조식과 사마중달을 불렀다.

"자아, 말을 해보오."

조조가 말했을 때 소용은 얼마쯤 놀란 모양이었다. 그녀가 말하려는 것은 극비 사항이었기 때문이다.

"괜찮겠습니까?"

나지막한 목소리로 소용이 물었다. 조조가 대답했다.

"상관없어. 이 두 사람도 알고 있게 할 작정이오."

조조는 갑자기 이렇게 결심한 이유를 설명하지 않았다. 하지만 조식도 사마중달도 비슷한 추측을 했다.

금년에 환갑을 맞이한 조조는 늙음을 스스로 느끼고 있으리라. 그리고 점점 죽음을 의식하기 시작했는지 모른다. 그러자 극비 사항을 혼자 가슴에 간직해 두는 일에 불안을 느끼게 된 것이 아닐까? 이해력도 기억력도 쇠퇴하면 남의 이해력과 기억력에 의지하고 싶어지리라.

소용은 한중의 상황을 애기했다.

소용은 이때가 되어서도 한중의 아들 장로에게 가려 하지 않고 제자 진잠(陳潛)을 사자로 보냈다.

진잠은 장로와 형제처럼 자랐다. 소용은 한번 한중을 떠난 뒤로 지금껏 한번도 한중 땅을 밟지 않았지만, 진잠은 몇 번인가 한중에 가서 장로와 만났다.

이번에도 진잠은 소용의 뜻을 받아 장로와 가슴을 털어놓고 이야기했다.

"한중의 오두미도는 이미 나 한 사람의 뜻만으로 움직이는 조직이 아니야."

장로는 말하고 한숨을 지었다고 했다.

조직이 커지면 아무래도 경영의 분업화(分業化)를 피할 수 없다. 이것은 정치 조직이든 종교 조직이든 마찬가지이다.

특히 오두미도는 종교 조직임과 동시에 한중을 다스리고 지켜 나가는 행정 조직이자 군사 조직이라 더욱 복잡했다.

"오두미도 전체가 죽느냐 사느냐!"

격앙하여 조조의 서정군(西征軍)과 철저하게 싸울 것을 주장하는 무리도 있었다.

"이렇게 된 바에는, 오두미도는 종교 조직으로서 자주독립성을 보장받는다는 조건 아래 정치와 군사에 관한 일은 패자인 조조에게 맡기자. 모든 걸 잃기보다는 가장 중요한 것만이라도 보전할 방도를 찾아야 한다."

이렇게 주장하는 사람들도 있었다.

후자가 다수였음에도 불구하고 전자의 목청이 워낙 높았기 때문에 맥을 추지 못했다.

'자칫하면 오두미도가 두 쪽 난다.'

장로는 분열을 겁냈다.

그래서 그는 고육책을 썼다.

동생 장위(張衛)를 강경파 우두머리로 앉혔던 것이다. 유력한 분파(分派)를 야심가의 손에 맡기는 것은 위험했다. 그것보다는 속을 알 수 있는 동생에게 맡기는 편이 훨씬 안전했다.

오두미도의 강경파는 조조의 진격을 막으려 한다. 한중이 똘똘 뭉쳐도 조조를 막기가 어려운데 둘로 갈라진다면 결과는 뻔하리라.

"장위는 어떻게 이기느냐보다도 어떻게 하면 손해없이 지느냐, 그 점에 힘을 쏟을 겁니다."

진잠은 이렇게 보고했던 것이다.

손실을 되도록 적게 입으며 패배한다——그러나 이것은 지휘관인 장위의 생각일 뿐, 그가 이끄는 부하들은 어떤 희생을 치르더라도 조조군을 무찌르겠다고 별렀다.

조조는 웃으면서 말했다.

"하하하. 그렇다면 우리들도 싸우기 힘들겠어."

화평파 쪽은 수가 많고, 강경파는 목소리만 높을 뿐이다. 강경파에 타격을 주면 그 목소리는 작아질 것이다. 그런 다음에는 평화적인 교섭으로 한중을 접수할 수 있을 것이다.

그러나 이제까지의 소용과의 교분을 감안할 때 조조도 너무 맹공을 가하기는 거북하다. 그래서 싸우기 힘들겠다고 말했던 것이다.

소용은 고개를 조아렸다.

"수고를 끼쳐 드려 죄송합니다."

"이제까지 온갖 싸움을 해왔다. 솜씨를 보여 주겠다."

조조는 끄덕였지만 그 말은 약간 혀꼬부라진 것처럼 들렸다.

사마중달은 조식에게 다시금 흘끗 눈길을 보냈다.

조식은 자기 속의 악마가 다시 꿈틀거리는 것을 느꼈다.

이상한 싸움

조식은 사마중달의 눈길을 느끼자 눈을 감았다.

형수 견씨의 모습이 눈꺼풀 속에 떠올랐다. 그 위로 가슴에 화살 맞은 아버지의 모습이 겹쳤다.

화살은 2개나 꽂혀 있다.

하나는 사마중달이 쏜 것일까? 다른 하나는 자기가 쏜 것이 틀림 없다. 조식은 눈을 떴다. 늙은 아버지가 입을 오물오물하고 있는 모습이 그의 눈 앞에 있었다.

"알았다, 알았어. 음, 알았고말고!"

조조는 같은 말을 몇 번이고 되풀이하며 끄덕거리고 있었다.

자신에 대해 끄덕이고 있는 것이다.

자신의 말에 끄덕이는 것이 하나의 늙어가는 현상이라는 것을, 조식은 지금은 죽고 없는 명의 화타로부터 들은 적이 있다.

그때 아버지도 그 자리에 있었는데 아버지는 화타의 말이 떠오르지 않는 것일까.

"이 오장원에 살고 있는 강국(康國) 사람들의 가무를 구경하시지 않겠습니까? 만일 좋으시다면 제가 안내해 드리겠습니다.”

강국(사마르칸트) 사람들은 이 오장원에 살면서 은밀히 유리를 제조하고 있었다.

실크로드는 동에서 서로 비단이 운반되어 가는 길이다. 반대로 서에서 동으로 운반되는 것도 있었다. 그 하나가 불교지만 유리 제품도 서방 세계 산물이었다.

머나먼 곳에서 운반되어 오기 때문에 값이 비싸다. 유리 제품과 같이 무겁고 부피가 크며 깨지기 쉬운 물건은 운반이 더욱 까다롭고, 그런 만큼 비쌀 수밖에 없다.

그래서 장안에서 그리 멀지 않은 이 오장원에 사마르칸트 사람들은 비밀 유리공장을 차리고, 제품을 생산해서 ‘서역도래품(西域渡來品)’이라 하여 장안으로 실어냈던 것이다.

강국인뿐 아니라 서역 사람들은 가무음곡이 뛰어났다.

마침 행군의 피로를 풀기 위해 서방의 가무를 감상함이 어떻겠느냐고 소용이 제안했던 것이다.

“이국의 가무라……재미있겠군. 음, 확실히 재미있을 거야. 하지만 나는 피로해…… 보고 싶긴 하지만…… 그만두자. 그만두기로 하겠네.”

조조는 말했다. 거절하는 데도 그답지 않게, 별로 시원스러운 대답이 아니었다.

소용이 물었다.

“식님은요?”

“글쎄…….”

조식은 음악을 몹시 좋아했다.

이제까지 들은 적이 없는 서방의 가무 음곡을 꼭 듣고 싶었다. 그런데 아버지가 피로한 것 같다. 아버지가 가지 않는데 내가 혼자 가도 괜찮은 것일까?

"가십시오. 다시없는 기회입니다. 강국의 음곡은 좀처럼 들을 기회가 없을 것입니다."

사마중달이 권했다.

조조도 힘겨운 듯이 말했다.

"네가 좋아하는 것 아니냐. 가도록 해라."

"예. 그렇다면 소용님, 안내해 주시겠습니까?"

오장원은 황혼녘이었다.

저녁의 진홍빛 해가 하늘을 물들이면서 서산 너머로 지려 하고 있다. 서쪽에 보이는 산들은 기산(祁山)이다.

위수는 북쪽에 있고 그 저편에는 적석원(積石原)이라 불리는 평원이 펼쳐져 있다.

조식은 소용에게서 조금 떨어져 걸었다. 소용의 옆얼굴이 보인다. 늙긴 했으나 아름답다. 이렇듯 아름다운 노파를 그는 이제까지 본 적이 없었다.

늙음은 곧 추한 것이라 생각하고 있었는데 예외도 있다. 그런 것을 생각하려니까 불현듯 형수의 모습이 떠올랐다.

조식은 그것을 떨쳐 버리려는 듯 물었다.

"소용님, 아버님을 오랜만에 만나뵙고 어떻게 느끼셨습니까?"

"너욱너 기력이 왕성해지셔서서 매우 좋은 상내이십니나. 축하해 마지않습니다."

"늙지는 않으셨소?"

"원 별말씀을! 장년을 앞지를 만큼 격렬하게 활동하고 계십니다. 지나칠 만큼 활동하고 계시지 않습니까. 마음 든든한 일이죠."

조조가 진창에서 산관(散關)으로 나가 양평(陽平)에 육박한 것은 그해 7월이었다. 도성을 떠난 것이 3월이므로 이미 넉 달이 지났다.

그 사이 형주를 둘러싸고 유비와 손권 두 진영 사이에 치열한 외교전이 벌어지고 있었다.

관우가 임강정(臨江亭)에 갔다가 돌아온 뒤 양군은 계속 대치상태였다.

"아뢰옵니다. 조조가 한중을 침공했습니다."

유비에게 이것은 위협이었다. 언제까지나 형주에 얽매어 있다가는 모처럼 손에 넣은 촉이 위험하다.

곧 손권 진영에 강화의 사신을 보냈다. 손권 쪽에서는 제갈근이 사자가 되어 조건을 제시해 왔다.

유비측 대표로 제갈공명이 형 제갈근과 만났다.

두 사람은 공식 석상에서 만나 회담만 했을 뿐, 회의가 끝난 후에도 형제로서 사사로이 만나지 않았다.

결국 형주를 분할하자는 화의가 성립되었다. 형주 동부인 장사·강하·계양 세 군은 손권에게, 서부인 남군·영릉·무릉의 세 군은 유비측에 귀속되었다.

유비는 촉으로 돌아갔고, 손권은 육구를 철수하여 다음 목표를 합비로 정했다.

형주 분할의 조건으로 공명이 다음과 같이 제의했기 때문이다.

"이번에 장사 등 세 군을 양보해 드리겠소만, 조조가 한중을 침공한 지금 형주를 모두 양보하면 관우 장군이 있을 곳이 없잖습니까? 오나라 쪽에서 허술한 합비를 공격해 주신다면 이쪽에서 한중을 앗고 그런 뒤에 형주를 양보하리다."

이리하여 손권은 합비를 공격했지만 오히려 패전하여 후퇴하지 않을 수 없었다.

후퇴하는 도중 손권은 진북에서 위의 장군 장료의 기습을 받았다. 호위하던 능통과 감녕이 필사적으로 손권을 지켰다. 손권은 가까스로 준마를 달려 진교 다리를 건너게 되었다.

손권이 말을 달려 진교를 건너려 하자, 이미 다리 남쪽 끝의 열자 남짓한 다리의 널이 철거되고 없었다.

곡리(谷利)라는 자가 주군의 말 뒤를 따르고 있었다. 곡리는 손권에게 안장을 꽉 잡게 하고 말을 조금 뒤로 물린 뒤 엉덩이를 세차게 채찍질했다. 그러자 말이 필사적으로 다리를 뛰어넘었다.

후세 사람이 남긴 시가 있다.

그날 유비의 적로마 단계물 건너뛰더니
오늘 보는구나 합비에서 패한 손권
뒤로 물렸다가 채찍을 치며 준마를 달리니
소요진 위로 옥룡이 날아가듯 훌쩍 건너네

위기를 벗어난 손권은 곡리를 도정후(都亭侯)에 봉했다.

처음에 조조는 진창에 이르자, 무도(武都)로부터 저(底)로 들어가는 우회로를 택했다. 도중에 티베트계의 유목민족인 저씨의 방해를 받았지만 장합(張郃)·주령(朱靈)의 선봉이 이들을 쫓아 버렸다.

그리고 조조는 산관을 지나 하지(河池)에 이르렀다. 그런데 저왕 두무(竇武)가 1만 남짓의 병사를 이끌고 험준한 지형을 이용하여 저항을 계속했다. 조조는 한 달 동안 총공격을 해 그들을 전멸시켰나. 때는 5월이었나.

이때 국연(國淵)·장석(蔣石)과 같은 서평(西平)·금성(金城) 지방의 장수들이 한수(韓遂)의 목을 잘라 조조에게 바쳤다.

한수는 자를 문약(文約)이라 하는데 마등과 의형제를 맺었던 용장이다. 마초와 더불어 동관에서 조조군과 싸우다가 패배하여 이 지방에 도망쳐 와 있었던 것이다. 거병한 지 30여 년, 이때 한수는 70세가 넘었다.

조조는 한수의 목을 보았을 때 남다른 감회를 느꼈을 것이다.

7월에 조조는 양평관에 이르렀다.

장로의 동생 장위는 오두미도 교단 가운데 강경파를 이끌고 양평관에 긴 성채를 쌓아 조조군을 막으려 했다.

강경파가 모은 병력은 수만이라 했다.

"양평은 양안(陽安)이라고도 합니다. 평(平)이니 안(安)이니 하는 이름으로 알 수 있듯 남북의 산이 멀고 평지여서 공격하기는 쉽고 지키기는 어려운 곳입니다."

포로가 순순히 말했으므로 조조는 기분이 좋았다.

"한 번 짓밟아 줄까!"

조조는 배를 쓰다듬으며 말했다. 요즘에는 무거운 것을 싫어하여 좀처럼 투구나 갑옷을 쓰거나 착용하려 하지 않았다.

그것도 나이든 탓이리라.

아들인 조식은 그런 아버지의 모습을 지그시 바라보았다. 주부인 사마중달도 넌지시 조조의 거동을 살피고 있었다.

키가 작은 조조는 그것을 의식해서인지 유난히 가슴을 펴고 큰 걸음으로 천천히 걷는 버릇이 있었다. 그런데 이번 출전에서는 허리를 구부리고 아장아장 걸었다. 성큼성큼 걸으려 해도 발이 휘청거려 그럴 수가 없었다.

조식은 때때로 사마중달과 눈길이 마주쳤다.

'위태롭군요……'

사마중달은 이렇게 말하는 것 같았다.

확실히 위태롭다. 육체적으로만 미덥지 않은 게 아니다.

정신력의 쇠퇴도 두드러졌다.

이를테면 양평관에 대해서도 포로에게서 얻은 정보를 의심하지 않고 그것을 바탕삼아 작전을 짜고 현지로 향했다.

양평관은 공격하기 쉬운 평지이기는커녕 산으로 겹겹이 둘러싸인 험준한 요새였다.

"남의 말은 믿을 수가 없군그래."

조조는 양평관의 가파른 산을 우러르며 한숨을 쉬었다. 옛날의 조조라면 이런 어처구니 없는 실수는 하지 않으리라.

'염려 없을까?'

막료들도 위태롭게 여기는 모양이었다.

'연봉(連峯)은 벼랑을 이루고 그 높이는 아득하다.'

지리책에도 이렇게 올라 있거니와, 그야말로 어디가 정상인지 가늠할 수 없는 산들이었다.

평지전을 예상했었는데 산악전이 되어 버렸다. 더욱이 장위는 산 위에 성채를 쌓고 있었다.

"이건 안 되겠다. 안 되겠어!"

조조는 의자에 걸터앉아 몸을 흔들면서 뇌까렸다.

소용을 통한 설득이 거의 성공을 거두고 있어 적당히 강경파를 치기만 하면 일이 끝난다고 생각하고 있었기 때문에 조조군은 결전에 임한다는 마음가짐도 준비도 전혀 갖추고 있지 않았다. 그런데 뜻하지 않은 산악전 양상을 띠게 되니 조조군은 고전을 면치 못했다.

산 위에서는 부상자나 낙오병이 많았고 장위의 산채는 도저히 함락될 것 같지 않았다.

"안 되겠다. ……병사를 물려라. 허저, 산 위의 병사를 후퇴시켜라. 이런 곳에서 병력을 잃게 되면 계획이 어긋난다."

조조는 퇴각을 명했다.

친위대장 허저는 시무룩한 얼굴로 말했다.

"예, 알았습니다. 산 위 군사를 부르러 가려 해도 역시 얼마쯤 병력을 데리고 가야 합니다. 잠깐 말미를……."

"알았다. 되도록 빨리 해라."

조조는 눈을 깜박거렸다.

이미 해는 저물어가고 있었다. 허저는 심통이라도 난 것처럼 꾸물거렸다. 그가 수천 군사를 집합시켜 산 위로 떠난 것은 해가 산에 반쯤 떨어졌을 때였다.

그런데 깊은 밤중, 양평관 들판에서 대함성이 일었다. 함성처럼 들리기도 했고 비명처럼 들리기도 했다.

어두워서 어떤 상황인지 쉽게 파악이 안 된다. 총대장인 조조도 긴장된 표정으로 모여든 장수들에게 불안스럽게 물을 정도였다.

"대체, 저것이 무슨 소리냐? 허저는 아직 돌아오지 않았느냐? 산 속에서 포위되어 전멸당한 것은 아닐까?"

그러나 산기슭에 있는 장수들이 산 위에 무슨 일이 벌어졌는지 알 턱이 없다.

"새벽까지 기다려 주십시오. ……어쨌든 척후병을 내보내겠습니다만…….”

주군을 달래는 것이 고작이었다.

이튿날 이른 아침, 산에 들어갔던 허저가 보낸 급사가 본진에 도착하고서야 겨우 상황이 밝혀졌다.

"허저 장군께서 철수하기 위해 산 위 장병을 거두려 했지요. 그러나 캄캄한 밤중이라 길을 잘못 잡아 그만 장위의 본진으로 들어가고 말았던 것입니다.”

"뭐라고?"

조조는 얼굴빛이 달라졌다.

"그래, 허저는 어떻게 되었지?"

허저에게 주어진 임무는 산 위 각 지점에서 고전하고 있는 병사들을 모아 산을 내려오는 일이었다.

그때 예상되는 적의 추격을 물리치기 위해 허저는 2, 3천의 병사를 이끌고 있었다. 그런데 장위의 본진에는 적어도 1만을 헤아리는 병사가 있었을 것이다.

허저가 길을 잃고 하필 장위의 본진으로 잘못 들어가다니! 이 이야기를 들었을 때 불길한 상상을 한 것은 조조 한 사람만이 아니었으리라.

"허저 장군도 놀랐지만 상대도 그 이상으로 놀라 허둥거렸지요."

급사는 손등으로 이마의 땀을 닦았다.

답답하다는 듯이 조조는 물었다.

"그래서 어떻게 되었느냐?"

"적이 달아났습니다. 총수 장위를 비롯하여 장위의 본진에 있던 장수들이 먼저 도망치자 군사들도 앞을 다투어 모두 달아나 버렸습니다."

"그래서?"

"허 장군은 어쩌면 좋을까 잠시 망설이고 계셨지만, 어쨌든 적이 달아나므로 깊이 쫓지는 않을 작정으로 일단 추격하기로 했습니다. ……그러자 적의 주력이 도중에서 항복을 해서……예, 허 장군은 지금 그들의 항복을 받기에 바빠 금방은 귀진(歸陣)하지 못한다는 전갈이옵니다."

"아니, 적이 항복했단 말인가?"

"예, 전원이 항복했습니다."

환성이 터져올랐다.

조조는 이제껏 온갖 전투를 경험하고 전사를 연구했지만 철수를 지휘하던 대장이 길을 잘못 들어 적의 본진에 들어가고 그 바람에 적이 당황하여 항복했다는 예는 듣지도 보지도 못했다.

"이상한 싸움이었군그래."

조조는 말했다.

양평관은 이렇게 점령되었다.

양평관이 떨어졌다는 소식을 듣자 오두미도 본거지 한중은 이미 싸울 뜻을 잃었다. 애당초 강경파가 양평에 나가 있어 한중에 남아 있는 것은 화평파뿐이었던 것이다.

양평에서 한중성까지는 동으로 거의 일직선이고 약 250리 거리였다. 장로는 한중성에서 물러났다.

항복 교섭을 하기 위해서는 냉각의 거리를 두는 편이 좋다고 생각했던 것이다.

장로의 부하 가운데에는 한중성의 보물이나 묻고 저장 창고를 불태워 버리자고 진언한 자도 있었다.

"아냐, 그것은 우리의 것이 아니다. 오두미도 신도의 것이고 나아가선 국가의 것이다. 우리들이 멋대로 처분할 수는 없어."

장로는 그 건의를 물리쳤다.

항복에 대해서는 전혀 이견이 없었다.

장로에겐 진남장군(鎭南將軍)의 칭호와 함께 1만 호의 식읍(食邑)이 주어졌다. 그리고 다섯 아들이 모두 열후에 올랐던 것이다.

이때 사마중달이 말했다.

"유비는 유장을 속여 촉나라를 가로챘기 때문에 촉나라 백성이 결코 진심으로 복종하지는 않을 것입니다. 게다가 형주 문제로 손권과도 사이가 나쁩니다. 따라서 지금이야말로 좋은 기회. 지금 한중에서 무위(武威)를 보이면 촉에선 반드시 크나큰 동요가 일어날 것입니다. 이대로 진격을 계속하면 촉나라가 무너지는 것은 불을 보기보다도 확실한 일, 승세를 타야만 쉽사리 큰 공을 이룰 수가 있는 법입니다. 성인도 때를 거스르지 못합니다. 아니, 결코 때를 잃지 않는 게 성인입니다."

하지만 조조는 사마중달의 건의를 받아들이지 않았다.

"인간의 욕망에는 끝이 없다. 나는 농(隴)을 얻은 데다가 촉까지 앗으려는 생각은 하지 않겠다."

여기에서 '득롱망촉(得隴望蜀)'이란 말이 생겼다.

한편 촉나라로 돌아온 유비도 조조에게 앗긴 한중을 빼앗고자 본격적인 준비를 시작했다.

애당초 유비가 촉나라에 들어간 것은 유장의 부탁을 받았기 때문이었다.

'한중의 도적(장로)을 친다.'

그런데 유비는 오두미도의 장로는 그대로 버려두고 먼저 군사를 성도로 돌려 촉 땅을 자기 것으로 삼았다.

그렇다고 한중의 오두미도를 무시했던 것은 결코 아니다. 촉나라로 가는 입구이므로 무시하려 해도 할 수가 없었다.

이듬해인 건안 21년(216) 2월, 조조는 한중에서 업으로 개선했다. 조조는 업으로 개선하면서 한중의 수비를 하후연(夏侯淵)에게 맡겼다. 그리고 도호장군(都護將軍) 하후연 아래 장합·서황·두습(杜襲) 같은 맹장을 남겨 두었다.

여름 5월, 조조는 마침내 위왕(魏王)이 되어 대궐을 지었다.

천자는 있어도 이미 없는 것과 마찬가지였다. 조조를 위왕으로 봉한다는 논의는 벌써 몇 해 전부터 있었다. 그러나 그때는 순유가 죽기를 각오하고 말리는 바람에 뜻을 이루지 못했다.

한중을 손에 넣은 조조는 다시 그런 건의가 들어오자 이를 받아들였다. 이때도 상서 최염(崔琰)이 반대했다. 최염은 감옥에 들어가 맞아죽고 말았다.

후세 사람이 최염의 일을 찬탄한 시가 있다.

청하의 최염이여
천성이 굳고 강직하니
용의 수염과 호랑이 눈
철석같은 심장이라
간사한 무리 물리치고
명성 절개 드날리더니
한나라에 충성 바친

그 이름 천고에 날리리

　조조는 천자만이 쓸 수 있는 12줄 면류관을 쓰고 6필 말이 끄는 금·은으로 장식한 수레를 타게 되었다.
　위 왕궁에서의 생활은 모든 것이 천자의 격식에 따라 행해졌다.

징소리

공자(公子) 조식과 주부인 사마중달은 도성에 귀환했다.

아버지가 왕이 되어 조식도 공자에서 왕자가 되었다.

"조씨도 왕이 된 이상 격식을 갖추기 위해서라도 태자를 정해야만 할 테지."

사람들은 그것을 화제로 삼았다.

태자는 위 왕가를 이을 후계자이다. 그리하여 위 왕가를 섬기는 가신들은 태자 문제를 둘러싸고 두 파로 갈라졌다. 조비파와 조식파였다.

조조는 두 아들 가운데 누구를 후계자로 삼을지 아직도 망설이고 있었다.

'역시 비를 후계자로 삼아야 할까?'

장남인 조비는 아버지의 생각을 눈치채자, 중대부(中大夫) 가후(賈詡)를 자기편으로 끌어들여 방법을 물었다.

가후는 곰곰 생각하더니 이렇게 말했다.

"아버님은 남의 속을 꿰뚫어 보는 능력을 지니신 분입니다. 그러니 왕자님께선 평소 행동을 조심해야 할 것입니다. ……아버님께서 출전하실 때면 셋째 왕자께서는 언제나 부왕의 공덕을 찬양하는 글을 지어 바치곤 합니다. 그때 왕자께서는 다만 잠자코 머리를 숙인 채 눈물을 흘리는 것이 좋을 겁니다.”

조비는 가후가 시킨 대로 행동했다.

조조는 출전을 배웅하는 아들들을 바라보며, 구슬 같은 말을 하는 식보다도 말없이 눈물을 흘리는 비가 훨씬 성의가 있는 것으로 생각했다.

어느 날 조조는 가후를 불러 물었다.

“식과 비 중에 어느 쪽을 태자로 하는 것이 좋을는지?”

가후는 대답을 않고 주저하는 기색을 보였다.

“왜 대답이 없는가?”

조조가 재촉하자 가후는 대답했다.

“신은 과거의 예를 생각하고 있기 때문에 금방 대답할 수가 없습니다.”

“과거의 예라니?”

“원소와 유표 등의 예 말입니다.”

원소나 유표는 적실의 맏아들로 뒤를 잇게 하지 않았다. 그로 인해 집안 싸움이 벌어지게 되었다.

“하하하…… 알았다.”

조조는 소리내어 웃고 나서 곧 조비를 태자로 결정했다.

조조는 이미 62세였다.

하다못해 10세만 젊었다면 한나라를 대신하여 새로운 황조도 세울 수 있으리라. 육순의 나이로는 이제 그와 같은 대업은 엄두를 내지 못한다.

새 황조 창건은 다음 세대의 일이다. 400년이나 이어 온 한황조를 쓰러뜨리기란 그리 쉬운 일이 아니다.

허수아비에 지나지 않는다곤 하나 천자를 폐하는 것은 심리적으로 아주 어려운 일이다. 타고난 냉혈한이 아니면 안 된다.

그런 것으로 미루어 볼 때 조조는 자기의 냉혹 비정한 면을 확대시켜 이어받고 있는 조비를 택하지 않을 수 없었다.

지난 몇 년 동안 조조는 같은 문제를 몇 번이고 거듭 거듭 생각했으며 그때마다 같은 결론에 이르렀다.

결코 가후의 건의 한 마디로 결정된 것은 아니었다.

한중에서 돌아오자 조조는 조식을 불러 말했다.

"오장원에서 데려온 강국의 가희가 있다. 공후(箜篌 : 악기)의 명수인데 나는 아무래도 그 악기가 마음에 들지 않는다. 곁에 둘 생각이 없다. 너에게 주마."

"아, 그 여자 말입니까?"

"그렇지. 공후뿐이 아니다. 그 여자의 얼굴도 마음에 들지 않아. 말끄러미 쳐다보고 있느라면 손권이란 녀석이 생각나거든."

조조는 쓴웃음을 지었다.

그 사마르칸트 여자는 부르기 어려운 이름을 가지고 있었는데, 조조는 그냥 나라 이름을 따서 강희(康姬)라고 불렀다. 밤색 머리에 눈이 크고 눈동자는 파랬다.

조조가 손권을 생각한 것은 그 눈빛 탓이었다. 손권의 오나라는 남쪽이라 순수한 한족이 아닌 여러 인종이 일찍부터 들어와 있었다. 손권이 혼혈인 것만은 틀림없었다.

그는 턱이 네모지고 입이 컸다. 그리고 눈이 파랗기 때문에 '벽안아(碧眼兒)'라는 별명이 있었다.

"괜찮겠습니까?"

오장원의 군중(軍中)에서 그 여자를 보았을 때 조조는 몹시 마음에 들어하는 것 같았다. 조식은 그것을 잘 알았다. 조식도 이국적인 그 여자의 아름다움에 이끌렸다.

‘아버지와 아들은 미의식마저 닮는 것일까…….’

그는 그때의 아버지 표정을 보고 그렇게 생각했다. 그토록 마음에 든 여자를 아버지는 내놓으려 한다. 조식은 그 까닭을 알 수 없었다.

“좋고말고. ……그 여자는 예사 여자가 아니지. 누군가에게 주려고 했지만 값어치를 모르는 놈에게 주어봤자 소용이 없잖은가? 너라면 그 여자의 진가를 알 수 있겠지. 틀림없이 알 것이다.”

조조는 말끄러미 아들의 얼굴을 바라보았다. 조식은 얼굴을 숙이며 대답했다.

“아직 어려서 여자의 값어치는 잘 모릅니다만…….”

“뭐, 겸손해하지 않아도 좋다. ……아니, 젊었을 때에는 젊은이의 견해가 있지. 너라면 안다. 알면 빠질 테지. ……뭐, 사양 말고 한껏 빠지도록 해라! ……그렇지, 여자에게 빠진다, 이 또한 즐겁지 않느냐.”

조조는 말하면서 눈을 가늘게 떴다.

뜻밖의 일이었다. 조식은 아버지로부터 사마르칸트 미녀 강희를 하사받은 것이다.

이 여자는 현의 명수였으나 목소리도 좋았다. 사마르칸트 노래뿐 아니라 한나라 노래도 잘 불렀다. 높고 맑은 목소리로 여운이 언제까지나 꼬리를 끌었다. 조식은 강희의 노래를 듣고서 황홀감에 휩싸였다.

조식이 처음으로 강희를 만난 것은 오장원의 본진에 소용이 찾아오고, 그 돌아가는 길에 강국의 가무음곡을 듣고자 안내받았을 때였다. 여자뿐인 오케스트라 가운데서 강희가 가장 돋보였다.

‘강국에도 좋은 여자가 있구나.’

그는 감탄했다.

며칠 뒤 아버지가 그 여자를 데려가기로 했다고 들었을 때 그는 생각했다.

'과연 아버지는 눈이 높구나.'

식은 성격대로 행동하고 스스로 각고(刻苦)하지 않으며 음주를
삼가지 않았다.

조식의 성격에 대한 정사(正史)의 기록이다.
본디 시인의 기질이라 사물에 얽매이지 않고 멋대로인 면이 있었다.
그러나 그것이 심해진 것은 한중 침공에서 돌아온 뒤부터였다. 그
시기는 아버지에게서 강희를 얻은 때와 같다.

'사양 말고 빠지도록 해라!'
아버지인 조조는 아들에게, 여자에 빠지기를 권했던 것이다.
그 때문에 그런 것은 아닐 테지만 이 무렵부터 조식의 망나니짓이
사람들의 눈살을 찌푸리게 했다.
낮부터 술냄새를 풍겨가며 비틀거리는 걸음으로 궁전을 돌아다니
는 모습이 종종 남의 눈에 띄었다. 그런 때 궁녀를 만나면 발걸음을
멈추고 빤히 노려보며 눈을 번들거렸다.
눈길을 받은 궁녀는 몸이 오그라드는 것만 같았다고 한다.
"어머나! 무서워요!"
때로는 비명을 지르는 여자도 있었다.
그러면 조식은 입술을 크게 씰룩이며 욕했다.
"뭐라고! 이 못생긴 계집같으니! 나는 말이다, 강희보다 아름다
운 여자가 아니면 얼씬도 못하게 해. 너 따위는 강희의 발가락 때
만도 못해!"
이런 식이라 조식의 평판은 갈수록 나빠졌다.
'주광왕자(酒狂王子)'라는 별명이 생길 정도였다.
"이 중요한 때에. ……조금은 삼가십시오."

조식파의 정의나 양수가 간했다. 확실히 태자 간택의 중요한 때였다. 조비 쪽에서도 여자나 술에 대한 추문이 적지 않게 나돌았다. 마치 그에 질소냐 하고 조식도 주색에 빠졌다.

정의가 엄숙한 얼굴로 충고했다.

"태자로 세워지느냐 아니냐는 주량으로 정해지는 것이 아닙니다."

"그렇게 노려보지 말라. 네가 노려보면 나는 이상한 느낌이 들어."

조식은 웃었다.

정의는 사팔뜨기였다. 사팔뜨기라 이제까지도 몇 번이나 모욕을 당했다. 그가 조식파의 열성분자가 된 것은 특별히 조식의 인품에 반했기 때문은 아니다. 조식의 경쟁자 조비가 미웠기 때문이다.

정의는 조비의 방해 때문에 조조의 사위가 되지 못했다.

그 뒤 조식의 편이 되었다. 그런데 어찌 된 셈인지 정작 승부가 결정될 중요한 시기에 이르러 조식이 본마음을 잃어버린 것이다.

오늘도 조식은 강희에게 공후를 타도록 하고 자기는 여자 무릎을 베고 누워 술을 마셨다. 아직 점심 때도 되기 전인데 벌써 엉망으로 취해 있었다.

"이봐, 강희……."

조식은 손을 뻗쳤다. 그의 손길은 강희의 풍만한 허벅지 속을 더듬어 간다.

"어머나, 짓궂으시기는……."

강희가 공후의 현(絃)에서 손가락을 떼었으므로 곡의 가락이 별안간 멎었다.

강희의 말에는 이국 사투리가 있었다. 중국에서 10여 년 살았다곤 하나 거의 오장원의 비밀 공방 안에서 자기 동족과 함께 살아 왔다. 한어 발음이 어색한 것은 어쩔 수 없는 일이다.

"상관없지 않느냐!"

조식은 몸을 일으켜 강희를 옆으로 끌어안으려 했다. 강희는 몸을 비비꼬며 반항했으나 이윽고 조식의 가슴에 얼굴을 파묻고 흐느껴 울었다.

"오오, 괴로운가? 왜 울지?"

조식은 혀꼬부라진 소리로 물었다.

"강국에 돌아가고 싶습니다."

"으음, 고향이 그리운가?"

"어렸을 적에 떠나 벌써 10여 년이 되지만 꿈에도 잊은 적이 없습니다. 어떠한 일이라도 기꺼이 하겠으니 강국에 돌아가도록만 해주십시오."

"너는 행복한 여자야!"

조식은 강희를 끌어안은 팔에 힘을 주었다.

"아파요. 어째서 제가 행복하지요? 불행한 여자인데……."

"무엇이 불행하냐! ……너에겐 고향이 있다. 그 이상의 행복이 어디 있는가? 나를 보라, 나를……."

"왕자님에게도 고향은 있습니다."

"아냐, 없어. 돌아갈 고향이 나에게는 없다. 나는 방랑하는 거야. ……언제까지 낯선 타국을 방황하고 있어!"

그러더니 조식은 소리내어 울었다.

조식의 저택에는 여러 사람이 드나들었다. 그의 타락한 생활은 사람들의 눈에 띄고, 귀에 들어오고, 그것은 또 널리 세상에 소문으로 퍼졌다.

건안 21년(216)은 훌쩍 지나갔다.

이 해에는 전쟁이 없었다. 그러나 위나라에서는 손권을 칠 준비가 한창이었고, 촉나라는 한중을 손에 넣으려는 준비를 착착 진행하고 있었다.

건안 22년(217) 정월, 조조는 남쪽 거소(居巢)로 군사를 진출시켰다. 거소는 소호(巢湖) 가에 있는, 지금의 안휘성 소현(巢縣)이다.

"조조군이 진격해 온다!"

이 소식이 알려지자 오나라에서는 감녕과 능통이 서로 선봉이 될 것을 다투었다.

"둘이 함께 가거라! 능통을 제1진으로, 감녕을 제2진으로 명한다."

손권은 다른 장수들을 이끌고 그 후비가 되었다.

평화롭던 유수(濡須) 일대는 하루아침에 싸움터로 바뀌었다.

조조군의 선봉은 장료였다.

공을 서두르는 능통이 겁도 없이 달려들었다. 그러나 부딪친 쪽의 진형이 바위에 부서지는 파도처럼 박살나서 흩어지는 것이 멀리 손권의 본진에서도 보였다.

"능통이 위험하다. 여몽! 달려가서 능통을 구하라!"

"예!"

여몽은 곧 한무리를 이끌고 달려나갔다.

그런 뒤 감녕이 와서 아뢰었다.

"뜻밖에도 적은 견고합니다. 총병력 40만, 어느 진이나 모두 멀리 온 피로의 빛이 보이지 않고 있습니다. 그러나 소장에게 정예 백 명만 주십시오. 오늘밤 조조의 본진을 휘저어 놓겠습니다."

"단 백 명으로?"

"실패하면 실컷 비웃어 주십시오."

"좋다!"

손권은 허락했다. 특별히 직속 정예 가운데에서 백 명을 뽑아 주었다.

감녕은 백 명 용사에게 술과 고기를 배불리 먹여 사기를 돋우었다. 그리고 출전에 앞서 흰 거위 깃털을 하나씩 나누어 주었다.

"저마다 표지로 투구에 이것을 꽂아라."

이경이 지나자 감녕의 일대는 뗏목을 타고 물길을 둘러가서 마침내 조조의 본진 배후에 잠입했다.

"힘껏 북을 울려라! 함성을 질러라!"

목책(木柵)에 다가서자 번개처럼 보초를 베어 버리고 일제히 돌격했다.

금세 여기저기에 불길이 올랐다.

어둠 속에서 기습을 받자 조조의 본진은 혼란에 빠져, 저희 편끼리 베고 베이는 사태가 벌어졌다.

감녕은 마음껏 짓밟고 다니며 설쳤다. 이만하면 되었다 싶을 때 백 명을 이끌고 바람처럼 돌아왔다.

뒷날 사람들은 감녕의 용맹을 시를 지어 찬양했다.

    북소리 고함소리 하늘 땅 진동하니
    오나라 군사 이르는 곳 귀신조차 슬피 우네
    흰 깃 꽂은 일백 용사 조군 영채 꿰뚫으니
    모두들 감녕을 호랑이 같은 장수라 하네

날이 밝자마자 장료는 일군을 이끌고 맹렬한 기세로 쳐들어왔다. 간밤의 설욕을 위해서였으리라.

"오늘은 내 차례다!"

오나라 능통이 손에 침을 뱉어가며 창자루를 힘껏 꼬나 쥐었다.

감녕이 지난 밤 기공(奇功 : 남달리 특별하게 세운 공로)을 세웠기 때문에 경쟁심이 촉발된 것이다.

감녕 부대 앞에 홀연 장료의 모습이 나타났다. 그 좌우에는 이전과 악진 두 장수.

능통은 말 위에서 창을 꼬나들고 질풍처럼 내달으며 외쳤다.

"오는 자는 장료냐?"

"나는 악진이다!"

악진이 능통을 가로막아 창을 내질렀다. 그들은 서로 50여 합을 싸웠으나 승부가 나지 않았다.

그러자 장료의 진에서 조휴(曹休)가 철궁에 화살을 메겨 쏘았다.

능통을 겨냥했지만 조금 빗나가 말을 맞히었다.

"옳거니!"

악진은 기뻐하여 창 끝을 땅으로 향했다. 능통이 보기 좋게 말에서 떨어졌기 때문이다.

그 순간 어디선가 화살이 하나 날아와 악진의 투구에 명중됐다. 상당한 강궁(强弓)이었던지 악진은 그대로 뒤로 벌렁 자빠지며 땅에 거꾸로 처박혔다.

오나라 장수도 쓰러지고 위나라 장수도 상처를 입었으므로 양군이 동시에 '와아' 하고 부딪쳐 일대 혼전을 벌였고 저마다 자기네 장수를 구하여 뒤로 물러났다.

"또 실패했습니다. 분하기 이를 데 없습니다!"

손권 앞에 나가 능통이 볼낯이 없다는 듯 사죄하자 손권은 그를 위로했다.

"병가 상사이다. 그보다 오늘 그대를 구한 자가 누구인지 아는가?"

능통은 군막 안을 둘러보았다. 감녕이 거기 있었다. 그러자 손권이 가르쳐 주었다.

"악진의 투구를 쏘아 맞춘 장수는 다름 아닌 감녕이다. 평소의 우정을 더욱 두텁게 하도록!"

능통은 눈물을 흘리며 감녕 앞에 두 손을 잡았다. 이때부터 그들은 그야말로 생사를 함께 하는 사이가 되었다.

다음 날 위군은 전날의 배나 되는 대군으로 수륙 양면에서 오나라 진지를 공격했다.

이 날은 오나라의 서성(徐盛)과 동습(董襲) 부대가 분전했는데, 위나라의 장수로 처음 모습을 나타낸 방덕(龐德)의 활약이 컸다. 그는 서성의 부대를 거의 반이나 섬멸시켰다.

손권군은 열세에 몰렸다.

조조는 동산에 올라 전투 광경을 지켜보며 장수들을 독려했다.

조조는 군사를 다섯 방면으로 나누어 일제히 유수로 진격케 했다. 장료를 선봉, 이전을 두 번째로, 그리고 서황과 방덕에게 각기 1만 명의 군사를 주어 강변을 따라 쇄도하게 했다.

이때 오군의 두 장수, 동습과 서성은 배의 고물에 서서 조조군이 다섯 길로 나뉘어 뿌연 먼지를 일으키며 쳐들어오는 것을 보았다. 오군 진영은 갑자기 동요하기 시작했다.

서성은 하늘을 찌를 듯 우레같이 호령했다.

"무엇을 두려워하느냐! 장수는 마땅히 싸움터에서 죽어야 한다! 자기 맡은 바 임무를 다하라!"

서성은 정예 수백 명을 거느리고 곧장 강을 건너갔다. 강변에는 벌써 이전의 군사들이 육박해 있었다.

배 위에 남은 동습은 군사들을 재촉해 북을 치고 함성을 지르며 응원을 보냈다. 그때 갑자기 풍랑이 몰려와 배가 흔들리기 시작했다. 군사들은 배가 뒤집히는 줄 알고 각기 도망치려 난간에 매달렸다. 서로 떼밀면서 난리법석을 피웠다. 동습은 칼을 빼들고 호통쳤다.

"장수가 나라의 명을 받아 도적을 물리치는데, 어찌 제 한 목숨 살겠다고 발버둥치느냐!"

그러면서 단숨에 도망치려는 군사 10여 명의 목을 베었다. 그래도 이미 군기가 풀린 선상의 병사들은 실낱같은 목숨을 부지하기 위해 좌충우돌 아귀다툼을 벌였다.

거기에 하늘이 노한 듯 바람은 더욱 거세지고 파도는 미친 듯 날뛰었다. 마침내 병사들이 무리져 우왕좌왕하는 사이 배가 한쪽으로 기울더니 눈 깜짝할 사이에 뒤집히고 말았다. 용장 동습 또한 물에 빠져 불귀의 객이 되고 말았다. 어처구니 없는 죽음이었다.

서성은 이전의 진중을 오가며 분전하느라 동습의 죽음조차 알지 못했다.

한편 진무는 조조군이 강변까지 밀고 들어와 처절한 격전이 벌어졌다는 소식을 접하자 당장 일군을 지휘해 구원에 나섰다. 그러나 채 강변에 이르기도 전에 방덕을 만나 치열한 접전에 휘말렸다.

유수성 안에 있던 손권은 상황이 긴박하다는 소식을 듣고 친히 주태와 함께 전장으로 나왔다.

강변 가까이에 이르자 눈 앞에 서성과 이전 군대가 혈전(血戰)을 벌이고 있었다. 손권은 말 배를 차고 쏜살같이 서성 곁으로 향했다. 그러나 도리어 장료와 서황의 군세를 만나 포위당하고 말았다.

조조는 산 위에서 그 광경을 보고 급히 허저를 불러 명했다.

"오늘은 꼭 손권을 사로잡아라!"

손권의 본진은 이미 장료와 서황의 군사에게 포위되어 있다. 조조의 말을 듣자 허저도 말을 몰아 언덕을 달려내려가 천둥처럼 고함을 지르며 피보라 속으로 돌진했다.

오병의 시체는 수없이 쌓여 갔다. 유수 일대의 강물이 핏빛으로 변했다. 너무나도 참패를 당해 오후 손권이 어디에 있는지, 누가 누구인지 분간도 못할 정도였다.

그 와중에 장수 주태(周泰)는 분전하여 혈로를 열고 강기슭까지 빠져나왔다. 그런데 돌아보니 주군 손권이 아직도 적병의 포위 속에 있는 것이 아닌가.

주태는 부르짖었다.

“주태가 여기 있습니다. 주태가 여기 있습니다! 어서 이리로 오십시오!”

주태는 적의 뒤로 돌아가 그 한 귀퉁이를 무너뜨렸다.

“주군! 저에게 맡기시고 어서!”

손권과 말머리를 나란히 하고 주태는 한눈 한번 팔지 않고 화살이 쏟아지는 속을 달렸다. 그곳에 때마침 여몽의 일군이 달려와 손권을 옹위했다.

“배를! 배를 대라!”

주태는 목청이 터져라 외쳤다. 배가 닿자 급히 손권을 태웠다.

그 시간에도 오병은 수없이 쓰러져 죽어갔다.

손권은 비통하게 부르짖었다.

“서성은 어떻게 되었을까? ……서성은?”

“제가 보고 오겠습니다.”

주태가 다시 되돌아가 메뚜기 떼처럼 덤벼드는 위군 속에 순식간에 파묻혔다. 손권은 감탄해 마지않았다.

“나를 구출하고자 혈로를 트고서 다시 뒤로 돌아가기를 세 차례, 그리고 또 서성을 구하기 위해 용감히 사지에 뛰어들었다! 하늘이여, 내 충용의 장수에게 가호의 손길을 내려주소서!”

이윽고 주태가 나타났다.

그는 서성을 부축하여 이쪽으로 돌아오고 있었다.

그러나 둘다 피투성이가 되어 강기슭까지 오더니 땅바닥에 털썩 주저앉아 버렸다. 이미 걸을 힘마저 없었던 것이다.

여몽이 그 사이 활부대를 전개시켜 가까이 오는 적을 막아냈다. 그리고 서서히 부대를 철수시켜 배를 타고 하류로 퇴각했다.

이날 몸을 사리지 않고 종횡무진 오군 속을 누비는 위나라 장수 방덕의 모습은 실로 눈부셨다. 그는 오나라 장수 진무(陳武)의 목을 잘라 말안장에 달고 있었다.

손권은 의기소침했다. 육손(陸遜)이 손권을 격려하며 말했다.

"이대로 총퇴군한다면 조조는 우리 오나라를 더욱 얕보게 됩니다. 또한 아군의 사기가 크게 떨어져 위군을 겁내게 될 것입니다. 다행히 후비부대는 건재하므로 물러날 때 물러나더라도 오나라의 실력을 반드시 보여 주어야만 합니다."

육손이란 어떤 인물인가? 그는 아직 오나라에서도 별로 알려지지 않은 사람이다.

그러나 전투가 어떤 것이며 작전이 어떤 것인지를 잘 알고 있었다. 그의 한 마디 간언은 이 경우 가장 좋은 방책이었다.

육손의 계책에 따라 부상자는 배에 남기고 싸울 수 있는 10만의 군사는 육지에 상륙시켜 죽음으로써 싸우라고 명했다.

육손은 북을 치며 소리쳤다.

"화살을 쏘면서 돌진하라!"

명령이 내려지자 수군은 한꺼번에 화살을 쏘았다.

엄청난 반격 공세에 조조군의 진용은 금세 흐트러졌다. 잇따라 오군의 배가 상륙하며 개미떼처럼 새까맣게 군사들을 풀어놓자 그 기세에 주눅이 들었는지 조조군의 공격은 어느새 힘을 잃고 있었다.

이때를 놓칠세라 육손은 또다시 외쳤다.

"적진을 향해 총돌격하라!"

마침내 전세는 역전되었다. 조조군은 충천한 오군의 기세를 감당하지 못하고 달아나기 시작했다. 짓밟혀 쓰러지고 피흘리며 넘어지는 병사들이 부지기수였다. 또한 화살을 맞은 말들이 고통을 견디지 못하고 여기저기서 미친 듯 울부짖으며 앞발을 들고 몸부림쳤다.

오나라 군사는 죽기를 각오하고 싸웠다. 몇 번이고 밀고 밀리는 싸움이 계속되고, 동습이 전사하는 아픈 상처를 입긴 했지만 조조군의 상승세를 꺾고 이전 전투에서 패해 풀이 꺾여 있던 오군의 사기를 되찾는 데는 성공했다.

일방적인 패전의 위기에서 한마디 간언으로 전세를 되돌려 놓는 전기를 만든 육손은 오나라 호족 출신이다.

젊어서 주유의 사랑을 받았고, 파양호와 회계산의 도적을 쳐서 두각을 나타내자 손책의 딸을 아내로 맞이하는 행운을 얻었다.

그가 단양(丹陽)으로 도적 토벌을 갔을 때였다. 순우식(淳于式)이라는 회계군 태수가 손권에게 상주하여 육손이 현지 주민을 학대한다고 중상했다. 부족한 병력을 현지의 젊은이로 충원한 것이 그런 모함을 받게 된 이유였다.

도적을 평정하고 난 육손은 도읍으로 개선했다. 친구가 그에게 귀띔해 주었다.

"순우식이 자네를 모함했었네. 내일 주군 앞에 나가면 그의 부당함을 공격하게."

그러나 육손은 순우식을 칭찬했다. 손권이 육손을 떠보느라고 물었다.

"순우식이 너를 비난했는데 어째서 그를 훌륭한 인물이라고 칭찬을 아끼지 않는가?"

"그는 백성들의 안위를 위해 저를 비난했겠지요. 즉 그는 그의 입장을 지킨 것이고, 저는 저의 임무를 충실히 다한 것입니다. 그러니까 그의 입장이라면 서도 그럴 것이므로 그를 훌륭한 관원이라 아뢴 것입니다."

이때부터 손권은 육손을 신임하기 시작했다.

승패의 균형이 어지간히 맞춰졌다고 생각되자 손권은 조조에게 휴전을 제의하는 사자를 보냈다. 손권의 사자가 바친 편지 속에——

신(臣) 손권은 이 글을 삼가 위왕께 바칩니다. 천명(天命)이 한나라에서 위나라로 옮겨졌으므로…….

이런 글귀가 들어 있었다.

조조는 씹어뱉듯이 말했다.

"손권이란 놈, 나더러 화로 속 숯을 집으라는 수작인가!"

위험한 천자 폐립을 하라는 것이냐고 조조는 성을 냈던 것이다.

그때 사마중달이 옆에서 말했다.

"한나라의 운은 이미 바람 앞의 촛불입니다. 전하께서 천하의 대부분을 손아귀에 넣고 계신데, 아직도 한나라를 섬긴다는 것은 이치에 어긋납니다. 손권이 신이라고 칭한 것은 하늘의 뜻이고 동시에 사람들의 뜻이기도 합니다. 순·우·은·주가 거리낌없이 천하를 이은 것은 천명을 두려워하며 삼가 받들었기 때문입니다."

그러나 조조는 대답하지 않았다.

정보의 눈

조조는 이해 3월 복파장군(伏波將軍) 하후돈·조인·장료 등등 여러 장수를 거소에 남기고 자기는 도성으로 돌아갔다.

그래도 거소 주둔의 조조군은 26군이나 되었으며 참으로 당당했다.

"여유만만하잖은가! 어지간히 자신이 있는 모양이지?"

조조가 돌아가자 손권 진영은 그렇게 해석했다. 하지만 촉의 유비 진영의 해석은 달랐다.

한중을 앗은 뒤에도 하후연을 남겨두고 조소는 업으로 되돌아갔다. 이번의 거소 출전에서도 장군들을 남겨두고 자기는 일찌감치 돌아갔다.

총수가 없더라도 싸울 수 있다는 자신감에서일까?

법정이 유비에게 말했다.

"재작년 조조는 단숨에 장로를 토벌하고 한중을 평정했습니다. 당연히 여세를 몰아 더욱 남진하여 우리 촉나라를 위협할 것이라고 걱정했는데 하후연과 장합에게 한중의 수비를 맡기고 자기는 북쪽으로 되돌아갔습니다. 조조에게는 힘도 있고 지혜도 있습니다. 촉나라 침공을 생각하지 않았다거나 병력이 모자라는 탓도 아니었을 것입니다. 아마도 내부에 틀림없이 무슨 문제가 있을 겁니다."

법정의 의견에 유비도 공명도 고개를 끄덕였다. 내부 문제란 태자 책봉이라고 그들은 꿰뚫어 보았다.

내부에 분쟁의 불씨를 안고 있는 진영은 대담한 진공책을 쓰지 못한다. 한중을 앗은 뒤 단숨에 촉으로 진공하지 않은 것도 그 때문이었을 것이다.

조조가 전선에 오래 머무르지 않는다는 사실을 주목할 필요가 있다. 그 똑같은 사실을 놓고서 손권은 화평을 청했고, 유비는 전쟁을 도발한다는 정반대의 책략을 세웠다.

유비 쪽은 부지런히 조조군에 대한 정보를 모았다. 법정이 추측한 것처럼 내분의 불씨가 있었다.

법정이 다시 건의했다.

"지금 한중에 남아 있는 하후연과 장합, 이 두 사람의 재략(才略)을 헤아려 보건대 그릇이 작습니다. 우리측 대장의 상대가 되지 못합니다. 출병하면 승리는 틀림없습니다."

"으음……."

"한중을 차지하고 농사를 장려하여 식량을 비축한 뒤 적의 허술한 틈을 찌른다면 우리측에 헤아릴 수 없는 이익이 돌아올 것입니다. 원수를 타도하고 나아가서 한실(漢室)의 권위를 높인다는 대목표 달성도 한낱 꿈은 아닙니다. 그렇게 되지는 못한다 하더라도 옹주(雍州)·양주(涼州)로 진출하여 영토를 확대하는 발판은 되겠지요. 최악의 경우라도 천험(天險)을 의지삼아 방어를 튼튼히 함으로써 지구책(持久策)을 강구할 수 있습니다."

"으음."

"지금이야말로 하늘이 한중을 우리에게 주려 하고 있습니다. 기회를 놓쳐서는 안 됩니다!"

법정의 말에 다른 사람들도 흥분하여 저마다 외쳤다.

"다시없이 좋은 기회다! 쳐야 한다. 조조는 내분으로 말미암아 저절로 망한다!"

유비는 공명을 돌아보았다. 제갈공명은 그와 같은 희망적인 관측을 경고했다.

"적이 저절로 망하기를 기다리는 것은 너무 낙관적인 생각입니다. 조조 진영은 우리들이 생각하는 것 이상으로 강한 기반을 가지고 있습니다."

하도 그런 말을 하기 때문에 공명은 '조조 공포증'에 걸려 있다고 비난하는 자까지 있었다.

유비가 공명에게 물었다.

"군사는 조씨가 강하다고 하지만 조조 정탐꾼에게서 들어온 보고를 보면 조비파와 조식파로 갈라져 엄청난 암투가 벌어지고 있다 하오. 지금 조씨의 기둥뿌리가 흔들린다고 생각되지 않소?"

"파벌 싸움은 확실히 심해지고 있습니다. 그러나 머지않아 진정되겠지요."

"진정될까?"

유비는 조조 진영의 암투가 심화뇌리라는 희망적 관측이 사실이기를 바랐다. 적 진영의 내분이 가라앉는다면 재미가 없다.

"조조를 살피던 정탐꾼의 정보를 분석해 보면 파벌 싸움은 이미 어느 정도 수그러들었다고 생각할 수밖에 없습니다."

"그럴까? 양수나 정의 등 조식파의 책모는 날로 심해지고 있다는데……."

"틀렸습니다."

공명은 고개를 천천히 가로저었다.

"정작 조식 자신이 포기하고 있습니다."

“포기? 후계자 다툼을 단념했단 말이오?”

“그렇습니다.”

“그런 정보는 처음 듣는데…….”

“조식이 주색에 빠져 있다는 정보가 벌써 오래 전부터 들어오고 있습니다.”

“주색에 빠지는 것은 조씨 가문의 전통이오. 형 조비만 하더라도 보통은 아니라고 하는데…….”

“아아뇨, 조식의 광태는 예사롭지가 않습니다. ……제가 생각컨대 그가 주색에 빠져 있는 것은 아버지 조조가 시킨 일이 아닌가 싶습니다.”

“설마? 자기 자식더러 여자에게 빠지라고 시키는 아비가 세상에 어디 있소?”

“아닙니다. 조조라면 그럴 수 있습니다. 그리고 거기에는 그럴 만한 까닭이…….”

제갈공명은 자기의 추리를 설명했다.

조조는 아들 가운데 맏아들 비보다 셋째아들 식을 더 사랑한다. 그 비할 데 없는 글재주와 시인적 성격에 조조는 이끌렸다. 하지만 후계자 선정이라면 선고(選考)의 기준을 다른 데 두지 않으면 안 된다.

‘천하를 찬탈하자면 냉혹한 인간이어야 한다.’

그렇다면 역시 조비였다.

조조는 천하를 잡고 나서 뒷일을 걱정했다. 조조 자신 이상으로 냉혹한 조비는 한나라 천자를 폐하고 스스로 천자가 되려 할 것이 틀림없다. 그와 같은 비정한 인물이라면 자기의 방해가 되는 자를 외눈 하나 깜박이지 않고 숙청하리라. 그러한데 위왕 후계자 다툼에서 경쟁자의 운명은 어떻게 될까.

‘후계 다툼의 경쟁자가 되지 말라. 너는 스스로 이 경쟁에서 물러

나라.'

이처럼 분명하게 말했는지 어떤지는 모르지만 조조는 조식에게 이런 뜻을 알렸을 것이다. 아예 기권하는 데는 후계자에 어울리지 않는 행동을 스스로 취하는 것이 으뜸이다.

"조식의 생활이 갑자기 달라진 것은 그렇다고밖에 생각되지 않습니다. 정의나 양수는 때가 때라고 안절부절못하고 있다 합니다만, 그들은 조식의 마음속을 읽지 못하고 있는 것 같습니다. 조비는 동생의 난잡한 생활을 보고 동생 스스로 경쟁을 단념한 것이라고 똑똑히 알아차렸겠지요. ……떠받들어지고 있는 두 사람이 이미 서로 싸우지 않겠다고 결정한 것입니다. 이렇게 된 이상 정의나 양수 무리가 아무리 발버둥쳐도 조조 진영이 안에서부터 무너지는 일이 생길 수는 없겠지요. 조씨의 집안 싸움에 지나친 기대를 걸어선 안 됩니다."

제갈공명은 이로정연(理路整然)하게 설명했다.

"그렇겠구려……."

유비는 조금 실망스러운 모양이다.

"조씨의 집안 싸움을 기대할 수 없다면 어떻게 해야만 좋소?"

"한나라 조신(朝臣)으로 조조를 미워하지 않는 자는 없겠지요. 조씨의 내분에 기대를 걸기보다는 불만이 있는 조신들의 반조조 운동에 기대를 걸어야 합니다."

"그러나 복 황후 일족의 반조조 운동은 실패했소. 그때의 잔혹한 처형이 아직도 기억에 생생하오. 무서워서 반조조 운동을 과연 할 수 있을까?"

"못할 것도 없습니다. 또한 조조가 가장 겁내고 있는 것도 그 점입니다. ……복씨 일족은 천자를 내세워 조조 토벌의 조서만 받아내면 조조를 쓰러뜨릴 수 있다고 생각했습니다. 그것은 커다란 착오였습니다. 천자에겐 이미 아무런 힘도 없습니다. 힘없는 천자

에게 의지한 것이 복씨 일족의 비극이었지요. 조조를 미워하는 자
는 이 교훈을 마음에 새기고 같은 잘못을 되풀이하지 않겠지요.
다음에 거사를 일으킬 때에는 힘있는 자와 손을 잡으려 할 것입니
다.”

“힘이 있는 자란?”

“주군이옵니다. 그리고 손권입니다. 다만 손권은 현재 조조와 화
평을 맺고 있어 의지할 수가 없습니다. 그리고 주군께서는 너무나
멀리 있습니다. 그러므로 한나라 조신은 주군보다도 좀더 가까이
있는 장수를 찾으려 하겠지요.”

“음, 운장이겠군.”

유비도 그만한 것쯤은 안다. 관우는 형주 북부에 있었다. 관우가
있는 번성(樊城)에서 한나라 조정이 있는 허도까지는 평평한 들이
펼쳐져 있을 뿐이어서 지리적 장애물이 없고 거리는 750리이다.

유비는 물었다.

“조조 반대파가 운장에게 의지할까?”

“이미 허도로부터 운장에게 밀서가 와 있습니다.”

“오오, 그랬었군. 그래 그 조정의 지사란?”

“김위(金禕), 경기(耿紀), 길본(吉本), 그 아들인 길막(吉邈),
길복(吉穆)과 같은 자들입니다.”

“음.”

유비는 마땅치 않은 얼굴이었다.

김위는 한나라 충신 김일제(金日磾)의 자손이지만 길본은 대의령
(大醫令) 곧 의사이다. 경기는 소부(少府) 직위에 있고 구경의 하
나로서 천자의 의복이나 식사를 시중드는 벼슬아치이다.

반조조파에 군대를 지휘할 수 있는 장수다운 장수가 없는 것이 유
비의 불만이었다.

“조조 진영을 휘젓는 것만으로도 좋지 않습니까? 허도에 난이 일

어나면 한중에 원병을 보내는 것도 지장이 있을 것이 아닙니까!”
“그것도 그렇군.”
　유비는 한중 공격을 위하여 장비·마초·황충·오란과 같은 용장을
하변성(下辨城)까지 진출시켰다.

건안칠자(建安七子)

"이럴 수가! 올해는 대체 무슨 악운의 해일까!"

조식은 멍청하게 서 있었다.

강희가 기둥에 몸을 기댄 채 꼼짝도 않는다. 조식은 여느 때처럼 대취해 있었다.

"여봐, 여봐!"

조식이 강희의 어깨를 잡아흔들자, 강희의 몸이 기둥에서 미끄러져내리며 털썩 쓰러졌다. 조식은 당황하여 강희를 늘여다보았다.

죽어 있었다. 맥이 뛰지를 않는다. 언제 죽었는지 여자의 몸은 싸늘하게 식어 있었다.

강희의 몸뚱이는 바닥에 쓰러졌건만 그가 그때까지 타고 있던 공후는 대 위에 꼿꼿이 서 있다. 공후의 현이 쌀쌀하게 주인의 시체를 굽어보고 있다.

그때 하남 땅에 괴상한 역병이 유행하여 사람들을 공포에 빠뜨렸다. 목 언저리가 붉어지고 다음에는 뼈마디에 약간 아픔을 느낄 정도이다가 별안간 맥없이 죽고 만다.

조식의 문학 선생뻘인 저 근엄한 학자 서간(徐幹)이 죽은 것은 열흘 전이었다. 천재적인 선전문 작가였던 진림(陳琳)의 죽음이 전해진 것은 그 다음날이다.

문학의 스승과 선배를 잃고 지금 사랑하는 강희를 같은 병으로 잃었다.

'아니, 이럴 수가!'

조식은 비틀거리면서 강희의 방에서 나왔다. 가신 누군가에게 시체의 뒤처리를 명하려 했던 것이나, 복도에서 가신을 만나도 도무지 말이 나오지 않았다. 입술 언저리가 마비된 것처럼 느껴졌다.

가신들은 엉망으로 취해 있는 것 같은 주인을 되도록 피하려 했다.

'오늘은 더 심하게 취하신 것 같구나!'

그들은 목을 움츠리고 눈길을 피하며 지나쳤다.

조식은 기둥이나 벽을 붙들어가며 가까스로 뜰까지 나갔다. 그는 뜰에 앉아 크게 한숨을 내쉬었다. 지칠 대로 지쳐 있었다. 취한 눈이 무겁게 느껴졌다.

"말씀드립니다."

가신의 큰 목소리에 조식은 잠에서 깼다.

"무슨 일이냐? 소란스럽다."

조식은 등어리를 꼿꼿이 폈다.

"왕중선(王仲宣 : 왕찬의 자)님이 돌아가셨습니다. 예의 그 역병이랍니다."

"뭣이, 중선이!"

조식은 기둥을 잡고 간신히 몸을 일으켰다. 적벽대전 바로 전에 형주에서 투항한 왕찬은 조식보다 15세 위였으나 문학적으로는 가장 마음이 맞는 벗이었다.

바로 얼마 전에도 시를 써서 주고받았다. 조식은 그때 왕찬에게 보낸 시 한 구절이 문득 떠올랐다.

돌아가리라 원하건만 옛길을 잃고
돌이켜보니 다만 수심이어라
슬픈 바람은 내 옆에서 불고
세월은 한 번 흐르더니 멎지 않네

왕찬이 새로운 관직에 취임했으므로, 조식은 이제까지처럼 그와 줄곧 시문을 토론할 수 없게 된 것을 슬퍼했던 것이다.

'슬픔의 바람이 내 옆을 윙윙 지나간다.'

조식에게서 왕찬을 앗아간 것은 신임 관직이 아니었다. 병마가 왕찬을 영원히 빼앗아간 것이다.

"아뢰옵니다! 응창(應瑒)님이 돌아가셨습니다."

"유정(劉楨)님도 돌아가셨다 합니다."

조식은 그만 털썩 주저앉았다.

"도대체 이런 해가 또 있을까!"

조식은 눈물을 흘리며 비통하게 부르짖었다.

조비의 저작으로 「글을 논하다」가 있다. 그는 그 평론에서 당대의 뛰어난 문인 일곱 사람——공융(孔融)·왕찬(王粲)·완우(阮瑀)·서간(徐幹)·진림(陳琳)·응창(應瑒)·유정(劉楨)을 꼽았다.

그래서 이들을 '건안 칠자(建安七子)'라 했다.

이 가운데 공융은 적벽대전 바로 앞서서 조조에게 살해되었다. 완우는 5년 전인 건안 17년에 죽었다. 그리고 나머지 5명은 모두 이 건안 22년에 괴상한 역병으로 죽었다.

단장(斷腸)의 아픔이란 이런 것을 두고 하는 말일까?

조식은 하늘이 자기로부터 모든 것을 앗아간 것이라고 느꼈다.

완우는 젊었을 때 채옹(蔡邕)에게서 글을 배웠다. 건안 초에 도

호장군 조홍(曹洪)이 서기로서 억지로 고용코자 했지만 단호히 거절했다. 조조는 그 이야기를 듣고 진림과 함께 사공(司空)의 군모 좨주(軍謀祭酒)에 임명하고 서기 일을 맡아보게 했다.

조조가 공표한 군사 및 정치에 관한 문서나 격문은 거의 진림과 완우가 초안을 잡았다.

조조가 마초·한수를 토벌할 때의 일이다. 완우는 한수에게 보내는 편지의 기초를 명받았다. 마침 완우는 조조와 함께 말을 타고 진군 중이라 마상에서 그 글을 지었다. 조조가 받아 수정하려고 했으나 나무랄 데 없어 결국 한 글자도 고치지 못했다.

이런 완우이지만 처음에는 조조가 불러도 벼슬이 싫다면서 응하지 않았다. 조조가 두 번 세 번 사람을 보내자 산 속으로 도망쳐 숨었다. 조조는 부하를 시켜 산에 불을 질렀다. 불길에 쫓겨나온 완우는 곧 군사들에게 호송되어 조조에게 보내졌다.

때마침 조조는 장안에 원정중이었는데, 완우가 연행되었을 때에 많은 손님을 초대하여 잔치를 베풀고 있었다.

완우의 완고함에 화가 나 있던 조조는 아무 말도 없이 그를 악대의 예인(藝人)들 사이에 앉혔다.

완우는 본디 음악에 재능이 있고 북과 금의 명수였다. 악대 속에 앉혀지자 그는 금을 연주하며 즉흥 노래를 불렀다.

찬란한 하늘 문이 열려
위나라에 운이 도래했네
대군의 수레는 아홉 주를 순행하고
오시옵소서, 백성은 원하네
선비는 자기를 알아주는 자를 위해 죽고
계집은 자기를 사랑하는 자를 위해 치장하네
은덕이 천하에 골고루 미친다면

누가 감히 이를 어지럽히리

가사가 거침없이 흘러나올 뿐 아니라 그 목소리마저 좌중의 누구보다도 뛰어났다. 그래서 조조는 화를 풀었다.

조비는 완우가 죽었을 때 뒤에 남겨진 완우 미망인을 위해 '과부의 시'를 지어 깊은 동정심을 나타냈다. 또 왕찬도 같은 제목의 시를 지어 위로했다.

외아들을 둔 과부는 슬픈 나머지 자살하려 했지만 이런 격려로 마음을 돌렸다. 이 외아들이 죽림 칠현의 한 사람인 완적(阮籍)이다.

왕찬은 자를 중선이라 하며 산양군(山陽郡) 고평(高平) 사람이다. 증조부 왕공(王龔), 조부 왕창(王暢)은 모두 후한시대 삼공까지 올랐다. 특히 왕찬은 청류(淸流)의 대표적 선비로 형주 유표를 찾아가 거기서 살게 되었다.

아버지 왕겸(王謙)은 대장군 하진(何進) 아래서 장사(長史)로 일했다. 벼락출세한 하진은 이 명문 청년을 사위로 삼고 싶어 자기 딸 둘과 만나게 하여 어느 쪽이라도 골라잡으라고 했다. 그러나 왕겸은 이것을 거절하고 병을 핑계로 벼슬을 내놓고 고향에 돌아가 일생을 마쳤다.

헌제가 장안에 있을 때 왕찬도 그 새로운 도읍에 올라가 거기서 채옹을 만났다. 채옹은 첫눈에 왕찬의 비범한 재능을 알아보았다. 채옹은 당대에 손꼽히는 대학자로 알려져 있었고 게다가 조정에서의 벼슬도 높아 그의 집 문전에는 거마(車馬)가 북적대고 객실은 손님들로 넘쳤다.

왕찬이 처음으로 채옹을 찾아간 것도 이런 때였다. 왕찬이 찾아왔다고 하자 채옹은 다른 손님을 버려두고 신을 거꾸로 신고 마중하러 뛰어나갔다. 그런데 막상 왕찬이 안내받고 들어오자 좌중의 사람들은 벌린 입을 다물지 못했다.

젊은 데다가 풍채가 매우 빈약했다.

그런데도 채옹은 말했다.

"이분은 왕창의 손자 되는 사람, 나같은 것은 도저히 미치지 못하는 재능의 소유자입니다. 우리집 장서(藏書)를 모두 이 분께 물려주고 싶습니다."

왕찬은 17세로 순우가(淳于嘉)의 초빙을 받았고 또 조정으로부터도 시종 임명의 내시(內示)가 있었지만, 장안은 때마침 이각·곽사의 반란으로 혼란에 빠져 있어 모두 사양하고 형주의 유표에게 의지하여 난을 피했다.

그런데 유표도 왕찬을 별로 대우해 주지 않았다. 왕찬의 풍채가 너무나도 빈약하여 위엄이 없었기 때문이다.

유표가 죽은 뒤 조조가 형주를 침공했을 때 왕찬은 유종(劉琮)에게 건의하여 조조에게 항복케 했다. 조조는 왕찬을 승상부의 관리로 등용하고 관내후란 작위를 주었다.

이윽고 왕찬은 군모좨주가 되었고 조조가 위공이 되자 시중(侍中)이 되었다. 박학다식하여 어떠한 문제라도 척척 풀어냈다. 그 무렵 옛날의 예법이 모두 잊혀지고 말아 새로운 제도를 일으켰는데, 그가 중심이 되었다.

언젠가 왕찬이 친구와 길을 걷고 있으려니까 길가에 돌비석 하나가 서 있었다. 비문을 읽고 나서 친구가 물었다.

"지금 읽은 문장을 암송할 수 있겠나?"

"물론이지."

그는 돌비석에 등을 돌리고 암송했는데 글자 하나도 틀리지 않았다.

또 언젠가는 바둑 두는 것을 구경하고 있었는데 그만 돌이 뒤섞이고 말았다. 왕찬이 전과 같이 돌을 늘어놓아 주었지만 대국자는 믿지 않았다. 바둑판을 보자기로 덮고 다른 바둑판을 가져다가 똑같이

해놓으라고 했다. 왕찬이 늘어놓은 것을 앞서의 바둑판과 비교했더니 한 개도 잘못 놓인 돌이 없었다.

왕찬의 기억력은 무슨 일에서든지 이와 같이 정확했다.

본디 수학적인 재능이 있었으며 계산술을 새로 엮어내어 그 이론을 거의 규명했다. 또 문장력이 있어 붓을 잡았다 하면 명문이 태어났고 다시 고쳐쓰는 법이 없었다.

사람들은 아마도 미리 구상한 것이라고 생각했지만 그렇다고 아무리 머리를 쥐어짜 보아야 한 자도 고칠 수가 없었다. 역시 문장가였던 종요(鍾繇)·왕랑(王朗)도 지위는 위나라 대신급이었으나 왕찬이 쓴 조정의 상주문 초고의 글자 하나 깎거나 덧붙이지 못했다.

그의 저작은 시·부·논·상소문 등 합해서 60편이나 된다. 그에게는 아들이 둘 있었으나 나중에 위풍(魏諷)의 반역 사건에 연좌되어 주살되는 바람에 자손이 끊기고 말았다.

조조는 마침 이때 한중 싸움에 나가 있다가 왕찬의 아들들이 죽었다는 소식을 듣자 하늘을 우러르며 탄식했다.

“아아, 내가 업에 있었다면 왕찬의 자손을 주살하지는 않았을 텐데…….”

조비가 왕찬의 장례를 치러 주었다. 장례식이 끝난 뒤 조비는 침석자에게 말했다.

“왕찬은 당나귀 울음을 생전에 좋아했었지. 모두들 한 번씩 당나귀 울음소리를 내어 그를 장송(葬送)하자.”

이래서 이곳에 모인 사람들은 저마다 당나귀 울음소리를 흉내냈다고 한다.

서간(徐幹)은 동해군(東海郡) 사람인데 문인이라기보다 사상가였다. 그는 사공(司空)이었던 조조의 서기가 되고 나중에는 조비의 서기가 되었다.

서간은 욕심이라고는 도무지 없는 사람으로 그 품행은 조금도 나무랄 곳이 없었다. 또 두뇌가 명석하고 박문다식하여 붓을 잡게 되면 곧 명문을 써냈다. 지위나 녹봉은 마음에 두지 않았으며 세속적 성공에는 눈길 한번 주지 않았다.

진림은 일찍이 하진의 주부(主簿)로 있었다. 마침 하진이 환관 몰살을 계획하고 있던 무렵이었다. 하진은 누이 하 태후의 완강한 반대로 이 계획을 좀처럼 실행에 옮기지 못했다. 생각다 못해 하진은 전국 여러 곳 제후에게 병을 이끌고 상경하라는 격문을 보내어 하 태후에게 압력을 가하려 했다.

이것을 진림이 반대했다. 이때 말한 그의 말이 유명하다.

"안 됩니다. 그것은 마치 창을 거꾸로 잡고 상대에게 주는 것과도 같습니다."

그러나 하진은 말을 듣지 않았고, 마침내 자신은 살해되고 천하는 동란의 소용돌이 속에 휘말려들고 말았다.

진림은 난을 피하여 기주로 가 원소의 막료가 되었다. 원소가 조조 토벌을 결심했을 때 온 나라에 선포한 격문은 바로 진림이 쓴 것이었다.

그 첫머리에 이런 말이 나온다.

모름지기 명군(明君) 충신은 국가가 위난에 직면했을 때 임기응변의 수단을 취해야 되는 것이다. 옛날 진시황제가 죽은 뒤 어리고 약한 군주가 들어섰을 때 환관 조고(趙高)는 전권을 잡고 독단전행(獨斷專行), 형벌은상(刑罰恩賞)을 자기 멋대로 하였다. 이때 누구 하나 임기응변의 조치를 취하는 자가 없어 마침내 망이궁(望夷宮)에서의 2세 황제 시역 사건을 일으켰던 것이며, 그 더러운 이름은 지금에 이르기까지 지워지지 않고 있다. 또 전한 여후(呂后) 시대에는 여씨 일족인 여록(呂祿)·여산(呂產)이 조정 정사 전반을 멋대로 휘둘렀다. 결정은 모두 후궁 깊숙한 곳에서 이루어졌고 중신을 무시하여 비천한 자가 행하는 꼴이란, 천하가 모두 살얼음을 걷는 것만 같았다.

이때 분노를 누를 길 없어 병을 일으키고 역적을 주살하여 문제(文帝)를 옹립한 것이 주발(周勃)과 유장(劉章)이었다. 그들의 의거에 의해 한실의 권위는 크게 높아졌고 한결 그 광명이 밝아졌던 것이다. 이것이 곧 충신이 임기응변의 수단을 취한 전형이다. 그런데 사공 조조의 조부는 저 중상시 조등(曹騰)이다. 좌관(左棺)·서황(徐璜)과 더불어 천하에 화를 뿌려대고 조정의 정사를 어지럽혀 백성을 도탄에 빠뜨린 환관이다. 또 아버지 조숭(曹嵩)은 거지나 다름없었는데 조등이 주워다 양자로 삼은 자이다. 뇌물로써 관직을 사들이고 금은재보를 권문에 뿌려 상공의 지위를 도적질했고 마침내는 천하를 기울게 했던 것이다. 다시 말해서 조조는 환관 양자의 자식, 추악한 씨로서 덕행이란 손톱만치도 없는 망나니로 난을 즐기고 화를 가져오는 역적이다.

소소는 이때노 편두통에 시날리고 있었다. 병석에 있던 조조는 이 격문을 읽자 곧 등골에 식은땀이 흐르고 온몸이 부들부들 떨렸다. 그 다음 순간 편두통이 거짓말처럼 사라져 그는 일어나자 측근에게 물었다.
"이것을 쓴 자가 누구냐?"
"진림이라고 합니다."
조조는 싱긋 웃고 말했다.
"진림의 문장은 천하 일품인데 원소의 무략(武略)은 도무지 형편 없군."

원소가 패망한 뒤 진림은 조조에게 투항했다.

조조는 그에게 말했다.

"너는 원소를 위해 격문을 쓴 일이 있겠지? 내 죄상이라면 얼마든지 늘어놓아도 좋다. 하지만 욕설은 내 한몸에만 국한시켜도 될 것이 아닌가. 왜 아버지나 할아버지의 일까지 썼느냐?"

백배사죄하는 진림을 보고서 조조는 그 이상 탓하지 않았다. 진림의 글재주를 높이 평가했기 때문이다.

응창(應瑒)과 유정(劉楨)은 모두 조조의 눈에 들어 발탁된 수재들이다. 둘 다 문장에 뛰어났으며 그들의 작품이 전해지고 있다. 조비가 유정에게 서역식 장식이 달린 가죽띠를 선물한 일이 있었다.

그런데 그 뒤 그것을 만드는 장인(匠人)이 죽어 버렸기 때문에, 되찾아서 똑같은 것을 만들게 하려고 유정에게 다음과 같은 글귀가 든 장난 글을 보냈다.

물건은 가지는 사람에 따라 가치가 바뀐다. 천한 자의 손에 있게 되면 고귀한 몸에 지니기에 알맞지 않게 되어버리는 것이다. 내가 찾아가도 돌려 달라고 해서는 안 된다

유정이 회답의 글을 보냈다.

옛날부터 이렇게 말하지 않습니까? 형산의 거친 옥돌은 천자의 보물, 수후(隋侯)의 진주는 뭇 선비가 갈망하는 것이고, 또 남지(南地)의 금은 아리따운 여인의 목에 걸리고, 족제비 꼬리는 조신의 관을 장식한다고. 이 네 가지 보물도 근본을 따진다면 흙과 모래 속에 파묻혀 있다가 마침내 천 년을 두고 광채를 내뿜는 것. 처음부터 고귀한 분의 수중에 있었던 것은 아닙니다. ……애당초

고귀한 분이 몸에 지니고 있는 것은 모두 미천한 자들의 손으로 만들어진 것, 그러므로 금전옥루(金殿玉樓)가 완성되었을 때 먼저 들어가는 것은 목수이고, 가화(嘉禾)가 익었을 때 먼저 입에 넣는 것은 농부입니다. 유감이지만 저는 이 가죽띠 말고는 이렇다 할 장식품을 가지고 있지 않습니다. 만일 정말로 비할 데 없는 보물이라면 좀더 가지고 있어도 좋지 않겠습니까!

유정의 언어 구사는 이처럼 교묘했기 때문에 특히 조조의 사랑을 받았다.

그런 그가 하마터면 목숨을 잃을 뻔했다. 하루는 조비가 사람들을 불러 잔치를 베풀었다. 술잔이 한 바퀴 돌고 좌중 분위기가 무르익었을 무렵, 조비는 부인 견씨를 불러 인사시켰다.

사람들이 모두 고개를 조아리는 가운데 유정 하나만이 똑바로 부인을 쳐다보았다. 적어도 공자비(公子妃)이다.

조조는 이 말을 전해 듣자 유정을 곧 불경죄(不敬罪)로 하옥시켰다. 마땅히 사형당할 것을, 죄1등을 감하여 징역형을 선고했던 것이다.

점(占)

조조는 요즘 병석에 눕는 일이 잦아졌다. 태사승(太史丞) 허지(許芝)가 조조에게 불려갔다.

"허도에 점의 명수가 있다더군. 아무래도 이번 병은 마음에 꺼림칙하다. 한번 점쟁이를 만나보고 싶네."

"전하, 점의 명수라면 허도에서 구하기보다 가까운 데서 구하시지요."

"그거 마침 잘 되었네. 어떤 자인가?"

"관로(管輅)라 하면 모르는 사람이 없습니다."

"기분풀이는 되겠지. 데려오도록 해라. 그런데 그 점쟁이 점이 얼마나 신통한지 얘기라도 들어본 일이 있나?"

"예, 많이 듣고 있습니다."

허지는 이야기를 계속했다.

"먼저 신분부터 말한다면 관로, 자를 공명(公明)이라 하며 평원(平原) 사람입니다. 얼굴이 못생기고 풍채도 보잘것 없으며 술을 마시면 실수가 많다 하는데 어렸을 적에는 신동 소리를 들었다고 합니다."

"신동? 신동치고 커서 천재가 된 자는 없지."

"그런데 말입니다. 관로는 지금에 이르기까지 그 이름을 욕되게 하지 않고 있습니다. 여덟아홉 살부터 천문을 좋아하여 밤에도 별을 보고서 생각하고 바람소리를 듣고 걱정하는 것이 꼭 미친 녀석 같아 부모가 물었다고 합니다. 넌 대체 커서 무엇이 되겠느냐고! 그랬더니 집의 닭이나 들의 새들도 때를 알고 비바람을 알고 천명을 깨닫는다, 하물며 인간에 있어서랴. 천문쯤 모르고서 어찌 만물의 영장이라 할 수 있겠느냐고 대답했다 합니다. 또 차차 자라면서 「주역」을 깊이 배워 열다섯이 되자 사방의 학자들도 그에게는 당하지 못했다 합니다."

허지는 신동 관로에 얽힌 또 한 가지 일화를 들려주었다.

하루는 낭야태수 선자춘(單子春)이 관로의 명성을 듣고 이를 직접 확인하기 위해 관로를 자신의 공관으로 불러들였다. 때마침 거기에는 백 명이 넘는 사람들이 초대되어 앉아 있었는데, 모두 학식과 덕망이 뛰어난 명망가들이었다.

선자춘이 말했다.

"네가 그토록 재간이 뛰어나다는 그 신동이냐?"

관로는 거침없이 대답했다.

"제 비록 뛰어난 재주는 없사오나 천문 원리를 조금 공부하여 세상 길흉을 어렴풋이나마 짐작할 따름이옵니다."

"그럼 물론 주역도 잘 알겠구나?"

선자춘은 관로에게 주역의 이치에 대해 물었다. 그러자 관로는 기다렸다는 듯이 술술 삼라만상과 주역의 심오한 관계에 대해 이야기하기 시작했다. 실로 막힘이 없었다. 아무리 어려운 질문을 해도 관로의 대답은 훌륭했다. 모든 사람들이 탄복하며 관로를 우러러보았다. 선자춘은 자신의 학식이 부족함을 알고 스스로 물러앉아 고개를 숙였다. 이 때부터 관로의 명성은 더욱 높아졌다.

조조는 허지의 이야기가 끝나자 고개를 저으며 반박했다.

"그런 건 세상에 얼마든지 있는 일이 아닌가. 더욱이 책상물림이라는 것은 실생활에서 별로 쓸모가 없는 법이다."

"아닙니다, 관로만은 그렇지가 않습니다. 일찍부터 천하를 두루 돌아다니며 하루에 천 권의 옛 책을 읽고 또 하루에 천 마디의 새로운 말을 지껄였다는 흔치 않은 귀재입니다."

"조금은 학자다운 데가 있는 것 같군. 그래, 점은 어떤가?"

"그것이 귀신 곡할 노릇이어서 언젠가 하룻밤 잠자리를 청하자 주인이 점쟁이 줄 알고 물었답니다. 방금 우리집 지붕에 산비둘기가 날아와 여느 때 없었던 슬픈 소리로 울고 갔다, 무슨 조짐이냐고 묻자 관로는 곧 점을 쳐서 알려 주었지요. 오시(午時)에 주인과 친한 자가 와서 슬픈 화를 불러들일 거라는 거였지요."

"그래서?"

조조도 차츰 흥미를 느꼈다.

"아니나다를까, 그 시각이 되자 주인의 고모부라는 자가 술과 고기를 가지고 찾아와 술을 마시게 되었는데, 밤중에 안주가 떨어져 종에게 닭을 쏘아 잡으라고 일렀습니다. 그러자 종이 쏜 화살이 빗나가 이웃집 처녀를 다치게 했으므로 큰 소동이 벌어졌다는 겁니다."

조조는 아직도 감탄하는 빛을 보이지 않았다. 허지는 말을 이어나갔다.

이번에는 안평(安平) 태수 왕기(王基)가 그를 일부러 집으로 불러 그 신통한 점괘를 시험해보았다.

"한 현령이 매일 어두운 얼굴로 다니기에 내가 그 까닭을 물었다네. 그랬더니 그가 한다는 말이 제 아내는 두통이 극심해 고통을 이기지 못하고 괴로워하며, 또한 그 아들은 가슴 통증이 심해 방을 굴러다니며 아픔을 호소하고 있다더군. 그래서 현령은 가장으로서 아무런 힘도 되지 못하는 자신의 신세가 한탄스러워 늘 죄인처럼 살고 있다고 하네."

그러자 관로가 말했다.

"그 집 서쪽 담귀퉁이에 시체 두 구가 있소. 한 사람은 창을 들고 있고 또 한 사람은 화살을 들고 있소. 한데 창을 든 이는 상대의 머리를 찔렀고 화살을 잡은 이는 상대의 가슴과 배를 찌르고 있습니다. 그래서 두통과 가슴의 통증이 생긴 것이오."

관로의 말이 끝나기 무섭게 왕기를 비롯한 여러 사람들이 현령의 집을 찾아가 곧장 그 담 귀퉁이 땅을 파보았다.

과연 관로의 말이 틀림없었다. 관은 이미 썩어 없어지고 뼈만 남은 시체 두 구가 각기 창과 화살을 손에 쥐고 있었다. 관로는 마을에서 멀리 떨어진 곳에 시체를 안장하고 후히 장사를 지내주도록 했다. 그러자 며칠 안 가 현령의 얼굴이 환해졌다. 집안의 근심이 말끔히 사라진 것이다. 모두가 관로 덕분이었다.

허지는 계속했다.

"또 관도(館陶)의 제갈원(諸葛原)은 일부러 그를 초대하여 그의 귀신 같은 점을 시험하기도 했지요."

"흠, 어떤 방법으로?"

"먼저 제비알과 벌집과 거미를 3개의 상자 속에 감추고 점을 치게 했습니다. 물론 아무도 모르게 상자를 봉했지요. 그러자 관로는 점을 치더니 상자마다 쪽지에 글을 써 내용물을 맞히었습니다."

"으음!"

'첫째, 흰자에 노른자가 있고 이윽고 변한다. 맵시있는 자웅이 집에 살며 날개로써 빠름과 멀리 감을 자랑한다. 곧 제비알이니라.'

'둘째, 방들이 거꾸로 걸려 있고 문마다 숱한 무리가 드나든다.

봄 여름에 부지런하고 가을에 변한다. 곧 벌집이니라.'

'셋째, 발이 길고 실을 뽑어 그물을 엮는다. 낮엔 잠자고 밤에 활동한다. 곧 거미니라.'

"……이렇듯 하나도 빗나가지 않았습니다. 모두들 경탄해 마지않았지요."

"그리고?"

조조는 끊임없이 얘기를 듣고 싶어했다. 병중의 심심풀이로 더없이 흥미진진한 모양이었다.

"관로의 고향에 소 치는 여인이 있었습니다. 어느날 소를 도둑맞아 관로에게 가서 울며 점을 쳐달라고 했습니다. 그래서 관로는 가르쳐 주었습니다. '북계(北溪)의 서쪽에 가 보아라. 범인은 일곱 사람, 가죽과 고기는 아직도 있으리라.' 여인이 가 보니 과연 한 채의 외딴집에서 7명의 도둑이 쇠고기를 삶고 있어 곧 관아에 고발하여 도둑들은 잡히고 고기와 가죽은 여인에게 돌아왔습니다."

"재미있군그래. 점이란 그렇게도 신통하게 맞는 것일까?"

누구보다 합리주의자인 조조도 나이가 들자 미신이 많아진 모양이다.

"그리고 조안(趙顔)의 얘기는 좀더 유명합니다. 어느 봄날 저녁 관로가 길을 가고 있는데 한 미소년이 지나갔습니다. 관로가 관상을 보고 저도 모르게 말했습니다. '아아, 아깝도다. 홍안 소년, 사흘도 못가서 죽으리라.' 그것이 예사 사람의 말이라면 한귀로 흘려 버렸겠지만 다름 아닌 관로의 말이라 소년은 울면서 집에 달려가 아버지께 알렸습니다. 아버지도 놀라 무슨 방법이 없느냐고 관로에게 애원했습니다."

"그것이다!"

조조는 기다리고 있었던 것처럼 외쳤다.

"지나간 일이나 상자 속에 감춘 물건을 맞힌들 세상 사람에게는 아무런 도움이 되지 않는다. 화를 미리 막을 수 있는지 어떤지, 나는 아까부터 그것을 듣고 싶었다. 그래 관로는 뭐라고 대답했나?"

"인명은 곧 천명, 사람으로서는 어쩔 수 없다고 거절했지요. 그러자 늙은 아버지도 미소년도 슬피 울었습니다. 이를 가엾게 여긴 관로는 그만 마음이 약해져 한 가지 방법을 가르쳐 주었습니다. '한 통의 좋은 술과 약간의 사슴 포를 가지고서 내일 남산을 찾아가라. 거기 남산의 큰나무 아래 바둑판을 사이에 두고 바둑 두는 두 사람이 있으리라. 하나는 북쪽을 바라보고 앉았는데 붉은 옷을 입고 용모가 아름답다. 또 하나는 그 얼굴이 매우 추악하지만 둘 다 귀인이니까 공손히 다가가서 술을 올리고 소원을 말하도록. 다만 내가 가르쳐 주었다고는 절대로 말하지 말라.' 이렇게 단단히 다짐을 했습니다. 이튿날 늙은 아버지와 미소년은 술을 가지고 남산으로 갔습니다. 과연 나무 아래 바둑을 두고 있는 두 신선이 있었습니다. 부자(父子)는 기뻐하며 조용히 다가가서 술을 권했습니다. 둘 다 바둑에 열중하여 정신없이 술을 마시고 포를 뜯어가며 바둑을 두었지요. 이윽고 다 두고 나자 늙은 아버지가 울면서 애원했습니다. 홍의(紅衣) 신선도, 백의(白衣) 신선도 깜짝 놀라며 '이건 틀림없이 관로의 짓이야, 야단났군' 하더니 이윽고 품 안에서 저마다 장부를 꺼내어 서로 돌아보며 '이미 인간의 사사로운 대접을 받았으니 도리없지. 이 아이는 금년으로 인생이 끝나기로 되어 있는데 십구(十九) 위에 구(九)자를 하나 더 써야겠군.' 그런 다음 그들은 황새를 불러 타고 날아가 버렸답니다. 나중에 소년의 아버지가 관로에게 물었지요. '대체 그 두 분은 누굽니까?' 하자 관로는 '홍의는 남두(南斗), 백의는 북두(北斗)요'라고 대답했다 합니다. 어쨌든 그 때문에 19세에 죽을 소년이 99세까지 살게 되었다 해서 사람들이 모두 부러워했지요. 관로는 그때부터 '내가 잘못하여 하늘의 기밀을 인간 세계에 누설시켰으니 그 죄가 크다.' 하면서 일체 점을 보지 않기로 했다고 합니다."

누가 뭐래도 지금은 점을 치지 않는다는 말을 듣자 조조는 갑자기 눈을 빛내며 말했다.

"곧 불러오너라! 그 관로라는 자를!"

관로는 여러 번 사양했지만 허지가 간절히 부탁하고 또한 위왕의 명령이라 할 수 없이 조조 앞에 나타났다.

조조는 먼저 말했다.

"관로라 했지? 우선 내 관상을 좀 보아라."

관로는 웃으며 대답했다.

"전하는 이미 인신(人臣)으로서 최고위에 오르신 분, 어찌 새삼 상을 볼 여지가 있겠습니까."

"그렇다면 나의 병에 대해서 점을 쳐라."

"병은 마음에서 생기는 일, 결단만 내리시면 자연히 물러가는 것입니다."

조조도 이 말에는 고개를 끄덕였다. 관로의 말이 이치에 닿는 것이었기 때문이다.

"음, 그린가. 그러고 보니 마음이 가벼워지는 것 같나. 그렇다면 하찮은 사사로운 일을 떠나 더 큰 문제에 대해서 묻고 싶다. 대체 내일의 천하는 어찌 되겠느냐?"

"망망한 하늘의 이치, 어찌 작은 인간의 머리로써 잴 수가 있겠습니까. 묻는 것부터가 무리입니다."

관로는 굳이 재주를 자랑하지 않았다. 오히려 평범을 가장하여 그와 같은 말은 되도록 피했다.

후세 사람이 관로를 찬탄한 시가 있다.

평원 땅 귀신같은 점술가 관로여
하늘의 별을 보고 점을 칠 줄 알았네
팔괘의 미묘한 이치로 귀신세계 통하고
육효의 오묘한 뜻은 별자리를 헤아렸네

어린 조안의 상을 보아 단명함을 알았고
마음의 근원 신령함을 스스로 깨달았네
아깝구나 그때 행한 기이한 술법을
후세 사람 물려받아 전할 수 없다니

그러나 조조는 거듭 물었다.
"요즘 오나라의 길흉은 어떤가?"
관로가 잘라 말했다.
"오나라에서는 누군지 유력한 중신이 죽을 겁니다."
"촉나라는?"
"촉은 병기(兵氣)가 왕성합니다. 짐작컨대 머지않아 경계를 침범
할 것 같습니다."

어림군

며칠이 지났다.

거소에서 급사가 달려와 알렸다.

"오나라 공신 노숙이 병을 앓다가 얼마 전 죽었다 합니다."

더욱 조조를 놀라게 한 것은 한중에서의 보고였다.

"촉나라 현덕이 마초와 장비를 선봉삼아 한중으로 침공할 기세를 보이고 있습니다."

관로의 예언은 둘 다 들어맞은 것이다. 그래서 관로를 불러 다시 물었다.

"내년 이른 봄 도성에 반드시 불의 화가 있을 것입니다. 전하는 멀리 가시면 안 됩니다."

그 말을 듣고 조조는 조홍에게 5만 군사를 주어 한중으로 출발시키고 자기는 업에 남아 있기로 했다.

대군을 보낸 뒤에도 조조의 마음은 자꾸 불안했다.

"도성에 화난(火難)이 있다고 관로는 예언했는데 설마 이 업은 아니겠지."

그래서 하후돈을 불러 3만 병력을 주며 명했다.

"그대는 허도로 들어가지 말고 교외에 주둔하며 뜻밖의 일에 대비토록 하라. 또 장사(長史) 왕필(王必)을 허도에 들여보내 어림군(御林軍)을 장악토록 하라."

"왕필은 술을 즐기고 꼼꼼한 데가 없는 사나이라 자칫 잘못하여 군의 통솔을 그르칠 염려가 있습니다."

"아니다. 왕필의 단점은 나도 알고 있다. 그도 오랫동안 내 휘하에 있으며 간난을 함께 해 온 자로 충실하게 일했으므로 어림군의 대장이 될 자격이 있다."

명을 받은 하후돈과 왕필은 허도로 갔다.

그런데 이것이 과격한 일부 조신들을 적지 않게 자극했다.

"어림군 사령관을 왕필로 바꾸고 성 밖에 3만의 병을 대기시켜 두는 것은 무엇인지 심상찮은 속셈이 있을 거다."

"맞았어! 조조가 다음으로 바라는 것은 위왕 이상의 것이겠지."

벌써부터 그와 같은 의견이 일부 조신들 사이에서 팽배했다.

경기(耿紀)는 자를 계행(季行)이라 하는데 동지인 위황(韋晃)과 서로 피를 나누어 마시고 한실 부흥을 다짐하고 있었다.

"우리들은 조상 누대의 조신으로서 어찌 조조의 크나큰 악행을 보고만 있겠소?"

경기의 말에 위황도 찬동하고 나섰다.

"동감이오. 차라리 그들의 기선을 제압하여 전부터 계획한 거사를 도모해야 하오. 그래서 강력한 동지를 하나 미리 물색해 두었소."

"그거 참 잘했소만, 위왕에게 꼬리치지 않으면 사람 취급도 못 받는 요즘 세상에 그런 인물이 있을까?"

"저 재상 김일제(金日磾)의 후손인 김위(金褘)요. 그와는 친구 이상의 교분을 가지고서 사귀고 있소."

“김위라면 믿을 수 없소!”

경기는 실망했을 뿐 아니라 동지가 그와 같은 사람과 친밀하다는 것에 불안해하는 표정이었다.

“김위라면 왕필의 친구가 아니오? 더욱이 왕필은 조조의 심복으로서 지금 어림군의 대장이오. 그런 김위와 친밀히 지내다가는 우리의 거사 계획이 누설될 위험이 있지 않을까?”

그러나 위황은 자신만만하게 말했다.

“아닐세. 왕필과의 친분과 나하고의 친분은 다르네. 의심난다면 자네와 나 둘이서 김위를 방문하여 그의 마음을 떠보세.”

두 사람은 곧 김위의 집을 찾아갔다. 집은 교외의 한적한 곳에 있었다. 주인의 풍아(風雅)와 청빈한 생활을 엿볼 수 있는 집이었다.

“오오, 진객들이 오셨군. 모처럼 오셨으니 차라도 마시며 한담을 즐깁시다.”

“아닙니다, 주인. 오늘은 친구 경기와 더불어 조금 속된 부탁이 있어 찾아왔지요.”

“저에게 부탁이라니요?”

“다름 아니라 머지않아 위왕 조조는 한실의 대통을 위협하여 스스로 그 뒤를 잇겠다는 야망을 가진 것 같습니다. 정세로 미루어 보아 어쩐지 그런 느낌이 듭니다만…….”

“음…… 그럴까요?”

“그렇게 되면 주인께서도 드디어 높으신 관위에 오를 것이 틀림없습니다. 그때는 저희들 두 사람도 꼭 천거해 주시기를 부탁드립니다.”

두 사람이 김위에게 새삼 절하며 부탁하자 그는 말없이 자리에서 벌떡 일어섰다. 때마침 그곳에 여종이 쟁반에 찻종을 받쳐들고 나타났다.

김위는 그 쟁반을 빼앗으면서——

"이런 손님에게 차 따위 대접할 필요 없다!"

그것을 홱 뜰에 던져 버렸다.

시무룩한 얼굴이 되어 위황도 일어섰고 경기도 자리를 차고 일어섰다.

"이 따위 손님이라니! 대체 우리를 뭘로 보는 거요?"

"손님이라 말하려니 내 입이 더러워진다. 빨리 돌아가라! 사람이라 보고 객실에 맞아들였거늘 알고 보니 짐승만도 못한 인간들이었군!"

"더욱더 괘씸한 말! ……옳지, 알 만하다. 머지않아 자기의 출세가 약속되어 있으니 벌써부터 고관이나 된 것처럼 우쭐거리는군! 우리와 같은 말단 관원하고는 함께 앉기도 싫단 말이지? 흥, 평소의 친분이라는 것도 소용없는 일이야. 이보시오, 경기. 이런 곳에 추천을 부탁하러 온 것이 우리들 잘못이었소. 돌아갑시다!"

그러자 이번에는 주인 김위가 문 앞을 가로막았다.

"기다려, 벌레들아!"

"벌레라니! 더욱 용서할 수 없다. 너야말로 우정도 모르는 개짐승! 있어 달라고 해도 있지 않겠다. 어서 비켜라!"

"누가 만류하느라 그러는가! 가기 전에 한 마디 일러줄 것이 있다. 잘 듣거라…… 애당초 너 따위를 마음의 벗이라 믿고서 사귀었던 것은 오직 서로 한조(漢朝)의 신하이고 또한 오래도록 폐하의 고민이나 조정의 미약함을 한탄하여 언젠가는 이 고약한 세상을 뜯어고치는 데 뜻을 같이하리라고 믿었기 때문이었다. 그렇건만 무엇이 어쩌구 어째? 잠자코 들어보니 위왕이 머지않아 한조의 대통도 앗을 것이니 그때는 좋은 관직에 천거해 달라고? 용케도 그런 말이 한조의 신하인 네 입에서 나오는구나. 정말 듣기만 하여도 메슥거린다. ……도대체 너희들의 조상은 조조의 하인이었단 말인가! 적어도 대대로 한조의 녹을 먹어온 사람들의 후손이 아닌가! 지하의 조상들도 통곡하리라. 그리고 김위가 이렇듯 꾸짖는 말을 잘했다고 칭찬해 주시겠지……. 아아, 하고 싶은 말을 하고 나니 가슴이 후련하다! 이제 볼일은 없다. 절교다! 썩 뒷문으로든 어디로든 나가라!"

경기와 위황 두 사람은 서로 얼굴을 마주보았다. 그리고 서로 고개를 끄덕이더니 좌우로부터 김위에게 가까이 다가서며 말했다.

"지금의 말씀이 진실입니까?"

김위는 아직도 노여움이 가시지 않아 붉으락푸르락했다.

"당연하지! 본심이 아니고서 어찌 이런 말을 할 수 있겠는가. 이런저런 말 말고 어서 나가라!"

"아까부터의 무례는 아무쪼록 용서해 주십시오. 사실은 당신의 마음을 시험했던 것이오. 철석같은 충성과 변함없는 절개를 똑똑히 보았습니다."

위황과 경기는 이렇게 말하며 그의 발 아래 무릎을 꿇었다.

김위는 멀거니 서 있었다.

그제야 비로소 두 사람은 속마음을 털어놓았다.

"먼저 그들보다 앞질러 왕필을 찔러 죽이고 어림의 병권을 우리들 손에 넣고 나서 급사를 촉으로 보내어 유비 현덕에게 천자를 도우라는 조서를 내린다면, 조조를 치기란 결코 어렵지가 않으리라 생각되오. 부디 당신이 우리들 위에 서서 대궐 쪽을 지휘해 주시오."

눈물을 흘려가며 계획을 말했다.

김위는 애당초 그들 못지않은 충성심을 품고 있었기 때문에 서로가 손을 잡고 조정을 위해 싸우자고 울며 맹세했다.

그로부터 그들은 자주 김위의 집에서 만났는데, 어느날 김위가 말했다.

"경들도 어쩌면 알고 있으리라 믿고 있소만 죽은 태의(太醫) 길평(吉平)에게 두 명의 유자(遺子)가 있소. 형은 길막(吉邈)이고 동생은 길목(吉穆)이오. 아버지 길평은 알다시피 동승(董承)과 손잡고 조조를 없애려다가 오히려 일이 발각되어 조조에게 처형된 사람이오. 이제 형제를 불러 우리들의 계획을 말해 주면 아마도 그들은 두말없이 아버지의 원수를 갚겠다고 분발할 것이오.”

이래서 젊고 씩씩한 두 젊은이가 이 음모에 가담했다. 그들은 정월 보름날을 거사일로 정했다.

거사 계획은 다음과 같았다.

동화문(東華門)의 왕필 영내에서 불길이 오르는 것을 신호로 일제히 일어난다는 것이다.

김위가 왕필과 친교가 있어 정월 대보름날 동화문의 영내로 초대를 받았다. 거리는 집집마다 문에 등불을 달고 각 진에서도 화톳불을 크게 살라 명절 기분을 한껏 누리고 있었다.

왕필의 어림군 본진에서도 초저녁부터 술잔치가 베풀어져 장병은 물론이고 마구간 하인에 이르기까지 노래를 하거나 춤을 추거나 하며 모두 들떠 있었다.

“이젠…… 더 마실 수 없습니다. 슬슬 저는 이만 물러가겠습니다.”

김위는 술에 놉시 취한 듯 자리에서 일어섰다. 왕필이 재빨리 그 모습을 발견하고 술잔을 든 손을 높이 올리며 외쳤다.

“아니. 벌써 가겠는가? 술잔치는 이제부터인데.”

그때 영내 두 군데서 화재가 일어났다는 보고가 있어, 술자리는 금방 어지러워졌다.

“어디서 불이 났지?”

“과실인가, 방화인가?”

떠들썩한 사람들의 아우성 속에서 어느 사이에 당상까지 연기가 감돌기 시작했다. 불길은 바로 영내 뒤쪽과 남문 근처에서 오르고 있었다.

김위의 모습은 어느 틈엔가 보이지 않았다. 저기로구나 싶어 왕필은 급히 말을 타고 불길을 바라보며 남문으로 달렸다. 그러나 그는 곧 어깨에 화살을 맞아 보기좋게 굴러떨어졌고 말은 그대로 연기 속으로 뛰어들었다.

이와 함께 남문과 서문을 통해 영내로 밀려든 것은 반란군이었다. 왕필에게 화살을 쏜 것은 그 선두에 서 있는 경기였다.

그런데 경기는 막상 자기가 쏘아 떨어뜨린 적이 왕필인 줄은 몰랐다.

"잡병 따위는 거들떠보지도 말라. 목표는 왕필이다!"

경기는 외치면서 말에서 떨어진 자를 그대로 짓밟고 안쪽 깊숙이 돌입했다.

그 때문에 겨우 목숨을 건진 왕필은 혼란 속에서 말을 잡아타고 불타고 있는 남문을 지나 시가지로 달아났다. 왕필은 믿어지지 않았다. 몇만이라는 적이 땅 속에서 갑자기 솟아난 느낌이었다.

으앗! 뒤에서 검은 그림자가 쫓아온다. 왕필의 부하였다. 그러나 그는 그것조차 적이 아닌가 하며 갈팡질팡했다. 얼마를 달리는 동안 어깨의 상처로부터 너무나 많은 피를 흘려 현기증이 일어났다. 왕필은 말에서 내렸다.

"그렇지! 김위의 집은 이 근처일 터. 거기서 상처 치료를 하고 가자."

비틀거리며 집을 찾아내자 왕필은 급히 문을 두드렸다.

저택 안에는 하인도 없는 모양이었다. 이윽고 가냘프게 대답하는 소리가 나더니 안쪽에서 촛불이 흔들리며 다가왔다. 김위의 아내가 몸소 대문을 열어 주러 나오는 듯 싶었다.

김위의 아내는 대문을 두드리는 사람이 남편인 줄로만 알았다. 다가오더니 빗장을 따면서 물었다.

"오오, 이제 돌아오셨군요. 곧 열어 드리겠어요……왕필을 죽이는 데 성공하셨나요?"

왕필은 소스라치게 놀랐다.

'그렇다면 오늘 밤의 반란은 김위가 일으킨 거로구나.'

왕필은 비로소 알아차리고——

"아니, 집을 잘못 찾았소!"

급히 달려 이번에는 조휴의 집으로 갔다.

조휴의 하인들은 모두 무장하고 불길을 바라보며 주인의 명을 기다리고 있었다.

"왕필님이 피투성이가 되어 찾아왔습니다."

집사의 전갈을 받고 조휴는 곧 왕필을 만났다.

급한 대로 전말을 듣자

"음, 이것은 치밀한 계획 아래 저질러진 반란이 틀림없다. 곧 대궐로 들어가 천자를 지켜야 한다."

조휴는 일족 무리를 이끌고 불티가 날리는 밤길을 달려 대궐로 향했다.

시내고 대궐이고 불길이 번지는 곳에서는 어디에서나 외쳐대는 소리가 여전히 어지러웠다. 길막과 길목 형제가 민심을 교란시키며 선동하는 외침이었다.

"역석 조조를 치고 한실의 복고를 꾀하자."

"죽자! 죽자! 한실을 위해 죽자!"

그렇지만 조휴를 비롯한 그의 낭당들이 금문(禁門)을 지키며 난병의 침입을 막았다.

한편 성 밖 5리 지점에 주둔하고 있던 하후돈의 부대도 검은 연기를 보자 잇따라 시내로 들어왔다.

이렇게 되자 병력의 뒷받침이 없는 김위·위황·경기의 계획도 성공을 바랄 수 없게 되었다.

무엇보다도 그들은 천자를 확보하는 데 실패했다. 뒤늦게 대궐로 들어가려 했으나 조휴가 금문을 지키고 있었고, 왕필을 죽인 뒤 여기에서 합류하기로 한 김위와 경기는 아무리 기다려도 나타나지 않았다.

당연히 위황은 고전하고 있을 뿐 아니라 일부 가담했던 어림군의 병사들도 일이 실패했음을 알자 재빨리 흩어져 버렸다.

가엾게 된 것은 길평의 아들 길막 형제였다. 백성에게 정의를 외치며 의병을 모을 예정이었으나 뒤미처 출동한 하후돈의 군세에 그대로 짓밟혀 목숨을 잃었다.

소요는 산발적으로 밤중까지 계속되었다.

그러나 연기가 아직도 피어오르는 새벽——

"어젯밤 허도를 소란케 한 역적의 무리는 주모자 이하 모두 체포되었으니 안심하십시오."

이와 같은 전갈을 갖고 하후돈의 급사가 급히 업도로 달려갔다.

조조는 그 보고를 받자 중얼거렸다.

"관로의 예언은 바로 이것이었구나."

조조는 새삼 조정 깊숙이 뿌리박고 있는 조신들의 저항에 몸서리를 쳤다.

조조는 하후돈에게 명해 허도에 있는 만조백관을 모두 업으로 압송케 하였다. 영문도 모른 채 허도에 도착한 관리들은 전원 교련장으로 인도되었다.

얼마 후 조조가 몸소 교련장에 나타나 지휘대 위에 우뚝 섰다. 왜소한 체구였지만 붉은 전포를 걸친 조조에게서는 수많은 전투를 통해 단련된 무장의 위엄과 당당함이 넘쳐흘렀다. 또한 위왕으로서의 권위는 누구도 침범할 수 없는 절대적인 것이었다.

관리들은 허도의 소요로 인해 잔뜩 위축돼 있었다. 또한 자신들이 업까지 압송되어 왔다는 사실로 인해 형언키 어려운 일신상의 두려움을 느꼈다. 그들은 조조에 대해 누구보다 잘 알고 있는 사람들이었다. 지극히 치밀하고 계산적이며 합리적이지만, 한번 격분하면 앞

뒤를 가리지 않고 도륙을 일삼는 인면수심(人面獸心)의 냉혈한이
아니던가.
　조조는 날카롭게 벼린 도끼날 같은 목소리로 말했다.
　"교련장 양편에 홍기(紅旗)와 백기(白旗)가 보일 것이다. 너희들
중에는 경기와 위황의 반란군이 불을 질렀을 때 불을 끄러 나온
사람도 있었을 것이고, 겁이 나서 집에 숨어 나오지 않은 자도 있
을 것이다. 불을 끄러 밖으로 나온 사람은 홍기 아래 서고, 계속
집에 남아 있었던 사람은 백기 아래 서도록 하라."
　관리들은 서로 얼굴을 바라보며 수군거렸다.
　"백기 아래 서면 죽은 목숨이야. 나는 불을 끄러 나왔으니 홍기
아래로 가겠네."
　"당연히 나도 나왔었지. 우리 빨리 홍기 아래로 가세."
　그러나 그들은 처벌이 두려워 홍기 아래 모였을 뿐 사실상 소요가
벌어진 밤중에 불을 끄기 위해 거리로 나온 관리는 거의 없었다.
　조조는 진압군으로 출동한 하후돈의 보고로 이미 그 사실을 환히
알고 있었다. 허도는 반란군의 선동 소리만 높았을 뿐 조조를 위해
선동세력과 맞선 자는 단 한 사람도 없었던 것이다. 모두 몸을 피하
기에 급급해 저자에는 얼씬도 하지 않았다. 만일 진압군의 출동이
늦어졌거나 반란군에 의해 내궐의 금문이 열렸을 경우를 가정한다
면 뒷일은 예측할 수 없는 사태로 치달았을 수도 있었다.
　대부분의 관리들이 홍기 아래로 모였으나 몇몇 양심적인 관리들
은 백기 아래 가서 섰다. 그러나 백기 쪽은 홍기에 비하면 매우 수
가 적었다.
　이윽고 조조는 좌우를 가늠해 보더니 홍기 쪽에 모여든 관리들을
향해 큰 소리로 꾸짖었다.
　"너희들은 도무지 구제받지 못할 인간들이다. 반란군이 일어났을
때 집에 틀어박혀 한 발짝도 밖으로 나오지 않았으며, 도처에 불

길이 일어 활활 타고 있는데도 제 몸에 불똥이 튈까 봐 염려스러워 불구경만 했던 놈들이다. !”

이윽고 조조는 군사들을 향해 명령했다.

“여봐라! 이 홍기 아래 모여 선 비겁한 놈들을 죄다 장하(漳河) 강변으로 끌고 가 참수하라!”

뜻밖의 상황에 놀란 관리들은 무릎꿇고 울며 소리쳤다.

“저희들은 아무 죄도 없습니다. 정말 불을 끄러 밖으로 나왔습니다. 그런데 참수라니요?”

조조는 호통쳤다.

“밖으로 나온 관리는 단 한 명도 없었다. 반란군과 그 선동자들, 또한 이 일에 연루된 사람들과 진압군 외에 나온 관리는 없었다는 보고가 있었다. 어찌하여 거짓으로 목숨을 구걸하느냐!”

그러자 관리들은 모두 얼굴에 핏기를 잃었다. 대기하고 있던 병사들이 나와 그들을 결박했다. 사방에서 살려 달라는 절규가 넘쳐났다.

조조는 백기 아래 서 있는 사람들을 향해 타일렀다.

“너희들 또한 비겁한 인간이다. 그러나 죄가 없는 것은 명백하다. 죽음이 목전에 있어도 양심을 거스리지 않았으므로 저들보다 백 배 훌륭하다. 상을 주리라.”

그리고 백기 아래 서 있던 사람들에게 모두 후한 상을 주어 허도로 내려보냈다. 결박되어 장하 강변으로 끌려간 관리들은 모두 목이 베어졌다. 이때 죽은 사람의 수가 300명이 넘었다. 그들의 피가 흘러든 장하 강물은 며칠 동안 핏물이 가시지 않아 종일 노을진 듯 수면이 붉게 일렁였다. 또한 억울한 죽음으로 이승을 떠나지 못한 만조 백관 원혼들의 한맺힌 울음소리가 바람 결에 간간히 들려왔다고 한다.

조조는 또 엄명을 내렸다.

“이런 때 아예 뿌리를 뽑아야 한다. 무릇 한조의 옛 신하라고 일컬어지는 무리들은 그 지위 고하를 막론하고 모조리 잡아 업도로 보내라."

이리하여 엄중한 조사 결과 김위 및 경기의 무리와 조금이라도 친교가 있다고 인정되는 자는 모조리 저자에 끌려나가 목이 잘렸다.

경기는 뒷결박당한 채 큰길로 끌려가면서 하늘을 노려보고 외쳐댔다.

"조조야! 내 오늘 살아서 죽이진 못했지만 죽어서는 반드시 귀신이 되어 머지않아 너를 염라국으로 끌고 가리라!"

위황은 형장에 앉아 늘인 목에 칼날이 떨어지려는 찰나——

"기다려라!"

형리를 꾸짖고서 껄껄 웃더니 울분의 자탄(自嘆)을 쏟아냈다.

"원망스럽다! 원망스럽다! 하늘이 원망스럽고 내 충성이 뜻을 이루지 못함이 원망스럽다!"

말을 마치자 머리 위에서 칼이 번뜩임을 기다리지 않고 자기 머리를 스스로 땅에 부딪쳐 두개골을 산산이 부숴뜨렸다. 스스로 목숨을 끊어 버린 것이다.

후세 사람이 이를 찬탄하여 시를 읊었다.

    경기의 충성과 위황의 현녕으로
    저마다 빈손 들어 하늘을 떠받치려 했네
    한나라 사직이 망할 줄 뉘 알았으랴
    가슴 가득 한만 품고 저승길 가는구나

김위의 삼족에게도 모두 죽음이 내렸다. 정월 대보름 등불도 모두 꺼진 허도의 거리는 낮에도 쓸쓸하기 이를데 없었다. 불타거나 그을은 대궐의 금문 언저리에는 아직도 이른 봄의 나목(裸木)에 앉은 까마귀 울음소리만이 구슬펐다.

사람들에게 그나마 위안이 된 소식은 왕필이 화살 상처가 덧나서
죽었다는 사실뿐이었다.

조조는 이 기회에 조비를 태자로 세운다고 공표했다. 후계자를 결
정한 것이다.

조식은 후계자 다툼에서 일찌감치 물러선 점도 있었지만 형의 태
자 결정에 대해 아무런 감회도 없었다. 조식은 하루하루를 주색에
빠져 지내고만 있었다.

"한동안 그러는 것도 좋겠지."

조식의 생활을 전해 들은 조조는 혼잣말로 중얼거렸다.

그것보다 조조는 허도에 있는 정부를 일신(一新)하는 데 온 정력
을 쏟았다.

종요를 상국(相國)에, 화흠(華歆)을 어사대부에, 또 조휴를 왕필
후임으로 어림군 총독에 임명했고, 그밖의 조정 벼슬아치 임명과 파
면을 마음대로 했다.

장비의 계략

　사천　파서(巴西)·하변(下辨)　지방은　무겁게　드리워진　전운으로　새나　짐승들도　숨을　죽이고　있는　것　같았다.

　조홍(曹洪)이　이끄는　위병　5만은　한중에서　적극적으로　촉나라　국경에　진출하여　진을　치고　있었다.

　그들　정면의　적장은　마초(馬超)였다.　마초는　하변　방면,　장비는　파서　방면에서　한중　침공을　노리고　있었다.

　조홍　아래엔　장합이　있다.　병력이나　병기면에서　위군이　압도적으로　우세했다.

　서전은　마초의　부하　장수　오란(吳蘭)과　임쌍(任雙)의　부대가　위군을　공격함으로써　시작되었다.　그러나　초전에서　임쌍은　전사하고　오란은　패주했다.

　"왜　적을　얕보았는가!　앞으로는　천험에　의지하여　가볍게　움직이지　말라."

　마초는　오란의　경솔한　싸움을　크게　꾸짖었다.　그는　위병의　강함을　뼈에　사무치도록　알고　있었다.

조홍이 이상히 여겼다.

"어쩐 까닭이지? 아무리 공격해도 마초가 움직이지 않는다. 그 용맹한 녀석이 이렇듯 꼼짝 않고 있는 것을 보면 무슨 모계(謀計)를 꾸미고 있는 것이 아닐까!"

서전의 전과를 헛되이 하지 않으려고 조홍은 신중을 기하여 병을 남정(南鄭)까지 물렸다.

장합이 불만스러운 표정으로 말했다.

"장군, 모처럼의 승세를 이용 않고 왜 퇴각하십니까?"

"업도를 떠나올 때 관로에게 점을 쳐달라고 했더니 이번 싸움에서 한 명의 대장을 잃는다고 했다. 그러니까 신중을 기할 수밖에."

"하하하……. 장군도 50세 가까운 나이, 이제 점 따위에 현혹되시는군요."

장합은 말한 뒤에 청했다.

"소장에게 군사 3만을 나눠 주십시오. 파서 방면에 나와 있는 장비군을 패주시키겠습니다."

조홍은 장합이 장비를 얕본다고 보고 위태롭게 생각하여 좀처럼 승낙하지 않았다. 그러나 장합은 자신만만했다.

"사람들은 모두 장비를 겁내지만 소장의 눈에는 어린애로밖에 보이지 않습니다. 만일 장군께서 그를 조금이라도 두려워하신다면 군졸조차도 장비를 겁내어 사기가 떨어질 것이 아닙니까! 그래도 좋습니까?"

이렇게까지 말하자 조홍도 자기가 싸워보이든가 장합의 청을 허락하든가 할 수밖에 별도리 없게 되었다.

　　예로부터 교만한 군사는 실패가 많은 법
　　언제나 적을 업신여기면 이기기 어려워라

드디어 장합은 3만의 군사를 이끌고 파서로 바람처럼 달려갔다.

파서 일대는 높은 산들이 줄줄이 겹쳐 있고 골짜기는 깊었으며 수목이 울창하여 대체 어디에 진을 치고 병마를 쉬게 할지 여간해서 찾기 힘든 지형이었다.

장합은 세 곳에 진지를 구축했다. 첫번째가 탕거채(宕渠寨)이고 두 번째가 몽두채(蒙頭寨)이고 세 번째가 탕석채(蕩石寨)였다.

"어떠냐, 이만하면 적도 얼씬 못하리라!"

장합은 병력 1만 5천을 채에 남겨두고 다시 1만 5천을 이끌고 적진 가까이 진출했다.

장비는 부하에게 말했다.

"이봐, 뇌동(雷銅). 왔다면서……?"

"온 것은 장합이랍니다."

"1만 5천? 개미처럼 짓밟고 싶군. 방어하며 싸울까, 쳐버릴까?"

"지형이 험준한 곳입니다. 나가서 기습하는 것도 재미있을지 모릅니다."

"좋겠지. 출격이다!"

각각 5천씩 병력을 이끌고 출동했다.

이리하여 장비의 군과 장합의 군은 약속이나 한 듯 양중의 산 속에서 마주쳤다.

"보았다, 장합의 모습을!"

장비는 사자를 몰듯이 말을 달려 계곡이나 산허리의 적을 도륙하기 시작했다.

장합은 예기치 않은 강적에 부딪혔고 계곡을 울리는 함성에 겁부터 먹었다. 문득 돌아보니 후방 산마루에도 촉나라 깃발이 나부끼고 훨씬 아래쪽에도 촉나라 깃발이 펄럭인다. 그는 퇴로에 위험을 느꼈다.

위기 심리가 대장에게 생겼다면 그 부대는 이미 지리멸렬이다. 조홍에게 큰소리쳤던 약속도 어딘가로 사라져 버렸다.

“후퇴다! 후퇴!”

장합은 부하에게 물러나라고만 재촉했다. 촉의 깃발이 보이는 산을 피하면서 멀리 돌았지만, 그것은 모두 적을 현혹시키려는 거짓 깃발이었음을 나중에야 알았다.

“속았구나!”

깨달았을 때는 이미 늦었다.

한 번 무너진 진형은 다시 돌이킬 수 없었다.

“산채 문을 닫아라!”

가까스로 다다른 탕거채 안에 군사들을 수용하자 장합은 오직 동굴 속에 틀어박힌 곰처럼 싸우지 않는 수법으로 나갔다.

장비 또한 맞은편 산까지 다가와서 진을 쳤다. 그런데 장합은 좀처럼 싸울 기색을 보이지 않는다.

이쪽 산꼭대기에서 이마에 손을 대고 굽어보니 장합과 그 부하들은 매일 자리를 깔고 앉아 술을 마시거나 피리 불고 노래하는 것 같았다.

“제법 놀고 있잖나!”

장비는 아니꼽다는 듯이 그 광경을 멀리 지켜보았다.

“이봐 뇌동, 저것이 보이겠지?”

“예, 약이 오릅니다.”

“한번 본때를 보여 주어라! 하지만 저따위 짓을 하는 것을 보니 무슨 작전이 있는지도 모른다. 섣불리 적의 계책에 넘어가지 말라.”

뇌동은 한 부대를 이끌고 탕거채 아래에 이르자 목청껏 위군을 놀려대고 욕설을 퍼부었다. 다음날도 같은 방법으로 적을 놀렸다. 그러나 탕거채의 장합군은 벙어리인지 대꾸 한 마디 없었다.

“공격해라! 기어올라가라.”

마침내 뇌동은 화가 나서 계곡을 건너 목책 진문까지 육박했다.

그리고 진문을 때려부수고 가파른 산비탈을 기어올랐다.

그때 수백 개의 벼락이 한꺼번에 떨어지는 듯한 소리가 머리 위에서 들렸다. 거목과 바위가 산 위로부터 굴러내려왔다.

촉병의 사망자 수백 병, 며칠 전의 승리도 이날 패전으로 피장파장이 되어 버렸다.

장비의 마음은 지글지글 끓었다. 다음날 그는 몸소 나서서 뇌동이 했던 것처럼 온갖 욕설을 적진에 퍼부었다.

장비의 욕설은 뇌동 따위는 비교가 안될 만큼 가시돋친 것이었다. 그래도 적은 여전히 침묵을 지켰다.

"적도 보통은 아니야, 잘도 참는다. 이래 가지고서야 벽에 침을 뱉는 거나 말에게 설교하는 것이나 같지. 좀더 시간을 두고 보기로 하자."

장비는 힘없이 자기 진지로 돌아왔다. 그런데 며칠이 지나자 놀랍게도 이번에는 장합 쪽에서 이쪽 산을 향해 욕설을 퍼붓는 것이 아닌가.

아득하게 바라보니 위병들은 산 위에 줄을 짓고 서서 일제히 소리를 질러 욕을 하고 있었다. 뇌동은 그것을 보며 이를 갈았다.

"도저히 참을 수 없습니다. 차라리 단숨에……."

뇌동이 흥분해서 설치자 장비가 말렸다.

"지금 이쪽이 움직인다면 적의 계책에 걸려든다. 잠깐 기다려라."

며칠 뒤 장비는 무슨 생각인지 산을 내려가 적 앞에 진을 쳤다. 그리고 그곳으로 술을 가져오게 하여 부하와 더불어 크게 술잔치를 베풀었다. 술이 취하자 장비 이하 장병들은 술힘으로 온갖 상스러운 욕설을 마구 퍼부었다.

"장비도 마침내 자포자기가 되었군. 멋대로 지껄이게 내버려 두어라."

장합이 명했으므로 장비의 욕설은 응답없는 메아리가 되었다.

성도(成都)에 있는 유비는 전황이 궁금해서 사자를 장비의 진에 보냈다. 사자가 돌아와 유비에게 보고했다.

"장 장군은 장합의 산채와 대치하여 욕싸움을 벌이고 있습니다. 더욱이 장 장군께서는 무슨 마음인지 높은 적의 진지 앞에다 진을 치고 매일 술을 마시면서 적에게 갖은 욕설을 퍼붓고 계십니다."

현덕은 놀라 공명과 의논했다. 공명은 배를 잡으며 웃더니 말했다.

"양중에는 아마 좋은 술도 없을 겁니다. 성도의 미주(美酒)를 모아 50통쯤 보내주어 장 장군에게 실컷 마시도록 하는 것이 좋겠습니다."

"아니, 말도 안될 노릇! 장비는 이때까지 술 때문에 여러 번 실수를 해왔소. 그런데 군사께서 성도의 미주를 보내주라니 이해가 안 되는구려. 그가 미주에 취하여 장합에게 패하기라도 하면 어떻게 하오."

공명은 다시 빙긋이 웃는다.

"주군께서는 익덕하고 꽤나 오랫동안 생사고락을 함께 하셨으면서도 그의 진짜 속셈을 모르시고 계신 것 같습니다. 익덕이 촉나라로 들어올 때 적장 엄안(嚴顔)을 용서하여 한편으로 끌어들였던 일을 기억하시리라 믿습니다. 그때의 깊은 계책은 한낱 용맹만 가진 장군이 아님을 증명했습니다. 지금 낭거채에서 상합과 대신하여 서로 욕싸움을 벌이고 있다고 하는데 익덕에게도 무슨 계책이 있겠지요."

현덕은 끄덕이고 공명의 말을 따르기로 했다.

"그렇게는 생각되지만 만일의 경우에 대비하여 위연(魏延)을 파견하겠소."

공명은 현덕의 명을 받아서 위연을 부르자 명령했다.

"지금 곧 성도의 미주 50통을 탕거에 있는 장 장군에게 가져다 주시오."

위연은 수레에 술통을 실은 다음 '진중 공용의 술'이란 깃발을 꽂게 하고 길을 떠났다.

탕거의 진에 도착한 위연으로부터 위문품을 전달받은 장비는 크게 기뻐했다. 곧 술통에 절하며 주군의 은혜를 감사하고 위연과 뇌동을 불러 명했다.

"위연은 내 우익이 되고 뇌동은 내 좌익이 되라. 홍기를 흔드는 신호가 있으면 전력을 다하여 쳐나간다."

작전을 지시하고 난 장비군은 크게 술잔치를 열었다. 이것을 보고받은 장합은 고개를 갸웃했다.

"괴상한 일도 있구나. 어디 내 눈으로 직접 확인해야겠다."

그는 고지에 올라 멀리 장비군을 굽어보았다. 과연 장비는 중군에서 연방 큰잔으로 술을 퍼마시고 있었다. 소년뿐만 아니라 병졸 두 명에게도 씨름을 시키며 즐거워하고 있었다.

"장비란 놈! 우리가 잠자코 있으니 우쭐해져서 술이나 퍼마시고 있는 모양이로구나. 좋아! 오늘 밤 산을 내려가 단숨에 짓밟아 버리자."

장합은 몽두채와 탕석채의 두 성채 장수에게도 전투 준비를 명하고 이들을 날개삼아 밤중에 살며시 산을 내려왔다.

적진 가까이 접근하여 척후를 내보냈다. 잠시 후 그들이 돌아와서 보고했다.

"장비는 지금껏 술을 마시고 있습니다."

"좋아! 장비 목을 얻은 거나 다름없다. 총공격하라!"

장합군은 천지를 흔들 듯한 함성과 함께 북을 치며 돌격했다.

장합은 선두에 서서 '목표는 오직 장비다.' 하며 달려갔다. 술에 곯아떨어졌는지 목표하는 장비의 그림자는 장막 속에서 꼼짝도 하지 않았다.

"옳다!"

장합은 장막에 비친 그림자를 향해 밖에서 창을 찔렀다. 그러나 창 끝의 감촉에 그는 섬뜩해졌다. 틀림없는 장비라고 믿었는데 사람이 아니고 풀로 만든 허수아비였던 것이다.

"아뿔싸, 속았구나!"

장합이 말머리를 돌려 후퇴하려 하자 갑자기 횃불이 하나 어둠 속에서 크게 흔들렸다. 그게 신호였던 모양이다.

"장합은 어디 있느냐! 연인 장익덕이 여기 있노라!"

천둥과도 같은 고함을 질러대며 장비가 길을 막고 공격해 왔다.

장합은 필사적으로 장비의 장팔사모를 막으며 싸웠다. 그동안에 위병은 수없이 비명을 지르며 죽어갔다. 여기에 다시 위연과 뇌동이 지휘하는 양익이 가담하여 위군을 섬멸하기 시작했다.

장합은 어떻게 혈로를 뚫었는지 모른다. 보니 탕거·몽두·탕석의 산채에도 불길이 올랐고 죽거나 다쳐 쓰러진 것은 위병들뿐이었다.

이 전투에서 장합은 3만 군세 가운데 2만이나 잃었다. 뿐더러 장비군에게 쫓겨 멀리 와구관(瓦口關)까지 달아났다.

와구관으로 도망쳐 온 장합에게 조홍은 원병은커녕 불덩어리처럼 성을 내며 서릿발 같은 명령을 내렸다.

"장합은 내 명령을 어기고 섣부른 짓을 하여 요지를 앗긴 것이다. 지금은 나에게 지원할 병사노 없으니 마땅히 역습하여 본니의 진지를 되찾아라!"

조홍의 엄명을 받자 장합은 결사적인 각오로 계책을 세웠다. 먼저 패잔병을 모아 두 부대로 나누어 와구관 앞쪽에 매복시키고 일렀다.

"주력이 퇴각한다고 보이면 장비는 틀림없이 추격해 올 것이다. 그때 일제히 일어나 그들의 퇴로를 차단하고 모조리 죽이도록 해라!"

그리고 장합은 스스로 한 부대를 이끌고 적이 오기를 기다렸다.

먼저 달려온 것은 촉나라 장수 뇌동과 그 부하들이었다.

장합은 뇌동에게 덤벼들어 몇 합 싸우는 척 한 뒤 말머리를 돌려 달아났다. 유인 전술이다. 아니나다를까 뇌동은 겁도 없이 마구 쫓아왔다. 이윽고 위의 복병이 일제히 일어나 퇴로를 끊자 뇌동의 부대는 독 안에 든 쥐꼴이 되었다.

"함정에 빠졌구나!"

뇌동이 말머리를 돌렸을 때 장합이 번개처럼 달려들어 그를 한칼에 베어 버렸다. 이 모습을 바라본 장비는 너무도 성이 나서 머리칼이 모두 곤두섰다.

"장합은 게 섰거라!"

장합은 이번에도 유인책을 써서 몇 번 싸우는 척하다가 달아났다. 그러나 장비는 그 꾀에 넘어가지 않았다.

본진에 돌아온 장비는 위연을 불러 말했다.

"장합 놈! 뇌동이 설치며 추격하는 것을 매복계(埋伏計)로 속여서 베었다. 그래서 나는 뇌동의 원수를 갚기 위해 계책엔 계책으로서 대항할까 한다."

"어떤 계책입니까?"

"내일 나는 일군을 거느리고 정면으로 장합에게 싸움을 걸겠다. 문장(文長 : 위연의 자)은 정병을 이끌고 적의 복병이 추격하는 내 뒤를 끊으려 할 때 그들을 역습하는 한편 수레에 마른 풀섶을 산더미처럼 실어 길을 막고 불을 질러라! 그러면 장합을 사로잡아 반드시 뇌동의 원수를 갚게 되리라."

이튿날, 장비는 당당히 군사를 출동시켜 위군 정면을 공격했다.

장합은 장비를 맞아 10합쯤 싸우다가 또 유인전술을 썼다. 장비는 어제와는 달리 부하를 이끌고서 추격해오는 것이 아닌가. 장합은 쾌재를 부르며 복병이 있는 곳으로 달아났다. 그 부근은 산 중턱, 길은 한 가닥. 퇴로를 끊기만 하면 적의 뒷덜미를 잡을 수 있는 지형이다.

"됐다!"

장합은 기쁨의 숨소리도 가쁘게 급히 말머리를 돌려 추격해 온 장비군을 향해 역습 태세를 취했다.

뇌동을 죽여 위군의 사기가 올라 있다. 더욱이 오늘의 목표는 장비이다. 장합의 명령은 물샐틈없이 전달되었다.

이리하여 복병이 본대와 합세하여 일제히 일어나 적의 퇴로를 끊으려고 했다. 그런데 누가 알았으랴! 오히려 그들의 앞을 가로막은 것은 촉병이었다. 예상이 빗나간 위병은 여지없이 짓밟혀 깊은 계곡 아래로 단말마의 비명을 지르며 추풍낙엽처럼 떨어져 갔다.

게다가 섶을 실은 수레로 좁은 길을 막고 일제히 불을 질렀기 때문에 검은 연기와 불길이 하늘로 치솟았고, 불은 초목에 옮겨붙어 그야말로 불지옥을 이루었다. 장합의 군사는 산 속으로 도망쳤지만 울창한 숲이라 불길이 산불로 번져 마침내 모두 불타 죽었다.

장합은 겨우 수백의 잔병을 이끌고 와구관 안으로 도망쳐 들어갔다. 장비와 위연은 관문 앞까지 몰려가 맹공을 가했지만 과연 이름난 난공불락의 와구관이었다.

며칠을 두고 공격했지만 와구관은 함락되지 않았다. 장비는 정면 공격을 난님하고 20리를 물러나 진을 친 나음 몸소 수십 기를 이끌고 산길 정찰에 나섰다.

그러던 어느날, 산꼭대기에서 문득 보니 대여섯 명의 남녀가 등에 짐을 지고 풀덩굴을 잡고서 절벽을 기어오르는 모습이 보였다.

장비는 채찍을 들어 그들을 가리키며 위연에게 말했다.

"문장, 저것이 보이는가! 와구관을 깨뜨리는 계책을 저들이 가르쳐 준다!"

위연은 장비의 말뜻을 알아차리고 곧 달려가서 그들 초부를 데려왔다. 장비는 그들이 겁내지 않도록 부드러운 말로 물었다.

“너희들은 무슨 일로 그렇듯 험한 산길을 넘으려고 하느냐?”

“예, 저희들은 모두 한중 백성입니다. 고향에 돌아가려고 이곳까지 왔으나 전쟁으로 길이 막혀 있지 않습니까. 그래서 산을 넘으려 합니다.”

“음.”

장비는 크게 끄덕이고서 다시 물었다.

“이 샛길은 와구관과 멀리 떨어져 있느냐?”

“그렇지도 않습니다. 샛길을 따라가면 와구관 뒤쪽에 이를 수 있습니다.”

그들의 대답에 장비가 얼마나 기뻐했는지 모른다. 그들에게 술과 밥을 대접하고 돈까지 주며 길 안내를 부탁했다.

한편 장비는 위연을 불러 명령했다.

“장군은 병을 이끌고서 와구관 정면으로 달려가 공격하라! 나는 이들을 길 안내로 삼아 정병 500을 이끌고 관 뒤로 나가 장합의 잔적을 모조리 괴멸시킬 것이다.”

와구관에 틀어박혀 한숨 돌린 장합은 관문을 굳게 지키며 구원군이 오기만을 기다렸다. 그러나 원군은 아무리 기다려도 오지 않았다.

이윽고 위연이 군을 끌고 와서 관문을 공격했다. 장합은 얼마 되지 않는 수비병을 독려하며 코웃음을 쳤다.

“너희들이 비록 백만 대군을 끌고 와서 공격한다 해도 이 관문은 깨지 못한다!”

그런데 저녁때가 되자 와구관 뒤쪽에서 갑자기 함성이 들렸다. 이어 검은 연기가 사방에서 올랐다. 장비의 일대가 등 뒤로 돌아와 기습 공격을 감행한 것이다.

장합은 그 보고를 받는 순간 싸울 마음을 잃었다.

“장비는 술만 마시는 주정꾼인 줄 알았더니 꾀도 많구나!”

달아나는 것만이 장합의 전부였다. 그가 조홍이 있는 남정으로 돌아왔을 때 따르는 부하는 겨우 2,30기에 지나지 않았다.

조홍은 패해 돌아온 장합을 보자 불길처럼 성을 내며 좌우 군졸에게 명했다.

"내가 그토록 말렸는데도 너는 쓸데없는 싸움을 하여 3만의 군졸을 잃었다. 당장 끌어내어 목을 베도록 하라."

그러나 행군사마(行軍司馬) 곽회(郭淮)가 간했다.

"삼군(三軍)은 얻기 쉽고 대장은 구하기 어렵다는 옛사람의 말이 있습니다. 장합의 이번 패전은 그 죄가 무겁지만 위왕께서 평소부터 사랑하시는 대장의 하나입니다. 잠시 너그러운 마음으로 목숨을 살려주시어 그에게 공을 세울 기회를 준다면 필사적으로 싸울 것이 아니겠습니까?"

조홍도 곽회의 말을 받아들여 장합의 목숨을 살려주고 군사 5천을 주어 촉나라 가맹관(葭萌關)을 치라고 명했다.

북진

　가맹관은 촉나라의 맹달(孟達)과 곽준(霍峻) 두 장수가 지키고 있었다. 장합이 쳐들어온다는 보고를 받자 곧 군의를 열었다.
　곽준이 주장했다.
　"관을 굳게 지키고 나가 싸우지 않는 것이 상책입니다."
　그런데 주장(主將) 맹달은 이에 반대했다.
　"적을 기다리며 성을 지킨다는 것은 무능하기 이를데 없는 방책이다. 마땅히 나가서 적을 물리치는 것이 장수된 자의 의무가 아닌가."
　맹달은 가맹관에서 일군을 이끌고 출진했다. 그러나 장합군의 맹공으로 맹달은 쥐새끼처럼 쫓겨들어왔다.
　곽준은 성을 엄중히 지키는 한편 성도로 급사를 보내어 구원을 청했다.
　현덕은 곧 군의를 열고 공명과 상의했다. 공명이 각 대장을 소집해놓고 말했다.
　"방금 가맹관에서 급사가 왔다. 한시라도 빨리 누구든 낭중으로 달려가 익덕에게 이 사실을 알리고 장비군을 가맹관으로 돌리도록 하라."

법정이 자기 의견을 말했다.

"익덕은 지금 와구관에 군사를 머물게 하여 낭중 전체를 지키고 있습니다. 낭중은 중요한 곳으로 만일 익덕이 그 자리를 비우게 된다면 반드시 변고가 생길 것이 틀림없습니다. 그러니 누구라도 다른 대장을 뽑아 가맹관의 위급을 구원케 하는 것이 좋을 겁니다."

공명은 이 말에 고개를 저었다.

"장합은 비록 익덕에게 패했다곤 하나 위나라 명장. 보통 장수가 아니오. 내가 생각컨대 익덕을 보내지 않는다면 그를 대적하지 못할 거요."

이 말이 채 끝나기도 전에 노장 하나가 벌떡 일어서며 항의했다.

"군사께서는 무슨 이유로 사람들을 티끌만큼이나 가볍게 보시오? 우리는 비록 재주 없으나 명령만 내린다면 전장으로 달려가 목숨을 바칠 각오가 되어 있습니다. 군사의 말씀, 매우 유감스럽소."

좌중의 눈길이 모두 노장에게 쏠렸다. 황충(黃忠)이었다.

황충은 노장으로서 이름이 높았다. 중국에서는 늙어도 기운이 왕성한 사람을 '노황충'이라고 표현하는데 이 황충에게서 나온 말이다.

공명은 천천히 고개를 끄덕이고 말했다.

"장군의 말씀은 참으로 씩씩하오. 그렇지만 장군은 이미 고령이시라 도저히 장합의 상대가 되지 못하오."

황충은 노여움으로 눈에서 불길을 뿜는 것 같았다. 백발이 모두 곤두섰다.

"소장이 비록 늙었다곤 하나 팔뚝의 힘은 아직 쇠약하지 않았소. 어찌 늙은이라고 이다지도 괄대가 심하오!"

"아닙니다. 장군은 이미 70살이 가깝소. 어찌 늙지 않았다고 할 수 있으리까.”

공명의 거듭되는 모욕에 화가 난 황충은 성큼성큼 당을 내려가더니 긴 칼을 손에 들고 좌우상하로 휘둘렀다. 그 속도가 어찌나 빠른지 칼이 눈에 보이지 않을 정도였다. 이어서 그는 강궁 두 개를 떼어내더니 단숨에 꺾어보였다.

그것을 보자 공명은 말했다.

“좋습니다. 그렇다면 노 장군을 보내기로 하겠소. 그러나 반드시 부장수를 데려가도록 하십시오.”

황충은 기뻐했다.

“고맙소. 엄안(嚴顔)이 소장처럼 늙은 장수이니 그와 같이 가겠소. 함께 가서 반드시 적을 무찌르고, 만일 실패한다면 노장 두 사람에게는 이제 생명의 미련도 없으니 백발의 목을 기꺼이 바치리다.”

처음부터 끝까지 공명과 황충이 주고받는 말을 듣고 있던 현덕은 크게 기뻐하며 황충의 출진을 승낙했다.

현덕의 결정에 모든 장수들은 뜻밖이라는 듯 얼굴을 마주보았다. 그 중에서 조운 자룡의 불만은 컸다.

“지금 장합이 가맹관을 공격하고 있습니다. 참으로 위급한 때인데 하필이면 노 장군을 보내다니 어린애 불장난 같은 모험을 하려 하십니까? 가맹관에 만일의 사태가 있다면 촉 땅이 위태롭게 됩니다. 군사께서는 아무쪼록 신중히 결정해 주시기 바랍니다.”

그러나 공명의 생각은 이미 정해져 있었다.

“당신들은 모두 이 두 노 장군을 가볍게 보고 있는데 그건 옳지 않소. 힘이 모자라면 경험으로 보충하는 법. 이들이 장합을 무찌르고 한중까지 얻게 되리라고 나는 믿소.”

공명의 말에 더 반박하지는 못했으나 싸늘하게 비웃으며 헤어졌다.

황충과 엄안은 부대를 이끌고 가맹관에 이르렀다.

두 노장을 본 맹달과 곽준은 크게 실망했다.

"공명은 보는 눈도 없단 말인가. 송장이 다 된 늙은이를 전장에 보내다니!"

그러나 주군의 명령이라 지휘권을 황충에게 넘겼다.

황충과 엄안은 그들의 깃발을 산 위에 세워 그들의 존재를 먼저 적에게 알렸다.

황충은 엄안에게 나직이 말했다.

"사람들의 비웃음을 들으셨겠지요? 어디에 가든 우리 두 사람이 늙었다고 얕보고 있소. 한번 힘을 합쳐 큰 공을 세워 젊은 녀석들을 놀라게 해 줍시다."

황충과 엄안이 관을 나오자 장합도 그들을 비웃었다.

"그 나이까지 생을 누리고도 아직 부끄러움을 모르고 전장에 나와 싸우려 하느냐! 불쌍하구나."

황충이 노하며 대꾸했다.

"내가 늙었다고 비웃는 모양인데 내 손의 칼은 늙지 않았다. 내 칼맛을 보고 나서 큰소리를 치라!"

곧 말 배를 차며 달려나갔다. 장합도 창을 꼬나잡으며 싸우기를 20여 합. 갑자기 장합의 등 뒤에서 샛길을 돌아온 엄안의 군졸이 나타나서 협격했으므로 장합군은 단숨에 무너졌다. 두 노장에 이끌린 촉병의 기세는 강했다. 위병은 정신없이 8, 90리나 달아났다.

조홍은 이번에도 장합이 패했다는 보고에 곧 죄를 다스리겠다고 펄펄 뛰었지만, 곽회가 다시 간했다.

"지금 죄를 묻는다면 장합은 틀림없이 촉의 군문에 항복하고 말겠지요. 따로 대장을 보내어 장합을 돕게 하는 것이 상책이라 생각합니다."

이리하여 조홍은 하후돈의 조카 하후상(夏侯尙)에게 한현(韓玄)의 동생인 한호(韓浩)를 딸려 군사 5천을 주어 구원케 했다.

장합은 그들을 기쁘게 맞고 곧 군의를 열었다.

"황충은 나이 늙었다 할지라도 생각이 깊고 용기도 있으며 게다가 엄안이 필사적으로 돕고 있어 가볍게 볼 수 없소."

장합의 말에 한호가 대답했다.

"내 일찍이 장사(長沙)에 있을 때 황충의 사람됨을 익히 보았소. 그는 위연과 함께 우리 형님을 죽인 원수. 오늘 이곳에서 만난 것도 하늘의 뜻이니 꼭 원수를 갚고야 말겠습니다."

한호는 하후상과 더불어 진을 치고 적을 기다렸다.

황충은 매일 부근의 지리를 조사했다. 이 날도 지형을 조사하자 엄안이 생각난 듯이 말했다.

"이 근처에 천탕산(天蕩山)이 있습니다. 거기는 조조가 군량을 저장하여 두고 원대한 계책을 꾀했던 곳이지요. 만일 그 산을 점령하게 되면 위군은 양식 보급로가 끊겨 한중에 머물러 있을 수 없게 될 것입니다."

이리하여 엄안은 황충과 작전을 의논하고 나서 일군을 이끌고 어디론가 떠났다.

남은 황충은 진용을 가다듬고 기다렸다. 그때 한호가 선봉대장으로 나타나 외쳤다.

"늙은 도적 황충은 어디 있느냐."

황충이 칼을 휘두르며 한호에게로 달려나가자 하후상은 황충의 등 뒤로 돌아가려고 했다.

형세가 불리하다고 판단한 황충은, 기회를 보아 달아나다가 멈추어서는 다시 싸우다가 또 달아나기를 거듭하여 20리 가까이나 물러났다. 유인작전이었다.

다음날에도 전투는 같은 양상으로 계속되어 다시 황충은 20리쯤 후퇴했다. 하후상과 한호는 잇따른 승리에 콧대가 높아져 빼앗은 황충의 진지에 장합을 남기고 다시 나아가려 했다.

장합은 그들에게 충고했다.

"황충쯤 되는 자가 연속 이틀이나 패해 달아난다는 것은 이해가 안 되오. 반드시 그에게 무슨 계책이 있을 거요. 가볍게 너무 깊이 추격하지 않는 것이 좋을 것 같소."

그러자 하후상은 오히려 성을 냈다.

"그처럼 겁이 많기 때문에 탕거채를 앗기고 수많은 병력을 잃는 등 손가락질을 받게 되었던 거요. 잠자코 우리들의 무훈이나 구경하고 있으시오."

다음날도 황충은 20리를 물러났다.

이리하여 마침내 가맹관으로 쫓겨들어가 이번에는 도무지 나오지 않았다.

하후상은 관 앞에 진을 쳤다.

이것을 보고 놀란 맹달이 큰일났다 싶어 유비에게 급사를 보내어, 황충이 연전 연패 다섯 군데나 진을 빼앗겼다고 알렸다. 현덕도 놀라 공명에게 의논했다.

"놀라실 것 없습니다. 그것은 황충의 교병계(驕兵計)가 틀림없습니다."

공명은 태연히 대답했다.

그러나 조운 등은 공명의 말을 믿지 않는데다 현덕 자신도 불안해져 유봉(劉封)에게 은밀히 일군을 주어 황충을 구원하라고 보냈다.

유봉이 가맹관에 도착하자 황충이 이상히 여기며 물었다.

"무엇 때문에 군사를 데리고 이곳에 오셨소?"

"아버님께서 장군의 고전을 아시고 저에게 구원의 명을 내리셨습니다."

황충은 웃었다.

"그것은 나의 교병책이었소. 오늘 저녁 싸움에 적을 무찌를 것이오. 다섯 군데의 진지를 버린 것은 잠시 적에게 빌려준 것일 뿐,

하루에 며칠 동안의 패배를 만회하고, 아울러 그동안 적들이 저장해 놓은 병량(兵糧) 따위도 얻을 것이오. 구경이나 하고 가시오."

그날 밤중——.

황충은 스스로 5천 기를 이끌고 관문을 열고 쳐나갔다. 이때 위병은 요 며칠 동안 적이 계속 침묵을 지키고 있어 완전히 마음놓고 깊이 잠들어 있었다. 그러다가 뜻하지 않은 함성에 무기를 찾지 못하거나 말까지 서로 바꾸어 타는 등 대혼란을 일으키며 황충군에게 짓밟혔다.

하후상도 한호도 말을 찾지 못하여 맨발로 간신히 달아났다. 밤 사이에 모처럼 빼앗은 진지 가운데 세 군데나 빼앗겼으며 숱한 사상자를 냈다.

황충은 적이 버리고 간 병량을 맹달에게 운반하라고 명령하고 계속 맹공을 퍼부었다.

"휘하 군사들이 몹시 지친 모양입니다. 여기서 휴식을 주는 것이 어떻겠습니까?"

유봉이 건의했지만 황충은 고개를 저었다.

"우리가 지쳤다면 적은 더욱 지쳤을 터, 적에게 숨돌릴 여유를 주어신 안 되오."

5천의 정병이 실로 나는 듯이 추격에 추격을 거듭했다. 위병은 머물러 싸울 엄두도 못내고 마침내 한수(漢水)까지 퇴각하지 않을 수 없었다.

한수에 이르러 문득 정신이 든 장합은 하후상과 한호에게 말했다.

"천탕산은 아군의 군량을 저장하는 곳. 미창산(米倉山)과 더불어 한중의 아군이 생명선으로 삼는 곳이오. 만일 그 산이 적에게 떨어진다면 큰일이오."

하후상이 대답했다.

“미창산에는 숙부 하후연(夏侯淵)이 대군을 이끌고 진치고 있으며, 게다가 정군산(定軍山)으로 이어져 있어 조금도 걱정할 것이 없습니다. 또 천탕산에는 형님 하후덕(夏侯德)이 있을 터, 우리들이 내일 그곳에 가서 지켜도 늦지는 않으리다.”

장합·하후상·한호 셋은 천탕산으로 갔다.

장합이 일동을 대표하여 전투 경과를 설명했다. 그러자 하후덕이 말했다.

“좋소. 이곳에 10만의 병사가 있으니 그대는 병력을 나눠 일부를 이끌고 다시 나가 싸워 빼앗긴 진지를 찾도록 하시오.”

“아닙니다. 공격해선 안 됩니다. 어디까지나 이곳을 지켜 적의 행동을 감시하는 것이 좋습니다.”

그러나 옆에서 한호가 있다가 하후덕에게 청했다.

“나에게 3천 기의 병사를 빌려 주십시오. 이제부터 달아난 늙은 놈의 목을 베어오리다.”

하후덕은 기뻐하고 그에게 병졸을 빌려 주었다.

한호는 용기 백배하여 3천 기를 이끌고 바람처럼 산을 내려갔다.

이윽고 한호와 황충의 군은 언덕길 중간에서 정면으로 부딪쳤다. 한호는 노장 황충에게 호기롭게 도전했으나 칼이 번쩍하는 순간 한호의 목이 잘려 석 자나 튀어올랐다.

대장이 죽자 3천 기의 위병은 풍비박산되었다.

하후상은 한호가 죽었다는 소식에 급히 병사를 이끌고 달려왔다. 그런데 별안간 등 뒤에서 함성이 하늘을 찌를 듯 오르며 곳곳에서 불길이 치솟았다.

하후덕은 놀라 불을 끄려고 부하들을 독려했다. 그곳에 질풍처럼 달려든 것은 엄안의 한 무리였다.

산 위에서는 엄안이 닥치는 대로 적병을 베었고, 산 아래서는 황충이 짓밟았다. 마침내 하후덕·하후상·장합은 더 견뎌내지 못하고 멀리 정군산을 바라보고 달아났다.

천탕산이 드디어 황충과 엄안의 손에 완전히 들어온 것이다.

승리의 소식은 곧 성도에 알려졌다. 현덕은 기뻐하며 여러 무장을 불러 모아 성대한 축하연을 열었다. 그 자리에서 법정이 거듭 강조했다.

"이번에야말로 한중을 공략할 때입니다."

현덕도 이 말을 받아들여 곧 10만 병력에 동원령을 내리고 출격 준비를 서둘렀다.

때는 건안 23년(217) 가을 7월. 현덕의 10만 군은 조운을 선봉으로 하여 가맹관에 이르자 본영을 설치하고 천탕산에서 황충과 엄안을 불러 큰상을 내렸다.

그 자리에서 현덕은 말했다.

"그대들 두 장군은 젊은이 못지않게 참으로 잘 싸워주었소. 그런데 한중의 정군산은 곧 남정의 생명선, 적의 병참기지요. 이 산을 빼앗으면 다만 양평관만 남을 뿐, 한중은 우리 손에 들어올 것이오. 그대들이 가서 이를 공략해 주시겠소?"

황충이 기뻐하며 곧 출발하려 하자 공명이 나섰다.

"노상은 참으로 용맹이 뛰어나긴 하지만, 어차피 하후연을 싱대하기는 어려울 것이오. 하후연은 깊이 도략(韜略)을 익혀 병을 귀신같이 쓰고 신속 과감한 행동으로도 이름이 났소. 그러기에 조조도 그에게 우두머리의 자질이 있음을 높이 인정하고 한중을 맡겼던 것이오. 노장께서는 장합은 이겼지만 하후연은 이기지 못할 거요. 빨리 형주로 가서 운장과 교대해 주기 바라오."

공명의 말에 황충은 또 한 번 부아가 치밀었다.

"옛날 염파(廉頗)는 나이 여든에 이르러서도 쌀 한 말에 고기 열 근을 먹어, 천하 제후가 모두 이를 두려워하고 조나라 국경을 감히 침범하지 못했다고 하오. 하물며 나는 아직 70도 되지 않은 몸, 무슨 까닭으로 늙었다고 그리도 가벼이 보시오! 3천 기만 있으면 소장 혼자서 반드시 하후연의 목을 베어 안장에 달고 돌아오리다!"

황충이 이렇게 발분하여 나서도 공명은 좀처럼 승낙하지 않았다. 그러다가 황충이 끝끝내 고집을 꺾지 않자 공명도 태도를 누그러뜨리며 말했다.

"굳이 가시겠다면 법정을 감군(監軍)으로써 데리고 가도록 하십시오. 그리하여 만사 합의제로 하고 신중히 행동하도록 하시오. 결코 가벼이 움직여서는 안 됩니다. 나도 또한 병사를 이끌고 후원하리다."

　　장수 부리려면 먼저 격동을 시키는 법
　　젊은 사람이여 늙은이만 못하구료

황충은 용약 병졸들을 이끌고 떠났다. 그 뒤 공명은 은밀히 현덕을 만나 말했다.

"노장 황충은, 단지 간단하게 허락해서는 안 됩니다. 그렇듯 말로써 단단히 격려해야 비로소 책임도 더욱 강하게 느끼고, 상대를 새롭게 인식하게 되는 법입니다. 방금 출발했지만 따로 원군을 보낼 필요가 있을 겁니다."

현덕이 양해를 구하고 곧 조운을 불러 명했다.

"그대는 일군을 이끌고 가서 황충을 도와주기 바란다. 그렇지만 황충이 승리하면 결코 나서지 말라. 다만 그의 패색이 짙은 때를 보아 돕도록 하라."

이어 공명은 유봉과 맹달에게 저마다 300기를 주어 산 속 험준한 곳에 깃발을 세워 촉군의 기세가 왕성하다는 것을 적에게 과시하라고 일렀다. 그리고 엄안에게는 낭중에 가서 장비·위연과 교대하여 와구관을 지키도록 하고, 장비와 위연은 돌아와 한중 공략에 참가토록 했다. 또 마초에게도 사람을 보내어 계책을 전하였다. 공명은 이렇게 해서 한중 공략 수배를 빈틈없이 마쳤다.

천탕산에서 쫓겨나 정군산으로 도망쳐 온 장합과 하후상. 그들은 하후연을 만나자 곧 건의했다.

"아군은 장수를 잃고 많은 군졸을 잃었습니다. 게다가 현덕 스스로 대군을 일으켜 한중을 침공한다는 정보도 있으니 곧 위왕에게 구원군을 청하도록 하십시오."

하후연도 고개를 끄덕이고 이 뜻을 조홍에게 알렸고, 조홍은 곧 업도의 조조에게 파발을 보냈다.

관소저

“수염 녀석이 번성(樊城)에 있는 것은 눈엣가시야!”

조조는 씹어뱉듯이 말하고서 혀를 찼다.

수염 녀석이란 관우 운장이다. 유비 진영에서는 미염공(美髥公)이라 불렀다. 그만큼 멋들어진 수염이었다.

“번성에 있는 것은 수염이 아닙니다. 우리의 정남장군(征南將軍)입니다.”

순욱이 죽고 난 뒤 사마중달은 조조 진영의 최고 책사로서 자리를 굳혀 갔다.

‘번성에 관우가 있다.’

조조 진영 사람들조차 그렇게 생각하고 입에 올렸다.

하지만 사마중달의 말처럼 그것은 정확한 표현이 아니다.

번성은 뚜렷한 조조 진영의 성으로서 조조의 사촌 동생 조인(曹仁)이 정남장군으로서 그곳을 지키고 있다.

따라서 정확히 말하자면, ‘수염이 번성을 공격하고 있는 건 눈엣가시야.’ 이렇게 말해야 했다.

관우는 천하가 다 아는 무용이 빼어난 사람으로 빛나는 전력(戰歷)을 가지고 있다. 그 명성이 지닌 무게는 가공할 만한 것이었다. 그러므로 사람들은 관우가 번성을 공격하려 하는 단계에서 지레 ‘번성에 관우가 있다’고 믿는다.

“수염 녀석을 어떻게든 처리해야만 된다!”

조조는 두 손을 뒤로 돌렸다.

그의 근거지 업은 번성에서 멀리 떨어져 있을 뿐 아니라 황하가 그 사이에 가로놓여 있었다.

하지만 천자가 있는 허도는 번성에서 가깝고 황하와 같은 천연의 방벽도 없다. 일단 번성을 잃으면 관우가 지휘하는 유비군은 곧장 허도로 육박하게 되리라.

조조는 지금 유비나 손권보다도 한결 유리한 지위를 차지하고 있다. 여러 가지 이유가 있지만 그 하나는 천자를 손아귀에 쥐고 있다는 점이다. 천자를 경쟁자에게 빼앗기면 정략적인 손실이 크다.

“천자를 옮겨 버릴까.”

조조는 중얼거리듯이 말했다.

그러자 사마중달이 단호히 대답했다.

“안 됩니다. 그와 같은 마음 약하신 생각이라면…….”

“하지만 눈엣가시야!”

“수염은 어떻게 해보겠습니다.”

“방법이 있는가?”

“지난해의 돌림병 때 우리는 숱한 인재를 잃었습니다만, 동오에서는 노숙이 죽었습니다. 그리하여 그의 후임자로 여몽(呂蒙)이 임명되었지요.”

“그러하니……방법이 있단 말이지?”

“있습니다……천천히 구경하시기 바랍니다.”

“너무 날짜를 끌면 곤란해. 나도 이미 64세야.”

조조는 조금 입을 내밀었다.

“알았습니다. 그다지 시간이 걸리지는 않을 것입니다. ……어쩌면 1년 안에……”

사마중달은 표정이 없었다.

“1년이라…….”

조조는 자신에게 허락된 시간은 이제 그다지 많이 남아 있지 않다고 느끼고 있다. 다만 1년도 아깝다.

“노숙의 뒤를 여몽이 이은 것은 우리 쪽에서 볼 때 하늘의 도우심이라 하겠지요. 여몽은 주유의 동지였습니다.”

“그래? ……참, 그랬었지.”

조조는 적벽의 패전이 생각났다. 적벽에서 손권군을 지휘한 것이 주유였다. 그런 주유가 죽은 지 벌써 8년이다. 세월은 살같이 빨리 흘려간다——.

조조와 사마의는 유비 진영의 관우를 치자는 이야기에서 갑자기 화제를 손권 진영의 수뇌부 인사 이동으로 바꾸었다. 물론 관련 깊은 사안이다.

유비는 형주에서 익주로 진출했지만 형주에 관우라는 중진을 남겼다. 그리고 형주 문제로 오나라와 외교 분쟁이 있었지만 분할하는 것으로 낙착했다. 그로써 분쟁은 해결되었고 유비와 손권 진영의 동맹 관계는 여전히 유지되고 있다.

두 나라의 동맹 관계는 조조를 견제하는 것이 목적으로 손권 쪽에서는 재작년에 죽은 노숙이 주장한 것이었다.

애당초 손권 진영에는 유비를 경계하는 공기가 강했고, 적벽의 영웅 주유는 특히 반유비파의 최선봉이었다.

그런데 주유가 죽자 노숙이 주유 후계자가 되었다. 노숙은 친유비파이고 그 때문에 양자의 동맹은 이어져 왔다.

이번에는 노숙이 죽고 뒤를 이은 여몽이 주유와 같은 ‘반유비론

자'였다.

여몽이 손권 진영에서 병마권을 쥐게 된만큼 형주의 관우 입장은 미묘해졌다. 더구나 관우는 외교 솜씨라곤 도무지 없는 인물이었다.

'외교술로 관우를 고립시키자!'

사마중달이 1년이라는 기한부로 '하겠다'고 말한 것도 바로 그 점이었다.

"이미 첫번째 수는 썼습니다."

사마중달은 말했다.

"호오, 벌써 시작했나?"

"여몽의 힘을 빌렸습니다."

"뭐야, 이미 여몽과도 연락이 되었나?"

"빠를수록 좋지요."

"그러나 여몽이 잘 해낼 수 있을까?"

"염려 없습니다. 그는 이미 오하아몽(吳下阿蒙)이 아닙니다."

상대편이 여몽이라고 하자 조조가 불안하게 여긴 것은 여몽을 아직도 한낱 무예만 아는 맹장 정도로 보고 있었기 때문이다. 그런데 사마중달에게서 여몽이 지략을 겸비한 양장(良將)으로 성장했다는 말을 듣자 조조는 새삼 감탄했다.

"호오, 그렇세도 인간이 달라졌난 말이시. 그래 포석(布石)이란?"

"혼담이옵니다."

'26년. ……그리하여 20년.'

초선(貂蟬)은 세월의 길이를 자꾸만 생각하게 된다. 절세의 미녀 초선도 이미 40대 중반이다.

초선은 매일 아침 독경한다. 긴 독경이다.

"어떻게 좀 할 수 없소? 그 청승맞은 천축의 주문은……."

관우는 눈살을 찌푸렸지만 초선은 독경을 그치지 않았다.

불교 신자인 강국 사람들 속에서 자란 탓도 있지만 초선이 부처님 가르침에 귀의한 것은 그 이유에서만이 아니었다.

26년 전 초선은 천하를 호령한 동탁의 측실이면서 그 양자이고 친위대장이기도 했던 여포의 연모를 받았다. 드디어 여포는 동탁을 죽이고 초선을 빼앗았다.

그리고 6년 뒤 여포는 조조의 공격을 받아 멸망했다. 그때 조조군에 속했던 유비 쪽 장수 관우가 또 그녀를 차지했던 것이다.

그리고 20년이 지났다.

제행무상(諸行無常)은 초선의 확고한 신념이 되어 버렸다.

요즘 초선은 15세가 된 딸에게 독경을 말로 가르치고 있었다.

관우는 탐탁찮게 말했다.

"그만두지 못할까!"

그러나 관우는 초선의 마음을 바꾸게 하지는 못했다. 입으로는 강경히 말하지만, 초선을 사랑하고 있는 그로서는 결국 그의 뜻을 존중하게 된다.

"그만둘 수 없습니다."

초선은 극도로 말수가 적었다. 필요한 말 이외에는 입에 올리지 않는다.

"알았어, 알았어!"

관우는 일단 물러났다가도 다시 말했다.

"그대는 이미 어쩔 도리가 없더라도. 우금(友琴)에게는 천축의 주문을 가르치지 마라. 부탁이야."

우금은 딸의 이름이다.

관우는 이 딸을 몹시 사랑했다. 아마도 관우는 초선을 열애(熱愛)하고 있건만 초선이 자기에게 진심으로 마음의 문을 열려고 하는 않는 데 불만을 가지고 있었으리라. 초선이 가까이 있는데도 왠지 손이 닿지 않는 먼 곳에 있는 것만 같은 느낌이 들었다.

'천축의 가르침 탓이다!'

관우는 늘 이렇게 생각했다.

'초선은 단념하자. 그러나 우금만은 천축의 주문에 빼앗기고 싶지 않다.'

관우는 생각했다. 하지만 딸을 아버지로부터 떼어 놓게 하는 것은 불교만이 아니었다. 결혼도 있다. 시집보내고 싶지는 않다. 그렇다곤 하나 훌륭한 남편에게 출가시키는 것이 딸의 행복이 아닌가! 관우는 아버지로서 괴로워하고 있었다.

여몽은 이런 관우의 가정 사정을 잘 알고 있었다. 첩자를 관우의 집까지 잠입시키고 있었던 것이다.

일찍부터 여몽은 관우를 가상적(假想敵)으로 설정하여 온갖 준비를 하고 있었던 것이다. 반유비파인 여몽이 유비와 싸울 경우에 대비하여, 손권 진영으로서 당면한 적인 관우를 온갖 각도에서 연구하였음은 당연했다.

아무리 여몽이 반유비파라도 주군 손권이 친유비파라면 어쩔 도리 없다. 친유비파의 노숙이 오랫동안 주류(主流)를 차지하고 있어 손권도 자연히 친유비파적 생각을 품고 있었다. 그러므로 여몽의 계획에는 주군 손권의 마음을 어떻게 하면 반유비, 반관우로 돌리느냐 하는 문제가 포함되어 있었다.

그런 때 은밀히 연락을 취하고 있던 조조 진영의 사마중달로부터 암시가 있었다.

"혼담으로 말썽을 일으켜 손권 장군을 반관우로 돌아서게 하면 어떨까?"

그런 암시였다.

'음, 묘책이다!'

여몽은 무릎을 쳤다.

그는 관우의 성격에서 가정 내막까지 샅샅이 연구하고 있다.

관우는 부하를 사랑하지만 동료나 윗사람에 대해선 오만했다. 이런 성향은 장비와는 정반대였다. 장비는 윗사람에게 저자세이고 신분이 낮은 자를 멸시하는 경향이 있었다.

"주군 이외의 누구에게도 나는 머리 숙이지 않는다!"

관우는 입버릇처럼 이렇게 말했다. 조조이든 손권이든 안중에 없는 것 같았다.

여몽은 그 점을 노렸다.

그는 어느 날 주군인 손권에게 말했다.

"관우의 딸을 공자님의 부인으로 데려오는 것이 어떻겠습니까. 세상에 드문 미녀라고 듣고 있습니다."

"음, 그것도 나쁘지는 않겠는걸."

손권은 찬성했다.

이때 손권의 장남 손등(孫登)은 열 살이었다. 그때 풍습으로는 열 살 안팎에 장가 가는 일이 별로 이상할 것도 없었다. 어차피 성장하면 몇 사람씩 측실을 둔다. 어렸을 때의 혼담은 아무래도 정략적인 냄새가 짙었다.

뭐니뭐니해도 동맹 관계에 있는 유비의 중신인 관우의 딸이다. 형주를 밑고 있는 관우는 손권 진영과 국경을 이웃하고 있었다. 혼인으로 양자 사이가 안정되는 것은 반가운 일이 아닐 수 없다.

손권은 곧 혼담을 교섭하기 위한 사자를 형주에 보내기로 했다.

여몽은 재빨리 관우 측근에 잠입시킨 첩자에게 다음과 같은 모략을 쓰도록 지령했다.

"손권은 아주 형편없는 바람둥이로 관우의 딸이 미녀라는 말을 듣고 자기 측실로 삼으려 하고 있습니다. 하지만 관우 장군이 그것을 승낙할 것 같지 않으므로 며느리로 맞이한다는 구실을 만들었습니다. 그러면 승낙할 거라는 잔꾀를 꾸민 것입니다. 더욱이

우금 아가씨를 오나라로 데려가면 그것은 볼모 처지나 마찬가지
가 아니겠습니까?"

관우가 이 말을 듣고 화가 머리끝까지 치민 것은 말할 것도 없다.

오나라 사자는 그런 모략이 있었음은 꿈에도 모르고 관우의 본진
을 찾아갔다. 그리하여 사자가 용건을 꺼내기도 전에 관우는 벌떡
일어나 사자를 발길로 걷어찼다.

"내 딸은 15세다. 손권의 자식은 열 살에 지나지 않잖은가. 무엇
이 걸맞는 혼담이야! 네놈들의 속셈이 빤히 들여다보인다. 색에
미친 손권이 시커먼 마음으로 기다리고 있을 테지? 어서 썩 돌아
가 손권에게 전해라. 내 딸은 손권과 같은 호색 비열한 인간이 있
는 집에는 보내지 못한다고! 썩 꺼져 버려!"

관우는 사자를 한번 더 걷어찼다.

사자는 엉금엉금 기어서 도망쳤다. 사자로부터 이야기를 전해 들
은 손권은 눈썹을 곤두세우며 격노했다.

손권과 유비의 동맹은 이때 실질적으로 끊어졌다 해도 좋으리라.

손권 진영 안의 친유비파는 숨을 죽였다. 격노한 주군을 달랠 길
이 없었던 것이다. 반대로 반유비파는 더욱 더 득의만면했다.

오나라 사자를 발길로 걷어찼던만큼 관우도 손권과의 우호 관계
가 단절되는 것을 각오하고 있었다. 또 노숙의 후임자인 여몽이 반
유비파의 거두임을 알고 조인이 지키는 번성을 공격할 때 여몽군이
등 뒤를 엿보지 못하도록 관우는 미방(麋芳)과 부사인(傅士仁)을
장릉과 공안에 저마다 주둔시켰다.

미방은 미축(麋竺)의 동생이다. 형과 마찬가지로 경제 관료로서
재능이 있었고 관우가 그에게 기대한 것은 병참을 담당하는 일이었
다. 번성에서 작전을 하자면 남쪽에서 물자를 보내주지 않으면 안
된다.

그러나 오만한 데가 있는 대장 관우는 동료와 사이가 좋지 않았

다. 위에서 누르듯이 꾸짖고 남 앞에서도 창피를 주기 때문에 인간 관계가 원만할 까닭이 없었다.

조조는 조홍의 사자를 만나고 나자 곧 군의를 열었다.
장사 유엽(劉曄)이 의견을 말했다.
"한중은 땅이 기름져 생산물이 많고 백성들이 많아 참으로 나라의 울타리라 할 수 있는 곳. 만일 패하여 적의 손에 넘어간다면 위나라가 크게 흔들리게 됩니다. 원컨대 전하 스스로 나가서서 전군을 지휘하는 것이 좋을 것입니다."
이 간언을 듣고 조조는 곧 40만 대군을 일으켜 건안 20년(219) 정월, 업을 출발하여 3월에는 장안으로 들어갔다.
여기서 군을 다시 편성하여 3군으로 나누었다. 주력인 중군은 조조, 선봉은 하후돈, 후군은 조휴가 맡았다.
조조는 백마에 황금 안장을 얹고 옥으로 만든 말재갈을 장수에게 잡혀 끌도록 했다.
조조군은 이윽고 동관(潼關)까지 진출했다. 조조는 멀리 수목이 울창한 곳을 바라보며 물었다.
"저곳이 어디냐?"
"남전(藍田)이라 합니다. 옛날 채옹의 산장이 있던 곳입니다."
"음, 채문희가 자란 곳이군. 한 번 그곳을 찾아가 보리라."
조조는 친위대만 거느리고 채옹의 산장으로 향했다. 그곳을 관리하는 동기(董紀)라는 자가 조조를 맞이했고 집안을 안내했다.
조조가 보니 옛날 채옹이 썼다는 서재에 한 폭의 족자가 걸려 있었다.

黃絹幼婦 外孫虀臼

멋들어진 글씨로 여덟 글자가 씌어 있었다.

"저것은?"

조조가 묻자 동기는 공손히 대답했다.

"옛날 채옹님이 오나라 회계로 귀양가셨을 때 그곳에 있는 조아(曹娥)의 비문을 보시고 감탄하여 쓰신 글이라고 합니다."

"음, 조아의 비문을 평한 글이라는 것이냐?"

조조는 한동안 넋을 잃은 듯이 족자를 바라보았다.

조아는 회계군 상우(上虞) 사람인데 효녀로서 널리 이름이 알려져 있었다.

아버지는 유명한 기도사였다. 그는 언젠가 하신(河神)을 부르려고 강에 들어갔다가 큰 물결에 휩쓸려 행방불명이 되었다.

이때 조아는 14세였다.

아버지의 죽음을 슬퍼하며 강가에 나가 크게 통곡했다. 그리고 참외 하나를 강물에 띄우며 외쳤다.

"외야! 부디 아버지의 시신이 있는 곳에서 가라앉아다오!"

17일째 되는 날 참외는 어떤 곳에서 가라앉았다. 조아는 곧 그곳에 몸을 던져 죽었다.

이 소문을 듣고 군수가 조아의 비석을 강가 언덕에 세워주었다. 채옹이 그 비문을 읽고 감탄하여 그와 같은 평문(評文)을 썼다는 것이다.

그런데 조조는 한참 동안 족자의 여덟 글자를 되풀이해서 읽었으나 도무지 뜻을 알 수 없었다. 어려서부터 글공부를 하여 학문에서도 남에게 뒤지지 않는다고 자부하는 조조였다.

조조는 양수를 부르라고 명령했다.

양수(楊修)는 자가 덕조(德祖)이고 태위 양표(楊彪)의 아들이다. 천성적인 조심스러움과 여러 방면에 걸친 재능으로 두각을 나타냈다. 조조의 신임이 두터워 식량을 관리하는 주부(主簿)가 되어 있었다. 양수는 나라 안팎의 정세를 잘 판단하고 양곡을 계획적으로 관리 공급하여 조조의 외정(外征)을 뒷받침해 주었던 것이다. 조비도 그의 재능을 사랑했지만 양수는 조식과 더 가까웠다.

이런 일이 있었다.

조조의 관아인 승상부 문이 세워지고 서까래까지 얹어졌다.

그런데 문을 시찰하러 온 조조가 둘러보더니 문기둥에 '活(활)' 한 자를 쓰고 그대로 돌아가 버렸다.

공사 감독관인 양수는 곧 명령했다.

"문을 부수어라!"

그리고 문이 완전히 해체되자 양수는 설명했다.

"문(門)에 활(活)자를 쓰면 넓다는 활(濶)자가 된다. 즉 승상께 서는 문이 너무 넓다고 하신 것이다."

또 어떤 사람이 연회에서 조조에게 한 그릇의 양젖을 바쳤다.

조조는 한 모금 마시더니 그릇 뚜껑에 '合(합)'자를 써서 돌리게 했다. 무슨 뜻인지 아무도 몰랐다.

양젖의 그릇은 참석한 사람들 손에서 손으로 차례차례 돌려져 양수에게 왔다. 양수는 공손히 뚜껑을 열자 한 모금 마셨다. 그리고 놀라는 일동에게 설명했다.

"승상께서 쓰신 합(合)자는 사람 인(人) 아래 한 일(一)자와 입 구(口)라는 글자로 되어 있소. 즉 승상께서는 모두 한 모금씩 마 시라는 분부였던 것이오."

말하자면 양수는 파자(破字)의 명인이었다. 양수는 조조 앞에 와 서 말했다.

"부르셨습니까?"

"음, 저 글자를 보라. 너는 뜻을 알겠느냐?"

양수는 족자의 '黃絹幼婦 外孫虀臼'의 여덟 글자를 흘끗 보고서 대답했다.

"예, 짐작이 갑니다."

"호오, 그러나 대답은 아직 하지 말라. 종이에 써 두어라. 내 좀 더 생각해 볼 테니까."

그리고 조조는 곧 산장을 출발하여 말을 타고 가면서 줄곧 이리저리 글자풀이를 하였다.

30리를 갔을 때 조조는 외쳤다.

"옳지, 이제야 알았다. 양수 네 생각을 말해 보아라."

"예, 황견(黃絹)은 색실로서 절(絕) 자를 나타냅니다. 유부(幼婦)는 어린 소녀로 묘(妙)자입니다. 외손(外孫)은 곧 호(好)겠지요. 제구(虀臼)는 매운 양념을 넣는 그릇이란 뜻으로 곧 사(辭)자에 해당되겠지요. 합하여 '절묘호사', 다시 말해서 절묘하게 쓴 좋은 글이란 뜻인 줄 압니다."

조조는 자기가 풀지 못했기에 그만 한숨을 쉬며 감탄했다.

"놀랍다, 그 풀이가 맞다. 그런데 나는 너보다 30리나 재주가 모자라는구나!"

이윽고 한중에 이른 조조는 조홍의 마중을 받았다. 조홍이 전황 보고를 했다.

"적은 현덕 스스로 대군을 이끌고 황충에게 정군산(定軍山)을 공격하라는 명령을 내린 모양인데, 하후연은 굳게 지킬 뿐으로 전투를 하지 않고 있습니다."

조조는 말했다.

"그런 짓을 하고 있으면 안 된다. 도전을 받고서도 나가 싸우지 않는다면 겁을 먹었다고 비웃음을 사게 된다. 빨리 내 명령을 전하여 나가 싸우라고 하라."

유엽이 옆에 있다가 간했다.

"하후연은 성급한 데다가 강직하기 때문에 적의 계략에 빠지기 쉽습니다. 지금은 그저 굳게 지키는 것이 상책입니다."

그러나 조조는 듣지 않았다.

하후연은 조조의 명령을 받자 장합을 불러 말했다.

"위왕께서 대군을 거느리고 한중에 도착, 나에게 출격 명령을 내리셨다. 나는 오래도록 이곳을 지키며 한 번도 전투다운 전투를 하지 못하여 몸이 근질근질하던 참이다. 내일은 몸소 나가 마음껏 싸워 황충을 사로잡겠다."

그러자 장합이 간했다.

"아무쪼록 가벼이 출격하지 마시도록. 황충은 비록 노장이나 지용(智勇)을 아울러 갖추고 있으며 법정이라는 전략이 뛰어난 자를 동반하고 있습니다. 이곳은 다행히도 견고한 진지라 굳게 지키는 것이 상책입니다."

“무슨 소리! 위왕도 명령하시지 않았던가. 정 그렇다면 그대는 이곳을 지키라. 나는 산을 내려가 결전하리라.”

하후연은 말하고서 명령을 내렸다.

“누구든지 적의 동태를 탐지하고 오너라!”

그러자 하후상이 대답했다.

“제가 선봉이 되어 적의 움직임을 살피겠습니다.”

“좋아. 너는 선봉이 되어 황충과 만나거든 싸우다가 거짓 패하여 퇴각하는 체해라. 나에게 계책이 있다. 반드시 황충을 사로잡을 것이다.”

하후상은 곧 3천 기를 이끌고 산을 내려갔다.

그 무렵 황충은 군졸을 이끌고 정군산 기슭까지 몰려와 매일 싸움을 걸고 있었다.

그런데 산에서 하후상이 내려온다는 보고를 듣자——

“적도 이제야 움직이는군. 내가 나가 맞아 싸우리라.”

그러자 진식(陳式)이 말했다.

“저에게 1천 군사를 주시면 등 뒤 샛길로 해서 산 위로 올라가 양쪽에서 협격하겠습니다.”

황충도 옳다 생각하여 이것을 승낙했다.

진식은 산 뒤로 돌아가서 함성을 올리며 공격하자 하후상이 이를 맞아 싸웠다.

조금 있다가 작전대로 하후상은 일부러 패하는 척하며 달아났다. 진식은 이것을 보고서 더욱 기승하여 맹렬히 추격했다.

황충은 그것을 보고 적에게 계책이 있다고 눈치채어 진식에게 회군하라는 명을 내렸으나 이미 때는 늦었다. 진식이 매복하고 있던 하후연에게 사로잡히고 만 것이다.

황충은 본진에 돌아오자 법정과 의논했다.

“하후연은 성급하고 만용만 있는 사나이입니다. 사기가 떨어진 아군을 다시 한 번 격려하여 서두를 것 없이 진지를 만들며 차례로 산 위까지 밀고 올라가면 하후연은 반드시 산을 내려와 공격해 올 것입니다. 이것은 '반객위주책(反客爲主策)'입니다. 손님이 오히려 주인이 된다는 병법입니다. 즉, 치는 쪽이 방어로 돌고 방어하는 쪽이 설쳐대어 공격하게 되는 전법입니다. 이쪽은 힘을 비축하고 적군은 방어에 지친 데다가 설쳐대며 공격하기 때문에 방어군이 강한 전법입니다. 하후연이 만일 나온다면 꼭 사로잡을 수 있을 것입니다."

황충은 이 말을 좇아 장병에게 상금을 주어 사기를 북돋고 나서 진지를 구축하며 며칠 거기 머물었다. 그러다가, 다시 전진하여 진지를 구축하며 나아갔다.

하후연은 그것을 바라보고 적의 접근은 용납할 수 없다며 출격하려 했다. 장합이 그것을 간했다.

"저것은 '반객위주책'임에 틀림없습니다. 가벼이 출격해서는 패합니다."

하후연은 듣지 않고 하후상을 불러 적을 무찌르라고 명령했다.

하후상은 곧 수천의 병졸을 이끌고 저녁 어스름이 찾아드는 시간에 황충의 진으로 돌격했다. 그러나 장합의 말처럼 보기좋게 적의 계책에 빠져 하후상은 황충에게 사로잡혔다.

조카 하후상이 적에게 생포되자 하후연은 밤잠도 못자고 고민했다. 그리하여 생각한 것이 진식과 하후상의 포로 교환이었다.

그래서 황충에게 제의했다.

'진식은 살아 지금 우리 진에 있다. 하후상과 교환하자.'

황충도 회답했다.

'우리도 바라는 바이다. 내일 진 앞에서 교환하자.'

이튿날, 양군이 산기슭의 넓은 장소에서 저마다 진을 치고 황충과 하후연이 몸소 나타나 포로 교환이 있었다.

"위나라 장수 하후상을 데려왔소."
"촉나라 장수 진식을 돌려보내겠소."
이런 말이 있고 난 뒤 무장이 해제된 두 장수를 재빨리 교환했다.
그런데 하후상이 바야흐로 자기 진에 들어가려 했을 때, 어디선가 화살이 날아와 등에 꽂혔다.
황충의 계책으로 그가 쏜 화살이었다.
하후연이 크게 성을 냈다. 그는 황충을 향해 달려와 무섭게 싸웠다. 그러나 10여 합쯤 싸우자 위진에서 퇴진 징소리가 울렸다.
하후연이 깜짝 놀라 급히 자기 진으로 돌아와서 소리질렀다.
"총대장인 나의 허락도 없이 누가 후퇴의 징을 울리게 했느냐?"
"그때 사방 산골짜기에서 갑자기 촉병이 나타나고 숱한 촉나라 깃발이 나부껴 아마도 복병인가 싶어 징을 울렸던 것입니다."
이 말에는 하후연도 대꾸할 말이 없었다.

황충은 정군산의 지형을 조사하여 법정과 자주 작전을 논했다. 법정이 먼 산을 가리키며 말했다.
"정군산 서쪽에 우뚝 솟은 산이 보이시지요? 저 산모습을 보니 사방이 모두 가팔라 좀처럼 기어올라가기 힘들 것 같습니다. 만일 저 산을 차지하면 정군산의 적진을 발 아래 굽어볼 수 있어, 배치나 진형을 한눈에 알 수 있을 것입니다."
황충도 그말을 들으면서 산을 우러러보았더니 과연 상당히 높은 산으로 정상이 얼마쯤 평평해 보였다. 약간의 병력이 그곳을 지키고 있는 것 같았다.
그날 밤 황충은 이 산을 기습했다. 산에는 위나라 장수 두습(杜襲)이 수백 명을 거느리고 지키고 있었는데, 촉나라 대군이 공격해 오자 진지를 버리고 달아났다.
쉽게 산을 점령한 황충은 정군산을 굽어보며 작전을 세웠다.

법정이 또 말했다.

"적이 만일 공격해 오면 아군은 움직이지 않고 방어만 합니다. 적이 지쳐 달아나면 그때 산을 내려가는 기세를 그대로 밀고 가서 적을 치는 것입니다. 이것이 곧 기세로써 적의 피로를 치는 계책입니다."

산을 도망쳐 내려온 두습은 하후연에게 진지를 앗긴 것을 보고했다. 하후연은 마주 보는 높은 산에 적이 진을 친 이상 당장 공격하여 뺏지 않으면 위군에게 불리하다고 판단하여 출동 준비를 명했다.

장합이 간했다.

"저 산을 적이 공략한 것은 법정의 계책이겠지요. 장군은 나가면 안 됩니다."

"무슨 말! 황충이 지금 마주보는 산꼭대기에 있고 매일 우리 군의 허실(虛實)을 엿보고 있다. 저 산을 탈환하지 않는다면 어떻게 정군산을 지탱할 수 있겠는가?"

그래도 장합은 거듭 간했지만 하후연은 듣지 않았다. 병력 1만을 정군산에 남겨 수비토록 명하고 자기는 나머지 반을 이끌고 황충이 있는 산을 공격했다.

공격은 방어의 몇 갑절 힘이 있어야 한다. 더욱이 적은 높은 고지에 진을 쳐서 유리한 위치에 있다.

하후연이 산을 기어오르며 함성을 지르게 했으나 적은 쥐죽은 듯 고요할 뿐 반격할 기세를 보이지 않는다.

적의 반격은 없었지만 위군은 가파른 산을 오르느라고 숨이 턱까지 닿았다. 그런데 거의 다 올랐을 즈음, 황충군이 갑자기 산 위에서 바위와 거목을 굴리며 반격했다.

황충은 이 싸움에 자기의 남은 여생을 모두 걸었다. 오직 하후연을 목표로 돌격하여 큰 칼을 번뜩이며 후려쳤다. 하후연은 미처 받

아내지 못하고 어깨로부터 배까지 칼을 맞아 그대로 죽고 말았다.
　후세 사람이 시를 지어 황충을 찬양했다.

　　　노년에 이르러 큰 적을 맞이하여
　　　백발 휘날리며 신위를 떨쳤다네
　　　빼어난 용력으로 강궁을 당기고
　　　서릿바람 가르는 칼날을 휘두르네

　　　우렁찬 목소리는 범의 울부짖음이요
　　　날랜 말은 하늘을 나는 용이로다
　　　적장 베어 바쳐 공훈 세우고
　　　강토를 넓히어 나라의 땅 펼치네

　총대장이 죽고 나자 위병은 그대로 무너졌다. 가뜩이나 피로한 그
들이다. 거의 맥없이 촉병의 칼과 창에 목숨을 잃었다.
　황충은 승세를 몰아 조금도 고삐를 늦추지 않고 정군산을 공격했
다. 장합은 필사적으로 막았지만 갑자기 등 뒤로부터 촉의 한무리가
나타났다. 그것은 조운 자룡이 이끄는 새로운 군사였다.
　상합과 두습은 겨우 목숨만 살아 도망쳤다.

　하후연이 죽고 난 뒤, 조조는 대량의 군량미를 한수 북쪽 미창산
(米倉山)에 저장했다. 대반격을 위한 준비였다.
　그 미창산을 공격하기 위해 황충이 다시 출동했다. 이 공격에는
조운의 부대도 참가했다.
　그런데 예정 시각이 지났는데 황충이 돌아오지 않는다. 그래서 조
운이 수십 기를 이끌고 급히 황충의 동태를 알아보려 나갔다.
　가는 도중 조운은 이동하는 조조의 대군과 마주쳤다.

처음에 마주친 것은 적의 선봉부대였으나 싸우는 동안 적의 본대가 도착하여 파도처럼 몰려왔다.

조운은 돌격하여 적의 본대를 견제하고 나서 전투 태세를 갖추지 않은 채 퇴각으로 들어갔다.

일단 혼란에 빠졌던 조조군은 다시 진형을 정비하고 추격해 왔다.

조운은 그것을 '매복의 기습전법'으로 격파하고 다시 퇴각을 계속했다. 이때 부장 장저(張著)가 중상을 입자 또다시 되돌아가 그를 구출했다.

금방 조조의 군세가 몰려왔다. 이때 본진을 지키고 있던 것은 장익(張翼)이었다. 장익은 목책 문을 닫고 적을 막으려 했다.

그런데 조운은 본진 안으로 들어오자 문을 활짝 열어 놓게 했다.

깃발은 모두 쓰러뜨리고 싸움을 돋구는 북소리도 울리지 못하도록 했다.

몰려온 조조군은——

"복병이 있는 것이 아니냐?"

불안에 사로잡혀 퇴각을 시작했다.

이때 천둥과 같은 북소리가 울려퍼졌다. 그와 동시에 조조군의 등을 향해 노궁(弩弓)이 일제히 발사되었다.

조조군은 대혼란에 빠졌다.

자기편끼리 짓밟히며 한수에 빠져죽는 자가 부지기수였다.

이튿날 유비와 공명이 그곳에 이르렀다. 황충도 무사히 돌아와 있었다. 유비는 전날의 전투 자취를 둘러보고 감탄해 마지않았다.

"얼마나 대담한가! 조운 자룡은 온몸이 담 덩어리로군그래!"

후세 사람이 조운의 용맹을 시로 지어 찬양했다.

지난날 장판교에서 떨친 용맹
그 위풍 지금도 여전하구나

적진을 들이쳐 영웅을 과시하고
포위를 뚫어 용맹을 떨치네

귀신도 곡을 하며 울부짖고
하늘과 땅도 놀라 어두워지네
상산의 조자룡이여
온 몸이 온통 담력으로 뭉쳤구나

축하의 술잔치가 성대하게 열렸고 잔치는 해가 저물 때까지 계속
되었다.

이때부터 조운을 호위장군(虎威將軍)이라고 불렀다.

조조가 군사를 정돈하여 다시 한수 동쪽 기슭에 진을 치는 것을
바라본 공명은, 서쪽 기슭을 수레로 시찰했다. 상류에 벌거숭이 산
들이 줄지어 있고 거기에 1천여 명 군사를 숨겨둘 수 있는 것을 확
인하자, 돌아와 조자룡을 불렀다.

"장군은 500명 군사에게 북과 뿔피리를 들려, 저 벌거숭이 산중
턱에 숨어 있으시오. 초저녁이라도 일단 우리 진에서 불화살이 오
르거든 천지를 뒤흔드는 요란한 소리를 내시오. 나만 밖으로 쳐나
와서는 안 되오."

다음날 위군은 한꺼번에 몰려왔다. 그러나 촉 진영은 쥐죽은 듯
소리 하나 없었다. 군사의 모습도 전혀 볼 수 없었고, 화살 하나 날
아오지 않았다.

조조는 공명에게 숨은 꾀가 있는 줄 알고 군을 퇴각시켰다.

그날 밤이 깊어서 위나라 진중에 등불이 다 꺼지자, 공명은 불화
살을 공중으로 쏘아올렸다.

이 신호에 따라 벌거숭이 산기슭에서 일제히 북소리가 울리고 뿔

피리 소리가 들려오며 함성이 밤하늘을 뒤흔들었다.

"큰일이다. 적의 야습이다!"

위나라 군사는 잠자리에서 일어나 진지를 뛰쳐나왔다.

그러자 달빛 속에 촉나라 군사는 그림자도 보이지 않았다.

진지로 되돌아가 얼마를 지나자, 또다시 북소리와 뿔피리 소리가 울리며 함성이 터져 나왔다.

"이번은 정말 야습이다!"

위병은 긴장했다. 그러나 촉나라 군사는 몰려올 기미도 보이지 않았다. 이 같은 일이 2시간, 혹은 4시간 사이를 두고 사흘 밤이나 계속되었다.

단순한 위협에 지나지 않는다고 조조는 생각했다. 그러나 상대가 귀신 같은 공명인지라 언제 정말로 야습을 해올지 모르는 일이었다. 조조는 공연히 마음이 불안했다. 그래서 하는 수 없이 30리를 물러나 넓은 지역에 진을 쳤다.

이를 보자 공명은 전군에게 한수를 건너게 했다.

즉 배수진(背水陣)을 친 것이다.

조조는 이 보고를 받자

"그래? 공명이 어떤 계책을 쓸 것인가?"

이상하게 생각하면서 우선 사자를 보내 도전장을 건넸다.

공명이 곧 대답을 보내왔다.

'내일 결전하자.'

이튿날 아침 조조는 직접 선두에 서서 왕자기(王字旗)를 높이 세우고 말을 몰았다. 양군은 바로 중간에 있는 오계산(五界山) 앞에서 마주치게 되었다.

조조는 좌우에 용과 봉을 그린 깃발을 주욱 세우고는 북을 세 패로 나누어 치게 한 뒤, 말을 몰아 앞으로 나섰다.

현덕도 유봉·맹달 이하 서천의 여러 장수들을 거느리고 말을 앞으로 내몰았다.

조조는 채찍을 들어 현덕을 가리키며 은혜와 의리를 모르는 역적 놈이라고 꾸짖었다.

현덕도 이에 맞서, 한나라 종친인 나야말로 천자의 어명을 받들어 역적 조조를 치는 것이라고 외쳤다.

조조는 서황에게 명령했다.

"격파하라!"

서황의 공격에 현덕은 말머리를 돌려 달아났다.

"현덕을 사로잡는 사람에게는 서천을 상으로 주리라."

조조의 이 전달이 위나라 군사를 용감하게 만들었다.

촉나라 군사는 싸우다가 물러나고 물러났다가는 싸우고 하며 한수 가까지 쫓기는가 싶었다.

촉나라 군사가 달아난 길에는 말도 무기도 그대로 버려져 있었다.

조조는 위나라 군사들이 그 버려진 물건들을 앞다투어 줍는 것을 바라보며 명령했다.

"안 되겠다! 징을 울려 군대를 정돈시켜라!"

장수들이 이제 조금만 더 쫓으면 유비를 사로잡을 수 있을 텐데 하고 안타까워하자, 조조는 고개를 설레설레 흔들었다.

"공명이 배수진을 친 것도 알 수 없는 일이고, 말과 무기를 아낌없이 버리고 달아나는 것도 수상하다. 공명은 우리를 유인하고 있는 것이 틀림없다."

조조는 급히 전군에 철수 명령을 내렸다.

공명은 위나라 군사가 후퇴할 것을 미리 알고 있었다.

"추격!"

명령이 떨어지자 조운이 맨 먼저 돌격했다. 황충이 그 뒤를 잇고 현덕의 중군이 이를 쫓았다.

위나라 군사는 계속 도망쳐 양평관으로 들어가고 말았다. 현덕은 남정(南鄭)과 포성(褒城)까지 점령하고 나서 공명에게 물었다.

"조조는 이번 싸움에서 무엇 때문에 승부를 결정짓지 않고 힘없이 패해 달아났소? 만일 한수 가까지 우리를 뒤쫓았으면 전멸을 시킬 수도 있었을 텐데……."

공명은 웃으며 대답했다.

"배수진은 계(計)가 없는 계였습니다. 조조는 그 자신 너무도 허실에 대한 계를 잘 쓰기 때문에, 제 꾀에 넘어가리라는 것을 기대했던 것뿐입니다. 물론 조조가 한수 가까지 우리를 추격해 왔다면 주공과 신의 생명도 위태로웠을 것입니다."

그 말을 듣자 현덕은 온몸에 소름이 오싹 끼쳤다.

묘한 계책이 있는 것처럼 보여서 조조의 지혜를 역이용하다니!

현덕은 계(計) 없는 계를 생각해 낸 공명의 귀신 같은 계산에 숨 가쁠 정도로 감탄했다.

조조는 문득 자신이 상대방을 너무 과대평가하고 있는 게 아닌가 의심스러웠다. 요즘 들어 늘 공명의 계(計)를 의식하여 스스로 물러나는 일이 잦아졌다. 그러다보니 으레 공격보다는 수비에 더 치중하게 되었다.

조조는 혼자 깊은 생각에 잠기는 일이 많아졌다. 속속 들어오는 보고마다 한결같이 낭보는 없고 모두 패전을 알리는 보고뿐이다. 남정의 군량도 거의 바닥나기 시작했다. 사곡도(斜谷道)가 복구되어 한숨 돌리긴 했지만 언제 또 끊길지 모를 일이다. 설상가상으로 다시 돌림병이 번지기 시작했다고 한다.

돌림병이라는 말에 조조는 적벽전 때의 일이 생각나 씁쓸했다. 그 때는 장강의 소라를 먹은 것이 원인이었다. 이번에는 구체적인 원인을 알 길이 없지만 어쨌거나 돌림병이 번지고 있는 것만은 확실하다.

수심에 잠겨 있는 조조의 얼굴을 가만히 바라보고 있던 허저가 나서서 말했다.

"제가 나가겠습니다. 장비와 조운만 처치하면 이 싸움은 금세 결판이 날 것입니다."

그러자 조조가 짜증스러운 듯 말했다.

"장비·조운 때문에 애를 먹는 건 사실이야. 하지만 자네가 내 곁을 떠나면 놈들은 무슨 수를 써서라도 전력을 다해 나를 죽이려 쳐들어 올 거야. 내 허점은 바로 허저 자네가 내 곁을 비우는 것이라고. 알겠나?"

"네. 하지만……."

조조는 더욱 미간을 좁히며 말을 이었다.

"지난번 전투 때 조운을 봤나? 미창산에서 말일세. 일군을 이끌고 기습한 조운은 나를 보자마자 곧장 말을 달려 정면으로 돌진해왔지 않은가. 만일 허저 자네가 없었더라면 나는 그때 조운의 칼에 두 동강이 나고 말았을 게야."

그 말에 허저는 입을 다물었다.

양평관에 틀어박힌 조조는 기분이 우울했다. 그때 그곳에 소용이 찾아왔다.

"병사를 물리세요."

소용은 대담하게 의견을 말했다.

조조는 물었다.

"왜 한중에서 병을 물려야만 하지? 모처럼 당신 아들에게서 얻은 땅인데……."

"한중은 오두미도의 땅이었습니다."

"그것이 어쨌다는 건가? 누구나 알고 있는 일이 아닌가?"

"여기선 제정(祭政)이 일치돼 있었습니다. 종교와 정치가 분리된 생활을 한중 사람들은 상상도 못합니다. 누가 통치하더라도 한중 사람들의 배척을 받겠지요. 그렇다면 현덕님이 먼저 미움을 받도록 하는 것입니다. 그런 뒤라면 조금은 나을 거라고 생각할 것이 아니겠습니까!"

"그럴까? 그러나 한중을 잃는 일은……."

조조는 한중 지배에 집착하고 있었다. 쉽게 포기할 수 없었다.

"오두미도는 한중에 오래 있어 이 고장의 약점을 잘 알고 있습니다. 형주로의 길이 막혀 버리면 한중은 반신불수가 되지요."

"으음."

조조의 머리에 비로소 번뜩이는 것이 있었다.

앞의 앞까지 내다보는 무서운 여자! 소용의 말은 옳았다. 급소를 찌르고 있었다.

"이제까지 유표님처럼 그다지 강력하지 않은 정권이 형주에 있었기 때문에 한중은 숨길이 트여 있었던 것입니다."

"그런가!"

조조는 소용의 말을 이해했다.

형주를 차지한다면 한중을 숨막혀 죽게 할 수도 있다. 일부러 험로(險路)를 넘어 한중에 병을 보낼 필요는 없다.

소용이 물러가자 조조는 하후돈을 시켜 단 한 마디——

"계륵(鷄肋)!"

이렇게 명령을 내렸다.

하후돈을 비롯한 모든 장수들이 무슨 뜻인지 영문을 몰랐다.

양수만이 명령을 듣자 철수 준비를 시작했다.

"어떻게 철수 명령이라는 것을 알았소?"

"계륵, 닭의 갈비뼈는 버리긴 아깝지만 먹으려 해도 살이 없소. 한중이란 땅은 그런 곳이라는 것이 전하의 말씀이지. 따라서 철병할 것이라는 것을 금방 알았소."

이해 5월 조조는 한중에서 미련없이 군을 철수시켰다.

호랑이의 딸

조조가 철수한 뒤 유비군이 한중을 휩쓸었다.

상용(上庸)도 함락되고 금성(金城)도 항복했다.

신탐(申耽)·신의(申儀) 같은 한중의 장수들도——

"누구를 위해 싸우느냐."

모두 현덕에게 항복했다.

이어 공명은 여러 장수의 대표로 법정을 데리고 현덕 앞에 나아가 아뢰었다.

"주군께서는 이미 연세가 50을 넘으셨고 위엄이 사방에 떨칠 뿐 아니라 덕망이 온 백성에게 널리 퍼지고 있습니다. 이제 서천과 한천(漢川)의 넓은 땅을 얻으셨으니 마땅히 왕위에 나가셔야 합니다."

현덕은 깜짝 놀랐다.

"무슨 말씀이오, 군사? 나는 황제의 일족임은 틀림없지만 허도에 천자가 계시오. 따라서 언제 어디에 있더라도 신하로서의 본분을 잊은 적이 없소. 만일 왕위를 참칭하여 조조의 오만을 본뜨는 짓을 한다면 무슨 낯으로 나라의 도적을 칠 수 있단 말이오!"

"아닙니다. 제위에 오르시는 것이 아니고 왕위에 오르실 뿐. 지금 남으로 오나라와 북으로 위나라가 있는데 주군께서 홀로 겸양의 덕을 발휘하신다면 어떻게 앞으로의 통일을 꾀할 수 있겠습니까? 만일 사양하시고 끝까지 승낙하지 않으신다면 삼군의 장병이 주군의 큰 그릇을 의심하고 실망할지도 모르는 일입니다. 또 주군께서 왕위에 오르셔서 그 영화를 휘하 장병에게 나눠주셔야 그들도 용기 백배할 터, 아무쪼록 한중왕에 오르소서."

건안 24년(210) 7월이다.

유현덕은 공명의 권고에 따라 한중왕(漢中王)에 등극했다.

먼저 모나고 둥근 아홉 층 단을 면양(沔陽)에 쌓고, 다섯 방위의 깃발을 세워 갖가지 의장(儀仗)을 갖춘 다음, 군신들이 벼슬과 위계에 따라 주욱 늘어서 있는 가운데 유현덕은 단으로 올라갔다. 그리하여 허정과 법정 두 신하가 바치는 왕관과 옥새를 받았다.

현덕 옆에는 태자가 된 유선이 모시고 서 있었다.

공명은 저 멀리서 혼자 흰옷 차림을 하고 서서 식이 진행되는 광경을 지켜보고 있었다.

현덕이 허도로 사신을 보내 천자께 올릴 상소문을 높이 들어 읽기 시작했다.

"신(臣) 비는 변변치 못한 재질로 상장(上將)의 큰 책임을 지고 신군을 총독하고, 칙명을 받들어 외지에 있으면서도 이제껏 난을 쓸어 없애고 황실을 바로잡지 못한 채, 오래도록 폐하의 높으신 위엄을 땅에 떨어지게 하여……"

낭랑히 울리는 그 목소리를 들으면서 공명은 오늘 이 거룩한 행사에 참석하는 기쁨을 모르고 싸움터에서 목숨을 바친 사람들을 하나하나 떠올리고 있었다.

주군을 구하기 위해 한 몸을 초개처럼 던져 무수한 화살을 맞고 간 사람도 있었다. 패해 달아나던 도중 무거운 상처를 입고 길바닥에 넘어져 죽은 사람도 있었다. 너무 적진 깊숙이 들어갔다가 돌아오지 못한 사람도 있었다. 공명에게 기습책을 쓰도록 하기 위해 자진해서 적의 포로가 된 사람도 있었다. 적의 성 위로 뛰어올라 아군의 깃발을 꽂는 순간, 화살을 가슴에 맞고 아래로 떨어진 사람도 있었다.

"……이미 종실이 미약하여 제족(帝族)의 위(位)가 없는지라, 옛 식(式)을 참작하여 임시 권의(權宜)로써 신을 올려 대사마 한중왕으로 삼았사옵니다. 신이 엎드려 스스로 생각하옵건대 나라의 두터운 은혜를 입어 큰 소임을 맡고 있으면서 힘을 펴되 아직 공이 없고……."

공명의 머릿속에는 뒤이어 산골짜기와 들판과 강과 냇물에 목숨을 버린 무수한 군사들의 참담한 광경이 되살아났다. 군사들은 말없이 명령에 따라 싸우다가 죽어간 것이다. 이름도 없고 공을 찬양받는 일도 없이 벌레처럼 사라져간 군사들.

'그야말로 한 장수의 성공 밑에 만 명의 목숨이 사라지는 세상.'

공명의 가슴은 아팠다.

현덕의 목소리는 아직도 계속되고 있었다.

"……우러러 작호(爵號)를 생각하면 지위는 높고 사랑은 두터우며, 엎드려 은혜 갚을 일을 생각하면 근심은 깊고 책임은 무겁사옵니다. 감히 힘을 다하고 정성을 다하여 육사(六師 : 天子의 軍)를 격려하고 군의(群議)를 이끌어 하늘에 응하고 때(時)에 따라 흉역(凶逆)을 쳐서 무찌름으로써 사직을 편안히 하고자 하옵니다. 이에 삼가 아뢰옵니다."

현덕은 이어 허정(許靖)을 태부로 임명하고 법정을 상서령에 앉혔다.

공명은 여전히 군사로 있고, 그 아래 관우는 전장군, 후장군은 황충, 우장군은 장비, 좌장군은 마초. 그리고 조운까지 포함해서 이들은 오호 대장이라 일컬어졌다.

"뭣이! 옛날 돗자리나 짜서 팔던 촌뜨기가 한중왕이 되었다고? 정말 우습구나! 유비! 어디까지나 이 조조와 맞겨루겠다는 속셈이 아니고 무엇이냐!"

위왕 조조는 소리를 질러가며 유비를 욕했다.

사마의가 말했다.

"전하, 지금은 오나라 손권과 손을 잡을 때입니다. 그리하여 형주의 관우만 없앤다면 한중은 숨이 막혀 저절로 자멸할 것이 아닙니까?"

조조는 사마의의 눈을 들여다보며 웃었다.

"그렇지, 여몽과 딴 모략이 있었지."

조조는 곧 사자로서 만총(滿寵)을 뽑아 오나라로 보냈다. 만총은 모사인데다가 외교의 대가이기도 했다.

손권도 위나라와 촉나라의 현황을 꾸준히 지켜보며 오늘의 평화가 결코 내일의 평화로 지속되지 않는다는 것을 자각하고 있었다.

위나라 사신 만총이 왔다는 보고를 듣고 손권은 장소(張昭)에게 물었다.

"위나라 사신이 무엇 때문에 왔을까?"

"아마도 무슨 속셈이 있어서 왔겠지요. 어쨌든 만나 보십시오."

만총은 오나라 가신들이 늘어앉은 당에 나와 먼저 손권에게 예를 올리고 입을 열었다.

"위나라와 오나라는 본디 원수진 것이 아무것도 없고, 다만 공명의 농간 때문에 지난 몇 년 동안 싸움을 벌였던 것입니다. 그 결과 이익을 본 것은 위나라도 오나라도 아닌 촉한(蜀漢) 이천(二川)의 땅을 차지한 현덕이었습니다. 위왕 맹덕도 전날의 잘못을 깨닫고 귀국과 오래도록 순치(脣齒)의 관계를 맺어 함께 현덕을 치려는 뜻을 품고 있습니다. 바라옵건대 서로 침범함 없이 두 나라는 수교하여 공영(共榮)의 길이 열리기를 바라마지 않습니다."

만총은 이날 저녁 환영 술잔치에 나갔다. 조조의 편지를 본 뒤 손권의 표정이 매우 밝았다.

'이 외교는 성공한다.'

만총은 분위기로 보아 자신만만했다.

그는 취하여 객관으로 물러갔다. 그러나 오나라 중신들은 손권을 중심으로 밤이 깊도록 남아 심각히 토론을 했다.

고옹(顧雍)이 말했다.

"이번 제의의 목적은 천하를 통일하여 위 한 나라로 만들겠다는 데 있고, 이는 조조의 속임수가 분명합니다. 그렇다고 그의 제의를 정면으로 거부하여 위나라 압력을 일방적으로 받게 된다면 촉나라 입장만 유리하게 해줄 뿐 아니라 오나라 병마를 소모케 하므로 좋지 않습니다."

제갈근(諸葛瑾)이 한 마디 했다.

"우선 사자인 만총을 돌려보낸 뒤 천천히 회답하기로 하지요. 그 동안 다른 사자를 형주의 관우에게 보내는 것입니다. 관우에게는 앞서 혼담을 제의했다가 모욕당한 일이 있지만 나라의 이익을 들어 설명한다면 벽창호인 관우라도 설마 이번에는 거절하지 못할 것입니다."

손권은 고개를 끄덕였다. 만총을 돌려보내고 제갈근을 형주에 사자로 보냈다.

제갈근이 관우의 거성인 남군(南郡)에 이르자 관우는 이를 마중하려 하지도 않고 여전히 오만한 태도로 무뚝뚝하게 물었다.

"무슨 일로 오셨소?"

제갈근은 무례하다고 느꼈으나 꾹 참았다.

"장군의 따님과 오나라 주군의 장남과의 혼인 문제 때문에 왔습니다."

관우의 표정이 금방 험악해졌다. 만일 제갈근이 공명의 형님이 아니었다면 전번처럼 사자를 발길로 걷어찼으리라.

"혼인 문제라면 이미 거절하지 않았소?"

"장군! 깊이 생각해 보십시오. 조조는 번성에 조인을 두고 이 형주를 엿보고 있지 않습니까? 그렇다면 오나라와 친선을 맺는 것이 장군은 물론이고 촉나라의 이익이 될 터. 어째서 우호적인 혼담을 단 한 마디로 거절하십니까?"

만일 관우가 여몽의 모략에 넘어가지 않았다면 아무리 외교를 모르는 그라도 다른 방법이 있었으리라.

그러나 관우는 자기의 사랑하는 딸 우금을 손권의 측실로 데려가기 위한 음모라는 여몽의 모략을 믿고 있었다.

"아무튼 그럴 생각은 추호도 없소!"

"어째서입니까?"

관우는 마침내 씹어뱉듯이 소리질렀다.

"어째서냐고? 강아지 새끼에게 호랑이 딸을 누가 주겠는가!"

친유비파인 제갈근도 너무나 지나친 폭언에 분개하여 오나라로 돌아오자 사실대로 보고했다. 손권은 발을 구르며 성을 냈다.

"오만불손하기 짝이 없는 수염 놈! 나에게 형주를 빼앗을 힘이 없다고 얕보는가!"

손권은 곧 형주 침공의 대군을 일으킬 것을 가신들과 의논했다.

모사 보즐(步騭)이 반대했다.

"형주 침공은 쓸데없는 짓입니다. 그것은 조조가 노리는 바로, 우리 병마를 이용하자는 속셈에 걸려드는 꼴이 됩니다."

장내가 소란해졌다. 보즐은 다시 힘주어 주장했다.

"그 반대로 위나라 병마를 우리가 이용해야만 계책이라 할 수 있는 것. 그런 깊은 생각도 하지 않고 한때의 감정으로 군을 일으킨다는 것은 금물입니다. 도대체 한 주를 빼앗자면 얼마만큼의 병력과 군수품이 들어가며 나라 힘이 소모되는지 생각이나 해보셨습니까?"

그러자 누군가 외쳤다.

"희생없이는 국운의 진전이 없다. 또 국방도 없다!"

보즐은 사람들을 노려보며 말했다.

"우선 내 말부터 조용히 듣고 판단하시오. 지금 조조의 동생 조인은 양양에서 번천 지방에 걸쳐 진 치고 틈만 있으면 형주로 침공코자 기회를 엿보고 있소. 그러나 조인도 보통은 아닌 인물, 먼저 오나라로 하여금 싸우게 하고 그런 뒤 맛있는 먹이를 먹으려고 침을 삼키고 있소. ……그런 만큼 오나라는 지금이야말로 위나라의 소원대로 그들과 동맹을 맺되, 그대신 조인의 군세가 곧 형주에 침공하는 것을 조건으로 삼는 거요. 위나라는 이를 거부할 구실이 마땅찮으니 우리의 뜻대로 될 것이 아니오?"

손권은 보즐의 안을 채택했다. 곧 오나라에서는 사신을 보내어 조조에게 손권의 편지를 전하고 위나라와 불가침조약 및 군사동맹 체결을 서눌렀다.

한편 관우는 조인이 양양 번성에 진을 쳤다는 급보가 들어오자 직접 주력을 이끌고 이를 짓밟아 줄 결의를 굳혔다.

선봉으로 미방과 부사인(傅士仁)을 택했다.

출진 전날 밤——삼경이 가까웠을 무렵, 갑자기 성 밖 진중에서 불길이 치솟았다.

관운장이 적토마를 타고 나가 보니, 미방과 부사인이 술자리를 벌이고 있는 동안 막사 뒤쪽에서 불이 화약으로 옮겨붙어 온통 불바

다가 되어 있었다. 손쓸 도리 없이 쌓아 둔 무기와 군량·마초 등이 운장이 보는 앞에서 재로 변했다.

운장은 격노했다.

"출전 전날 밤에 불을 내다니! 그 정신 상태를 알 수 있다. 전군의 사기를 위해 깨끗이 베리라."

좌우에 명령하여 미방과 부사인의 목을 치려 했다.

그 때 성도에서 운장을 전장군에 봉하고 형주·양양 아홉 고을의 도독에 임명한다는 명을 전달하기 위해 사신으로 와 있던 사마 비시(費詩)가 말했다.

"두 사람은 다같이 황숙을 따라 수많은 싸움터를 달리던 용장들이니, 한번 용서하시기를."

처음에 비시가 사신으로 왔을 때 관우는 소리를 버럭 질렀다.

"뭣이, 황충이 후장군이고 나는 고작 전장군이야?"

관우는 의자에서 벌떡 일어나 발 하나를 중간까지 들어 올리다 내렸다. 언젠가 오나라 사자를 발길로 걷어찬 것처럼 차 버리려고 했지만 가까스로 참았다. 참느라고 한동안 발을 굴렀다.

"그런 늙은이와 같은 대접을 받다니!"

관우는 수염으로 반쯤 파묻힌 입술을 흰 이빨로 깨물었다.

비시가 물었다.

"받지 않으시겠습니까?"

관우는 전장군의 인수를 받으려 하지 않았다. 그것은 주어진 관직을 거부하겠다는 강력한 의사 표시이다.

관우가 말했다.

"나는 주군과는 가신임과 동시에 의형제다. 의형제의 맹세를 한 지 35년…… 그런데 황충 따위와 같게 취급하다니 말이나 되느냐! 황충이 한중에서 하후연을 베었다고 하지만 뭐야, 그깐 것쯤은! 별것도 아니다. 애당초 황충은 유표의 가신으로 있다가 중간에 들어온 사람이 아니냐. 형주에서 항복하여 고작 10년 남짓의 충성…… 알겠나, 나는 35년이나 주군을 위해 싸웠다!"

관우는 얼굴이 시뻘게지면서 소리질렀다.

비시는 침착하게 말했다.

"한고조의 사적을 알고 계십니까?"

한나라 창시자 유방(劉邦)의 이야기는 누구라도 알고 있는 일이다. 춘추전국시대의 고사(故事)는 몰라도 한나라 초창기의 이야기는 나라 일로서 알아야 하는 상식이었다.

관우는 유방의 말이 나오자 한풀 꺾여 대답했다.

"나도 한고조에 대해서는 안다."

관우는 젊었을 때 글방 선생 노릇을 하여 독서를 많이 했다. 자연히 역사나 병서도 읽었다.

비시는 계속했다.

"소하(蕭何)나 조참(曹參)은 고조의 죽마지우(竹馬之友)였습니다. 그런데도 불구하고 고조는 나라를 세웠을 때 초(楚)나라에서 항복한 한신(韓信)을 왕으로 봉했습니다. 그것에 대해 소하나 조참이 원망했다는 이야기는 제가 무식한 탓인지는 모르지만 들어보지 못했습니다."

"으음."

관우는 말문이 꽉 막혔다. 비시는 관우의 성미가 얼마쯤 누그러진 것을 알자 재빨리 말했다.

"군사께서도 관 장군께서 화내실지 모르니 미염공(美髥公 : 관우)께 말씀을 잘 드리라고 거듭 부탁을 하셨습니다."

"뭣이! 제갈공명이 그렇게 말했다고?"

"예."

관우는 눈을 꽉 감았다.

마초(馬超)가 유비에게 항복했을 때 관우는 곧 공명에게 편지를 쓴 일이 있었다. 대체 어떤 인물인지 상세히 설명해 달라고 편지에 썼던 것이다.

관우의 속셈은 마초가 이름난 장군인지는 몰라도, 자기는 유비와 생사고락을 함께 한 의형제라는 일종의 텃세를 과시하고 싶었다.

공명이 어찌 그런 속셈을 모르랴. 그는 그때 다음과 같은 답장을 보내왔다.

마초는 문무를 아울러 갖추고 용맹이 뛰어난 영걸. 예를 든다면 경포(黥布)나 팽월(彭越)과 같은 인물로서 장비 장군과는 알맞는 경쟁 상대일 것이오. 그러나 미염공과는 역시 비교가 되지 않습니다.

관우는 미염공이라는 찬사에 기분이 흐뭇했던 것이다.

더욱이 공명의 편지는 그의 자존심을 충분히 만족시켜 주고도 남음이 있었다.

경포나 팽월은 초한(楚漢) 시대의 영웅으로 모두 독자적인 세력을 가지고 있었지만 유방에게 항복했었다. 그리고 건국한 뒤 모두 고조의 손에 숙청되었던 것이다.

따라시 마초를 팽월이나 경포에 비교했던만큼 관우가 좋아했음은 물론이다. 그는 이 편지를 자랑스럽게 손님에게 보인 일까지 있었다. 지금 비시의 말도 그와 같은 논법이다. 그의 말을 빌린다면, 현덕의 입장은 한고조 건국 때와 마찬가지로 집안 식구와도 같은 무장은 작은 불만을 참아야 하고 남을 소중히 대접해야 한다.

남은 논공행상에 불만이 있다면 반란을 일으킬 염려가 있다.

한신도 일단 왕으로 봉해졌지만 이윽고 고조에게 토벌되었다.

그런 고사를 알고 있다면 의형제일수록 참아야 한다는 것을 관우도 당연히 이해해야 한다.

"그런가! 알았소. 고맙게 인수를 받겠소."

관우는 자세를 바로 하고 전장군의 인수를 공손히 받았다.

지금 그 사자로 온 비시가 부사인과 미방의 구명을 청하는 것이었다. 할 수 없이 운장도 생각을 돌렸다. 그러나 집행관을 불러 두 사람의 등에 형장 40대를 치게 하고 선봉의 인수를 뺏었다.

그리고 미방에게는 남군, 부사인에게는 공안의 수비를 명했다.

자기가 없는 동안 오나라 여몽이 배후를 습격해 올 염려가 있었기 때문에 두 사람에게 단단히 일렀다.

"그때야말로 온몸의 피가 다 흘러 없어질 때까지 싸워 이번 잘못을 씻도록 하여라."

두 사람은 맹세했다. 그러나 마음 속으로는 대장이란 신분으로 매를 맞은 굴욕을 잊을 수 없었다.

운장은 요화를 선봉으로 하고 양아들 관평을 부장에 명한 다음, 마양공 이적을 참모로 하여 양양 큰길로 나아갔다.

건안 24년(210) 8월의 일이었다.

양양의 번성을 지키고 있던 조인은 관운장이 온다는 보고를 받자, 참모 만총의 말을 들어 일단은 성을 굳게 지키기로 했다. 그러나 날랜 장수 하후존(夏侯存)이 말했다.

"물이 오면 흙으로 덮고, 장수가 오면 군사로 맞는다고 했습니다. 아무리 관우이지만 나이 벌써 예순이 가까운 늙은이인데 제가 세면 얼마나 세겠습니까."

"좋아!"

조인도 그 말에 정면으로 격돌할 결심을 굳혔다.

운장에게는 참으로 하잘것없는 싸움이었다.

긴수염을 가을바람에 휘날리며 적토마로 달려나가자, 위나라 군사는 바람에 갈대 쓰러지듯 길을 열었고, 언월도는 수많은 적군의 피를 허공에 뿌렸다.

용감하게 나아가는 앞을 가로막던 하후존은 칼이 한 번 번쩍하는 순간 목이 달아났다.
위나라 군사는 태반이 강에 빠져 죽고 조인 혼자 간신히 번성으로 도망쳐 들어갔다.

삼태그물

번성이 포위되었다. 예사 적에게 포위된 것이 아니라 강적 관우와 그 정예 부대가 포위한만큼 성 함락의 운명은 경각에 달려 있었다.

'급히 구원 바람!'

조인의 급보는 위 왕궁을 깊은 우려 속에 잠기게 했다. 조조는 작전 회의 자리에서 뭇 장수들을 둘러보더니 말했다.

"우금(于禁), 그대가 좋겠다. 곧 번성에 달려가 조인을 구원하라!"

위왕의 지명을 받는다는 것은 큰 영광이었다. 그렇지만 그만큼 우금은 무거운 책임을 느꼈다.

그래서 우금은 조조에게 청했다.

"누군지 또 한 사람, 선봉대장이 될 용장을 딸려 주신다면 고맙겠습니다."

"음, 좋겠지. 누구라도 선봉이 되어 관우의 군을 짓밟을 용사는 없는가?"

그러자 대뜸 응하는 장수가 있었다.

"지금이야말로 은혜를 갚을 때라고 생각합니다. 부디 소장을 보내주십시오."

사람들의 눈이 모두 누군가 하고 일제히 그 사람에게 쏠렸다.

얼굴은 잿빛에 가깝고 머리는 적갈색이다. 서량 태생이라 흉노의 피가 섞여 있음이 틀림없었다. 그 살갗이며 머리 빛깔이 그것을 증명한다. 그는 다름아닌 방덕(龐德), 자는 영명(令明)이었다.

"음, 방덕인가! 내 친위군 가운데 일곱 장수를 특별히 줄 테니 선봉대장이 되라!"

조조는 곧 허락했다.

그가 준다는 친위군은 조조군 수백만 가운데 정예로만 편성된 부대였다.

방덕은 은혜를 감사하고 선봉대장의 인수를 받자 위왕 앞에서 물러났다.

그런데 그날 밤 조조가 준다는 친위군 일곱 장수 가운데 한 사람인 동형(董衡)이 은밀히 우금을 찾아가 말했다.

"우리들 일동은 대장으로서 귀공을 모시고 출전하는 일은 영광스럽지만, 부장(部將)으로서 방덕이 선봉을 맡는다는 것에는 불안이 없지 않습니다."

"오오, 무슨 이유에서요?"

"방덕은 마초의 가신이었던 사람. 지금 마초는 촉나라에서 좌장군에 임명되었고, 오호대장의 하나입니다. 뿐만 아니라 방덕의 형 방유(龐柔)도 촉나라에 있습니다. 그런 경력을 가진 사람이 위군의 선봉대장이 됨은 아무래도 불안스럽습니다."

"과연, 일리가 있다. 곧 위왕께 상주하여 군영을 변경토록 하겠다."

우금은 밤중이었으나 조조에게 달려가 동형에게서 들은 말을 자세히 아뢰고 다시 생각해 주기를 청했다.

"음, 나도 그 생각을 못했구나."

조조는 놀라며 급히 방덕을 불러들여 군영의 변경을 알리고 인수를 회수했다.

방덕은 놀라며 까닭을 물었다.

"대체 무슨 이유에서입니까? 명을 받들어 내일 아침엔 출진코자 모든 준비를 갖추고 있었는데 별안간 변경의 영을 내리시니……."

"나는 그대를 의심하는 것은 아니지만 그래도 그대의 옛주인 마초가 지금 촉나라에 있는 것만은 엄연한 사실. 그래서 군영을 바꾼 것이다."

방덕은 그 말을 듣자 크게 한탄하며 말했다.

"저는 전하의 휘하로 들어온 이래 늘 은혜를 갚고자 힘써 왔습니다. 그런데 오늘 뭇사람의 의심을 사게 되니 그 동안 나 자신의 덕이 없음과 충성에 모자람이 없지 않았나 하는 자책심만 생길 뿐입니다. ……그것이야 어떻든, 변명 같지만 촉나라에 있는 형님 방유와는 오랫동안 의절(義絕)하고 있으며, 또 마초와도 서로 헤어진 뒤 편지 한 번 주고받은 일이 없습니다. 더욱이 마초 쪽에서 부하를 버리고 자기만 혼자 촉나라에 항복한 것이므로, 오늘 그에게 의리를 지켜 싸우지 못할 일은 조금도 없습니다……."

조조는 방덕이 떠듬떠듬 말하는 태도를 지켜보고 있다가 말했다.

"이제 되었다. 그대의 충성은 누구보다도 이 조조가 잘 알고 있다. 일단 다른 사람의 의견을 받아들여 인수를 거두어들인 것은 그대에게 굳이 진실된 말을 하게 하여 뭇사람에게 알리기 위해서였다."

그리고 인수를 다시 방덕의 손에 돌려 주었다. 방덕은 감격의 눈물을 흘리며 조조에게 절하고 물러갔다.

그의 집에는 출전을 축하하기 위해 많은 친지들이 모여 있었다. 집에 돌아오자 방덕은 곧 하인을 시켜 관(棺)을 하나 사오게 했다.

그리고 아내인 이씨(李氏)를 불러놓고 물었다.

"손님들은 모두 유쾌히 술을 마시고 있소?"

"예. 초저녁부터 여러분이 오셔서 저렇듯 당신이 돌아오기를 기다리고 계십니다."

"그래! 그럼 곧 객당으로 나가겠소. 그 전에 이 관을 술자리 정면에 장식토록 하시오."

"어머나, 불길하게도. 관은 장례식에나 사용하는 것이 아닙니까?"

"여자가 참견할 일이 아니오. 내가 시키는 대로 하시오."

방덕은 옷을 갈아 입자 객당으로 나갔다. 축하객들은 정면의 관을 보고 이상히 여기며 좀전의 떠들썩했던 분위기와는 달리 초상집처럼 조용하기만 했다.

"오오, 실례했소. 실은 내일 새벽 출진을 앞두고 위왕께서 갑자기 불러서 들어갔다가……."

그 동안의 일을 자세히 설명한 뒤 그는 이렇게 말했다.

"그래서 내일 번천으로 가면 적 관우와 승부를 결판내어 크게는 주군의 은혜에 보답하고 작게는 이 한 몸의 결백함을 밝히려 하오. 따라서 이번 출전은 살아 돌아오는 것을 기약하며 떠날 수 없는 형편이오. ……부디 생전에 친했던 여러분들과 밤을 새워가면서라도 작별의 정을 나누고 싶소. 아무쪼록 날이 샐 때까지 즐겁게 마셔 주시오."

사람들은 새삼 방덕의 결심이 굳은 것을 알고 감탄했다.

날이 새자 업도의 거리는 출전하는 군사들로 메워졌다.

그 가운데서도 '필살 관우(必殺關羽)'라고 쓴 방덕의 깃발이 유난히 사람들의 눈길을 끌었다.

7월은 이미 가을이었다.

그렇지만 때아닌 가을 장마는 벌써 보름이나 잇따라 쏟아졌다. 적군 아군 할 것 없이 비에 흠뻑 젖어 마주 대치한 채 싸우지 않으면 안 되었다. 관우와 방덕은 비 속에서 세 번 싸워 세 번 다 승부를 내지 못했다.

세 번째 싸움에서 관우는 달아나는 방덕을 쫓아 필살의 일격을 퍼부으려 했으나 뜻밖에 화살을 왼팔에 맞아 큰 고기를 놓치고 말았다.

관우는 그 팔의 상처가 다 아물 무렵, 우금이 군을 7개 부대로 나누어 번성 쪽으로 이동시킨다는 탐색병의 보고를 받았다.

"드디어 적을 전멸시킬 때가 왔다."

관우는 적토마를 달려 나직한 산꼭대기로 올라갔다.

번성에 나부끼는 깃발을 바라보고 그 기세가 시들해진 것을 확인한 다음, 시선을 돌려 성 북쪽의 지형을 관측했다.

그 산골짜기에 적군이 진을 치고 있는 것이 보였다. 그리고 그 저쪽에 물이 불어난 양강(襄江)의 격류가 흰 띠처럼 떠올라 있었다.

운장은 길 안내를 불러 그곳 지명이 증구천(罾口川)이란 것을 알자 빙긋 웃으며 수염을 쓰다듬었다.

증구천의 '증(罾)'은 '삼태그물'이란 뜻이다.

"벌써 큰고기는 그물(삼태그물) 속에 들어왔다."

진지로 돌아온 운장은 전 군사에게 명령했다.

"비가 계속되기를 신명께 빌면서 한편으로 작은 배와 뗏목을 만들어라."

그리고 100명을 한 단위로 곳곳마다 작은 시냇물을 막도록 했다.

우금의 총지휘 아래 위나라 군사는 증구천에 진을 치고 있었으나 계속되는 장마에 그들은 차츰 불안해지기 시작했다.

부장인 성하(成何)가 양강 물이 넘치면 위험하다고 우금에게 거듭 충고했다. 그러나 우금은 이 골짜기에서 진을 옮기게 되면 관우의 습격을 받는다고 들으려 하지 않았다.

성하는 방덕에게 충고했다. 그러나 역시 거절당했다.

"총대장이 움직이지 않는 이상 선봉장이 움직일 수는 없다."

그로부터 이틀 뒤, 하늘에 있는 비가 몽땅 쏟아지는 듯 무섭게 폭우가 내렸다. 한밤중이 되자 위나라 진영에서 수많은 말들이 일제히 놀라 미친 듯 날뛰었다. '꽝' 하고 땅이 무너지는 듯한 소리가 진지를 뒤흔들며 물이 밀어닥친 것은 바로 그 직후였다.

"무슨 일이냐?"

방덕이 장막에서 뛰쳐나와 말을 달려나가자, 어둠 속에서 용솟음치며 밀어닥친 것은 적군이 아니라 흙탕의 강물이었다.

"안 되겠다!"

달아나려 했을 때는 벌써 탁류에 휩쓸린 후였다. 강물은 골짜기를 달려오는 성난 파도 같았다. 금세 사람과 말과 깃발을 삼켰다.

우금과 방덕 등 장수들은 간신히 낮은 산으로 올라가 난을 피했다. 그러나 그것도 잠시뿐이었다.

날이 밝자, 이번에는 관우가 이끄는 형주군이 성난 물결처럼 몰려왔다. 형주군을 피해 탁류에 뛰어들었다가 익사하는 위나라 군사는 이루 헤아릴 수 없었다.

우금은 참모들과 함께 급히 만든 뗏목을 타고 달아나려 했다. 그러나 이를 본 형주군의 수백 척 작은 배와 뗏목들이 그들의 가는 길목을 막았다. 우금은 달아날 방법이 없어 항복하고 말았다.

그러나 방덕은 동형(董衡)·동초·성하 등과 함께 탁류가 물결치는 기슭에 외따로 떨어진 채 움직이지 않았다. 휘하에 남은 군사는 겨우 500 남짓한 보병뿐이었다.

관우가 지휘하는 배와 뗏목은 파도치듯 번갈아 몰아쳐와서 일제히 화살을 쏘았다.

동형과 동초 등은 이제 항복하는 길밖에 없다고 주장했다. 그러나 방덕은 단호히 이를 거부했다. 그래도 거듭 권하자, 화가 치민 방덕

은 미친 듯 두 사람의 목을 쳤다.

거기다 모든 배와 뗏목들이 탁류를 타고 '와아' 몰려왔다. 맨 앞 배에 관우가 우뚝 서 있었다.

먼저 성하가 응전하던 중 화살을 가슴에 맞고 물로 떨어졌다. 살아남은 군사들도 모두 항복하고 말았다. 방덕 혼자 메뚜기떼처럼 기슭으로 올라오는 형주군을 상대로 싸웠다.

이윽고 틈을 보아 작은 배로 뛰어오른 방덕은 결사적으로 노를 저어갔다. 그러자 한 장수가 큰 뗏목을 타고 다가와 배를 들이받았다. 주창이었다.

방덕은 배와 함께 물 속에 거꾸로 박혔다. 그러자 주창도 물로 뛰어들었다. 방덕도 물에서는 수군의 용장 주창의 상대가 될 수 없었다.

주창은 본래 물에 익숙한 사람이었다. 거기에 몇 해 동안이나 형주에 있는 동안 가상 훈련과 실전을 두루 섭렵하여 기술에서나 힘에서나 결코 방덕에 뒤지지 않았다. 물 속에서 한바탕 혈투극을 벌인 끝에 주창은 결국 방덕을 사로잡았다.

이때 우금의 병사들은 모두 물에 빠져 죽었고, 또 헤엄을 칠 수 있는 자들이라 하더라도 달아날 길이 없어 모두 항복하고 말았다.

훗날, 사람들이 이 때의 일전(一戰)을 시로 읊었다.

　　한밤중 북소리는 하늘을 울리고
　　양양·번성 사이 평지가 깊은 못이 되었네
　　관공의 신책(神策)을 누가 당하리오
　　중원을 뒤흔든 명성 만고에 전했어라

우금은 곧 병사들에게 이끌려 결박된 채 관우 앞으로 끌려왔다.

"제발 목숨만은 살려주십시오. 항복하여 촉나라를 위해 분골쇄신 싸우겠습니다."

우금은 코가 땅에 닿도록 엎드린 채 목숨을 살려달라고 애걸했다. 아무리 적이라지만 장수로서 비굴한 태도가 아닐 수 없었다. 관우는 호통쳤다.

"네 어찌 머리를 조아려 목숨을 구걸하느냐!"

"저는 다만 명령에 의해 싸울 뿐입니다. 바라건대 불쌍히 여기셔서 살려주소서. 맹세코 하늘같은 은혜에 보답하겠습니다."

관우는 수염을 한 번 쓰다듬더니 혀를 차며 말했다.

"너는 개·돼지만도 못하다. 내 칼로 네 목을 치는 것은 공연히 칼날만 더럽히는 것이리라."

관우는 큰소리로 명했다.

"꼴도 보기 싫으니 이 비겁한 놈을 어서 당장 형주로 압송하라. 내가 돌아가 다시 명을 내릴 때까지 일단 옥에 가둬두도록 하라."

그리고 관우는 방덕을 끌어오라 명령했다.

그러나 방덕은 관우 앞에 끌려나와도 우금처럼 굴복하지 않았다.

"무릎을 꿇어라!"

군사들은 거듭 관우 앞에서 방덕을 무릎꿇게 하려 했다. 그러나 방덕은 완강하게 우뚝 선 채였다.

군졸 하나가 주먹으로 그의 볼을 쳤다. 그는 두 손이 묶여 있었기 때문에 그 군졸에게 '퉤!' 하고 침을 뱉었다.

"이놈이!"

얼굴에 침을 맞은 군졸이 다시 주먹을 들었지만 관우가 호통쳐서 막았다.

"이봐, 항복하지 않겠는가? 그대의 형 방유는 지금 촉나라에 있다. 무장으로 이름 높은 그대가 아닌가. 항복한다면 일군의 대장으로 반드시 등용되리라."

"닥쳐라, 수염!"

방덕은 침을 또 뱉었으나 거리가 있어 관우에게까지는 미치지 않았다.

"항복이란 웬 소리냐! 참된 무인은 항복을 치욕으로 안다. 아, 더럽구나, 퉤!"

관우는 방덕의 무용을 아깝게 여기어 은근히 그를 살리고 싶었다.

"그대는 마등·마초 부자에 딸려 있다가 장로에게 항복하였고 겨우 몇 해 전 조조에게 항복했지 않은가? 그대의 옛주인 마초도 지금은 촉나라 좌장군이다. 항복하라, 그것이 좋으리라."

그러나 방덕은 앙연히 머리를 들고 가슴을 편 채 소리쳤다.

"용장은 죽음을 겁내어 구차하게 이를 피하지 않고, 장수는 삶을 위해 지조를 버리지 않는다 했다. 이제 나는 죽을 때가 왔다. 어서 목을 쳐라!"

그래도 관우는 끈질기게 두 번 세 번 함께 일할 것을 권했다. 방덕은 단호히 이를 거절했다. 관우는 하는 수 없이 방덕의 머리를 베고 후히 장사를 지내 주었다.

조인이 지키고 있는 번성은 둘레가 온통 바다로 변했다. 밀어닥친 물결에 성벽은 차츰 무너지기 시작했다.

그렇잖아도 오랜 농성과 전투에 지쳐 있던 병사들은 더욱 절망하며 한탄했다.

"하늘도 우리를 버리는구나."

다만 그런 재앙을 내린 하늘을 원망하며 애통해할 뿐이었다. 자연 군사들은 전의(戰意)가 상실되어 사기가 땅에 떨어졌다.

조인은 이제 번성을 버리는 수밖에 없다고 단념하기 시작했다. 그러나 참모인 만총이——

"관우가 쉽게 이 번성을 공격하지 못하는 이유가 있습니다. 그것은 오군이 등 뒤를 칠 염려가 있기 때문입니다. 지금 성을 버리게 되면 황하 이남 땅은 모조리 유비의 수중으로 들어가게 될 것입니다. 끝까지 이 성을 지켜야 합니다."
이렇게 진언하는 바람에 생각을 바꿨다.
만총은 다시 말했다.
"비도 갠 지 며칠이 지났습니다. 수위(水位)가 더는 높아질 염려도 없습니다. 물이 빠질 것이 틀림없습니다. 게다가 관우군의 움직임을 보니 아무래도 이곳에 전군을 투입하고 있지 않은 것 같습니다. 병력이 별로 많지 않으니까요. 좀더 버텨 봅시다."
"그런 것 같군……음, 더 버텨 볼까."
조인이 솔깃한 듯 말했다.
"이 근처의 풍습으로는 강물이 넘치면 백마를 물 속에 던져 빌기로 되어 있습니다. 그러면 물이 빠진다고 하는데 한 번 그 의식을 거행해 보시지 않겠습니까?"
"좋겠지. 얼마만큼의 효과가 있을지는 모르지만 기분 전환은 좀 되겠지."
그러자 만총이 더욱 힘주어 말한다.
"기분 전환만이 아닙니다. 성 안에 있는 군사들의 사기도 높여 줄 것입니다. 관우군은 물이 더욱 더 불어나기를 바라고 있습니다. 싸우지 않고서 이길 수 있기 때문이지요. 또한 그들은 거의가 이 고장 출신 군졸들이라 백마를 제물로 바치는 일을 알고 있습니다. 백마가 물에 던져진다면 물이 빠진다고 믿고들 있습니다. 그들에게 그것을 보여주는 것입니다. 적 군졸들의 전의를 떨어뜨리는 것입니다. 기분 전환 이상의 효과가 있을 것입니다."
"알았다. ……백마를 끌어오너라. 눈처럼 새하얀 말을!"
조인은 명했다.
이윽고 겹겹이 포위된 번성 안에서 요란한 음악 소리가 들렸다.
"아니, 무슨 일이지?"

포위한 관우군 장병들은 성 쪽으로 눈길을 보냈다.

그러는 동안 징과 꽹과리 소리가 울리는 진원지가 뚜렷이 드러났다. 사람들의 눈길은 그리로 쏠렸다.

울긋불긋하게 차려입은 악사들이 성벽 위에 나타났다. 30명 쯤되는 무리였다. 그들은 징과 꽹과리뿐 아니라 종·북·피리·금 같은 것도 준비하였다.

이렇게 하여 사람들의 이목이 집중되자 비로소 천천히 백마를 끌어냈다. 그야말로 온몸이 눈처럼 새하얀 백마였다.

번성의 성벽 두께는 위가 1미터 정도밖에 안 된다. 사람들이 백마를 그곳으로 밀어올렸다.

백마도 그 분위기로 보아 예사일이 아닌 것을 눈치챘는지 매우 예민해져 있었다. 성벽 위에 밀어올려지자 백마는 두 걸음쯤 걷다가 별안간 크게 울더니 앞발을 번쩍 높이 쳐들었다.

"앗!"

"오오, 저것은?"

성 안팎 사람들은 자기도 모르게 외쳤다.

앞발을 쳐든 백마는 다음 순간 곤두박질치듯 수면에 자기 몸을 던졌다. 여느 말이라면 물에 떨어져도 헤엄칠 것이다. 하지만 그 백마는 수면에 떨어지자 그대로 물 속으로 모습을 감추고 누 번 다시 떠오르지 않았다.

너무도 허무한 추락이었다. 마치 자기가 제물임을 처음부터 알고 있기나 한 것 같은 처연한 모습이었다.

적군·아군할 것 없이 '후유' 한숨을 내쉬었다. 넓은 한수의 들이었으나 수만 명 인간이 동시에 쉰 한숨은 그곳에 일종의 요기(妖氣)마저 감돌게 했다.

'이것 안 되겠다. 번성을 둘러싸고 있던 물이 이제부터는 빠지기 시작하는 것이 아닐까?'

관우군 장병들 마음 속에 이와 같은 좋지 않은 예감이 떠올랐다.
이 예감만으로도 형주군의 사기는 눈에 띄게 떨어졌다.
'오오, 백마가 가라앉았다. 이것으로써 괴롭던 싸움도 끝난다. 앞으로는 틀림없이 좋은 일이 있을 거야.'
반면 번성 안의 위군은 백마의 추락으로 희망을 가졌다. 절망에서 벗어나 앞으로의 광명을 보았던 것이다.

믿음과 책략

관우군은 그와 정반대였다.

관우 자신은 심각한 고민에 빠졌다.

강릉과 공안을 지키는 미방과 부사인이 장마로 교통이 막혔다는 구실로 군량을 실어보내지 않았기 때문이다.

그들은 관우에게 보복을 하고 있었던 것이다. 관우는 급사를 보내어 독촉했다.

"곧 군량 1만 섬을 보내라! 한 섬이라도 모자라면 안 된다."

그러나 미방은 부하에게 이런 소리를 하고 있었다.

"관우에게는 쌀 한톨이라도 보내선 안 돼. 우리를 어떻게 아는 거야? 군량을 보내라고 호통만 치면 되는 줄 아는 모양인가. 조금은 본때를 보여주어야지 그렇지 않으면 버릇이 된다!"

이런 줄도 모르고 관우는 계속 급사를 보내어 어서 식량을 보내라고 재촉했다.

"차라리 단숨에 공격합시다."

주창이 그렇게 제의했다. 주창은 백마를 제물로 바친 일이 있고 난 뒤, 장병의 전의가 더 떨어지기 전에 총공격을 하자고 주장했다.

그것은 객관적으로 보아 옳은 소리였다. 그러나 관우는 고개를 옆으로 저었다.

"좀더 기다려!"

관우에겐 그 나름대로 계산이 있었다. 총공격을 하자면 장병에게 며칠치 식량을 나누어 주어야 한다.

그런데 지금 관우군은 내일의 식량마저 달리는 형편이었다.

"미방이란 놈, 무엇을 꾸물거리고 있을까?"

군량뿐이 아니었다. 병력도 모자랐다.

관우는 형주 군사의 대부분을 남쪽 강릉에 남겨두고 있었다. 오나라 손권군에 대비한 배치라 가볍게 움직일 수 없었다.

물론 유비와 손권은 표면상 아직도 동맹 관계에 있었다. 그러나 관우는 딸의 혼담을 위해 온 손권의 사자를 두 번씩이나 모욕했다. 그러니 형식뿐인 동맹이 언제 깨어질지 모른다.

'방위가 허술해지면 손권군이 그곳부터 공격해 오겠지.'

이렇게 생각되자 번성 공격을 위해 강릉의 부대를 동원시킬 수는 없었다. 관우는 이 일은 알고 있었으나, 정작 자기가 미방이나 부사인 같은 동료들로부터 고립되고 있다는 것을 깨닫지 못했다. 다만 미방과 부사인에게 강압적 명령만 내리면서 그들의 태만에 화만 낼 뿐이었다.

"이제 더 기다릴 수 없다. 단숨에 번성을 함락시키겠다!"

마침내 관우는 비장한 결심을 했다. 군을 두 패로 나누어 반은 증구천에 머물게 하고, 반은 직접 이끌고 진격하려 했다.

그러자 공교롭게도 관우는 왼팔의 상처가 다시 도져 욱신거리기 시작했다. 그 때문에 높은 열이 계속되고 있었다.

총대장이 병으로 누워 있는 일은 군대의 사기에 큰 영향을 준다.

이튿날 아침에 진격하기로 결정을 내린 전날 밤, 관우는 높은 열을 이기지 못하여 침대에 넘어진 채 의식을 잃었다.

관우는 앓고 있는 동안 방덕의 원귀를 만났다.

"너 이놈!"

호령을 하며 벌떡 자리에서 일어나곤 했다.

번성 공략은 할 수 없게 되었다.

관평과 왕보(王甫)는 가슴을 죄며 사방으로 사람을 보내 용한 의원을 찾게 했다. 그때 모난 두건과 넓은 도복을 걸친 사람이 진영 앞에 나타났다. 어깨에 푸른 주머니를 메고 있었다.

군사가 신분을 물으니 대답했다.

"나는 화타(華陀)라는 사람이오."

그 사람은 말을 계속했다.

"천하 영걸 한수정후가 화살독으로 앓고 있다는 말을 듣고 찾아왔소."

장막 안으로 들어온 화타는 침대 위에 일어나 앉은 관우의 얼굴을 한 번 바라보자 잘라 말했다.

"호오, 독이 온몸에 퍼진 것 같소이다."

관우는 잠자코 한쪽 어깨를 벗어 아픈 팔을 내보였다.

화타는 상처 자리를 들여나보너니 고개를 끄덕였다.

"화살에 오두(烏頭)라는 독한 즙을 발랐기 때문에 상처는 일단 아물어도 완전히 낫지는 않았소이다. 그 동안에 독이 뼈로 스며들었습니다."

"이대로 버려두면?"

"장군은 폐인이 되실 겁니다."

"치료법은?"

"좀 거친 치료법인데…… 견딜 수 있을는지요?"

"하하하……… 관우를 어떤 사람으로 생각하시오?"

“그럼 해 봅시다.”

화타는 시종 한 사람에게 쇠로 만든 큰 고리를 두 개 준비해 달라고 부탁했다.

“뭣에 쓰려는 거요?”

“고리 하나는 기둥에 박고 또 한 고리는 아픈 팔에 맨 다음 밧줄로 묶어 움직이지 못하도록 하고 수술을 하는 겁니다.”

“그럴 필요 없소. 이렇게 팔을 내밀고 있을 테니 살이든 뼈든 마음대로 잘라내시오.”

관우는 아픈 것을 잊기 위해 바둑을 준비하게 하고 마량을 불러 바둑을 두기 시작했다.

과연 관우였다. 화타는 파랑 주머니에서 작은 칼을 꺼낸 다음, 팔의 상처 자리를 술로 씻어내고 살을 칼로 찢어 벌려 뼈를 드러나게 했다. 뼈는 벌써 독이 스며들어 빛이 변해 있었다.

화타는 그 뼈를 깎아냈다.

주위에서 이것을 지켜보던 사람들은 얼굴이 새파래지더니 끝내는 눈길을 돌렸다. 그러나 관운장은 태연히 바둑판을 들여다보며 돌을 계속 놓고 있었다.

관운장은 근엄한 표정에서 아무런 변화도 보이지 않았다. 잠깐 사이에 그의 팔에서 흘러내린 피는 항아리를 가득 채웠다. 바둑판에 돌이 거의 다 메워질 무렵, 화타는 상처 속에 약을 채워넣더니 실로 재빨리 살을 꿰맸다.

마량과 바둑을 두던 관우는 일어나 기지개를 켜듯 한 팔을 쭉 들어올렸다.

“참으로 신의(神醫)올시다. 팔이 이렇듯 가벼워지다니 마치 깃털을 단 것 같소이다.”

그러자 화타가 말했다.

“제가 일평생 의원으로 각처를 돌아다녀 보았지만 귀공 같은 신

장을 만나본 적이 없습니다. 모름지기 몸을 귀하게 하시고 당분간
절대 화를 내지 마십시오. 백일이 지나면 다시 예전의 상태로 돌
아오실 것입니다."
후세 사람이 지은 시가 있다.

　　병 치료함은 내과 외과로 나뉘지만
　　세상에 신묘한 의술 만나기 어디 쉬우랴
　　신의 위엄으로 단연 운장이 으뜸이요
　　신통한 의술로는 명의 화타를 꼽는다네

관우는 금 백 냥을 내어 사례하려 하였다. 그러자 화타는 끝내 사
양하고 약 한 봉지를 내놓으며 말했다.
"상처에 바르십시오."
이튿날 관우는 관평(關平)을 불렀다.
"아버지, 부르셨습니까?"
"음, 팔에 아픔도 가시고 잠도 푹 잘 수 있었다. 그래 그 화타라
는 의원은 어디 있느냐?"
"예, 수술을 끝내고 아버지가 주무시자 이대로 며칠 지나면 완쾌
된다고 하며 그내로 가버렸습니다."
"가버렸단 말이냐?"
관우는 소리치듯이 말했다. 관평이 이상하게 여기며 물었다.
"왜 그러십니까? 그냥 보낸 것이 혹 잘못이라도!"
관우를 고개를 저었다.
"너는 잘 모르겠지만 지금 생각해보니 명의 화타는 벌써 오래 전
에 조조의 손에 죽은 사람이다. 죽은 화타가 어떻게 나타나서 치
료를 해주었을까?"
"그렇다면……? 적국의 첩자가 아버지의 팔 치료를 핑계로……

곧 쫓아가서 잡아 오겠습니다."

"아니다, 그럴 필요없다. 그가 화타든 가짜이든, 어떤 사연이 있어 화타가 정말로 인간 세계에 다시 나타나 치료를 했다 하든, 어제의 그 인물이 신의(神醫)인 것만은 틀림없다. ……병자인 내가 오늘 아침 팔을 이 정도나마 쓸 수 있는 것을 보면 머지않아 완쾌된다는 말은 믿을 수 있다."

관평은 그래도 걱정이 되는 모양이었다.

"아버님 말씀처럼 죽은 화타가 어째서 병 치료를 해주려고 나타났을까요?"

"그건 조조에 대한 원수를 갚아 달라는 거겠지. 화타는 조조에게 죽었으니까."

"그랬었군요. 이제야 알겠습니다."

관평은 크게 기뻐했다.

관우의 팔은 차츰 나아 갔다. 그러나 아직은 전처럼 칼을 마음대로 휘두를 수 없었다.

이 사실은, 한 명장의 운명이 이미 불길한 종국을 향해 치닫고 있다는 것을 암시해 준다.

관우가 병을 앓고 있는 동안, 위나라와 오나라는 형주 토벌의 전략을 착착 진행시키고 있었다.

이때 손권의 전진 기지는 적벽에서 멀지 않은 육구(陸口)에 있었다.

육구에 있는 손권군의 총대장은 여몽(呂蒙)이었다. 그는 요즘 관우 타도의 비책을 짜느라고 거의 밤잠을 자지 못했다.

"내가 있으면 안 되는 것이 아닐까?"

여몽은 팔짱을 끼고서 중얼거렸다.

관우는 여몽을 경계하여 강릉의 병사를 북상시키지 않는 것이다.

만일 강릉이 비게 되면 여몽은 그곳을 피 한 방울 흘리지 않고 점령할 작정이었다.

"병자가 되자."

여몽은 작전을 세웠다.

육구에서 여몽이 없어지면 관우는 안심할 것이 아닌가. 그리고 후임자가 친유비파라면 관우는 좀더 안심하고 강릉의 병을 북상시킬지도 모른다.

꾀병은 아니었다. 여몽은 오래 된 병에 시달리고 있었다. 폐결핵이었다. 그 때문에 여몽은 뼈와 가죽만 남은 앙상한 몰골이 되어 있었다.

관우는 몇 차례 여몽과 만난 일이 있어 여몽의 병에 대해 잘 알고 있었다. 따라서 여몽이 병 때문에 자리를 내주었다 해도 결코 꾀병이라고 생각하지 않으리라.

돌이켜보건대 여몽의 일생은 관우를 죽이기 위해 태어났다고 해도 좋으리라.

건안 21년(217), 노숙이 육구에서 병으로 죽었을 때 여몽은 곧 육구로 부임했고 노숙의 병력 1만 남짓을 인계받았다.

동시에 한창(漢昌) 태수로 임명되고 하준(下雋)·유양(劉陽)·한창·주릉(州陵)의 각 현을 식읍(食邑)으로 희사받았다.

그래서 실제로 관우와 이웃하게 되었을 때 여몽은 이렇게 느꼈다. '관우는 용맹무쌍한 무장으로 오나라로서는 반드시 없애야 할 상대. 더욱이 우리측의 상류라는 전략적 이점을 차지하고 있다.'

그는 비밀 작전 계획을 짜서 손권에게 올렸다.

정로장군 손분(孫賁)님은 남군(南郡)을 지키고 반장(潘璋)이 백제(白帝)에 주둔합니다. 한편 장흠(蔣欽)은 수군 1만을 이끌고 유군(遊軍)으로 장강을 오락가락하며 경계 임무를 맡습니다. 소장 여몽은 양양까지 진출할 예정입니다. 이 진용만 갖춰진다면 조조 따위는 겁낼 것도 없습니다. 관우를 의지할 필요가 조금도 없게 됩니다.

여몽은 특히 다음의 점을 강조했다.

관우는 본디 안심하고 한편으로 삼을 수 없는 자입니다. 주군인 유비나 가신인 관우나 천재적인 거짓말쟁이입니다. 이랬다저랬다 변덕이 많은 자들이라 도저히 믿을 수 없습니다. 관우가 지금 우리에게 감히 창을 돌려대지 못하는 것은 영명하신 우리 주군 아래 우리들 가신이 있기 때문입니다. 늦기 전에 그를 없애야 합니다.

손권은 고개를 깊이 끄덕이며 여몽의 헌책을 받아들였다. 여몽은 계책을 세우자 곧 손권에게 의견서를 보냈다.

관우는 현재 다수의 병력을 강릉과 공안에 두고 있습니다. 이것은 제가 성이 빈 틈을 노릴 거라고 생각하여 그 대비책으로 남겨둔 것입니다. 저에게 육구를 떠나 건업(建業)으로 돌아갈 것을 허락해 주십시오. 애당초 저는 병약한 몸, 그래서 여몽은 치료차 건업에 돌아갔다고 발표하는 것입니다. 관우는 틀림없이 그것을 믿고 강릉의 부대를 번성 공격으로 돌리겠지요. 그러면 이쪽은 동원령을 내려 배로 밤낮을 가리지 않고 허점을 찌르는 것입니다. 남군 공략은 물론이고 관우를 사로잡을 수도 있습니다.

이 계책을 좇아 여몽은 중병이라는 소문을 퍼뜨리고, 손권은 관우의 귀에 들어가도록 일부러 봉함하지 않은 명령서를 보내 여몽을 건업으로 소환했다.

병치료를 구실로 내세워 여몽이 건업에 나타나자 육손(陸遜)이 그를 찾아왔다.

"바로 옆에 관우가 있는데 괜찮겠습니까? 이렇듯 멀리 떨어져 있으면 만일의 경우 대응하지 못할 것이 아닙니까?"

"말씀대로요. 그러나 이런 몸으로서는 어쩔 도리가 없지 않소."

육손은 강동의 호족 출신이었다. 손권은 그의 사람됨을 믿고서 형님인 손책의 딸을 그에게 시집보냈다. 말하자면 손권의 조카 사위였다.

육손은 뒷날 오나라의 승상이 되고 대들보가 될 인물이지만, 이때는 명문의 귀공자일 뿐 정치적으로나 군사적으로나 아직 그 능력이 검증되지 않았다.

육손이 말했다.

"관우는 자기의 무용을 뽐내며 사람을 사람처럼 여기지 않는 사나이입니다. 더구나 우금의 항복을 받고 방덕을 베고 나서 교만한 나머지 완전히 마음놓고 있습니다. 여몽 장군님께서 중병이라는 소문을 들으면 더욱더 경계를 늦추겠지요. 이때 기습한다면 관우의 생포도 어렵지 않은 일. 주군과 회견하실 때 그 점을 강조하도록 하십시오."

"아니오, 그렇게 쉽게 마음먹은 대로 될 것 같지 않소."

여몽은 자기의 속셈을 육손에게도 밝히지 않았다. 그러나 그는 육손의 말에 내심 크게 고개를 끄덕였다. 그리고 손권에게 육손을 천거했다.

"그대가 건업에 있는 동안 누구를 대신 보내면 좋겠소."

손권이 묻자 여몽은 주저없이 대답했다.

"육손이 좋겠지요. 참으로 생각이 깊고 넓으며 중임을 해낼 재능이 있습니다. 믿을 수 있는 그릇이라고 보았습니다. 육손은 아직 국내외에 그다지 알려져 있지 않기 때문에 그를 쓴다면, 절로 외부에 대해선 비밀리에 큰일을 추진할 수 있게 됩니다. 또 내부로

는 여러 가지로 움직이기 쉽겠지요. 그럼으로써 승리는 우리의 것
이 됩니다."
이 건의를 받아들여 손권은 육손을 편장군(偏將軍) 우도독에 임
명하여 여몽과 교대시켰다.

여몽이 병으로 건업에 돌아갔다는 첩자의 보고를 받자 관우는 낯
빛이 밝아졌다.
"호오, 놈도 마침내 죽을 때가 되었나보군. 푸르뎅뎅한 낯빛이었
는데 용케도 이제까지 살았지 뭔가! 여몽이 없어지면 나는 훨씬
일하기 쉬워진다."
다음 후임자로 육손이 정해졌다는 소식을 들었을 때 관우는 껄껄
웃었다.
"일은 더욱더 쉬워졌네. 이것으로 강릉의 병력을 번성 공격에 사
용할 수 있게 됐어."
사실 관우는 끈질기게 버티고 있었지만 번성 공격에 애를 먹고 있
었다. 강릉 병력만 있다면 번성 점령도 가능하다.
"그것은 그렇고…… 왜 육손 같은 애송이를…… ?"
고개를 갸웃하는 사람도 있었다.
그러나 관우는 그런 의심을 웃어넘겼다.
"그것은 손권이 육손을 믿고 있기 때문이야. 아무튼 조카사위가
아닌가. 이번 인사도 결코 이상할 것이 없다."
더욱 관우를 마음놓게 한 것은 육손의 '신임인사 편지'였다.

일찍부터 기회를 보는데 민첩하고 물샐틈없는 작전으로 눈부신
전과를 올리신 장군을 우러러 왔습니다. 적군을 격파하는 일은 우
리 동맹국 공통의 이익이기도 합니다. 힘을 합쳐 적을 무찌르고
함께 왕도(王道)를 세우고 싶습니다. 불초 소장은 이번에 영광스

럽게도 장군 가까이 몸을 둘 수가 있어, 직접 가르침을 받는 날을
손꼽아 기다리고 있습니다.

육손은 또 이렇게 쓰기도 했다.

　우금 등이 귀군의 포로가 되자 갈채 소리가 높았습니다. 모두들
장군이야말로 천하를 통일할 수 있는 인물이라고 믿어 의심치 않
았지요. 춘추시대 성부(城樸)싸움에서 진(晋)나라 문공(文公)의
활약이나 초·한이 어울려 싸울 때, 조(趙)나라 땅을 공략한 한신
의 지모와 견주어서 조금도 뒤지는 것이 아니었습니다. ……들은
바로는 서황(徐晃)의 원군은 병력을 줄여 대기 중이라 합니다.
하지만 조조는 교활한 자입니다. 무슨 일이 있더라도 패전을 설욕
코자 계산을 따지지 않고 은밀히 병력을 증강하고 있을 것이 틀림
없습니다. 적은 지쳐 있지만 아직도 용맹한 자들이 건재합니다.
승전 뒤에는 자칫 적을 가볍게 보기 쉬운 법. 아무쪼록 장군께서
도 이 점을 살피시어 승리를 완전한 것으로 만드시기 바랍니다.
저는 한낱 서생에 지나지 않고 분수에 넘치는 지위에 앉아 모든
것이 어둠 속에서 더듬는 것과 같은 상태입니다. 그러나 다행히도
장군을 이웃에 모시고 있어 위덕(威德)을 보고 배울 수 있게 되
었으니 기쁘기 이를 데 없습니다. 부디 제가 하는 일이 시원찮고
못마땅하시더라도 저버림이 없기를 바랍니다.

　이런 식으로 관우를 추켜 세웠기 때문에 육손을 대수롭지 않게 여
겼던 것이다.
　이때 조조는, 요즘 와서 깊이 신임하고 있는 주부 사마의(司馬
懿) 중달(仲達)의 의견을 받아들여 서황을 총지휘로 하는 5만의 군
사로써 정면에서 관우를 치기로 했다.

"오나라 군사가 움직이면 이에 호응해서 관우를 쳐라."

조조는 서황에게 이렇게 명령하고 출전하게 했다.

"됐다. 이제 형주는 걱정없다. 전군을 동원하여 일거에 번성을 뺏으리라."

관우는 결심을 당장에 굳혔다.

운장이 형주에 있는 군사를 총동원시켜 번성으로 불렀다는 보고를 받자 여몽은 재빨리 활동을 시작했다. 군사 3만을 장삿배로 위장한 80여 척의 병선에 태워 바닥에 숨긴 다음 곧장 심양강을 떠나게 했다.

이 선단을 지휘하는 부대장들은 한당·장흠·주연·반장·주태·서성·정봉 등 모두 역전의 맹장들이었다.

여몽은 이렇게 위장 선단을 출발시키자마자 조조에게 편지를 보냈다.

이제부터 형주를 되찾기 위해 서쪽으로 출병할 작정입니다. 중요 거점인 강릉과 공안이 함락되었다면 관우는 허둥지둥 돌아올 것이 틀림없습니다. 그러면 번성의 포위는 힘들이지 않고 저절로 풀릴 것입니다. 다만 이 점은 관우에게 알려지지 않도록 어디까지나 비밀로 해주기 바랍니다.

조조가 이 문제를 가신들에게 물었다. 그랬더니 누구나가 비밀로 하는 것이 좋다는 의견이었다.

다만 동소(董昭) 하나만이 반대 의견을 내놓았다.

"무릇 군사에 관해선 임기응변 조치가 중요합니다. 이번 일에는 손권에게 '비밀로 한다'고 회답해 주고 넌지시 관우측에도 정보를 흘려주는 겁니다. 손권이 쳐들어온다는 것을 알고 관우가 되돌아가 수비를 단단히 한다면 번성의 포위는 당장이라도 풀리겠지요.

이것은 곧 우리측이 앞서서 이익을 얻을 수 있는 것이 됩니다. 이렇게 되면 관우·손권의 두 적은 자기네들이 각각 예상했던 것보다 일찍 대립에 들어가게 되고, 그리하여 교착 상태에 빠지면 우리는 어부지리를 얻을 수 있습니다. 고지식하게 비밀을 지켜 손권의 술책을 보고만 있는 것은 결코 상책이라 할 수 없습니다. 또한 포위돼 있는 아군에 대해서도 생각해 주지 않으면 안 됩니다. 비밀로 해둔다면 그들은 원군이 오는 것도 모르고 남은 식량을 계산하면서 불안한 느낌을 가지게 됩니다. 공포심으로 적에게 항복이라도 한다면 큰 문제입니다. 역시 알려 주어야 합니다. 게다가 관우는 자신감이 많은 사나이입니다. 손권의 움직임을 알아보았자 강릉이나 공안 수비에 자신이 있으므로 곧 돌아가거나 하지는 않을 것입니다."

"과연! 그것은 묘책이다!"

조조는 곧 구원군인 서황에게 명하여 글을 써서 화살에 매어 번성에 쏘아보냈다.

같은 내용의 화살 글을 관우 진영에도 쏘아보냈다.

번성은 손권이 온다는 정보에 용기를 얻었다. 한편 관우는 동소의 예측대로 되돌아가려 하지 않았다.

배신

사실 관우는 너무도 자신만만했다.

그러기에 강릉에 있는 병력을 북상시키라고 명령하면서 미방에게 이런 말을 전했던 것이다.

"너는 주장의 명령을 어기고 보급을 게을리했다. 번성을 함락시키고 개선하게 되면 먼저 너의 죄부터 다스리겠다!"

참으로 고지식한 말이다. 그로 인해 생길 손해를 헤아리지 않고 정도(正道)로 밀고 나가는 데에 관우의 비극이 있었다. 관우는 전형적인 무장으로 강직하게 자기의 감정 그대로 밀고 나가는 사나이였다.

그런 말을 듣고서 미방은 격분했다.

"뭐라고, 수염놈 같으니! 어디서 굴러먹던 놈인지 근본도 알 수 없는 녀석이 감히 나를!"

미씨는 본디 서주의 대호족으로 일족은 그것을 자랑으로 여기고 있었다. 사실 서주를 지배한 자는 도겸이든 여포이든 유비이든 미씨의 경제력에 의지하지 않을 수 없었다.

도겸이 죽은 뒤 유비를 서주목으로 맞이한 가장 큰 공로자는 형 미축이었던 것이다. 미방에게는 그런 자부심이 있었다. 따라서 관우는 그런 미방에게 비한다면 출신이 확실치 않았다.

미방은 불안했다. 관우이니만큼 보급 태만을 이유로 자기를 정말 처형할지도 모른다.

운장은 이런 미묘한 인간심리를 조금도 모르고 있었다.

장삿배로 위장한 오나라의 대선단이 심양강을 거슬러 올라가는데도 강가를 수비하던 형주 군사들로부터 아무런 보고도 없었다. 적이 쳐들어온 것을 알리는 봉화대는 곳곳에 만들어져 있었지만, 어느 하나도 끝내 봉화불을 올리지 않았다.

오나라 군사는 어둠을 타고 봉화대를 습격하여 수비병을 항복시키고 그들을 돈과 술로 달랜 다음 후한 상을 약속하며 자기 편으로 삼아 버린 것이다.

"남군 성문을 열게 하는 사람에게 많은 은상을 줄 것이다."

거침없이 남군성 아래로 다가온 오나라 군사들은, 먼저 항복한 군사들을 시켜 한밤중에 성문으로 달려가 외치게 했다.

"큰일이 생겼다! 어서 문을 열어라!"

지키는 군사들은 이쪽 군사라는 것을 확인하자 의심하지 않고 문을 열었다. 순간 숨어 있던 오나라 군사가 한꺼번에 와아 달려들었다.

여몽은 군사 하나 다치지 않고 남군을 손에 넣을 수 있었다.

여몽이 다음에 쓴 수법은 강릉을 지키는 미방과, 공안을 지키는 부사인을 설득하여 운장을 배반하게 하는 일이었다.

이들을 설득시킨 사람은 말재주로 이름난 우번(虞翻)이었다.

우번은 먼저 공안으로 가서 만나기를 청하는 편지를 화살에 매어 성 안으로 쏘아 보냈다.

우번과 부사인은 어릴 때부터 아는 친구였다.

성문을 굳게 닫고 깊숙이 들어박혀 있던 부사인은, 우번이 쏘아보낸 편지를 읽는 순간 깜짝 놀랐다.

"형주성이 오나라 군사에 점령당하다니!"

부사인은 우번을 맞아들이지 않을 수 없었다.

우번의 웅변 앞에 부사인은 시종 머리를 숙인 채 침묵을 지켰다.

말을 끝내고 우번이 '생각이 어떠냐?'고 대답을 요구하자 부사인은 두 손을 짚으며 절을 했다.

"오주를 받들게 되는 데 대한 여러 가지 일은 그대에게 맡기겠소."

우번은 오주를 받들려면 공을 세워야 할 것이 아니냐고 권했다.

"공이라면?"

"귀공은 지금 강릉으로 가서 미방을 설득시켜 오나라에 항복하도록 권해 주시오."

"미축과 미방 형제는 유 황숙의 부하로 오랫동안 생사를 함께 해 온 사람인데, 쉽게 오나라에 항복할는지 모르겠소."

부사인은 난색을 보였다.

"그곳이 바로 당신의 혀를 써야 할 곳이오."

우번은 그렇게 말하며 회심의 미소를 띠었다.

부사인은 하는 수 없이 500명 군사를 이끌고 강릉으로 달렸다.

부사인의 당초 예상대로 미방은 역시 오래 섬겨 오던 현덕을 배반하고 오나라에 항복하기를 무척 망설였다.

그러나 남군은 이미 함락되었으므로 만일에 반항하게 되면 오나라 군사가 쳐들어올 것은 뻔한 일이었다. 미방 혼자 오군을 이길 수는 없다.

부사인의 이같은 설득을 시인하지 않을 수 없었다.

배반할 결심을 한 미방의 머리에 관운장의 고민하는 표정이 떠올랐다.

미방은 자신의 비열함을 뿌리치기 위해 마음 속으로 관운장에게 복수의 욕설을 외치고 있었다.

그 무렵 서황을 총대장으로 한 위나라 군사 5만은, 언성(偃城)과 사총(四冢)에서 관평과 요화가 이끄는 형주군과 격돌하고 있었다.
이를 맞는 형주군은 1만 명도 채 안 되었다.
관평과 요화는 글자 그대로 피나는 싸움을 계속한 끝에 결국 불길에 싸인 언성과 사총을 버리고 달아나야 했다.
그러나 번성을 포위한 진영으로 도망해 온 관평으로부터 이 참패 소식을 들은 운장은 별로 놀라는 기색도 없었다.
"오늘의 패배를 내일의 승리를 위한 교훈으로 삼으면 된다."
이렇게 말하고, 남군이 이미 오나라 군사에게 함락되었다는 보고에 대해서는——
"적의 유언비어에 지나지 않는다."
관우가 이처럼 쉽사리 믿지 않는 데에는 까닭이 있었다.
관우는 득의의 절정에 있었던 것이다. 조조가 엄명한 형주자사 호수(胡修), 남향(南鄕) 태수 부방(傅方) 등이 그의 맹공을 받아 항복했다. 현재의 호북성 북부로부터 하남성 남부에 걸쳐 광대한 지역이 모두 관우의 손에 들어왔다.
남은 것은 번성뿐이었다.
그러나 그 번성도 강릉의 병력을 끌어왔기 때문에 함락된 것이나 다름없었다. 관우는 인생의 절정에 있는 것이다. 그러나 절정 바로 옆에 깎아지른 벼랑이 있다는 것을 몰랐다.

이윽고 위나라 군사가 쳐들어온다는 보고가 들어오자 운장은 직접 나가 싸우려고 말 준비를 명했다.
좌우에서 상처가 완전히 낫지 않았다고 말렸으나 믿지 않았다.
"옛 친구 서황이 쳐들어온 이상 내가 맞아 싸우는 것이 예의가 아니겠느냐."

수정후 관운장이 적토마에 올라앉아 싸움터로 조용히 나갈 때, 적군 아군 할것없이 그 위풍에 넋이 나가 숨을 죽였다.

싸움터에는 한무제가 읊은 '가을바람이 이니 흰구름이 난다'고 한 글귀 그대로 상쾌한 가을바람이 들풀을 헤치며 지나고, 푸른 하늘에는 엷은 흰구름이 하나둘 떠 있었다.

멀찌감치 뒤쪽에 군사들을 남겨두고 혼자 적진을 향해 적토마를 몰아 가는 운장의 그림자는 쓸쓸해 보였다.

그러자 위나라 진영 중앙에 나부끼는 문기(門旗)가 양쪽으로 열리며 서황이 말을 타고 나왔다. 서로의 얼굴이 보이는 지점까지 다가오자 서황은 말 위에서 정중히 인사를 한 다음 말했다.

"수정후, 오랜만입니다. 이별한 지 어느덧 여러 해, 장군의 머리털과 수염도 벌써 희어졌습니다. 지난날 가까이 모실 때 여러 가지 가르침을 주신 후의는 가슴에 새겨 잊지 않고 있습니다. 이번에 장군의 용맹이 중원에 널리 떨치게 된 것을 듣고 서황도 마음속으로 감탄해마지 않았는데, 뜻하지 않게 이 싸움터에서 자웅을 결하게 되었습니다."

운장은 빙그레 웃으며 대답했다.

"그대도 마침내 무장으로서의 위풍을 갖추었소. 내 머리를 바쳐도 좋을 상대라고 보오. 그대, 어디 멋지게 한 번 내 목을 뺏어보겠소?"

"받기로 하겠소!"

서황은 큰 도끼를 휘두르며 질풍처럼 달려왔다.

청룡언월도가 바람을 가르는 소리 또한 군사들의 목을 움츠러들게 했다.

격투가 80여 합에 미쳤으나 언제 승부가 날지 알 수 없었다.

그러나 아무리 무예가 뛰어난 운장이라 하더라도 독화살을 맞고

나서는 그 체력이 옛날과 달랐다. 또 왼팔을 마음대로 쓸 수 없기 때문에 피로한 빛이 역력했다. 관평이 이를 알아차리고 급히 징을 울리며 군사들을 몰고 달려왔다.

양쪽 군사들이 뒤얽혀 싸움이 어지러워지자 관우는 서황을 버려두고 일단 말을 돌렸다. 관우는 본진에 돌아오자 까닭없는 불안에 사로잡혔다.

'어쩌면……'

그는 눈살을 찌푸렸다.

'손권이 정말 군을 움직여 형주를 공략할지도 모른다.'

그러나 관우는 아직도 오나라의 공격이 믿어지지 않았다. 도무지 그의 상식으로는 믿을 수 없었다.

처음에 미방이 여러 가지로 핑계를 대며 식량을 보내오지 않아 관우는 적잖이 고생했다.

특히 우금 이하 수만 명의 포로를 얻고 나서부터는 식량난이 한결 더 심했었다.

상관(湘關)에 오나라 식량 창고가 있었다.

'도리 없지, 상관의 쌀을 빌리기로 하자. 나중에 갚아주면 될 것이 아닌가.'

관우는 멋대로 싱관에 쳐들어가 군량미를 가져왔다. 관우는 빌린다는 것이었겠지만, 상관에 있는 손권측 관리로 볼 때에는 강탈당한 것이나 다름 없었다. 틀림없이 관우가 강도짓을 했다고 건업에 보고했으리라.

'그것으로 성이 난 것일까?'

관우의 생각에 손권이 출병했다 하면 그것 말고는 다른 이유가 없다고 생각되었다.

'사과의 글 한 장이라도 써놓을 것을 그랬어. 지금도 늦지는 않겠지. 한 장 써 보낼까.'

혼담 사자를 발길질한 것은 까맣게 잊고 있었다. 대국(大局)을 보는 눈뿐 아니라 사람 마음의 미묘한 데를 헤아리는 눈이 관우에게는 전혀 없었다. 어쩌면 그것이 관우의 장점이었는지도 모른다. 자질구레한 것에 구애받지 않고 오로지 싸우는 데만 몰두할 수 있었으니까.

이윽고 조조 스스로 마파(摩陂)까지 본진을 진출시켰다는 보고가 들어왔다. 조조도 본격적인 번성 구원에 나선 모양이었다.

"좋아, 조조가 오기 전에 번성을 짓밟아 버리자!"

관우는 맹렬히 공격했지만 원군이 바로 가까이까지 와 있음을 안 조인 휘하의 농성군은 용기 백배, 놀랄 만큼 용감하게 방어했다.

아무리 관우군이 공격해도 좀처럼 함락시킬 수가 없었다.

이윽고 나쁜 소식이 들렸다.

"강릉과 남군이 여몽군에 함락되었다!"

처음엔 풍문이라고 관우는 웃어넘겼다.

"그럴 리가 없어! 여몽은 병으로 송장이 다 되어 건업까지 들것에 실려 갔다고 하지 않는가. 강릉에 나타날 리가 없다!"

그러나 관우의 부정(否定)은 약했다. 그의 가족은 지금 남군에 있다.

"초선아……우금아…….."

아무도 없을 때 관우는 살며시 사랑하는 여자와 딸의 이름을 불러 보았다.

나쁜 소식은 관우의 진중에 퍼졌다. 관우를 비롯한 그의 휘하 장병 거의 모두는 가족을 남군이나 강릉에 남겨두고 있었다.

가족의 안부가 걱정되었다.

그러나 휘하 장병들은 가족이 궁금하다는 말을 입 밖에 내지 못했다. 총사령관 관우가 안다면 대번에 호통칠 것이 뻔했기 때문이다.

그래서 그들은 은밀히 돈을 내어 이웃 주민에게 강릉과 남군의 소식을 알아오라고 부탁했다.

가족에게 보내는 편지도 써보냈다.

민간인 사자가 돌아와서 알려주었다.

"강릉과 남군은 한방울의 피도 흘리지 않고 여몽군에게 점령당했다 합니다. 전쟁이 없었던 덕분으로 주민은 모두 무사합니다. 여몽 장군의 군율은 엄격하여 주민의 것은 바늘 하나도 뺏어선 안 된다고 장병들에게 철저히 이르고 있다 합니다."

사실 여몽은 남군을 점령하자 관우의 가족과 부하 장수들의 가족을 포로로 하였다. 그리고 그들을 정중히 보호하는 한편 민가로부터의 물자 조달을 엄금했다.

여몽의 부하 가운데에 여남군(汝南郡) 출신이 하나 있었다. 그 사나이가 갑옷을 입기 위해 민가로부터 삿갓 하나를 빼앗았다.

갑옷은 관급인데 관급 갑옷을 비에 적시지 않기 위해 삿갓이 필요했다. 따라서 그의 짓은 결코 사리사욕을 위한 것은 아니었다.

그런데도 여몽은 군령 위반죄를 적용했다.

더욱이 여몽은 여남군 출신이라 그 사나이와는 동향이었지만, 법을 지키지 않을 수 없다면서 눈물을 머금고 목을 베었던 것이다.

전군이 이 때문에 긴장하여 그 뒤로는 길에 떨어져 있는 지푸라기 조자도 주우러 하지 않았다.

또 여몽은 부하를 시켜 노인을 돌봐 주었다. 병자가 있으면 의원을 보내어 약을 주었을 뿐 아니라 굶주리고 추위에 떠는 자가 있으면 의복과 식량을 주었다.

그리고 관우의 관아에 보관되어 있는 금은은 모두 봉인하고서 손권이 오기를 기다렸다.

"그런가? 부모나 처자는 무사하단 말이지? 다행이야."

관우 휘하 장병들의 가슴에는 여몽이 거느리는 손권군에 대해 감사하는 마음이 생겼다. 적에 대해 이와 같은 심정을 가지게 되면 사기는 자연 떨어지게 된다.

이튿날 맹장 서황이 정예를 이끌고 관우의 본진으로 돌격했다.

관우 본진 둘레에는 녹각(鹿角)이 10단(十段)으로 심어져 있었다. 녹각이란 사슴뿔 모양의 뾰족한 창 끝을 가진 일종의 말뚝이다.

서황의 선봉대는 큰 도끼로 그 녹각을 차례로 찍어 쓰러뜨리고 돌격로를 열었다.

관우군은 이 10단의 녹각을 너무나 의지하고 있었다. 더구나 얼마전까지만 해도 패하리라고는 꿈에도 생각지 못했다. 그러나 강릉과 남군의 패전을 이제는 전원이 알고 있어 거의 싸울 뜻을 잃고 있었던 것이다.

그런 판인데 서황의 돌격대가 공격해 온 것이다.

"맞아 싸우라! 물러서지 마라!"

관우는 목청껏 외쳐댔지만 부하들은 이미 달아날 궁리에 바빴다. 금세 한 귀퉁이가 무너지고 저마다 달아나기 시작했다.

마침내 전 진지가 무너졌다.

관우는 눈 앞의 번성을 무서운 눈으로 노려보았다. 눈썹을 곤두세우고 수염을 떨면서——

"사기꾼 여몽! 배신자 미방! 색마 손권 놈!"

관우는 성을 향해 차례로 욕을 퍼부었다.

"아버지, 여기서는 이미 물러날 수밖에 없습니다. 다음 기회를 기하며……."

장남 관평이 말을 끌고 와서 그 앞에 대기시켰다. 눈이 벌겋게 충혈돼 있었으며 팽팽한 볼은 눈물에 젖어 있었다.

하는 수 없이 운장은 혈로를 열고 양강(襄江) 상류로 달렸다.

"쫓지 마라!"

마파에 있으면서 관우가 패주했다는 소식을 들었을 때 조조의 첫 마디가 이것이었다.

"예!"

소식을 알려온 사자는 고개를 숙였다.

"정남장군도 추격을 금했습니다."

"호오, 조인도 전쟁에 대해 조금 알게 된 모양이로군."

사실은 조인은 조엄(趙儼)이란 자의 건의를 받아들여 쫓지 않게 했던 것이다.

이것은 조조와 손권의 별로 두텁지 않은 동맹에 의한 싸움이었다.

번성 포위를 풀게 함으로써 조조군은 목적을 이루었다. 나머지는 손권에게 맡겨 두면 된다.

'되도록이면 관우와 손권이 격렬하게 싸워 양자 모두 상처를 입어 야 할 텐데…….'

달아나면서 관우의 심장은 터질 것만 같았다.

잠깐 사이에 그 긴 수염이 모조리 희어진 것 같았다.

관우는 외쳤다.

"아아, 실수다!"

관우는 출선 선에 부사인과 미방을 죽이지 않은 것을 크게 후회했다.

그는 자신의 불찰에 분한 눈물을 흘렸다.

새삼 따르는 군사를 세어 보니 1천 명이 채 못 되었다.

관우는 쫓기면서 사태의 설명을 요구하는 사자를 몇 번이나 남군 의 여몽에게 보냈다. 여몽은 사자를 정중히 대접하고 행동을 속박하 지 않았다. 사자는 남군의 성 안 거리를 자유롭게 돌아다니며 한 집 한 집에서 이야기를 들을 수가 있었다.

그 안에는 무사하다는 증거로 편지를 사자에게 부탁하는 사람도 있었다. 사자가 돌아오자 관우의 부하들은 개인적으로 자기 가족 안

부를 물었다. 가족이 무사하고 게다가 전보다 나은 대우를 받고 있음을 알자 그들은 탈출하기로 마음먹었다.

　마침 이 무렵 손권이 남군에 이르렀다. 이미 일은 틀어진 것이다. 관우는 남군으로 달려가 여몽과 결전할 생각을 버리고 서쪽으로 향했다.

흐르는 별

　비운의 장군 관운장이 마지막 거점으로 삼은 것은 양양과 남군 중간에 있는 당양 맥성(麥城)이란 작은 성이었다.

　군사는 더욱 줄어들어 500, 그 대부분은 상처를 입고 있었다. 뿐만 아니라 맥성 안에는 군량 준비가 없어 장수든 병졸이든 그저 굶어야만 했다.

　당양에서 가장 가까운 곳에 있는 우군이라면 상용(上庸)의 유봉이었다. 유봉은 유현덕의 양자였다. 상용태수 신탐(申耽)이 항복한 뒤 유봉이 이곳 수비대장에 임명되어, 맹달을 참모로 2만의 군사를 요새에 배치하고 있었다.

　"약간 멀지만 서북쪽 상용에 유봉 장군과 맹달이 있지 않습니까. 원병을 청해보심이 어떨지요?"

　관평이 제안했다. 사실 선택의 여지도 없는 상황이었다. 상용은 전에 헌제에 의해서 신탐이 태수로 임명되어 있었다. 그것은 조조의 진영에 속해 있음을 의미한다.

　유비가 한중왕에 등극하고 이를 방치할 수 없어 양자인 유봉을 선봉으로 해서 이를 공략한 것이었다. 신탐은 아우인 신의(申儀)와 함께 항복하고 성도로 보내졌다. 유비는 주민 회유책의 일환으로 그들 신씨 형제를 그대로 머물도록 배려해주었다. 예로부터 산악지대의 원주민들은 거칠고 반항적이어서 다루기가 쉽지 않았기 때문이다.

관평의 제안을 받아들여 관우는 요화를 상용으로 보내 유봉에게 구원을 청하려 했다.

유봉은 요화의 탄원을 듣자 참모인 맹달과 상의했다. 그러자 맹달은 반대했다.

"오나라 대군은 형양의 고을을 모조리 점령했다고 합니다. 이제 남은 것은 들 가운데 외따로 있는 돌무더기 같은 맥성뿐입니다. 뿐만 아니라 북쪽의 마파(摩陂)에 조조가 몸소 수십만 대군을 거느리고 진을 치고 있다는 보고가 있었습니다. ……이 상용의 수비병 2만을 가지고 어떻게 오나라와 위나라를 합친 백만 대군을 상대해 싸울 수가 있겠습니까."

"그러나 수정후는 촉나라를 세운 기둥 가운데 한 분인데 그대로 죽게 내버려둘 수는 없지 않소."

유봉의 이 말에 맹달은 엷은 웃음을 지었다.

"지난 일을 생각해 보십시오. 유 황숙이 처음 장군을 양자로 삼았을 때 관공은 이를 좋아하지 않았습니다. 또 이번에 유 황숙이 한중왕에 오르게 되었을 때, 태자를 정하기 위해 제갈 군사와 상의를 하자, 군사는 '이것은 집안 일이오니 운장·익덕 두 장군과 상의하십시오.' 하고 대답을 회피했었습니다. 그래서 사신을 형주로 보내자 관공은 '비록 어리더라도 친아들을 태자로 정하는 것이 옳은 줄 압니다.' 하고 대답한 것을 잊진 않았겠지요. 장군이 이 상용의 산성으로 멀리 쫓겨난 것은 관공의 그같은 의견 때문이오이다. 그러하니 지금 궁지에 빠져 있는 관공을 장군이 구원해 주어야 할 의리는 더욱 없습니다."

유봉은 맹달의 의견에 고개를 끄덕이고 요화를 앞으로 불러들이자 딱 잘라 말했다.

"이 산성은 이제 겨우 손에 넣었을 뿐이므로 가볍게 수비하는 군사를 움직여 비울 수 없소. 그렇게 되면 언제 어떤 사태가 벌어질지 알 수 없으므로 맥성 구원은 단념할 수밖에 없소."

깜짝 놀라 얼굴빛이 달라진 요화는 피를 토하듯 말했다.

"만일 상용에서 구원병이 가지 못한다면 관공의 운명은 여기서 끝나게 됩니다."

"우리의 태도를 냉혹하다고 생각지 마시오. 고작 2만의 군사가 구원에 나선다는 것은 한 잔 물로 산불을 끄려는 것과 다를 것이 없소. 빨리 돌아가 성도로부터의 원병이 오기를 기다리는 것이 좋을 거요."

유봉은 이렇게 말하고는 일어나 안으로 들어가 버렸다. 요화는 잠시 그 자리에 엎드려 통곡하다가 이윽고 눈물을 거두고——

'……이렇게 된 이상 성도로 가서 구원을 청하는 수밖에 없다.'

그 길로 성도를 향해 급히 말을 달렸다.

관우와 그 군사가 있는 맥성에는 이미 양식이라고는 쌀 한 톨도 없었다. 성 안의 쥐도 다 잡아먹고 들풀로 연명하는 참담한 상태에 놓여 있었다.

그 때 혼자 말을 타고 성문 가까이 다가온 도복 차림의 한 사람이 있었다.

한 손을 번쩍 들면서 활을 쏘지 말라고 큰 소리를 질렀다.

"수정후를 뵙고자 오나라 신하 제갈근이 왔소."

제갈공명의 친형이 찾아왔단 말을 듣자, 관우는 주위 사람들에게 성 안에 식량이 떨어진 것을 눈치채게 해서는 안 된다고 단단히 이르고 그를 들어오게 했다.

인사를 끝낸 제갈근은 정색을 하고 말했다.

"내가 장군을 뵙는 것은 나 개인의 뜻이 아니고 주군의 명을 받들어 당면한 현실을 올바로 알려 드리기 위해서입니다. 예부터 시무(時務)를 아는 사람을 영걸이라 했습니다. 이제 장군이 통치하고 계신 한수의 아홉 고을은 다 오나라·위나라 군사가 진주해 있고, 남은 것은 이 맥성뿐입니다. 아무리 숨기려 해도 양식이 떨어진 지 이미 오래인 것은 한눈에 보아 알 수 있습니다. 또 구원병이 올 가망은 전혀 없고, 성의 함락은 눈앞에 임박해 있습니다. 오나라에 귀순하시면 다시 형양의 진무장군으로 두겠다고 우리 주군은 약속하셨습니다. 부디 청을 받아들여 깊이 생각하시기 바랍니다."

이 말을 들은 운장은 성난 얼굴로 대답했다.

"나는 본디 해량 땅의 한낱 무관에 지나지 않던 사람이오. 다행히 천하의 어진 분을 만났기 때문에 잘 하는 것이라고는 아무것도 없는 몸이 탕구장군(蕩寇將軍)의 자리를 더럽힐 수 있었던 거요. 이런 주군을 배반하고 의리를 등져 적진에 몸을 던질 수는 없소. 싸움에 패하고 성이 함락되면 죽음이 있을 뿐이오. 구슬은 깨어져도 그 깨끗함을 잃지 않고, 대는 타도 그 곧은 것을 그대로 지닌다 했소. 이 몸은 마지막 싸움을 빛나게 장식하고 싶소."

물론 제갈근은 운장이 그렇게 대답하리란 것을 알고 있었다.

더 말해야 소용이 없었다.

불세출의 명장을 아깝게도 이 외로운 성에서 숨지게 한단 말인가, 하고 생각하니 발길이 떨어지지 않았다. 그러나 운장의 철석 같은 굳은 뜻을 돌이킬 길도 없어 그냥 떠나고 말았다.

제갈근의 보고를 들은 손권은 탄식했다.

"아까운 인물을 죽여야 하는가."

옆에서 여범(呂範)이 시(蓍 : 톱풀)를 늘어놓고 괘를 뽑았다.

"관우의 운명을 점쳐 보겠습니다."

괘는 지수사(地水師)로 나왔다.

'현무(玄武)의 임응(臨應)이 있어 적은 멀리 달아나리라.'

괘의 내용이었다.

손권은 여몽을 불러 이 괘를 알리고 물었다.

"관우를 사로잡을 수는 없는가?"

여몽은 빙그레 웃으며 대답했다.

"이 괘는 바로 소장이 생각하고 있는 것과 일치하고 있습니다. 제 아무리 관우가 하늘을 날 수 있는 날개가 있다 해도 소장이 친 그 물에서 빠져나갈 수는 없을 것입니다."

"그 그물이란?"

"관우는 군사가 적기 때문에 큰길을 택해 달아나지 않을 것입니다. 맥성 북쪽에 험한 산길이 있으므로 그리로 갈 것이 틀림없습니다. 그래서 주연(朱然)에게 정병 5천을 주어 20리 북쪽 산 속에 매복시켜 두었습니다. 그러나 관우가 거기에 이르게 되면 일부러 지나가게 한 다음, 뒤에서 쫓아가게 합니다. 관우와 그 군사는 싸울 생각을 못하고 도망쳐 임저(臨沮)로 향할 것이 틀림없습니다. 그래서 임저 산 속에는 반장(潘璋)에게 500명 군사를 주어 숨어 기다리게 했습니다. ……그러면 관우를 사로잡는 것은 어려울 것이 없으리라고 봅니다."

여몽이 자신을 가지고 말했을 때 여범이 나타나 말렸다.

"다시 괘를 뽑아 보았더니 적은 서북으로 달아나 오늘밤 해시(亥時)에 사로잡힌다고 했습니다."

"그럼 여 장군, 부탁하오."

"알았습니다."

이리하여 준비는 끝났다.

　　용이 도랑에서 헤엄치면 새우가 조롱하고
　　봉황이 새장에 갇히면 까마귀가 업신여겨라

　한편 맥성의 군사 수는 200 남짓으로 줄어 있었다. 성 밖에서 오나라 군사가 저마다 자기가 아는 형주 군사의 이름을 불러 항복을 권하자, 이에 응하는 사람이 잇따라 나타났다.

　군사들은 앉아서 가만히 굶어 죽기만을 기다리는 고통을 도저히 견딜 수가 없었던 것이다.

　운장은 축 늘어져 있는 군사의 모습을 돌아보고 길게 한숨을 내쉬었다.

　뒤에 따르던 왕보가 말했다.

　"이제 일이 여기에 이른 이상, 강태공이 이 성에 다시 나타난다 해도 방법이 없을 것입니다. 상용에서 구원병 소식이 없는 것은 맹달이 유봉에게 군사를 움직이지 말도록 말렸기 때문일 것입니다. 이제는 이 성을 버리고 서천으로 들어가는 수밖에 다른 도리가 없지 않겠습니까."

　관우는 고개를 끄덕이고 성벽으로 올라가 바라보았다. 북문 밖이 적군이 가장 적은 것 같았다.

　북문에서 산 속으로 빠지는 험한 샛길이 나 있다. 운장은 그 길을 택하기로 했다.

　"샛길에는 반드시 복병이 있을 것입니다. 넓은 큰길 쪽이 도리어 안전할 줄 압니다만."

　왕보가 충고했으나 운장은 좁은 산길이 군사 없이 돌파하는 데 유리하다며 그 충고를 듣지 않았다.

　독화살을 맞고부터 이미 몸이 약해진데다가 왼팔의 자유를 잃고 있는 그였지만, 그래도 막상 싸우게 되면 옛날의 그 용맹을 그대로 발휘하리라는 자신을 버리지는 않고 있었던 것이다.

관우는 왕보와 주창에게 군사 100명씩을 주어 맥성을 지키게 해 두고, 자신은 관평·조루(趙累)와 나머지 군사 100여 명을 거느리고 해가 지기를 기다려 북문으로 나갔다.

약 20리를 나아가자, 산 속에서 북소리가 울리며 함성이 터져 나왔다.

"그대로 앞만 보고 달려라!"

운장은 이렇게 명령하고 말을 급히 내몰았다.

약 30리쯤 갔을까. 가는 쪽 숲속에서 무수히 횃불이 타오르고 있었다.

"복병이다!"

운장은 이 적진을 돌파하면 살아날 수 있다고 직감했다.

"돌격이다! 덮어놓고 돌진하라!"

그렇게 외치고 운장은 신장 같은 용맹으로 적토마를 불타오르는 적진 속으로 내몰았다.

오른팔만으로 휘두르는 것이었지만 언월도의 위력은 아직도 꺾이지 않았다.

구름처럼 몰려드는 적군을 닥치는 대로 풀베듯 쓰러뜨렸다.

그리하여 대낮처럼 횃불이 훤히 밝혀져 있는 적진을 빠져 나갔다. 뒤를 따르는 사람은 겨우 10여 명에 지나지 않았다.

달려가는 산길은 더욱 좁아졌다.

그러자 갑자기 오른쪽 산이 큰 괴물로 변한 것처럼 무서운 소리를 냄과 동시에 비탈을 흔들며 무수한 돌이 굴러떨어지기 시작했다.

돌은 바위에 부딪쳐 크게 튀어오르며 운장의 머리 위로 덮쳐왔다.

정신없이 돌을 받아치는 순간, 언월도가 두 토막으로 부러졌다. 다음 순간 두 번째 돌이 운장의 어깨에 와 맞았다.

관우가 안장 위에 엎드리는 것과 적토마가 소리를 지르며 옆으로 넘어지는 것은 동시였다.

굴러온 돌 하나가 적토마의 앞발을 부러뜨린 것이다.

관우는 부러진 언월도를 지팡이 삼아 비틀거리며 일어났다.

앞뒤에서 적군이 몰려들었다.

"장군! 이제는 오갈데 없는 몸이니 떳떳하게 항복하시오."

반장이 소리쳤다.

운장은 말없이 서 있었다.

횃불에 비친 피투성이 모습은 귀신처럼 처절했다. 적군은 모두 마른 침을 삼켰다. 운장은 오른쪽 어깨가 부서졌다. 그러나 여전히 땅에 뿌리가 박힌 것처럼 서 있었다.

"뭣들 하고 섰느냐!"

반장의 소리에 무수한 올가미 밧줄이 운장을 향해 던져졌다.

불굴의 명장 관운장도 마침내 밧줄에 묶이고 말았다.

관우는 저항하지 않았다.

이미 저항할 기력도 남아 있지 않았던 것이다. 그는 벌써 58세가 되어 있었다. 젊은 관평은 끝까지 맹렬하게 싸웠다.

그러나 중과부적이었다. 헛된 몸부림에 지나지 않았다.

결박당한 관우는 멍하니 입을 벌리고 있었다. 요 며칠 동안에 10년이나 20년쯤 나이를 먹어버린 듯한 느낌이었다. 급성 노쇠라고나 할까. 눈길은 엉뚱한 곳을 향하고 있었다.

'관우 운장쯤 되는 자가 오라줄을 받게 되다니, 그런 일은 있을 수 없어!'

의식이 있다면 그와 같은 치욕을 알 것이다. 그러나 관우는 알고 싶지 않았다. 자존심이 너무도 강했다. 알고 싶지 않다면 의식을 잃는 수밖에 없다.

그는 자기의 명예를 지키기 위해 갑자기 천치처럼 행동했다.

"어떠시오, 손권 장군을 섬기시는 것이?"

반장은 첫 마디를 던져 보았다. 하지만 전혀 반응이 없었다. 무표정, 그것이었다.

반장이 부하에게 명했다.

"결박을 풀어 주어라."

그런데도 관우는 아무런 반응을 나타내지 않았다.

반장의 부하가 관우를 묶었던 밧줄을 풀어주자, 그 큰 몸집이 두세 번 비틀거렸다. 밧줄이 그의 큰 몸을 지탱하고 있었던 것이다. 밧줄이 풀리자 관우는 뼈없는 동물처럼 되어 버렸다.

관평은 비통하게 부르짖었다.

"베어라! 빨리 베어라! 빨리 아버지를 베어 다오!"

"좋아, 베지. 끌고 가거라!"

반장은 명령했다.

지금 목을 자르는 것이 무장을 대우하는 인정이다.

"고맙소."

바로 그 무렵 여몽은 손권의 본진에 누워 있었다. 병세가 악화되었던 것이다. 이미 재기 불능이라고 여겨졌다.

손권은 여몽 옆에서 잠시도 떠나지 않았다.

'얼마나 아끼던 무장인가!'

손권은 천금이라도 내겠으니 여몽을 구할 수 있는 의사를 찾아오라고 했다. 손권은 불려온 의사가 침을 놓을 때면 자기 몸에 놓는 것처럼 아픔을 느꼈고, 또 병상의 얼굴을 살펴볼 때에는 환자가 신경쓰지 않도록 벽구멍으로 몰래 들여다보았다고 한다.

"제발 낫도록 하시오. 그리고 촉나라 유비와의 싸움에 군사가 되어 주시오!"

손권은 그 파란 눈에 눈물을 글썽거리며 말했다.

병상의 여몽은 희미하게 목을 옆으로 저었다. 그것은 도저히 바랄 수 없는 꿈이라고 그는 말하고 싶었으리라.

이윽고 여몽은 숨이 넘어갔다. 42세였다.

그날 두 명의 사자가 잇따라 손권에게 중대한 보고를 했다.

첫번째 사자는——

"반장이 장향(獐鄕)에서 관우의 목을 베었습니다."

이어 두 번째 사자는 뜻밖의 소식을 알렸다.

"정로장군이 급병으로 세상을 떠나셨습니다."

정로장군이란 손분(孫賁)이다. 동오의 강릉 원정군은 총사령관이 여몽이고 부사령관이 손분이었던 것이다.

"뭐야…… 모두들 죽었단 말인가!"

손권은 말하고 눈을 감았다.

건안 24년 12월이다.

관우는 58세.

관평은 아버지의 죽음을 보고 혀를 깨물어 자결했다.

맥성을 지키고 있던 왕보와 주창은, 오나라 군사에 의해 운장 부자의 소식이 전해지자——

'……이제는 끝장이다!'

그 자리에서 자결하고 말았다.

운장이 죽은 뒤 그 영혼이 곳곳에 나타나 혹은 다급한 사람을 구해 주기도 하고, 혹은 오나라 대장 여몽을 죽게 만들었다는 소문도 나돌았다. 의를 위해 실다가 의롭게 죽은 그를 그리워한 나머지, 뒷사람들이 만들어낸 이야기였다.

그러나 중국에선 그의 영혼을 구호신으로 받드는 민간신앙이 면면히 이어졌고, 나라에서는 그를 황제로 받들어 사당을 관황묘(關皇廟)라 불렀다.

후세 사람이 시를 지어 찬탄했다.

한나라 말에 그 재주 당할 사람 없어
관운장이 영웅들 중 단연 뛰어났다네

신 같은 위엄으로 무용을 떨치고
의연한 태도에 학문에도 밝았네

태양처럼 밝은 마음 거울 같았고
춘추의 의리는 구름까지 닿았네
그 모습 만고에 빛나 드리우니
삼국시절에만 으뜸이 아니라네

또 이런 시도 있다.

인걸이라면 오직 옛 해량땅을 일렀으니
사람들 다투어 한나라 관운장을 추모하네
복숭아밭에서 하루아침 형님 아우 맺었더니
만세토록 황제와 왕으로 제사 받네
바람과 우레 같은 기개는 맞설 자 없고
지조는 해와 달처럼 환하게 비치네
지금도 모신 사당 신상은 천하에 가득하니
고목 위의 까마귀 몇날 석양을 울었던가

제갈공명은 성도에서 십 리쯤 떨어진 작은 호수에 배를 띄우고 낚시를 드리우고 있었다. 따르는 사람은 법정이었다.
이 호수는 성도를 적시어 주는 도강언(都江堰)으로 겨울에도 얼지 않고, 푸른 물은 사시사철 주위의 산들을 아름답게 비추고 있었다. 고기도 많고, 물새들도 끊이지 않았다.
공명은 이 호수를 좋아했다. 여가만 있으면 낚싯배를 띄웠다. 촉나라를 경영하는 갖가지 구상은 이 호수 위에서 이루어졌다고 해도 좋았다.

‘촉과(蜀科)’라고 하는 엄격한 법률 초안이 작성된 것도 이 호수 위에서였다.

법정은 열 마리 남짓 붕어를 낚아올리자 약간 싫증이 나서——

"군사. 묻고 싶은 것이 있습니다……."

이물에 앉아 있는 공명의 뒷모습을 향해 말했다.

"무엇이오?"

"그 옛날 고조는 사수의 정장에서 몸을 일으켜, 진나라 폭정에 시달리는 관중(關中)으로 들어갔을 때, 그때까지의 가혹한 법률을 폐지하고, 법을 3장으로 줄여 인심을 얻었다고 들었습니다. 이번에 유 황숙이 한중왕이 되시고 군사께서 촉과를 만드셨는데, 소관이 보는 바로는 좀 가혹한 조문이 있는 것으로 생각됩니다. 형을 가볍게 하고 금하는 사항들을 줄여 백성의 기대에 좇는 것이 어떨까 하고 생각합니다만……."

법정은 자기 생각을 말했다.

그러자 공명은 상당한 대어를 낚아올린 다음 법정에게 등을 돌린 채 대답했다.

"그대는 하나만 알고 둘은 모르오. 진나라는 시황이 황제의 권력을 너무 떨친 나머지, 그 웅대한 계획과 정치는 뒷사람들이 무도하다고 할 정도로 백성들의 원한을 사게 되었고, 결국은 그로 인해 망하게 되었소. 그래서 고조는 아주 너그러운 정치로써 민심을 수습하고 그 어려움을 건져 주었던 것이오. 그런데 유장은 아버지 유언 때부터의 명망을 지니고 있으면서, 암약한 탓으로 아주 완만한 태도로 정치를 하였소. 그로 인해 법의 위엄은 서지 못하고 가신들은 공연히 거만해져서 끝내 임금과 신하의 도리가 서지 않게 되었소. 이것은 진나라가 멸망한 원인과는 완전히 반대되오. 그래서 유장을 대신해 우리 주군께서 촉나라를 다스리는 데 있어서는 법률을 엄하게 해야 하는 것이오. ……정치를 할 경우, 가장 필

요한 것은 큰 덕이지, 작은 은혜는 소용이 없다고 하오. 은사라는
것은 자비가 깊은 것처럼 생각되지만 그 근본에 있어서는 한낱 작
은 은혜에 지나지 않소. 은사는 죄를 지은 사람을 용서하는 것으
로 선량한 백성들에게는 아무 상관이 없는 것이오. 유언과 유장
부자는 해마다 사면령을 내렸다고 하오. 그러나 그것으로 인망이
높아진 것도 아니고 정치에 도움을 준 것도 아니오."
"과연 그렇군요."
법정은 고개를 끄덕였다.
공명은 천천히 몸을 돌리자 말했다.
"그보다도 정치에 있어서 가장 나쁜 것이 무엇인지 그대는 아
오?"
"글쎄요……."
법정은 약간 고개를 갸우뚱하더니 물었다.
"임금 옆에 있는 간사한 무리들 말씀이십니까?"
"그 간사한 무리들이 왜 생겨나는지를 생각지 않으면 안 되오."
"……."
"간사한 무리를 만드는 것은 붕당(朋黨)이오. 그것은 백 가지 해
독이 있을 뿐 한 가지 이득도 없소. 절대로 만들어서는 안 되오.
깊이 마음에 새겨두기 바라오."
"알았습니다. 평생을 두고 잠시도 잊지 않겠습니다."
법정이 이렇게 대답했을 때였다.
"……거기 계신 분이 혹시 군사님이 아니십니까?"
이쪽을 향해 작은 배를 저어오는 농민이 손을 들고 외쳤다.
이윽고 작은 배를 낚싯배에 딱 붙인 농민은 지쳐 배에 누워 있는
사람을 가리키며 말했다.
"이 거지 같은 사람이 이 호숫가에 와 닿아 낚싯배를 발견하고,
혹시 제갈 군사가 저 배에 타고 계시지 않느냐고 묻기에……."

법정이 급히 그 배로 옮겨 안아 일으켜 보니 뜻밖에도 그것은 요화였다.

"요화!"

공명이 부르자 의식을 잃고 있던 요화는 겨우 정신을 차렸다.

몸이 지칠 대로 지쳐 거의 의지력만으로 적의 점령지를 뚫고 나와 험하기 비할 데 없는 초나라 잔도(棧道)를 넘어 도착한 요화였다.

공명을 우러러보는 요화의 두 눈에서 눈물이 넘쳐 흘렀다.

"군사! ……형주는 위나라와 오나라 군사에 짓밟히게 되었습니다. 관 장군은 오나라 여몽의 꾀에 빠져 당양 맥성에 외로이 갇혀서……."

"잠깐, 상용에는 유봉이 있는데, 원병을 부탁하지 않았소?"

"그, 그것이……."

요화는 유봉에게 원병을 거절당하자 하는 수 없이 급히 성도로 달려온 것이다. 공명은 요화의 숨찬 보고를 다 들은 후에도 여전히 침묵을 지키고 있었다. 그의 시선은 멀리 겨울 하늘에 솟아 있는 칼날 같은 봉우리 저쪽으로 가 있었다.

"군사!"

공명이 너무 오래 침묵을 지키고 있자 법정이 몸이 달아 불렀다. 그러나 공명은 귀가 먹은 듯이 꼼짝도 하지 않았다.

약 한 시간쯤 지났을 무렵, 공명은 옆에 놓아 두었던 순금으로 만든 큰 술잔에 술을 따르더니 가만히 물 위에 띄웠다.

그것을 바라본 법정의 얼굴이 확 변했다.

"군사! 그것은 관 장군께서 선사한 물건인……."

"……."

공명은 여전히 입을 다문 채였다.

큰 잔은 일렁일렁 잔물결에 흔들리며 배에서 멀어지더니 이윽고 조용히 물 속에 가라앉았다.

“요화……”

공명은 엎드려 있는 요화를 불렀다.

“관 장군은 벌써 세상을 떠났소.”

요화는 깜짝 놀라 벌떡 일어났다. 공명을 보고 뭐라고 말을 하려 했으나 입술만 떨 뿐이었다. 요화는 벌써 운장의 마지막을 상상하고 있었던 것이다. 요화의 두 눈에서 샘솟듯 눈물이 넘쳐 흘렀다.

수정후 관운장이 죽었다는 보고가 맥성에서 자결한 왕보의 편지에 의해 성도로 전해진 것은 그로부터 다시 며칠 뒤였다.

순간, 현덕은──

“운장이!”

한 마디 했을 뿐이었다.

눈물이 주룩주룩 뺨을 타고 흘러내리기 시작한 것은 얼마를 지난 뒤였다. 고향 누상촌에서 결의(結義)를 하고 정의의 깃발을 높이 들어 천하의 동란 속으로 뛰어든 것이 생각하면 30여 년 전의 일이었다. 글자 그대로 생사를 같이한 운장과 현덕이었다.

현덕이 없으면 운장은 살아 있을 수 없었다. 또 운장이 없으면 현덕도 살아 있을 수 없었다. 두 사람은 입술과 이처럼 서로 떨어질 수 없는 사이였다. 임금과 신하의 관계를 초월한 사이였다.

현덕은 자신이 살아 있는 동안 운장이 먼저 죽으리란 것은 꿈에도 생각지 못했었다. 현덕은 믿어지지 않았다. 의심할 수 없는 현실인 줄 알면서도 믿어지지가 않았다.

“운장!”

현덕은 소리쳐 불렀다.

“운장, 죽다니! 그대가 죽다니!”

그 울부짖는 소리를 들으며 여러 장수들과 관원들은 혹시 현덕이 미친 것이 아닌가 하고 의심했다. 그토록 현덕의 얼굴과 태도는 평소의 그가 아니었다.

냉정히 그 얼굴을 지켜보는 사람은 오직 공명뿐이었다.

"군사!"

공명에게로 시선을 돌린 현덕의 얼굴은 무섭게 일그러져 있었다.

"삼군을 이끌고 형주로 진군해 주시오. 여몽을 무찌르고 손권을 무찌르겠소!"

"주군……. 고정하옵소서……. 예부터 죽고 사는 것은 명에 있다고 했습니다. 운장은 적과 대했을 때는 언제나 죽음을 내 집에 돌아가듯 생각하고 있었습니다. 그런 그가 나라를 위해 싸우다가 장렬히 전사한 것입니다. 주군께서 지나치게 슬퍼하시는 것은 한중왕의 신분을 미처 생각지 않으시는 일인 줄 아옵니다."

공명은 조용히 말했다.

그러나 현덕은 대답 없이 비틀거리며 안으로 사라져 버렸다.

그로부터 사흘 동안, 현덕은 아무와도 만나지 않았으며 식음도 끊어버렸다.

피 흘리는 나무

손권은 여몽의 죽음을 한탄했다.

"아아, 주유가 죽고 7년 만에 노숙이 죽더니 이제 2년 만에 다시 여몽이 죽었구나!"

이어 손권은 열후의 예로써 여몽의 장례를 성대히 치러 주었다.

"건업에서 여패(呂霸)를 불러라!"

여패는 여몽의 아들이다. 이윽고 여패는 장소(張昭)에게 이끌려 형주에 도착했다. 손권은 아직 어린 유자를 바라보며 말했다.

"아버지의 식읍을 그대로 계승하라."

그때 장소가 물었다.

"관우의 시신(屍身)은 어떻게 하셨습니까?"

"참형에 처한 뒤 버려 두었다. 목만은 소금에 절여 보관해 두었을 테지."

"어떻게 하실 것입니까."

"장례식 말인가?"

"아닙니다, 뒷날의 대비에 대해서 말입니다. ——그와 현덕과 장비는 사는 것도 죽는 것도 반드시 한날 한시에 하리라고 도원에서 맹세를 한 사이입니다. 그 관우가 참형을 당했다는 것을 알면 촉은 온나라를 기울여 원수를 갚으려 할 것입니다. 공명의 지략, 장비의 용맹, 마초·황충·조운 등의 용장이 목숨을 돌보지 않고 오나라에 밀려오면 어떻게 그것을 막으려 하십니까?”

비로소 손권은 사태의 심각성을 깨달았다. 손권이라고 그것을 전혀 생각지 않은 것은 아니었으나 장소의 말을 듣고 보니 온몸이 부들부들 떨려왔다.

장소는 계속 말했다.

“오나라에게 두려운 문제가 또 하나 있습니다. 촉나라가 목적을 위해 감정을 억제하고 위나라에 접근하여 그들과 손을 잡는 일입니다.”

“장소, 그것을 미리 막자면 무슨 방법이 있을까?”

“그러니까 죽었다곤 하나 관우의 시신 처리는 중대하게 생각지 않으면 안 됩니다. 관우의 죽음은 본디 조조의 부추김 때문이고 조조의 짓이었다고, 이 화를 위나라에 전가시켜야 합니다. 그 구체적인 방법으로써 관우의 목을 들려 조조에게 보내십시오.”

“음.”

“그리고 적극적으로 관우를 멸망시킨 것은 위나라였다고, 그늘의 공이기나 한 것처럼 소문을 퍼뜨리는 것입니다. 그러면 현덕의 원한은 당연히 위나라 조조에게로 돌려지고, 오나라는 제삼자 입장에서 두 나라 간의 싸움을 구경할 수도 있지 않겠습니까?”

손권은 무릎을 쳤다. 곧 조조에게 보내는 상주문을 작성했는데 손권은 스스로를 신(臣)이라 일컬었다.

‘신 손권은 엎드려 아뢰오니……천명이 한나라로부터 위나라로 옮겨져……’ 하는 식으로 적극 조조의 비위를 맞추는 내용이었다.

이 무렵——. 낙양에서는 망치 소리가 높았다.

메 소리도 여기저기에서 들렸다.

백발 노인이 그 소리에 매혹된 것처럼 지그시 귀를 기울이고 있었다.

얼마쯤 지나자 그는 다른 곳으로 갔다. 역시 건설의 소리를 듣고 있는 것이다.

때때로 노인은 혼자 고개를 끄덕였다. 무엇인가 입 속으로만 우물거리고 있었다. 그것은 곁에 있는 사람조차 내용을 알아듣지 못할 혼잣말이었다.

마음 속 독백에 노인은 스스로 끄덕이고 있었다.

"여기 계셨군요. 도고(陶固)님?"

파란 눈의 서역승이 말을 걸었다. 도고라고 불린 노인은 갑자기 정신이 든 것처럼 돌아보며 빙그레 웃었다.

"오오, 지경(支敬) 스님이시군."

지경은 건설 현장을 바라보며 말했다.

"날로 훌륭한 건물들이 늘고 있군요."

나이는 50세 안팎, 월지족의 절인 백마사에서 지금은 주지 스님과 같은 역할을 맡고 있는 지경이다.

"덕분에……."

도고는 머리를 숙였다.

"뭘요, 도고님이 저에게 고맙다는 말을 하실 것이 아니지요. 감사를 드릴 분은 위왕 전하이십니다."

"이를테면 그렇겠지만…… 나는 낙양을 위해 누구에게라도 고맙다는 절을 하고 싶답니다."

도고는 벌써 70세가 넘었다.

동탁이 낙양을 불태운 지 꼭 30년이 된다.

'낙양을 다시금 옛날과 같은 도읍으로!'

낙양에서 태어나고 자란 상인 도고는 오직 그 목표를 위해 온갖 힘을 쏟았다. 30년 생애를 낙양 재흥을 위해 바쳤다고 해도 좋다.

도고의 지난 30년은 고난의 날들이었다.

24년, 천자는 일단 장안에서 이곳 낙양에 돌아왔건만 궁궐을 정하지 못했다. 그만큼 낙양은 황폐하였다. 동탁의 파괴는 철저했던 것이다.

'이제 이 낙양이 다시 도읍이 될 날은 없을 테지.'

사람들은 생각했다.

환도한 천자 일행도 낙양을 버리고 허도로 가버렸던 것이다.

천자 일행뿐만이 아니었다.

누구나가 낙양에 절망하고 새로운 도읍인 허도나 남양(南陽)이나 업으로 새생활의 터전을 찾기 위해 떠나갔다.

그러나 도고는 낙양에 남았다. 개인의 힘에는 한도가 있다. 하지만 그는 할 수 있는 한 최대의 힘을 기울였다.

일꾼을 고용하는 데도 허도나 업의 갑절인 품삯을 치렀다. 목수나 미장이에게도 시세의 곱이나 되는 품삯을 약속했다. 덕분에 낙양이 작은 읍 정도는 되었다.

도고는 낙양 재건을 위해 백마사의 지원을 청했다. 상업민족인 월지 사람들에겐 주막거리와도 같은 '오아시스 도시' 경영의 재능이 있었나.

상인이 숙박하는 거리, 그들이 이런저런 목적으로 돈을 쓰는 거리——도고와 백마사의 공동 노력으로 낙양도 제법 큰 성시(城市)가 되었다. 낙양이 본격적으로 소생의 양상을 보이기 시작한 것은 겨우 요 몇 년 동안의 일이었다.

위왕 조조의 명령으로 낙양에 큰 건물이 들어서기 시작했다.

"낙양 천도 준비가 아닐까?"

사람들은 수군거렸다.

관우의 번성 공격이 맹렬해지자 조조는 몸소 낙양에 나타났다. 낙양은 거성인 업보다는 싸움터에 가깝기 때문에 '전진사령부'라는 느낌마저 있었다.

그러나 천도에 관한, 사람들의 숙덕공론은 사라지지 않았다.

"낙양은 도읍이 될걸세."

"그야 정해진 일이지. ……그렇지만 이건 함부로 말할 일은 아니지만 아마 한나라 도읍은 아닐 걸세."

"뭐라고! 천자님의 도읍이 아니란 말인가?"

"천자의 도읍일지도 모르지만……아무튼 그 이상은 말하지 않겠어."

"말하지 않아도 난 알아!"

낙양 시민들 사이엔 이런 귀엣말이 오고갔다.

'한나라는 운이 다 됐어. 이미 멸망한 거나 다름없어. 대신 위나라 조씨가 천하의 주인이 된다.'

이것이 중원 주민들의 일반적인 생각이었다.

조조가 낙양에 나타난 것은 건안 24년 10월이다. 관우의 패전과 죽음은 12월의 일이었다.

낙양에도 관우 패주의 소문이 전해져 왔다.

'드디어 위나라가 한나라를 뒤엎는다.'

입에 올리진 않더라도 사람들은 누구나 그것을 기정 사실로 받아들이고 그런 판단 아래 수군거렸다.

서역승 지경은 말했다.

"오늘밤 전하께서 백마사에 오십니다."

"호오!"

도고는 눈이 부신 듯한 표정이 되었다.

"도고님도 오십시오."

"뭐요, 나에게도?"

"예. 제가 이미 명단에 올렸습니다."

"그런 일은…… 너무도 황송해서…….."

"아아뇨, 오늘밤은 격식을 떠난 자유로운 담소 모임입니다. 전하께서도 미행(微行)하십니다. 딱딱한 자리는 아니오니 부디 참석하도록 하십시오. ……낙양의 일을 부탁드릴 수도 있지 않습니까."

"그렇겠군…… 낙양의 일…….."

도고의 얼굴에 주름살이 펴졌다. 최고 권력자에게 낙양 일을 부탁할 수 있다. 좀처럼 없는 기회가 아닌가.

지경은 거듭 말했다.

"그래서 노인을 찾고 있었지요."

"일부러 수고했소…….."

도고는 머리를 숙였다.

"그럼 참석하기로 하지요. 시간은?"

조조는 일찍부터 낙양의 임시 별궁을 모조리 헐어 버리고 역사상 큰 궁전을 세울 뜻을 품고 있었다.

자신의 나이가 벌써 66세란 것을 새삼 느낀 조조는, 건시전(建始殿)이란 궁전 건립을 서두르지 않으면 안 된다고 생각했다.

건시전——

'건시'는 전한 성제(成帝) 때의 첫 연호이다. 새로이 짓는 궁전의 이름을 지을 때 조조는 그것이 250년 전 첫 연호임을 의식하지 못했다.

이것이 시작이다. 이제부터 건설하는 거다. 새로운 나라를. 그런 자부심이 건시라는 이름을 택하게 했던 것이다.

낙양 교외에 소월(蘇越)이란 이름난 건축설계사가 있었다. 조조는 직접 그를 찾아가 건시전 설계도를 작성토록 명했다.

소월은 한 달이 걸려, 앞뒤에 건너다니는 구름다리와 누각을 배치시킨 큰 궁전을 그려 바쳤다.

조조는 첫눈에 보고 마음에 들었다. 그는 말했다.

"그러나 이 큰 궁전의 대들보에 쓰일 좋은 재목을 구하기가 어렵겠군."

"아닙니다. 좋은 재목이 있습니다. 낙양에서 십리 떨어진 곳에 탁룡담(濯龍潭)이란 못이 있사온데 그 못 앞에 탁룡사(濯龍祠)란 사당이 있고 그 옆에 큰 배나무가 있습니다. 그 높이가 열 길은 넉넉히 될 것입니다. 이 나무를 베어 건시전 대들보로 썼으면 합니다."

"그거 잘 됐군."

「한서(漢書)」 주를 보면, 그때의 말로서 여덟 자 이상의 것을 '용'이라 불렀다고 한다. 좋은 말을 씻는다는 의미로 황실의 마구간이 있는 곳을 탁룡(濯龍)이라 했고, 그 부근 원림(園林)을 탁룡원(濯龍苑)이라 불렀으며 그곳의 연못을 탁룡담이라 불렀다.

황실의 숲이라 함부로 나무를 베지 못함은 당연하다.

그런 까닭에 탁룡사 일대의 숲 나무는 신목(神木)이라고 하여 미신의 대상이 되어 있었다.

그런데 조조는 애당초 미신이라는 것을 믿지 않았다. 젊었을 때 처음으로 지방관이 되어 맨먼저 실시한 것이 사교(邪敎) 음사(淫祠)의 파괴였다. 벌을 받는다고 하자——

"벌을 받는지 어떤지 내 눈을 똑바로 뜨고 보리라!"

사당에 대고 오줌을 눈 일도 있었다.

건시전 재목은 거의 그곳 신목을 베어 썼다. 조조가 미신을 싫어하는 일은 그의 부하들도 잘 알고 있었다. 그러므로 신목이든 뭐든 거침없이 벌채했다. 그런데 이때 조조는 약간 불안한 표정을 보였다.

"그럼 돌아올 때 탁룡사도 둘러보고 대들보로 쓰일 배나무 벌채를 보기로 할까……."

조조가 이렇게 말한 것은 그 자신 문득 느낀 불안을 깨닫고 그것을 짓밟아 버릴 의도에서였다.

추운 겨울이었으나 벌채 작업을 하고 있는 일꾼들은 구슬 같은 땀을 흘리면서 큰 도끼를 높이 들어 내리찍었다.

"호오, 열심히들 베고 있군."

조조는 벌채 인부 가까이까지 가마를 타고 가서 가마에서 천천히 내렸다. 그런데 가마에서 내릴 때 허리가 삐끗하며 심한 통증을 느꼈다.

'늙은 탓이야.'

조조는 고개를 설레설레 저었다.

그가 아파하는 것을 눈치챈 자는 없었다. 가신 모두 꿇어 엎드려 감히 얼굴을 드는 자가 없었기 때문이다.

조조의 나이 이미 66세였다. 나이에 대해선 입에 올리고 싶지도 않았다. 아니, 그것을 의식하는 것조차 두려워했다.

지병인 편두통에다가 별안간 몸을 움직였을 때는 허리가 몹시 아프다. 귀도 꽤나 멀어졌지만 눈의 쇠약은 그것 이상이었다.

조조는 열심히들 일한다고 격려했지만, 사실은 가마에서 내렸을 때 눈앞이 뿌연 것이 그 부근이 똑똑히 보이지 않았다. 신체 기능의 쇠약을 느끼고 이를 감추느라 그는 마치 똑똑하게 본 것처럼 말한 데 지나지 않았다.

몇 번이고 눈을 깜박이는 동안 겨우 그 장소의 정경이 어렴풋하나마 보이기 시작했다. 조조는 겨우 안심하고서 한두 걸음 앞으로 나아갔다.

벌목 인부들은 머리띠를 매고 있었다. 무사가 머리띠를 매는 관습은 조조 때부터 시작되었다. 그때까지는 무인이라 할지라도 사대부만큼이나 의관을 갖추어야 했다. 후한 말부터는 관이 약식으로 바뀌어 두건 모양의 것이 유행되었다.

"이왕 약식으로 한다면 좀더 대담하게 생략하는 것이 좋으리라."

조조는 머리띠로써 관을 대신케 했다. 일반 노동자는 물론 옛날부터 머리띠를 매왔다.

무엇인가 노래 비슷한 것을 중얼거리며 도끼를 내리찍는다.

몇 아름이나 되는 거대한 배나무 밑동에 아까부터 묵묵히 한 사나이가 도끼질을 계속하고 있었다. 머리띠 아래로 내민 귀밑머리가 새하얗다.

'꽤나 나이 들어 보이는데 몹시 애쓰는군!'

조조는 마음 든든하게 생각했다.

그 노인은 팔 한쪽을 벗고 있었지만 구리빛 어깨의 근육이 도끼를 쳐들어 내리찍을 때마다 힘차게 약동했다.

"호오!"

노인이 내리찍는 도끼날을 보며 조조는 자기도 모르게 감탄했다. 다음에 그는 손가락으로 코뿌리 언저리를 힘껏 눌렀다. 좀더 눈이 잘 보이게끔…….

믿어지지 않는 것을 그는 본 것이다.

거목 밑동 언저리는 몇 번이고 도끼날에 찍혀 껍질이 드러나 있었다. 그런데 거기에 불그레한 액체가 번지고 있는 것이 아닌가.

'나무도 피를 흘리는가…….'

그런 터무니없는 일이 있을 수 있을까!

조조는 눈을 비볐다.

하지만 역시 그것은 피 같았다. 조금씩 스며 나오는 것이 아니다. 꽤 많은 양이 줄지어 흘러 떨어지고 있다.

그 순간 조조는 아찔했다.

급히 눈길을 돌렸다.

'아무리 신목이라도 피를 흘리는 일이란 없다. 도대체 신목이라는 것이 어디 있는가. 탁룡사의 나무도 일반 민가의 뜰에 자라는 나무도, 같은 수목이 아닌가? ……피를 흘리고 있는 것처럼 보였지

만 그것은 한낱 수액(樹液)에 지나지 않는다. 그렇다, 수액이 틀림없어.'

조조는 혼잣말처럼 속으로 중얼거리고 나서 눈길을 돌린 채 배나무에서 등을 돌렸다.

"백마사로 가겠다!"

조조는 시무룩하게 말하고 가마에 올랐다. 가마 속에서 그는 생각했다.

'지금의 행동은 평소의 나답지 않다. 평소의 나였다면……'

평소의 조조였다면 신목에 다가가서 그것이 피가 아닌 수액이라는 것을 자기 눈으로 확인했을 것이 틀림없다.

눈을 외면하고 그대로 등을 돌리는 일 따위는 확실히 조조답지 않은 행동이었다. 사물을 어물어물 건성 보아넘기는 일은 그가 가장 싫어하는 일이었다.

조조는 매사 무섭도록 깔끔했다. 한번 생각하면 보통 사람처럼 망설이거나 하지 않고 무자비하게 단(斷)을 내리는 인물이었다.

바로 얼마 전만 해도 양수(楊修)를 처형한 조조였다.

양수는 머리가 비상하기 이를 데 없는 인재로 조조가 한중에서 고전할 때 '계륵'이란 암호 같은 명령을 내리자 곧 그 속셈을 알아맞힌 인물이다.

조식이 조조만 사용하는 길을 수레로 달리려 왕궁의 바깥문을 열게 하고 나간 일이 있었다. 조조는 그 보고를 받자 격노했다.

곧 수문대장을 처형하고 제후에 대한 제한을 엄중히 했다. 아무리 사랑하는 아들이라도 조식의 행동은 법에 어긋나기 때문에 그 본보기를 보였던 것이다.

이때 조조는 양수의 존재가 꺼림칙했다. 양수는 자기의 가신이면서 조식의 참모였다. 양수는 너무나도 두뇌가 명석하여 자기가 죽고 난 뒤 위나라의 내부에 어떤 분란을 일으킬지도 모른다.

‘그 녀석은 아무래도 죽여야만 한다. 그는 내 손으로 죽일 수밖에 없다.’

조조는 양수를 주살할 결심을 굳혔다.

그러나 이유없이 죽일 수는 없었다.

조조는 한 가지 꾀를 내어 조비와 조식에게 명했다.

“도성의 문 하나를 지나 북으로 나가도록.”

그러고서 수문대장에게는 비밀리에 엄명했다.

“누구라도 성문 밖으로 내보내선 안 된다.”

조조는 이렇게 명령하고 조비와 조식의 행동을 지켜보았다.

조비는 수문대장이 가로막자 그대로 수레를 되돌렸다. 그러나 조식에게는 참모 양수가 이런 조언(助言)을 해주었다.

“왕명을 좇는 것이므로 수문대장이 막는다면 그를 베어 버리고 나가십시오.”

조식은 그 말대로 수문대장을 베어 버렸다. 조조는 양수를 교사죄(敎唆罪)로 체포하여 처형했던 것이다.

가마가 흔들리기 시작하자 조조는 연방 고개를 갸웃했다.

양수를 처형한 것을 생각했기 때문은 아니다. 조조는 그 일생에 수없이 많은 사람들을 죽였다. 양수는 그 가운데 한 명에 지나지 않았다.

따라서 지금 그의 마음속에 양수 따위는 기억의 조각으로도 남아 있지 않았다.

조조는 다만 자기 자신을 생각하고 있었다.

‘그 누구도 아닌 내가 평소의 나답지 않게……마음이 약해져 있다. 이 또한 나이 탓일까?’

가마 속에서 조조는 이런 생각이 들자 몹시 불쾌해졌다.

고향

“여느 때 늘 만날 수 없는 자들을 보러 가는 거다.”

백마사로 향하는 가마 속에서 조조는 자기에게 이렇게 변명하고 있었다. 스스로에 대한 이런 변명도 조조의 깔끔한 성격이 자아내는 일종의 심리 갈등이었다.

‘기력이 쇠약해졌기 때문에 부도(浮屠)라는 이국 신앙에 의지하려는 것이 아니다. ……옛날부터 마음 속을 털어놓을 수 있는 사람 …… 백마사의 사람들, 거기 있는 장로의 어머니 소용, 그 제자인 진잠, ……그런 사람들을 만나고 싶다.’

위왕이 되고 나서 조조는 눈코 뜰 새 없이 바빠 그런 사람들과 부담없이 만나 이야기할 기회가 적었다.

마침 관우의 패주 소식이 들어와 조조도 한숨을 돌리고 전선인 마파로부터 낙양에 되돌아온 참이었다. 오랜만에 천하 쟁패와는 아무 관계 없는 사람들과 가벼운 환담을 나누고 싶은 생각이 들었다.

‘난 결코 기력이 쇠약해지지 않았어.’

하지만 이렇게 자기 변명을 할 정도이고 보면 조조로서는 보통 일이 아니었다. 그것을 깨닫자 역시 나이 탓인가 하고 조조는 짜증스러웠다.

"호오, 도고라고…… 그 이름은 들은 적이 있지."

백마사 모임에서 조조가 처음 보는 인물은 도고였다. 30년 전 동탁이 낙양을 잿더미로 바꾼 날부터 도고라는 이름은 마치 지상에서 사라진 것처럼 잊혀졌다.

그러나 그 이전, 도고라고 하면 낙양에서 세 살 먹은 어린애라도 그 이름을 알았다. 낙양 으뜸가는 부호로서——

젊은 날의 조조도 당연히 그 이름을 듣고 있었다. 더욱이 그가 30년 지나고서도 아직껏 그 이름을 생생히 기억하고 있는 것은, 지금은 이미 세상을 떠난 백마사의 장로 지영(支英)에게서 도고에 관한 일화를 들었기 때문이다.

'동탁은 재보를 숨기기 위해 백마사의 월지족 사람들을 동원하여 구덩이를 파게 했다. 재보를 숨긴 뒤 동탁과 여포는 월지족 사람들까지 구덩이 속에 함께 파묻어 입을 막으려 했었다. 그러나 그런 일을 예견하고 미리 가까이에 있는 도고의 자택에서 땅굴을 옆으로 파 놓았기 때문에 생매장될 위기에 빠진 사람들을 구해냈다……'

지영은 이런 일화를 조조에게 들려주고——

"다시없이 낙양을 사랑하는 인물이지요."

이렇게 덧붙여 말했던 것이다.

"예, 저같은 필부의 이름이 전하의 귀를 더럽혔다니 황공무지로소이다."

도고는 꿇어 엎드렸다.

"지영에게서 지하 갱도 굴진(掘進)의 일화를 들었지. 남을 구해 준다는 건 좋은 일이야."
"황공하옵니다."
"그대는 낙양을 사랑한다고 들었는데……."
"예, 제 고향이어서……."
"잿더미가 되고 나서도 사랑했나?"
"재가 되고 나자 그리움이 더욱 간절했습니다."
"인간도 그랬으면 하네."
"예?"
도고는 얼굴을 들어 이상하다는 듯이 조조의 얼굴을 응시했다.
중국에서는 주로 토장(土葬)을 했기 때문에 인간이 죽는 것을 말할 때 '재가 된다'는 표현은 없다.
화장은 불교가 유행되고 나서 행해지기 시작했다. 조조는 백마사의 지영에게서 불교에 대해 들은 일이 있어 화장을 이미 알고 있었다.
'재로 만든다는 것은 꽤나 깨끗한 일이군그래. 썩는 것보다 얼마나 좋은가.'
조조는 철저한 현실주의자라 화장의 풍습을 이렇게 평가했다.
"여기는 부도의 절이 아닌가. 부도에서는 사람이 죽으면 재가 된다고 말하지."
조조는 웃으면서 말했다. 옆에서 지경이 거들었다.
"도고를 부른 것은 전하께 직접 소청할 일이 있다 하옵기에……."
"소청? 호오, 말해 보게나."
"예, 그것은 다름이 아니옵니다."
도고는 이마를 바닥에 조아리며 말했다.
"이 낙양을 다시금 훌륭한 도시로 탈바꿈해줍소서, 하는 단지 그것뿐이옵니다. 다시 훌륭한…… 영화를 누리는 도읍으로 만들어주옵소서."

"그것뿐인가?"

말하면서 조조는 피로를 느꼈다.

"그것뿐이옵니다."

도고는 이마로 온 몸의 피가 모두 모일 만큼 바닥에 깊이 머리를 조아렸다.

조조는 잠시 전에 본 신목의 피를 연상했다.

"이제 되었다."

조조는 눈살을 찌푸렸다. 그때 급사가 달려왔다.

"표기장군(驃騎將軍)에게서 친서가 왔사옵니다!"

급사가 보고했다.

"호오, 남창후(南昌侯)의 친서라고?"

조조는 그 자리에서 받아 봉함을 뜯었다.

관우 공격을 위해 조조는 손권과 동맹을 맺었던 것인데, 그때 손권을 표기장군에 임명하고 남창후에 봉했던 것이다. 지금 그 손권에게서 친서가 온 것이다.

조조는 대충 읽었다. 읽고 나서 조조는 혼잣말처럼 중얼거렸다.

"손권이 관우의 목을 보내준다는 거야."

그러자 사마의 중달이 곁에 있다가 말했다.

"전하, 황공하오나…… 그것은 오나라가 받을 화를 위나라로 돌리려는 무서운 모략입니다. 관우의 목으로써 위와 촉의 사이가 벌어지게 만들어 두 나라가 싸워 지치기를 기다리겠다는 동오의 간사한 계략임이 틀림없습니다."

"그것이야 나도 알고 있다. ……그러나 목을 보내 온다면 이쪽에서 장례식을 치러 주어야만 한다. 관우쯤 되는 무장, 정중히 묻어 주어야 하지 않겠나……."

사마중달도 조조의 깊은 생각 앞에서는 더 할 말이 없어 고개를 조아렸다.

조조는 그런 사마중달은 안중에도 없었다. 그는 혼자 지난날의 추억에 잠겼다.

——지금부터 20년 전, 유비가 조조한테 패하여 원소에게 달아났을 때, 관우는 조조 쪽 포로가 되었다. 조조는 관우를 편장군(偏將軍)에 임명했다. 백마 싸움에서는 관우가 조조의 장수로써 원소의 맹장 안량(顔良)의 목을 베었다. 그 뒤 관우는 옛주인이고 의형제인 유비에게로 갔다. 짧은 동안이었지만 조조는 관우와 주종(主從) 관계를 가졌다.

'야전장군으로서는 뛰어났었지. 과감하고 결단력이 있었어.'

조조는 관우의 재능을 평가하고 있었다. 아까운 인물을 죽였다…… 관우의 목에 대한 대목을 읽자 조조는 새삼 눈시울이 붉어졌다.

'이상한 일이다…… 눈시울이 붉어졌다……'

백마사의 지경과 오두미도의 교모 소용은 약속이나 한 듯 얼굴을 마주 보았다.

시인으로서 조조는 당연히 감정의 기복이 격렬한 인물이지만, 천하 패자로서의 그는 그 넘칠 만큼의 감정을 늘 억눌러 왔다. 눈물 짓는 모습 따위 좀처럼 남에게 보인 적이 없었다.

'아무래도 자제력이 없어진 듯싶습니다.'

지경의 눈길이 물었고——

'역시 나이는 나이여서……'

소용도 동감이었다.

조조는 말했다.

"손권이란 놈이 이 글에서 이상한 말을 하고 있어."

지경이 대꾸했다.

"어떤 말이옵니까……?"

"폐하(陛下)라고 부르고 있어. 나를 가리켜……."

"호오, 폐하라고……?"

지경은 입을 오므렸다.

말은 하지 않았지만 소용도 사마의도 모두 숨을 죽였다.

진시황 때 재상 이사(李斯)의 건의로 천자를 부를 때에 한해서만 '폐하'를 쓰기로 정했다. 한나라는 그 제도를 이어받고 있다. 한나라에서는 황태자 및 왕을 부를 때 전하의 칭호를 쓴다. 그리고 신공 및 2천 석의 지방장관은 '각하'이다.

조조는 지금 위왕이므로 정확하게는 전하라고 부르지 않으면 안 된다. 다른 인물을 폐하라고 부르면 지금의 천자에 대해 불경죄를 범하는 것이 된다.

"보라구, 여기 이렇게……."

조조는 친서를 지경 아닌 소용에게 보였다.

"정말이군요. 확실히 폐하라 부르며 신(臣) 권(權)이라고 썼군요."

소용은 눈을 가늘게 뜨며 그것을 읽었다.

조조는 웃었다.

"손권이란 놈, 나를 화로불 위에 앉힐 모양이지. 흥, 뜨겁게 말이야."

그때 오행설(五行說)로 목, 화, 토, 금, 수(木火土金水)의 차례로 그 덕을 가신 자가 전자로서 천하에 군림한다고 믿어졌다. 예를 들면 요(堯)는 화덕(火德), 순(舜)은 토덕(土德), 하(夏)는 금덕(金德)으로서 천자가 되었다고 이해되었다.

한나라는 화덕이라고 일컬어졌다. 불을 이기는 것이 흙이다. 토덕을 가진 자는 불 위를 덮고 그것을 대신할 수 있는 것이다.

그러므로 조조의 말은——

'손권이 나를 천자로 앉힐 작정인가?'

이렇게 해석된다.

"불은 자연히 꺼지는 것이옵니다. 그 위에 앉으시더라도 결코 뜨겁지는 않습니다.”

이렇게 말한 것은 조조의 측근인 진군(陳群)이라는 시중이었다.

“호오, 불은 자연히 꺼진단 말이지.”

조조는 중얼거리듯 뇌까리고 눈을 감았다. 얼굴 근육이 조금 씰룩거렸다.

진군은 거듭 천명은 조조에게 있다고 말했다.

“비록 천명이 나에게 있다 하더라도 나는 주나라 문왕이 되련다.”

조조는 말하며 눈을 확 부릅떴다. 거기 있는 사람들은 모두 조조로서는 마음놓을 수 있는 상대였으나, 그래도 그것은 그에게 너무도 중대한 말이었기 때문이다.

은(殷)나라 말기 주나라 문왕은 천하의 3분의 2를 차지하는 실력이 있으면서도 죽을 때까지 은나라의 신하로 지냈다. 아들인 무왕이 은나라를 멸망시킨 뒤 그 아버지에게 문왕이라는 시호를 추존(追尊)했던 것이다.

주문왕은 천명을 받았지만 차마 은나라를 멸망시킬 수는 없었다.

따라서 조조가 주문왕이 되겠다고 함은——

‘나는 한나라 운명을 좌우할 수 있지만 그것은 아들에 맡기자. 나는 역시 한나라 신하로서 죽겠다.’

이 말과 같았던 것이다.

‘왜 나는 이런 곳에 사람을 모이게 하여 만나러 왔을까?’

조조는 자기가 지시했으면서도 백마사에서 여러 가지 이야기를 하고 있는 동안 문득 이런 의문을 품었다. 그리하여 소용 쪽을 바라본다. 늙었다곤 하지만 소용은 아름답다. 눈부실 만큼 아름답다.

그러나 조조는 그 아름다움이 보고 싶어 온 것은 아니었다. 의문이 생기면, 소용이 반드시 그 해답을 준비해 준다는 느낌이 들었기 때문이다.

소용이 그 입을 열어 실제로 대답해 주는 일은 좀처럼 없다. 하지만 소용의 원만한 표정을 보면, 조조는 의문에 대한 해답이 거기 있다는 느낌이 들어 절로 마음이 놓였다. 의문을 풀지 않고서는 그렇듯 원만한 표정을 지을 수가 없지 않은가?

조조는 이미 구체적인 해답을 얻기를 바라지 않았다. 남겨진 시간은 얼마 없다. 해답이 있음을 아는 것으로 족하다.

소용 쪽으로 올 때마다 조조는 앞으로 나아가는 느낌이 들었다.

늙음을 스스로 깨달은 사람에게 시간은 소중하기 그지 없다.

소용은 끄덕였다.

'알고 있답니다.'

조조는 소용의 표정을 보고 끄덕였다.

'당신은 모두에게 작별하러 오셨겠지요. 이제 두 번 다시 만날 수는 없다는 것을 아시고…… 특히 저하고도 인생의 총결산을 하셔야만 할 것이고…….'

소용은 생각했다.

그러나 그것은 결코 입에 올려선 안될 말이었다.

28년 전, 조조는 소용이 힘쓴 덕분에 청주(靑州)의 황건당 30만을 수중에 넣었다. 그때 소용에게서 다음의 말을 들었다.

"지상의 평화는 당신의 소임, 인간 영혼의 평화는 저의 소임. 어느 쪽이 먼저 인간에게 행복을 가져다 줄 수가 있을까요?"

그것은 엄숙한 도전이었다.

그때 소용의 말을 조조는 평생 잊을 수가 없었다.

'어느 쪽이 이겼나?'

남은 시간이 적다. 슬슬 결산을 해 볼 때가 된 것이 아닐까?

그래서 조조는 찾아온 것이다.

그런데 실제로 얼굴을 대하자, 다른 이야기만 하고 정작 해야 할 결산 검토는 피하고 있었다.

"그런데 교모와 단둘이서 음미해야만 할 일이 있어."

겨우 조조는 그 말을 입에 올렸다.

"이렇게 빨리 말입니까? 음미 같은 것은 아직 너무 이릅니다."

소용은 아리땁게 웃었다. 그것은 아리땁다고 표현할 수밖에 없었다.

"빠를까?"

조조는 또 마음이 놓였다.

이 안도감을 바라고 사람들은 소용에게 모여드는 것이 아닌가? 난세에 사는 인간에게 마음의 평안함이 얼마나 소중한 것인지, 조조는 오두미도교의 교모를 통해 환히 깨달았다.

'내가 졌을지도 몰라.'

조조는 문득 생각했다.

남에게 지기 싫어하는 그로서, 마음 속의 생각일망정 그렇게 중얼거린다는 것은 드문 일이었다. 조조 자신 이상했던 것은, 졌을지도 모른다고 생각하면서도 분한 마음이 도무지 생기지 않는 점이었다.

소용은 웃으면서 말했다.

"지금으로선 무승부이겠지요."

"무승부일까?"

조조는 그 평가를 납득할 수 없었다.

그때 제2의 급사가 달려왔다. 이번에는 문서가 아니라 구두 보고였다.

"방금 관우의 목이 도착했습니다."

급사는 흥분을 누를 길 없다는 듯이 약간 들뜬 목소리로 말했다.

"호오, 남창후의 친서와 같은 날 도착했나?"

조조는 끄덕였다.

지경은 합장했다.

소용은 머리숙여 소리없는 기도를 올렸다.

조조의 세력권 안에 사는 사람들이지만 종교인에게는 적과 아군의 구별이 없다. 조조는 거기서 다른 세계를 보는 느낌이었다.

그뿐만이 아니다. 그 세계에 자기가 다가가는 듯한 느낌이 들었던 것이다. 요상한 일이 아닌가.

그는 이때 어쩐 셈인지 탁룡사의 신목이 피 비슷한 것을 흘리던 장면을 떠올렸다.

조조는 말했다.

"관우의 목이 왔으니 장례식을 치러 주어야 하겠군."

그러자 소용이 앞으로 나가면서 말했다.

"운장님은 일찍이 한수정후로 봉해졌습니다. 천하 13주 가운데 한 주에 군림하신 분이니만큼 제후의 격식을 차려 장례하옵소서."

"알았다. ……그럼 돌아갈까."

조조는 의자에서 몸을 일으켰다.

'후한서'를 보면 제후의 장례는 '장관(樟棺)·동주(洞朱)·운기(雲氣)'로 정해져 있다. 개오동나무관에 붉은 칠을 하고 거기에 구름무늬의 그림을 그려 넣어 장례를 치르게 되어 있었다.

그 다음 삼공인 경우는 역시 개오동나무관을 쓰되 붉게 칠하지 않고 검은 옻칠을 하게 되어 있었다.

며칠 뒤 낙양에서 관우의 장례식이 있었다. 관우의 목은 안쪽을 붉게 칠한 관 속에 넣어졌다. 남은 공간은 숯과 말린 갈대 잎사귀로 채워졌다.

관우는 본디 붉은 얼굴이었는데 죽고 나서 며칠 지나자 하얗게 변해 있었다.

물론 생기는 없었다.

다만 수염만은 죽은 뒤에도 여전히 멋졌다.

"목이라도 있으니 다행이로다."

조조는 관우 목에 대고 작은 목소리로 말을 걸었다.

초평(初平) 3년(192) 조조는 수장(壽張)에서 황건군과 싸워 친구인 포신(鮑信)을 잃은 일이 있었다.

난전 중에 죽었기 때문에 시신을 찾지 못했다. 전쟁이 끝난 뒤 현상금까지 걸었지만 포신의 시체는 발견되지 않았다. 그래서 나무로 포신의 상(像)을 깎아 관에 넣어 장례식을 올렸던 것이다. 조조는 그때의 일을 생각해내고 목만이라도 있어 다행이라고 말한 것이다.

조비가 물었다.

"아버지, 관우의 목에 대고 뭐라고 말씀하셨습니까?"

조비는 옆에 있었지만 아버지의 목소리가 너무나도 작아 들리지 않았다.

조조는 대답했다.

"이제 곧 저승에서 만나겠다고 하였다."

순간적으로 그런 거짓말이 입에서 나왔다. 어째서인지 자신도 모른다. 어쩌면 이 거짓말이 진짜로 조조가 관우에게 하고 싶었던 말인지도 모른다.

조비는 말했다.

"아버지답지 않으시군요."

아들이 생각하기에, 냉혹한 현실주의자인 아버지가 저승의 존재 같은 것을 믿을 턱이 없다고 생각한 것이다.

그의 아버지는 항상 자신만만했었다. 일부러 악한 면을 보여 남의 반응을 읽고 님의 마음을 들여다보려고 한 적도 있다. 그러나 아들의 냉철한 눈으로 보아 이번에는 그렇지가 않은 것 같았다.

'전에 없던 약하신 말씀을 한다. 드디어 돌아가시게 될지도 모른다……'

조비는 무거운 것이 자기 어깨를 찍어누르는 듯함을 느꼈다.

아버지가 죽으면 한나라를 쓰러뜨리는 작업을 시작하지 않으면 안 된다. 그것은 조비와 아버지 사이의 말없는 약속이었다.

조조는 아버지로서 장남인 조비보다 3남인 조식을 더 사랑했다. 조비는 얼음처럼 차가웠지만 조식에게는 인간적인 따뜻한 맛이 있었다. 그런데도 불구하고 조조는 자기 후계자로 조식을 택하지 않았다. 조식과 같은 성격으로는 황조의 찬탈을 해낼 것 같지 않았기 때문이다.

'너라면 할 수 있다. 눈썹 하나 까딱하지 않고 그것을 해낼 수 있을 거야. 그래서 난 너를 후계자로 택한 거다.'

조비는 아버지의 의중을 알아차렸다. 그리하여 그는 아버지에게 분명히 약속했다고 자부했다.

'꼭 해내고 말겠습니다!'

관우를 제후의 예로 장사지낸 것은 건안 25년(220) 정월이었다. 백관은 흰 상복을 입고 장례식에 참가했다.

'수정후 관우 운장에게 형왕을 추증하노라.'

허도의 천자에게서 칙사까지 파견되었다.

관우의 장례식이 있은 뒤 조비와 조식은 업으로 돌아갔고 아버지 조조는 좀더 낙양에 머물러 있었다.

헤어질 때 조조는 조비에게 말했다.

"너를 위해 이곳 낙양을 도읍다운 도읍으로 만들겠다."

"황공하옵니다만 너무 무리는 하지 마시옵소서……."

아버지의 말에는 이런 뜻이 들어 있었다.

'네가 한나라를 멸망시킨 뒤 새로운 위 황조는 낙양을 도읍으로 삼아라.'

장비는 깎아지른 듯한 바위산 꼭대기의 가장자리에 홀로 앉아 있었다. 이미 짐승의 포효를 토해낸 후였다. 산이 무너지는 듯한 울림이 메아리가 되어 돌아왔다. 장비의 눈은 메말라 더 이상 흘릴 눈물조차 없었다.

일찍이 도원에서 한날 한시에 죽기로 맹세한 의형 운장이 죽다니, 장비로서는 도저히 믿어지지 않는, 믿을 수 없는 사실이었다. 같은 전장에서 죽음을 함께 하지 못한 것이 원통하고 한스러울 따름이다.

관우가 아니었다면 장비 또한 오래 전에 전장에서 덧없이 죽음을 맞았을 것이다. 언제나 가장 위급한 상황에 원군으로서 그리고 형으로서 장비를 지켜준 사람은 바로 관우였다. 또한 관우 덕분에 장비는 참다운 무장으로서 거듭나 새로운 삶을 살게 되었다. 이제 그 은혜를 어찌 다 갚으리오.

죽음이 완전한 헤어짐은 아니다. 장비는 그렇게 자위하며 마음을 다스렸다. 자신보다 관우가 조금 먼저 세상을 떠난 것이다. 앞서 간 자도, 뒤따르는 자도 결국은 같은 곳을 향해 가고 있는 것이리라.

장비는 애마 초요(招搖)를 타고 바위산을 내려왔다. 장비군의 진영은 그 바위산에서 10리쯤 떨어진 곳에 있었다.

장비는 진영에 들러 언제든 출병할 수 있도록 출동 준비를 갖춘 후 즉각 남정으로 향했다.

남정 본영에는 거의 모든 부대장들이 모여 있었다.

"장군이 오기만을 기다리고 있었소. 막사 안에 제갈 군사가 기다리고 계시오."

조운이 다가와 귀띔했다.

장비가 막사 안으로 들어가자 공명은 백지장처럼 창백해진 얼굴로 바닥에 앉아 있었다. 마치 석성같은 모습으로 터럭하나 움직이지 않는 것처럼 고요했다. 그 모습은 스스로를 자책하며 깊이 뉘우치고 있는 듯했다. 장비의 눈에는 그렇게 보였다.

"장비 익덕이 왔소이다. 군사, 이제 회의를 시작했으면 하오만."

공명이 스르르 감은 눈을 뜨고 망연히 허공을 응시하며 말했다.

"장비 장군, 회의에서 이 몸의 처단을 건의해주시오. 형주의 일은 내 불찰에서 비롯되었소."

"그리 생각하신다면 직접 군사의 입으로 말씀하시구려. 기왕이면 어떤 방법으로 처결해야 할지도 알려주시면 고맙겠소."

장비는 공명의 말을 듣자 저도 모르게 불끈 화가 치밀어 멋대로 지껄였다. 공명은 다시 낮고 진지한 목소리로 말했다.

"장군의 건의가 더 효과적일 것입니다. 부디 먼저 애기를 꺼내주시오. 관운장의 죽음은 모두 내 탓이오."

장비는 화를 참지 못하고 고리눈을 흡뜨며 소리쳤다.

"그럼 맘대로 하시오. 자결을 하시든, 스스로 출병하여 제물이 되시든!"

"그럼 그렇게 하리까?"

공명이 스스럼없이 비장한 눈빛으로 반문하자 장비는 주춤하더니 금세 말투를 누그러뜨려 대답했다.

"군사의 죄가 다 무엇이겠소. 의제로서 형의 죽음조차 알지 못했던 내 죄가 더 크오. 목숨을 버려야 할 사람은 군사가 아니고 바로 나요."

"전략을 그르친 책사가 무슨 할 말이 있겠습니까."

공명이 고개를 숙이며 탄식하자 장비는 비로소 마음을 열고 공명에게 다가가 무릎을 꿇었다.

"군사! 군사의 계책은 한번도 그르친 적이 없었소. 단지 예상치 않은 일이 생긴 것뿐이오. 계책은 다시 세우면 될 일, 무엇이 문제란 말이오. 우리 온 힘을 다해 다시 싸웁시다. 나는 참모로서 군사를 하늘과 같이 생각하오. 부디 할 일을 일러주시오."

그러자 공명이 고개를 들어 장비를 똑바로 바라보며 말했다.

"나는 매번 장군들을 피비린내 나는 죽음의 전장으로 내몰았소. 그래서 관우 장군을 고립시키고 끝내 이런 결과를 초래하고 말았소. 그러니 지금에 와서 장군들이 예전처럼 나의 지시를 따라주겠습니까?"

장비는 공명의 손을 잡으며 귓청이 울릴 듯한 소리로 대답했다.

"그건 전혀 걱정 마시오. 진중에 군사의 계책을 의심하는 장수는

단 한 명도 없소이다. 만일 내 말이 사실과 다르다면 군사는 다시
융중(隆中)으로 떠나도 좋소. 그때는 내 아무 망설임없이 배웅해
주리다."

공명은 여전히 장비의 눈을 응시하고 있었다. 마치 장비의 고리눈
을 통해 그 몸 속 내장까지 샅샅이 훑고 있는 듯 날카로운 눈이었
다. 그러나 장비는 공명의 눈에서 지금껏 보지 못했던 인간다움과
격정을 읽고 있었다. 한없이 냉연하고 비정해보이는 공명이었지만
지금 이 순간만은 장비와 다름없이 관운장의 죽음을 내 일인 양 슬
퍼하고 있지 않은가. 장비는 온 진심을 다해 다짐했다.

"주군 휘하의 전 장수들은 모두 군사의 지시만을 기다리고 있소
이다. 옹주로 진격하라 하면 옹주로 갈 것이고, 오나라를 치라 하
면 주저치 않고 오로 출격할 것이오. 군사의 전략에는 한치의 의
심도 없소. 어서 군의를 열어 작전명령을 내려주시오."

장비는 말을 마치고 막사를 나왔다. 홀로 앉아 막사를 나가는 장
비의 뒷모습을 바라보며 공명은 알 수 없는 한숨을 내쉬었다. 잠시
후, 공명은 단정한 모습으로 장막을 나왔다. 얼굴은 여전히 창백했
으나 눈빛에는 강렬한 의지가 담겨 있었다.

조조는 병식에 누웠다.

"운장의 원한일지도 몰라."

"아냐, 전하께서는 운장의 장례식을 분수에 넘치게 정중히 치러
주셨어. 그 수염 장군이 전하께 까탈을 부릴 리가 없잖나?"

"그러나 운장은 위군에게 졌어. 분하게 여겼을 걸세."

"뭐, 승패는 그때 그때의 운이잖은가? 운장을 속인 것은 여몽이
야. 전하께서 원한을 사실 이유는 없어."

병상에 누웠더라도 가신들이 수군거리는 광경을 조조는 환히 상
상할 수 있었다.

'어림도 없지, 수염이 감히 나를 범한다고! 목숨을 잃은 자에게는 이미 아무런 힘도 없다.'

조조는 믿고 있었다. 그리고 자기가 아무런 힘도 가지지 못하는 축에 낄 날도 머지않다는 것을 똑똑히 깨닫고 있었다.

마침 장안(長安)에 있던 차남 조창(曹彰)이 낙양에 와서 아버지에게 병문안을 드렸다. 조창은 용맹했으나 생각이나 학식이 모자랐다. 그는 아버지의 답답한 병상 생활을 위로할 속셈으로 이것저것 항간에 떠도는 재미있는 소문을 들려 주었다.

"관우는 번성을 포위하고 있을 때 산돼지에게 발이 물린 꿈을 꾸었다고 합니다. 꿈에서 깨자 그는 아들인 관평에게 아무래도 난 살아 돌아갈 수 없을 것 같구나, 하며 마음 약한 소리를 했다고 합니다. 발을 물렸으니 돌아갈 수 없지 않겠습니까. ……유해도 가족에게 돌아가지 못하고 낙양에 묻혔지요. 꿈이 맞아떨어진 것입니다."

듣고 있는 동안 조조는 스스로도 얼굴빛이 달라지는 것을 느꼈다. 조창은 여전히 지껄여댔다. 그는 아버지의 얼굴 표정 따위는 전혀 염두에 두지 않았다.

조조의 노여움은 삼중(三重)으로 겹치고 있었다.

먼저 기력이 쇠약해진 자기 자신에 대한 노여움이다. 꿈해석 따위는 털끝만치도 믿지 않았다.

그러나 관우가 산돼지에게 발을 물렸다는 꿈 이야기를 듣고 반사적으로 그는 탁룡사의 신목이 피를 흘리던 광경을 연상했다. 연상했다는 것은 그것을 꺼림칙하게 여기고 있다는 증거였다.

'나는 그렇지가 않아!'

다음으로 꿈해석 따위, 아녀자를 속이는 이야기에 지나지 않는 것을 흥미진진하게 말하는 조창의 어리석음에 화가 났다.

'이러니까 이 녀석은 차남이면서도 처음부터 후계자 상속 선정에

서 제외되었던 것이다. 전부터 바보였지만 30세가 지난 지금도 여전하지 않은가?'

게다가 불길한 꿈이야기를 중병을 앓고 있는 아버지에게 들려주는 무신경이 마땅치 않다. 그런 이야기를 하는 것 자체가 애당초 잘못이지만 아버지의 표정이 달라지면 그것을 눈치채고 곧 그만두어야 할 것이 아닌가! 그렇건만 조창은 아버지의 표정조차 읽을 줄 모른다. 그래가지고서야 어찌 부하를 통솔할 수 있겠는가!

조조는 자기의 쇠약에 화가 났고, 그 노여움은 연쇄 반응을 일으켰다.

노여움을 가라앉히려 조조는 눈을 감았다. 그러자 눈꺼풀 속에 신목이 피 흘리던 광경이 또 떠올랐다.

"이제 되었다, 물러가라!"

조조는 그 말로 아들과 더불어 신목의 환상(幻像)도 몰아내 버렸다. 그는 그 대신 유비의 얼굴을 떠올리기로 했다.

'그립다!'

조조는 진심으로 그렇게 생각했다.

'여전히 토끼귀를 가지고 있군그래.'

조조는 빙그레 미소를 짓기조차 했다.

천하에는 영웅호걸이 너무나 많았다. 조조 혼자로서는 손이 모두에게 미치지 않는다. 그래서 그는 한때 유비를 '영웅 타도'의 도구로 썼던 것이다.

대립하는 것처럼 보이고서 사실은 비밀 동맹 관계를 맺고 있었다. 이 밀맹(密盟)은 재미날 만큼 효과를 발휘했다. 연극을 하고 있다는 즐거움마저 있었다.

언젠가는 깨질 때가 오리라. 조조도 처음부터 그것은 각오하고 있었다. 영웅 쓰러뜨리기 연극이 진척되어 몇 사람만 무대에 남을 것이다.

'적벽전으로 그 밀약은 깨어진 거야.'

조조는 그렇게 생각하고 있었다.

유표가 죽고 형주가 분할된 뒤 무대에는 조조 말고 유비·손권·유장의 넷밖에 없었다. 유비는 전광석화처럼 익주의 유장을 공격하여 무대 밖으로 밀어냈다. 마침내 남은 것은 셋뿐이다.

'계산이 조금 틀렸어.'

모사가 없기 때문에 유비는 하나부터 열까지 자기 손으로 하지 않으면 안 되었다. 조조는 그 약점을 알고 있어 금방이라도 쓰러뜨릴 수 있다고 믿었다.

조조의 계산이 틀렸다 함은 유비가 제갈공명이라는 모신을 얻은 일이었다. 그것으로 유비의 힘은 아침 해가 허공으로 치솟듯 뻗어나갔다.

'제갈공명만 없었다면 내가 살아 있는 동안 천하를 평정하고 통일시킬 수 있었을 텐데……'

조조는 눈을 떴다.

아버지의 꾸지람을 받고 조창은 허둥지둥 물러가고 방 한구석에 시중 진군이 있을 뿐이었다.

'나는 이제 스스로도 곧 죽는다고 생각한다. ……아무래도 이것이 끝장인가 싶다.'

조조는 진군에게 일렀다.

"오두미도의 교모 소용을 불러라!"

조조는 깨달았다. 성낼 수 있을 때에는 아직도 기력이 남아 있는 것이다. 이제 곧 성낼 기력마저 없게 되리라. 그렇다면 늦기 전에 유언을 해 두어야 한다.

군신을 소집하고 낙양에 있는 아들을 머리맡에 부르고 유언을 한들 그것이 바르게 이행될지 어떨지 미덥지가 않다.

'소용을 불러 한자리에 있게 하면 틀림이 없어!'

조조는 생각한 뒤 쓴웃음을 지었다.

'역시 졌구나.'

조조는 천하 통일의 대업을 7, 80퍼센트 가량은 완수했다고 생각했다. 그런 지금 천하 무적의 조조군 90퍼센트까지는 오두미도의 신자가 되어 있었다. 자기의 유언을 바르게, 그리고 넓게 전하기 위해서는 소용의 힘을 빌리지 않으면 안 된다고 생각했다.

잠시 선잠에 빠졌다 눈을 뜨니 눈 앞에 진군이 서서 근심스런 표정으로 조조를 내려다보고 있었다.

조조는 언짢은 표정으로 물었다.

"교모는 불렀느냐?"

"예. 분부대로 급사를 보냈습니다."

진군의 말끝이 흐렸다. 마치 더 할말이 남은 듯 아쉬운 말투였다. 아무리 병중이라고 하나 천하에 없는 예리한 눈을 지닌 조조였다. 조조가 그 표정을 놓칠 리 없었다.

"무엇이냐?"

진군은 난처한 듯 주저주저하다가 어렵사리 입을 열었다.

"업에 계신 중덕(仲德 : 정욱의 자)이 죽었다고 합니다."

들릴 듯 말 듯 조조의 입술 사이로 짧은 한숨이 새어나왔다.

정욱은 마초와 싸울 때 옹주와 양주의 모략전을 담당했던 장수였다. 그가 아니었다면 하후연이 그처럼 압도적인 승리를 거두지 못했을 것이다. 하후연도 이미 세상을 떠난 지 오래였다.

조조는 하후돈을 불러오도록 명했다.

백발이 성성한 하후돈은 노장답게 아직도 매서운 눈매와 위풍당당한 체구를 지니고 있었다. 조조는 흐뭇한 눈으로 하후돈을 훑어보더니 힘겹게 입을 열었다.

"다시 전장에 나가고 싶군. 자네는 어떤가?"

하후돈은 입가에 살며시 미소를 띠었다.

"무인이 전장에 나가고 싶은 마음이야 당연한 것 아니겠습니까. 저 역시 전장이 그립습니다."

"젊은 시절에는 불가능이란 없다고 생각했지. 아무리 어려운 싸움에도 승기가 있고, 어떤 위기에도 활로가 있다고 믿었었네."

"지금도 그대로이십니다."

"나는 누구의 도움도 받지 않고 내내 혼자 힘으로 싸웠어. 그건 내게 가장 큰 긍지였네."

"참으로 힘겨운 세월이었습니다. 청주 황건군과의 싸움은 대단했지요. 또 원소와의 전투는 어땠습니까. 전하는 상대가 누구든 복종 아니면 죽음을 선택할 기회를 주셨습니다. 그리고 혈로를 뚫고 단신으로 돌아올 때까지 최선을 다해 싸우셨습니다. 언제나 마지막 일전을 불사하셨지요."

조조는 하후돈의 칭찬이 진심으로 듣기 좋았다. 입가에 희미하게 웃음을 흘리며 조조는 시나브로 다시 잠이 들었다. 하후돈은 햇볕이 쏟아지는 밖을 내다보았다. 조조의 거실에서 보이는 뜰은 사람들의 통행이 금지되어 매우 고즈넉한 정적이 흘렀다. 한겨울의 스산한 정원이었다. 붉은 꽃 한송이, 푸른 잎사귀 하나 보이지 않았다.

'또 잠이 들었었구나. 이제 갈 때가 되었나.'

조조는 눈을 가늘게 뜨며 돌아보았다. 온통 주위가 짙은 안개 속에 잠들어 있는 것 같았다. 하후돈이 여전히 자리를 지키고 앉아 있었다.

"깨셨습니까?"

말할 기력도 남아 있지 않아 조조는 가만히 눈을 감았다 떴다. 그리고 모기 소리같은 나직한 음성으로 말했다.

"눈이 부시지 않게 해다오."

지난 날 교련장의 지휘대 위에 우뚝 서서 허공을 가르는, 벼린 도

끼날같은 기세로 참수를 명하던 조조의 음성은 이미 오간 데 없었
다. 실낱같은 호흡을 붙잡고 어렵사리 몸 속의 진기를 뽑아내 내뱉
는 목소리는 차라리 듣기 애처로울 정도였다.

하후돈은 얼른 칠흑같은 휘장을 내려 방 안의 빛을 모두 내몰았
다. 그러자 이윽고 조조가 눈을 감았는지 떴는지조차 쉽게 구별되지
않을 정도로 실내가 어두컴컴해졌다.

잠시 후, 하후돈은 시종에게 일러 시의(侍醫) 원경을 불렀다. 조
조는 다시 잠들어 있었다. 가뭄에 바짝 말라 타죽은 고목처럼 조조
의 몸에는 이미 생기라고는 하나도 남아 있지 않았다.

"장군! 소원입니다. 침을 놓게 해주십시오."

원경은 조조의 상태를 보자마자 하후돈에게 간청했다.

"지난번엔 탕약이 좋다고 하지 않았는가?"

어느새 방 안에 들어와 있던 허저가 불쑥 나서서 말했다. 그러자
원경은 상기된 얼굴로 대답했다.

"아닙니다. 지금 전하의 상태로는 탕약을 드실 수가 없습니다. 침
을 놓게 해주십시오. 만일 문제가 생긴다면 기꺼이 제 목을 내놓
겠습니다."

허저와 하후돈은 서로 마주보았다. 두 사람 모두 조조에게는 둘도
없는 근신들이있다. 또한 조조에 대한 충성심으로 따진다면 위나라
조정에 그 둘에 견줄 충신도 없었다. 따라서 침술을 허락한다는 것
은 쉽지 않은 결정이었다. 위급한 환자일수록 응급시술로 침이 효험
을 발휘하기도 하지만, 반대로 죽음을 재촉하는 치명적 시술이 될
가능성도 배제할 수 없기 때문이다.

하후돈은 말없이 고개를 끄덕였다.

원경은 앙상하게 마른 조조의 목덜미에 두 대, 관자놀이에 한 대
의 침을 놓았다. 그러자 신기하게도 조조가 다시 눈을 떴다.

"원경, 자네였구나. 갑자기 눈이 밝아진 것 같아."

하후돈은 안도의 한숨을 내뱉었다. 조조가 그를 보며 말했다.

"됐네. 이제 그만 가보게. 나는 언제나처럼 호치 하나면 충분하네."

"그럼 편안히 쉬십시오."

조조는 뒤돌아 나가는 하후돈의 뒷모습을 뚫어져라 바라보더니 허저에게 말했다.

"호치, 비를 불러오게."

"예."

잠시 후 조비가 병상 앞에 나타났다. 허저는 시비들과 원경을 밖으로 내보내고 자신도 자리를 비켜주었다. 조조는 따로 명령하지 않았지만 허저는 이제 조조의 눈빛만 보아도 그가 무엇을 원하는지 알 수 있었다. 조조의 눈빛이 그에게 이런 말을 건네고 있었다.

'호치, 모두 밖으로 내보내주게. 나는 비와 단둘이 이야기를 나누고 싶네.'

그러나 막상 조비와 단둘이 남게 되자 조조는 금세 할 말이 떠오르지 않았다. 몸은 수백 겹의 전포를 두른 듯 무겁고 눈꺼풀은 종을 매단 듯 아래로 아래로 떨어지려고만 했다.

"피곤하구나."

조조는 허공을 응시하며 생각했다. 오히려 전장에 있을 때가 편했다. 돌이켜보면 그의 인생은 전장에서 가장 빛을 발했던 것 같다. 싸움은 곧 삶 자체였다. 전장에서는 활력이 넘쳤다. 이기든 지든 싸우는 동안에는 싸움에만 충실하면 그만이었다. 그런데 정사(政事)를 돌보는 일은 그와는 전혀 달랐다. 먼지바람을 일으키며 전장으로 돌진하던 장수 시절에 비하면 위왕으로서 조조의 말년은 그다지 행복하지 않았다.

조조는 조비의 얼굴을 가만히 올려다보았다. 아무리 정을 주려 해도 역시 정이 가지 않는 얼굴이다. 조조 자신의 내부에 깃든 숨은 악령이 조비의 냉혹한 얼굴에 그대로 드러나 있다. 숨길래야 숨길 수 없는 냉혹한 근성과 잔인한 기질. 조비의 눈초리에는 언제나 차가운 빛이 감돌았다.

'저 녀석은 언젠가 제 동생을 죽일 것이다. 살아남는 운은 조식 스스로에게 달려 있다.'

조조는 조식에 대해 한마디 꺼내려다가 그만두었다.

'너는 반드시 제위를 찬탈해 황제가 될 것이다. 나는 그것을 알기에 너를 후계자로 삼았다.'

조비는 말없이 자신을 응시하는 아버지의 눈빛이 무엇을 담고 있는지 잘 알고 있었다. 이윽고 조조가 입을 열었다.

"부도를 알고 있느냐?"

"예."

"난 지금껏 부도를 보호해 왔다. 그래서 영내에 절도 지어 주었지. 그 대가로 그들은 너에게 많은 것을 줄 것이다."

"알겠습니다."

"또 네 주위에는 많은 가신들이 있다. 하지만 나를 따르던 오랜 신하들의 지혜도 잊지 말아라."

"명심하겠습니다, 아버님."

"서두르지 말아라. 아직 네게는 시간이 많다."

그때였다. 밖에서 진군의 소리가 들렸다.

"오두미도의 교모가 왔습니다."

조비가 나가 소용을 맞았다. 잠시 후 속속 군신들이 도착했다.

조조는 가만히 눈을 감았다. 눈을 뜨면 또 다른 세상이 열릴 것이다. 이제 돌아갈 시간이다. 천하 쟁패의 꿈도 한낱 백일몽이런가. 조조가 눈을 떴을 때 그의 눈 앞에는 수를 헤아릴 수 없을 정도로 많은 나비가 꽃잎처럼 흩날리며 날개를 파닥이고 있었다.

'한겨울인데 이 많은 나비가 다 어디서 날아온 것일까. 이 얼마나 아름다운 광경인가.'

조조는 명멸하는 지난 날들을 떠올리며 나비를 향해 손을 휘저었다. 그러자 곧이어 수천 마리의 나비떼는 반딧불이로 변해 검은 밤하늘 속으로 떼를 지어 날아갔다.

현란한 반딧불의 일렁이는 빛들은 순식간에 흐르는 별이 되어 깊은 어둠 속으로 완전히 파묻히고 말았다.

물결

조조의 유언은 다음과 같았다.

"천하는 아직껏 평정돼 있지 않으므로 옛날 예법을 굳이 따를 필요는 없다. 장례식이 끝나거든 곧 상복을 벗도록 하라. 주둔지에 있는 장병은 임지를 떠나서는 안 된다. 장례식에 참가하는 것은 중대한 위반 행위인 줄 알아라. 관리는 저마다 그 직무를 계속하라. 내 유해에는 평복을 입혀 입관하도록…… 칼 외에 금은 보물을 부장(副葬)해선 안 된다."

가냘픈 목소리였지만 똑똑히 잘 들렸다.

조조만큼 평가가 다양한 인물도 드물다. 큰 인물일수록 훼예포폄(毀譽褒貶)이 심하다고 하지만 조조는 특히 심했다.

먼저 칭찬 쪽을 꼽아본다면 그는 30년에 걸쳐 실전 지휘를 했지만 그 사이 책을 손에서 놓은 일이 없었다. 낮에는 병서(兵書), 밤에는 경서(經書)라는 식으로 항상 독서와 사색을 게을리하지 않던 것이다.

산에 올랐을 때에는 반드시 시를 지었다. 신작이 완성될 때마다 악기로 연주시키며 노래로 불렀다.

또한 그는 남다른 운동신경, 손재주의 소유자였다. 하늘을 나는 새를 쏘아 떨어뜨린 일도, 맹수를 사로잡은 일도 있었다.

남피(南皮)에서 사냥했을 때에는 하루에 꿩 53마리를 잡았다. 궁전의 설계나 기구·기계류의 제작에 있어서도 손수 지시를 내리는 일이 많았고, 그 지시는 대체적으로 합당한 것이었다.

그는 또 검약을 좋아했고 화려한 것을 싫어했다. 후궁의 여자들에게 수놓은 비단 옷을 결코 입히지 않았다. 측근 내시의 신은 모두 단색(單色)이었다.

휘장이나 병풍이 망가지면 수선해서 썼다. 침구는 따뜻하면 그것으로 된다고 장식을 하지 못하게 했다.

적의 성을 공략하여 값진 물건이 손에 들어오면 그것을 모두 공있는 장병들에게 나누어 주었다. 상을 줄 때에는 천금도 아깝게 여기지 않았으나 공없이 상을 탐내는 자에게는 한 푼도 주지 않았다.

헌상품은 모두 신하에게 내렸다.

특히 평소부터 장례식에 대해서는 그 나름대로의 생각을 가지고 있었다.

"까다로운 절차나 시신에 입히는 몇 겹이나 되는 수의(壽衣)는 번거로울 뿐 아무 쓸모가 없다. 지금의 풍습은 너무 허례허식에 치우쳐 있다."

그래서 일찍부터 자기가 죽었을 때 입을 수의를 준비해 놓았었다. 옷은 모두 합해서 겨우 네 고리에 지나지 않았다고 한다.

결혼식도 지나치게 호화롭게 해서는 안 된다고 생각했다. 그러므로 자기 딸이 혼인할 때는 검은 휘장을 썼고 시녀를 겨우 10명쯤 딸려주었을 뿐이다.

그런데 조조를 헐뜯는 말로써 갖가지 이야기들이 전해진다. 조조는 경박한 인품으로 도무지 위엄이 없었다고 하는 것이 그것이다.

조조는 음악을 즐겼고 언제나 가수 또는 배우를 측근에 두며 한낮부터 밤중까지 노는 일이 많았다. 옷으로서는 얇은 명주를 사용했고 허리에 작은 가죽주머니를 차고 있었다. 손수건이나 자질구레한 물건을 넣어 두는 것이다.

평상용의 관(冠)을 쓰고 손님과 만나는 일도 있었다. 의논할 때에는 농담을 해가며 지껄였고 도무지 감추는 것이 없었다.

기뻐서 크게 웃을 때 그만 머리를 식탁의 국대접에 처박아 두건이 온통 국물투성이가 된 적도 있다.

얼마나 경박했는지 이것 한 가지만 보아도 알 수 있다고 헐뜯는 말을 한다.

그러나 법 적용에 이르러선 참으로 가혹했다.

작전을 세울 때 부하가 자기보다 뛰어난 계획을 제출하면 나중에 반드시 법을 어겼다 하여 처형했다. 옛날의 원한이라도 반드시 보복했다.

그러면서 사형을 집행할 때에는 언제나 눈물을 흘리고 한탄하면서 슬퍼했다. 그러나 형 집행을 정지시킨 일은 없었다.

이를테면 조조는 낮잠을 잘 때면 언제나 총애하는 여자를 옆에 두었다. 언제인가 여자 무릎을 베개삼아 베고 누웠다.

"조금 눈을 붙일 뿐이니까 곧 깨워다오."

그러나 조조가 너무나 곤하게 자고 있어 여자는 차마 깨우지 못했다. 이윽고 스스로 잠이 깨자 조조는 여자를 몽둥이로 때려 죽였다.

진수(陳壽)는 조조를 이렇게 평했다.

조조는 온갖 모략을 다하여 천하를 뛰어다니며 강적과 싸웠다. 그는 신불해(申不害)·상앙(商鞅)의 법술(法術)과 한신·백기(白起)의 기책(奇策)을 아울러 갖춘 인물이었다. 인재 등용에 뛰어났고 적재적소에 사람을 씀으로써 저마다 지닌 재능을 있는 대로

다 발휘토록 했다. 감정을 억누를 줄 알았고 계산이 철저했으며 한 인물의 과거사에 얽매이지 않았다. 마침내 황제로서의 역할을 짊어지게까지 되고 대업을 이룩한 것은 그 남다른 구상력 덕택이라 할 것이다. 조조야말로 탁월한 인물, 시대를 초월한 영웅이 아니겠는가!

위왕 조조가 낙양에서 죽은 것은 건안 25년 정월 스무사흗날이었다. 66세였다.

후세 사람은 〈업중가(鄴中歌)〉라는 시를 남겼다.

땅은 곧 업성이요, 물은 장수로다
범상치 않은 인물 한 사람 이곳에서 일어났네
영웅의 풍모와 걸출한 문장
그 형제 부자 군신이라네
영웅의 흉중은 속인과 구별되거늘
나가고 물러섬을 뭇사람들과 같이 하랴
공은 최고, 죄도 으뜸이었으니
한몸으로 꽃다운 이름과 추한 이름을 함께 남겼네
문장은 신의 경지를 넘나들고 기운차거늘
어찌 구차한 무리들과 섞일 수 있으리오
강을 질러 쌓은 동작대는 태항산을 향하니
그 기세와 웅장함을 서로 다투네
이러한 사람, 이러한 영웅이었기에
적게는 패업을 이루고 크게는 제왕이 되었네
패왕이 될 사람이 유약해졌으니
어찌 마음속에 마뜩찮은 심사가 없으리

제를 올리는 것이 아무 소용 없다는 것을 잘 알았으니
향을 나누어 준 것을 무정하다 할 수 없네
아아! 이같은 사람이 한 일 그것이 작든지, 크든지
적막하든 호화롭든 저마다 깊은 뜻이 있었네
서생들은 함부로 무덤 속의 그 사람 평하지만
무덤 속 조조는 그대들 객기를 비웃으리라!

조조가 죽자 간의대부(諫議大夫) 가규(賈逵)가 장례 책임자가 되었다. 가규는 자를 양도(梁道)라 했고 조조의 측근으로서 그 신임이 두터웠다.

이때 조비는 업도에 있었고 언릉후(偃陵侯) 조창만이 아버지의 임종을 지켜보았다.

낙양 사람들은 거듭되는 부역에 시달리고 있었다. 게다가 때마침 돌림병이 크게 유행하고 있었다. 군대에도 불온한 움직임이 있었다.

"어쩌면 소요가 일어날지도 모른다."

거의 모든 가신들은 이렇게 판단하고 조조의 죽음을 숨기자고 했다.

가규는 이에 단호히 반대했다.

"발상(發喪)은 곧 해야 하오. 그리고 낙양 사람들에게 마지막 작별을 하도록 해야 합니다."

가규의 이와 같은 주장에 소용의 의견이 참작되었음은 말할 것도 없다.

물론 이 뒤에도 사람들은 여전히 허탈 상태에 빠져 있었다

더욱이 청주(靑州) 출신의 군사들만 멋대로 북을 울려가며 거리를 누비고 다녔다.

"곧 금지령을 내려 명령에 불복종하는 부대는 토벌해야 하오!"

이런 의견이 나왔다. 이때도 가규는 단호히 반대했다.

"장례식이 아직 끝나지 않았고 패자가 자리를 앗지도 않은 지금

그들을 자극하는 짓은 피해야 하오."

이때 소용이 자기 의견을 말했다.

"모든 관아에 공문을 보내어 보관 곡식을 군졸들과 백성들에게 풀어서 인심을 가라앉혀야 합니다."

가규는 그대로 했다.

가규가 가장 결단력을 발휘한 것은 어리석은 조창의 요구를 단연코 물리친 일이었다.

조조가 운명하자 조창은 가규를 찾아가 물었다.

"위왕의 옥새와 인수는 누가 가지고 있소?"

"엄연한 후계자인 태자께서 업에 계십니다. 위왕의 옥새나 인수를 태자가 아니신 언릉후께서 아실 필요는 없지 않습니까."

가규는 그렇게 말하고 조조의 관을 받들어 업으로 향했다.

한편 업에 머물러 있던 태자 조비는 어떠했던가?

아버지가 운명했다는 소식을 듣고 가신들이 보는 앞에서 소리내어 통곡했다. 중서자(中庶子)인 사마부(司馬孚)가 간했다.

"위왕께서 돌아가신 지금 천하의 기대는 전하에게 모이고 있습니다. 조씨 일문을 위해서나 천하 만민을 위해서도 마음을 단단히 가져 주셔야만 합니다. 필부(匹夫)나 다름없이 울음을 터뜨리시니 어떻게 하실 작정입니까?"

사마부는 자를 숙달(叔達)이라 하는데, 바로 사마중달의 아우였다. 위나라 말기에 사공·태위까지 올라갔지만 형 사마의와는 달리 매우 온후한 성격이었다. 위나라 어린 황제를 박해한 형이나 조카들의 방식에 반드시 동조하지는 않았던 것이다. 그러나 그것은 뒷날의 일.

태자 조비는 잠시 있다가 울음을 그치고 말했다.

"그대의 말이 옳다."

이윽고 가신들에게도 위왕의 죽음이 전해졌다. 너무나도 갑작스러운 일이라 그들도 모여 통곡할 뿐 어찌할 바를 모르는 상태였다. 그것을 보고 다시금 사마부가 질타했다.

"위왕께서 붕어하심으로써 인심이 동요하고 있습니다. 한시라도 빨리 태자를 왕위에 오르시게 하여 동요를 가라앉혀야 하는데 모두 울고만 계시면 어찌하십니까!"

사마부는 상서(尙書)로 있는 화흠(華歆)과 더불어 군신을 격려하여 왕궁의 경비를 엄중히 하는 한편 장례식 준비를 서둘렀다.

조비는 중평(中平) 4년(187) 출생이라 이때 34세였다. 한편 조식은 임지인 임치(臨淄)에 있었다. 그는 임치후에 봉해져 있었던 것이다. 임치는 산동반도가 시작되는 곳에 있으며 업도에서는 꽤나 먼 곳이다. 아버지 조조의 죽음 소식이 알려지는 데 여러 날이 걸렸다. 그러나 정식으로 소식이 알려지기 이틀 전에 조식은 아버지의 부음을 들었다.

역마(驛馬)를 이용하는 파발보다 더 빠른 통신 수단이 있었다.

봉화였다.

천하의 태반을 손아귀에 넣은 조조는 이미 그 생전에 명령해 둔 바 있었다.

"내 죽음 이외에는 통신으로 봉화를 쓰지 말라!"

조식에게 봉화를 올려 조조의 죽음을 급히 알려준 것은 형수 견씨(甄氏)의 신임을 받고 있는 사람이었다.

'전하 붕어!'

다만 그뿐인 소식이었지만 알려 주었다는 데 큰 의미가 있었다.

아버지의 죽음을 알자 조식은 슬펐다. 형수가 형의 눈을 속이고 위험을 무릅써 가면서까지 그것을 알려주었다는 데 조식은 한편 기쁘기도 했다.

3년 전 10월, 형 조비가 태자로 책봉되기까지 그는 후계자 문제로 형의 경쟁자였다. 그것은 그 자신보다는 그의 측근들이 열중했던 다툼이었다. 결국 그는 패배한 셈이다.

‘패자가 무사히 살아남을 수 있을까?’

사실 아버지 조조가 있음으로 해서, 비와 창과 식과 웅은 형제였던 것이다. 조조가 죽자 네 아들들은 벌써 형제가 될 수 없는 운명임을 깨달았다.

먼저 태자인 조비가 위왕과 승상의 자리를 물려받고 기주(冀州)의 목(牧)에 임명되는 조서를 받자마자 그런 결심을 하게 됐다.

장안이 임지인 둘째아들 조창은 장례식에 참석하러 오면서 10만 명의 군사를 거느리고 업도로 올라왔다. 그러자 조비는 그 대군을 하나도 남기지 않고 모조리 빼앗아 버렸다.

조창은 낙양에서 문제를 일으켰던 것이다. 아버지 조조가 죽은 바로 뒤 간의대부 가규에게 경솔한 질문을 했던 것이다.

“옥새와 인수는 어디 있소?”

이것은 충분히 의심받을 수 있는 질문이었다. 반역죄로 몰아도 별수 없다.

그러나 조창은 아버지가 한탄했던 것처럼 어리석었다. 그는 자기가 위왕이 되려고 옥새와 인수의 소재를 물은 것은 아니었다. 그 나름대로 조씨 가문에서 가장 중요한 것이 위왕의 옥새와 인수라 걱정이 되어 무심코 물은 데 지나지 않았다.

이런 조창의 성격은 조비의 측근들도 잘 알고 있었다. 그래서 조비는 조창의 군사를 빼앗고는――

“아무리 친동생이지만 오늘부터 너는 내 신하다.”

빨리 안릉으로 돌아가 수비의 소임을 다하라 명령했다.

뒤이어 임치(臨淄)에 있는 셋째 조식과 소회(蕭懷)에 있는 넷째 조웅에 대해, 즉위한 위왕에게 인사를 오도록 사신을 출발시켰다.

문제는 조식이었다.

조식은 형이 자기를 문제로 삼을 것임을 알고 있었다. 그래서 조식은 아버지가 죽었을 때에는 '이렇게 하자.'는 계획을 미리 생각해 두었다. 하지만 그 계획은 아버지의 죽음을 빨리 알아야 한다는 것이 전제 조건이었다.

"형수님, 정말 고마워요!"

조식은 형수 견락(甄洛)의 친절을 눈물겹도록 고마워했다.

그리고 아름다운 형수가 수심을 띤 얼굴로――

'서방님, 어떻게 하도록 하세요!'

떨리는 목소리로 속삭여 주는 정경(情景)을 공상하자 그는 가슴마저 설레었다.

이윽고 그는 환상 속에서 깨어나 현실 문제를 곰곰이 생각했다.

'형 조비는 위왕 자리를 차지해 버려 동생인 나를 경쟁 상대로는 생각지 않을는지도 모른다.'

그러나 조식은 곧 고개를 저었다.

'아냐! 형이 비록 나를 문제로 여기지 않더라도 형 주위 사람들이 나를 위험하게 볼 거야. 그렇다면 나를 살려두지 않겠지!'

조식은 그러면서 감국알자(監國謁者)로 임치에 와 있는 자의 얼굴을 머릿속에 떠올렸다.

감국알자는 관직의 이름으로 업도에서 파견되어 조식을 감시하는 것이 직무였다.

감시인은 위왕이 죽었다 하면 조식의 행동에 눈을 번뜩일 것이 틀림없다. 감국알자로서 공을 세우는 것은 모반을 사전에 발견 방지하는 데 있다. 자기 출세를 위해서는 모반의 음모가 있는 편이 좋을 것이다.

아니, 유능한 감국알자라면 그런 모반이 없더라도 그것을 날조할지도 모른다.

"좋아, 전부터 생각해 둔 계획을 실천에 옮기자!"

견락이 보낸 극비의 밀사가 와서 아버지의 죽음을 알린 뒤, 조식은 무척이나 고뇌했지만 마침내 취해야 할 행동을 발견했다.

임치에 와 있는 감국알자는 관균(灌均)인데 유능한 인물이다. 유능하다는 것은 감시받는 조식에게는 위험하기 짝이 없다는 말이나 마찬가지이다.

'조조가 죽었다.'는 소식을 받게 되면, 관균은 온갖 수단을 강구하여 모반을 날조하리라. 사건이 크면 클수록 그만큼 관균의 공적은 커진다.

조식은 그런 가능성의 뒷덜미를 치려 했다.

관균은 아직 조조의 죽음을 모른다. 조식의 계산으로는 하루나 이틀의 여유는 있다. 그 동안에 별것도 아닌 일로 관균에게 약간의 점수를 따 두자는 계획이었다.

"술이야! 술에 취하여 위왕 직속의 관리, 감국알자 관균에게 술주정을 하자. 그러고서 관균을 모욕한다. ……그러면 그는 그 사실을 업도에 보고할 테지. 내가 난폭한 짓을 하면 나를 감금할 거야……."

조식은 혼자 중얼거렸다.

감금만 된다면 이쪽의 의도대로 되는 것이다. 그런 상태로서는 모반을 일으켰다고 날조하지 못한다——.

작은 죄를 스스로 짓고 큰 형벌을 벗어나겠다는 작전이었다.

술이라면 조식이 본디 좋아하는 것이다. 자기의 주량도 알고 있다. 그는 술을 마셔 대취하기로 했다. 엉망으로 취한 척하지만 사실은 그 한 발짝 앞에서 멈추고 연극을 할 작정이었다.

"여봐, 너같은 것 이제 돌아가! 네 낯짝도 보고 싶지 않단 말이다! 으윽…… 빨리 업으로 돌아가라니까?"

조식은 한 손에 술병 목을 움켜잡고 이리저리 비틀거리면서 관균에게 시비를 걸었다. 더욱이 조식은 그것을 많은 사람들 앞에서 연기했다.

그 추태를 되도록 많은 사람에게 보이기 위해서였다. 백에 하나라도 모반 따위를 일으킬 인간이 못됨을 사람들에게 알려줄 필요가 있었다.

"제 얼굴을 보고 싶지 않다고 하십니다만, 저도 좋아서 이런 시골에 온 것은 아닙니다. 황공하옵게도 위왕 전하의 어명을 받들어 이곳에 왔습지요. 그런 저를 보고 돌아가라고 하시니 무슨 말씀입니까?"

관균은 화를 냈다.

'내가 얼마나 무서운 권한을 가지고 있는지 이 애송이는 모르는 모양이지? 술마시는 데 너무 절도가 없고 왕의 가신을 모욕했다는 죄로 약간 버릇도 가르칠 겸 해서 감옥에 넣어두자.'

이렇게 생각한 관균은 곧 조식을 감금해 버렸다. 이틀 뒤 위왕 조비의 영을 받고 허저가 정병 3천을 이끌고 임치로 달려왔다. 허저는 조식의 심복 정의(丁儀)와 정이(丁廙) 형제를 잡아 목을 베고 조식은 수레에 가두어 업도로 연행했다.

정의의 자는 정례(正禮), 정이의 자는 경례(敬禮)이다. 이들 형제는 패군 출신으로 당대의 문장가였다. 두 사람의 죽음은 그들의 재주를 아끼는 많은 사람들을 애석하게 했다.

감국알자 관균이 조식의 행장(行狀)에 대해 자세한 보고서를 허저 편에 보냈음은 말할 것도 없다.

한편 조비는 부고(訃告)가 알려진 이튿날 왕후 변씨(卞氏)의 명령으로 위왕에 올랐다. 그리고 곧 대사령(大赦令)을 내렸다.

대사령을 내린 것은 위왕은 앞으로 왕을 넘어서 천자에 가까운 권한을 가진다는 것을 천하에 알리기 위해서였다.

변 왕후는 현모양처형의 여인으로 비·창·식·웅이 모두 그의 소생이었다.

변 왕후 역시 조조와 마찬가지로 화려한 것을 좋아하지 않아서 수

놓은 옷이나 주옥을 몸에 장식하지 않았다. 식기류도 모두 검게 칠한 목기를 썼다.

일찍이 조조가 아름다운 귀고리를 여러 쌍 변씨 앞에 내놓았다.

"당신 마음대로 아무 거나 가지시구려."

변씨는 잠깐 망설이더니 중간품을 손에 집었다. 조조가 까닭을 묻자 변씨는 대답했다.

"상등품을 집으면 욕심이 많다고 하시겠지요. 그렇다고 하등품을 가지게 되면 일부러 검소한 척하는 것으로 여겨집니다. 그래서 중간쯤 되는 것을 가졌던 거예요."

그런 변 왕후였다. 변 왕후도 큰아들 조비보다 조식을 더 사랑했다. 조비가 태자로 책봉되었을 때 시녀들이 저마다 축하의 말을 변 왕후에게 올렸다.

"이번에 조비님이 태자가 되시어 천하 만민이 모두 기쁨을 하나로 하고 있습니다. 이때 왕후님께서는 크게 은사(恩賜)를 내리도록 하세요."

"아니다. 전하께서는 비의 나이가 위이므로 후계자로 삼으셨을 뿐이다. 나는 내 교육에 잘못이 없으면 좋겠다고, 그것만을 비는 마음으로 가득하다. 그런 호들갑스런 짓을 하고 싶은 마음은 조금도 없다."

변 왕후는 시녀에게 말했다.

돌아온 시녀로부터 이런 보고를 받은 조조는 몹시 감탄했다.

"성냈을 때 얼굴빛이 달라지지 않는다. 기쁠 때 절도를 잊지 않는다. ……좀처럼 아무나 할 수 있는 일은 아니지."

어쨌든 조비가 위왕이 되자 허도에 있는 헌제는 25년이나 계속된 연호인 건안을 연강(延康)이라 바꾸었다. 신하인 위왕의 죽음으로 개원(改元)한다는 것은, 천자도 위왕을 예사 가신으로 보지 않는다는 뜻을 공표하는 것이다.

조비가 맨먼저 처리할 문제는 조식의 일이었다.

보고서를 읽어보니──

　술에 취하여 절도가 없으며 왕명을 받은 감국알자를 모욕했다.

이렇게 씌어 있었다. 그 날짜는 허저가 임치에 도착하기 이틀 전이었다.

'그 녀석, 별안간 술에 취했단 말인가? 취하면 취했지 웬 행패였을까.'

조비는 고개를 갸웃했다.

중신회의가 열렸다. 조식 문제를 의논하기 위해서였다.

"어떻게 할까요?"

중신들도 관균의 보고서를 돌려가며 읽었다. 감국알자로부터 정식 고발이 있었고 조식은 이미 감금돼 있는 것이다.

조비는 어머니 변씨의 말을 생각했다.

몸소 후궁을 나와 비를 만난 변씨는 울며 호소했다.

"식은 재주가 넘치고 술을 좋아하여 방탕한 행동은 했지만, 결코 위왕의 자리를 넘보는 야망을 품고 있지는 않았을 거요. 왕은 같은 피를 나눈 형제이니 그 죄를 묻더라도 목숨만은 살려 두도록 하오. 만일 왕이 식을 죽이거나 하면, 나는 죽어도 눈을 감지 못할 거요."

"저도 식의 재주를 사랑하고 있습니다. 조금도 죽일 생각은 없습니다. 다만 그 미치광이 버릇을 고쳐주려는 것뿐입니다."

조비는 어머니를 달래어 안으로 들어가게 했다.

편전을 나온 조비가 잡아 온 조식을 데려오게 하자, 상국 화흠이 살며시 옆으로 와서 충고했다.

"방금 태후께서는 작은왕자님을 위해 목숨을 살려 달라고 하셨지만, 재주를 지나치게 믿고 있는 그가 결코 가만히 있을 리가 없습니다. 물에 나와 있는 용을 못으로 도로 넣어주면 언제 구름을 불러 파도를 일으킬지 알 수 없는 일이오니, 이 기회에 없애지 않으면 반드시 후환이 있을 것입니다."
"하지만 나는 이미 어머니와 약속했소."
"태후께는 같은 아들이요 형제이지만, 주군과는 엄연히 임금과 신하 사이입니다. ……세상 사람들은 셋째왕자가 입만 벌리면 문장이 된다고 하지만, 신은 그것을 믿지 않습니다. ……이번 기회에 한번 시험해 보시면 어떻겠습니까. 만일 셋째왕자가 즉석에서 시를 짓지 못할 때는 그것을 핑계로 죽음을 내려도 세상 사람들은 시를 안 지음으로써 모반의 마음을 드러낸 것으로 믿어 납득할 줄 압니다."
"알았소, 시험해 보지."
조비는 조식이 끌려 들어오자 호통을 쳤다.
"식은 듣거라! 내가 부왕에게 무왕(武王)이란 시호를 올리고 고릉(高陵)에 장례를 모실 때, 너는 어이하여 참석하지 않았느냐? 그 죄는 용서받지 못하리라."
조식은 이미 각오한 태도로 대답했다.
"이미 죄인으로 끌려온 몸이니 공연한 변명이 필요치 않은 줄로 압니다. 형님의 생각대로 벌을 내리십시오."
"너와 나는 정으로 형제지만 의로는 군신 사이이다. 그런데 너는 내가 위왕이 된 지금도 자기 재주만 믿고 나를 임금으로 대하지 않고 있다. ……부왕께서 살아계실 때, 너는 그 글재주를 드러내어 부왕의 사랑을 받으려고 애썼다. 그러나 그것이 과연 네 재주만으로 지은 시였는지, 아니면 숨어서 대신 지어준 사람이 있었는지 알 수 없는 일이다. ……네가 과연 글재주가 있는지 지금 이 자리에서 시험해 보리라. 내가 시제(詩題)를 줄 테니, 일곱 걸음

을 걷는 사이에 시 한 수를 지어라. 제대로 지으면 죄를 용서할
것이고, 그렇지 못하면 죽음을 면치 못하리라.”
“알았습니다. 시제를 주십시오.”
조식은 태연스럽게 말했다.
조비는 오른쪽 벽에 걸려 있는 묵화 한 폭을 가리켰다. 거기에는
황소 두 마리가 흙담 밑에서 뿔싸움을 하고 있었는데, 한 마리가 쫓
기어 우물에 빠지려 하고 있는 모습이 그려져 있었다.
“저 그림을 제목으로 하겠다. 다만 시 속에 ‘두 소가 담 밑에서
싸우다가 하나가 우물에 빠져 죽는다.’는 글귀가 들어가서는 결코
안 된다.”
“알았습니다.”
조식은 두 손이 뒤로 묶인 채 일어서서 천천히 일곱 걸음을 걸었
다. 걸음을 멈추었을 때 조식은 입을 열었다.

　　두 살덩어리 나란히 길을 가는데
　　머리 위에 凹자 뼈를 덮어썼네
　　한무더기 흙산 밑에 서로 만나
　　갑자기 마주 부딪쳐 싸움 일어났네

　　두 적이 다 강하지 못한데
　　한 살덩어리가 흙구덩이에 누웠네
　　이는 힘이 못해서가 아니라
　　성한 기운을 다 쓰지 못한 때문이라네

조비와 조식의 당면한 처지를 은근히 비유한 멋있는 시였다.
조비를 비롯해 그 자리에 있던 문무 관원들도 다같이 그의 글재주
에 놀랐다.

"일곱 걸음으로 좀 늦다. 내가 운자를 부를 테니 즉시 받아 글을 지어 보아라."
"제목은 무엇으로 하시겠습니까?"
"너와 나는 형제가 아니냐. 형제를 두고 지어라."
"알았습니다."
조비는 '울읍(泣)' 하고 운자를 불렀다.
조식은 운자가 떨어지기가 무섭게 시를 읊었다.

　　콩을 볶는 데 콩깎지를 때니
　　콩은 가마 속에서 울고 있다

사람들은 놀라 혀를 내두르며 얼굴을 마주 보았다.
조비는 다음 운자로 '급할 급(急)' 하고 외쳤다.
조식은 또 기다린 듯이 얼른 읊었다.

　　본디 한 뿌리에서 생겨나왔거늘
　　어찌 이다지도 급히 볶아대느뇨

뼈에 사무치는 피나는 외침이었다.
　조비는 잠시 멍청히 앉아 있었다. 그러나 다음 순간, 자리에서 일어나 서서히 조식에게로 다가갔다. 눈물이 핑 돌며 조식을 와락 끌어안았다. 부귀공명이 원수였다. 임금의 자리만 아니었다면 서로 정답게 지낼 사이가 아닌가.
　이리하여 조식은 뛰어난 글재주로 죽음을 면할 수 있었다.
　그러나 안향후란 벼슬로 떨어져 왕궁에서 멀리 떠나 살아야 했다.

　조비는 본디 조식을 죽일 마음까지는 없었던 것이다. 화흠이 권했을 때 그의 청을 받아준 것 자체가 그런 마음에서 우러났던 것이다.

조식을 안향후로 좌천한다는 결정이 내리자 가신들이 시끄럽게 들고 일어났다.

"그 정도로 괜찮겠습니까?"

엄격하기로 알려진 가규의 말이다. 안향은 지금의 석가장시(石家莊市) 동쪽이다. 임치보다 땅이 기름지지 못하다. 그렇다고는 하나 그리 가혹한 처분은 아니다.

가규는 또 말했다.

"새로운 것을 사람들은 얕봅니다. 새로이 즉위하신 왕은 좀더 의연하고 엄격한 조치를 취하셔야 합니다."

가규에 동조하는 중신들도 적지 않았다.

"그렇습니다. 너무나도 관대하신 처분이옵니다."

조비는 말했다.

"모후께서 슬퍼하신다."

이것에는 중신들도 대꾸할 말이 없었다.

조비는 이어 단호히 말했다.

"창이나 식 문제보다도 좀더 중대한 일을 처리해야 한다. 그들 문제는 이것으로 되었다. 거듭 말하지 말라."

무엇보다 중대한 일은 한 황조를 쓰러뜨리는 일이었다.

조비의 이 말은 중신들도 곧 알아차렸다.

"나는 그 때문에 위왕에 오른 것이다."

노골적인 말이었고 아무런 거리낌도 없는 목소리였다.

하늘 무너지는가

한나라 천자는 한 조각의 땅도 한 사람의 군사도 없었다. 아홉 살로 천자가 된 지 어언 30년, 헌제(獻帝)는 그 동안 하루도 자기가 천하의 주인이라고 느낀 적이 없었다.

동탁에게 옹립되고, 장안에서는 이각·곽사 사이의 쟁탈 대상이 되었으며, 동으로 돌아온 뒤에는 조조의 실권 아래에서 한갓 이름뿐인 황제였다.

"짐은 천자가 아니오. 성은 유(劉), 이름은 협(協)이라는 한 사람의 인간에 지나지 않소. 그렇건만 누구도 짐을 한낱 인간으로 대해 주지 않소. 짐의 단 하나의 소원은 평범한 인간 유협이 되고 싶을 뿐인데……."

헌제는 때때로 이런 말을 했다.

"어째서 그런 마음 약하신 말씀을 하십니까? 폐하는 일천만승(一天萬乘)의 천자님이신데……."

그런 식으로 헌제를 격려했던 것은 황후인 조씨——조조의 딸인 조절(曹節)이었다.

"아니오, 짐은 스스로의 운명을 잘 알고 있소. 한나라는 이미 멸망한 것이나 다름없소. 선제(先帝) 말년, 황건적이 일어났을 때 400년의 한 왕조는 실제로 멸망했던 것이오. 그 뒤 30여 년, 한나라는 그 잔해(殘骸)를 천하에 보여온 데 지나지 않소. 한나라의 잔해를 하루라도 빨리 무덤 속에 넣도록 하는 것이 짐으로서 할 수 있는 조종(祖宗)에 대한 가장 큰 효도요!"

지난 날 황후 복씨 일족이나 조상 대대로 섬겨온 가신들의 힘을 빌려 실권을 회복하려고 꾀한 일은 있었다. 그러나 그때마다 실패로 돌아갔다. 역시 이룰 수 없는 꿈이었던 것이다. 일단 죽은 것이 다시 살아날 수는 없었다.

황후 조씨에 대해서는——

"짐은 그대 아버지의 포로에 지나지 않소. 그대의 아버지가 살아 있는 동안 짐은 잡혀 있는 몸에서 벗어날 길이 없소."

이것이 헌제의 입버릇이었다.

그 조조가 죽었다.

"겨우 나는 유협이 되는 거요. ……짐, 아니야. 짐이라는 말을 쓰지 않으리라. 나는 한낱 유협이 되어 송장에 지나지 않는 한나라를 매장할 수가 있게 된 것 같소."

헌제는 곧 황제의 위를 물려줄 것을 결의했다.

그가 천자의 자리를 위나라 조비에게 물려주기로 한 것은 그 해 10월이었다.

조비는 이 무렵 군사 30만을 거느리고 패(沛) 초현(譙縣)으로 가서 조상의 무덤 앞에 성대히 제사를 지냈다. 이것은 한나라를 세운 고조가 경포(黥布)를 무찌르고 돌아오던 길에 고향에 들러 크게 자신의 위세를 옛 친지들에게 보여준 옛날 일을 따른 것이다.

그 때 조비의 가슴 속에는 위나라가 한나라를 대신할 때가 왔다는 결심이 서 있었던 것이다.

화흠·왕랑·신비·가후·진교 등 40여 명의 고관이 떼를 지어 대궐로 들어간 것은 그 해 9월초였다.

헌제는 앞에 죽 늘어선 위나라 신하들을 바라보자 금세 얼굴이 창백해졌다.

먼저 상국 화흠이 앞으로 나왔다.

"신 흠이 엎드려 생각하옵건대, 위왕은 위에 오른 뒤 덕을 사방에 펴고 사랑을 만물에 미치게 한지라, 요순의 정치도 이에 앞서지는 못했을 것으로 아옵니다. 그러므로 폐하께서는 요순의 도를 본받아 산천과 사직을 위왕에게 물려주시기 바랍니다. 그렇게 되면 폐하께서는 한가하고 편한 나날을 보내시게 될 것이고, 조종의 영혼도 고이 잠들게 될 것이며, 백성들도 기뻐하게 될 것입니다. 부디 신하들의 청을 들어 주옵소서."

헌제는 평소부터 각오했던 일이지만 막상 당하고 보니 말이 얼른 나오지 않았다.

중랑장 이복, 대사승 허지(許芝), 어사대부 왕랑, 태위 가후 등이 번갈아 나와 이제는 양위(讓位)를 피할 수 없게 되었다고 설파했다. 그러나 헌제는 끝내 아무 말도 하지 못했다.

이튿닐도 헌제는 눈물을 비오듯 흘리며 비틀거리는 걸음으로 안으로 들어가고 말았다.

이튿날도 그들은 천자를 억지로 나오게 하여 양위하라고 윽박질렀다.

좋든 싫든 한 마디를 하지 않을 수 없게 되었을 때 헌제는 눈길을 허공으로 보내며 중얼거렸다.

"내가 천자의 자리에서 물러나면 곧 죽게 될 것이 아닌가."

가후가 절대로 그같은 일은 있을 수 없다고 약속하자 헌제는 낮은 목소리로 승낙했다.

"그럼……나라를 사양하는 조서를 초안하도록 하오."

조서는 이미 진군의 손으로 만들어져 있었다.

조서와 옥새는 위 왕궁으로 전해졌다.

조비는 왕랑을 시켜 '저는 덕이 부족하니 달리 어진 사람을 구해 황제의 위를 물려주도록 하십시오.' 하는 상소문을 올리게 했다.

물론 형식이었다.

헌제는 조비에게 세 번 양위의 조서를 내리고, 조비는 세 번째에야 이를 받았다. 어처구니없는 연극이었다.

10월 경오일(庚午日) 새벽에 선양 의식이 행해졌다.

선양대 아래에는 상하 관료 400여 명과 어림군·호분군·금군 30만이 정렬해 있었다.

조비는 헌제로부터 옥새를 받아 황제의 자리에 올랐다.

이날부터 연강 원년은 황초(黃初) 원년으로 바뀌고 나라 이름은 대위(大魏)라 했다.

후세 사람들은 이 일을 시를 지어 한탄했다.

　　전한과 후한 애써 어렵게 다스려왔건만
　　하루아침에 옛 강산 모두 잃고 말았네
　　조비는 요순의 선양을 배우려 하지만
　　사마씨가 장차 하는 꼴을 보게 되리

조비는 외쳤다.

"뭐야, 고작 이 정도의 일이야?"

화흠이 대답했다.

"한나라 천자는 위나라의 위광(威光)을 겁냈던 것이옵니다."

"과연 그럴까?"

물론 화흠 등이 가서 윽박지르기는 했었다. 그런데도 선양이 생각보다 훨씬 쉽게 이루어진 것이다.

그런데 조비로서 뜻밖이었던 것은 그 정도의 일에 난세의 영걸이라 일컬어진 아버지 조조도 죽을 때까지 결단을 내리지 못했다는 점이다. 그것이 조비로서는 우습기도 하고 또한 꺼림칙하기도 했다.

한나라로부터 천하를 찬탈한 일에 조비는 아무런 두려움도 가지지 않았다. 다만 아버지에게 마지막까지 찬탈의 결행을 망설이게 한 으스스한 그 무엇인가가 꺼림칙했다.

퇴위를 염원하던 유협(劉協)은 한낱 산양공(山陽公)에 봉해졌다.

산양은 하내군(河內郡)에 있는 현이다. 유협은 거기에서 한나라의 연호를 쓰고 천자의 예악을 쓰는 것이 허락되었다. 연호나 예악은 조상의 제사를 올릴 때 쓸 뿐이라 실제로 아무런 영향이나 특혜도 없었다.

또 위나라 황제에게 문서를 보낼 때 '신 아무개'라고 서명해야 하는데, 산양공은 신(臣)자를 쓰지 않아도 좋았다.

황초(黃初)라 개원한 것은 황이 흙의 색깔이기 때문이다. 한나라는 불의 덕으로 천하를 유지했지만 그 다음은 흙의 덕을 가진 자가 천하 주인이 된다, 위나라는 바로 흙의 덕을 가졌다고 일컬어졌고 그 때문에 노랑빛을 귀하게 여겨서 그것을 연호로 정했던 것이다.

12월, 조비는 닉양으로 갔으며 낙양을 도읍으로 삼았다.

낙양에서는 아직도 부흥의 망치소리가 드높았다. 도고는 물을 얻은 물고기처럼 온 낙양을 바삐 뛰어다니고 있었다.

거대한 건시궁은 아직 바깥 뼈대만 세워져 있었다.

많은 사람들이 건시궁 공사 현장에서 일하고 있었다. 조비는 이 공사에 군사를 동원했다.

조비는 아버지가 죽은 뒤 병영을 탈주하는 군졸이 나왔을 때 잠시 그대로 버려 두었다가 갑자기 명령을 내렸다.

"노병은 제대시켜라!"

군의 정예화를 꾀함과 동시에 아버지 죽음에 의한 군의 동요를 진정시켰던 것이다. 도망병 가운데에는 유비나 손권 진영의 첩자들로부터 선동을 받은 자도 있었다.

"조조가 죽게 되면 위나라도 끝장이다. 이런 곳에 있어 봐야 희망이 없지 않은가? 차라리 도망치자!"

적국의 첩자들이 부추기는 선동에 넘어가기도 했다.

또 이런 유언비어도 나돌았다.

"병력이 줄기 때문에 조비가 허둥대고 있다더라."

조비는 아버지가 죽은 뒤의 혼란을 솜씨있게 진정시켰다.

그가 늙은이에게 제대 명령을 내린 것은, 위나라는 병력 감소를 조금도 겁내지 않음을 천하에 과시한 셈이 되었다.

그런데 노병 가운데에는 탄원하는 자도 있었다.

"좀더 군에 있게 해 주십시오. 죽을 때까지 충성을 바치고 싶습니다."

조비는 그런 노병도 퇴역시켰다. 그리고 그들을 궁전 건설 인부로 썼다. 요컨대 노병들이 퇴역을 싫다고 한 것은 그들의 생활이 막막했기 때문이다.

조비는 그들을 퇴역시켜 인부로 쓰게 함으로써 생활 보장을 시켜줌과 동시에 군의 정예화도 추진했다.

공사장은 활기에 넘쳐 있었다. 흰머리의 늙은 군병(軍兵)이 머리띠를 풀어 흐르는 땀을 닦고 허리를 펴며 말했다.

"아아, 400년의 한나라도 멸망했는가……."

이 늙은이의 말은 거의 정확했다.

한 고조 유방이 범수(氾水) 가에서 황제 위에 오른 것이 기원전 202년이고, 후한 헌제가 위나라에 선양한 건안 25년은 기원 220년이다.

따라서 한 왕조는 전후 420여 년 이어진 셈이지만, 그 사이 왕망

(王莽)의 찬탈 시기가 20년 가량 끼어 있어 어김없이 400년이다.

"흥! 영감이 그따위 소리를 해보았자 천하는 우리하고 아무런 상
관도 없소!"

옆에 있던 젊은이는 비웃었다.

400년의 한나라 멸망은 너무나도 큰 일이었고, 건시궁 공사장에
서 일하는 늙은 군병은 너무나도 작은 존재로 보였다.

사람들은 그것을 마음 속에 의식하며 노인을 비웃었다.

"상관이 없다고? 오오…… 내가 한나라를 대신하여……."

말하려다가 노인은 입을 다물었다. 어차피 아무도 믿어주지 않으
리라.

공사 감독이 말했다.

"자아, 그만들 노닥거리고 일하라구! 서주 영감도! "

늙은 군병에게는 서주 사투리가 있었다.

조조는 일찍이 아버지가 살해된 것에 원한을 품고 서주에서 무차
별 학살을 감행한 일이 있다. 벌써 30년 가까운 옛날 일이다. 노인
은 그때 일가가 몰살을 당했었다.

탁룡사에서 신목을 벌채할 때 조조가 시찰온다고 들은 이 이름없
는 늙은이는 자기 나름대로 복수 방법을 강구했다. 그래서 생각해낸
깃이 조조를 심리적으로 위협하는 일이있다.

노인은 양 창자로 작은 주머니를 만들고 그 속에 돼지피를 넣었
다. 그리고 그것을 미리 거목의 뿌리 언저리에 묻어 두었던 것이다.

조조가 가까이 왔을 때 거기에 도끼질을 하겠다는 계획 아래——

일이 발각되면 처형당하리라는 것도 각오한 일이었다.

조조는 그것을 분명히 보았다. 노인이 곁눈으로 보았더니 조조의
표정이 바뀌었다. 공포의 빛이 역력했다. 그러나 조조는 별로 살펴
볼 생각도 하지 않고 허둥지둥 그 자리를 떠났다.

그리고 얼마 지나지 않아 조조는 죽었던 것이다.

‘내가 그를 죽였다!’

노인은 이렇게 믿어 의심치 않았다.

조조가 죽었기 때문에 위나라는 거침없이 헌제에게 선양을 강요
했다——세상에선 그렇게 보고 있었다.

조조의 죽음과 한나라 멸망이 관계 있다면, 조조의 죽음을 가져온
노인의 작은 복수가 천하 대세의 변동과 관계있는 것은 아닐까?

노인은 깊이 숨을 들이마셨다.

가난하고 고독한 노인이 천하에 손톱자국을 남긴 것이다——.

탁록성(濁鹿城)이란 작은 성이 있다.

난세를 모르는 듯 아름답다.

난세에는 잊혀진 고장만이 본래의 아름다움을 유지할 수 있다.

업이든 허도이든 혹은 낙양이든 그 성벽은 잿빛에 가까웠으나 이
산양의 탁록성 성벽만은 연시처럼 빨갛고 윤기가 흘렀다.

“어째서 이렇듯 아름다운 고장에 흐릴 탁(濁)자를 붙였을까요?”

진잠은 이 거리에 들어섰을 때 교모인 소용에게 물었다. 소용은
웃으면서 대답했다.

“정말로 아름다운 것은 남한테 자랑을 하지 않지요. 이름 하나만
이라도 호들갑스럽지가 않은 법이죠.”

소용은 제자인 진잠과 이 탁록성에서 얼마 동안 머무르기로 했다.
한나라 폐제(廢帝) 유협이 허도에서 이 고을로 옮겨져 있었다. 유
협은 산양공으로서 새 생활을 이곳에서 시작하게 된 것이다.

새 황제 조비는 소용에게 말했다.

“산양공을 찾아가 말벗이 되어 주시오. 아무런 불만도 없게 해 줄
작정이지만…… 본인이 불만을 느낀다고 하면 그것은 마음의 문
제일 거요. 우리들로서는 어쩔 도리 없는 일이오. 그러니까 교모
에게 부탁하는 거요.”

“불만 따위는 없을 줄 아옵니다만…….”

소용은 이렇게 말하면서도 미소를 지었다. 그는 진잠을 데리고 탁록성으로 향했다.

고을의 모습을 보고 소용은 한결 마음이 놓였다.

“나는 만족하오. 아무런 불만도 없으니 걱정 마십시오.”

산양공 유협은 웃으면서 말했다. 그러나 그 웃음은 어딘지 쓸쓸해 보였다.

불만이 없다 하는 것은 어느 정도 정직한 감상일지 모른다.

그러나 쓸쓸함도 따로 존재하는 것이다. 그는 천자로서의 예악 사용도 허용되고 ‘짐’이란 말도 사용이 허락되고 있었다. 그러나 그는 되도록 나라고 말하려 애썼다. 하지만 어느 틈엔가 ‘짐’이 입에서 나온다. 그것을 알았을 때 쓸쓸함이 더욱 절실했다.

소용은 대답했다.

“위문사(慰問使)가 아닌 말벗으로서 제가 찾아왔습니다.”

“위문이라면 안향(安鄕)으로 가는 것이 좋겠소.”

“안향 말씀이옵니까?”

그곳은 조식이 옮겨진 고을이다. 이 폐황제는 자기보다도 조식 쪽이 깊은 실의의 구렁텅이에 빠져 있다고 말하고 싶은 모양이다.

“그렇소. 견씨가 살해된 것은 후궁의 여자들 싸움 때문이라는 소문이 세상에 나돌고 있기는 하오. 그런 것이 아닐 텐데…….”

지금부터 17년 전 조조는 원씨 일족의 거성 업을 공략했는데 당시 19세인 조비는 절세 미녀라고 일컬어진 원희(袁熙)의 아내 견락을 빼앗아 자기 것으로 만들었다. 그 여인이 화제에 오른 견씨이다. 그런 견씨에게 죽음이 하사되었다는 말은 이 세상과 동떨어져 담을 쌓고 사는 산양공 귀에도 들려왔던 것이다.

조비——아니 이제는 위나라 문제(文帝)이다. 문제의 후궁에는 견락 외에도 곽씨(郭氏)·이씨(李氏)·음씨(陰氏) 같은 미녀들이 있었다.

산양공이 된 헌제도 자기의 두 딸을 바쳐 문제의 후궁으로 들여보냈다.

견락은 그때, 여자로서 이미 한창 때를 지난 나이였다. 그러나 문제와 19세 때부터 관계가 있고 조예(曹叡)와 동향공주(東鄕公主)를 낳아 조비의 여자들 가운데 가장 강력한 지위에 있다고 누구라도 믿어 의심치 않았다.

그러나 문제가 총애하고 있었던 것은 젊은 곽씨였다.

곽씨는 일찍 부모를 여윈 고아였으나 그의 죽은 아버지가——

"이 애는 반드시 신분이 고귀하게 되리라."

이렇게 믿고 그 이름을 여왕(女王)이라고 지었을 정도였다.

여왕은 대대로 고급 관리를 지낸 가문에서 태어났으나 전란으로 부모를 여의고 유랑 생활을 하다가 동제(銅鞮) 가문의 계집종으로 부양되게 되었다. 조조가 영리한 그 계집종을 발견하여 태자궁의 시녀로 썼던 것이다.

지혜가 남달랐고 몹시 영악했다.

자연히 정실 부인으로 권세를 뽐내는 견씨와, 태자였던 조비의 총애를 한몸에 받아 자신감에 넘친 곽씨는 충돌을 일으켰다.

조비가 새로이 황제가 뇌었다. 새 황소가 시작된다.

곽씨는 생각했다.

'새 황조는 모든 것이 새로워져야 한다. 태자 시절의 정실 부인이 반드시 황후가 되어야 한다는 법도 없지 않은가. 황후도 새로이 서는 게 옳아!'

소녀 시절 고아로서 남의 집 종살이까지 한 곽여왕은 행복이란 스스로의 힘으로 싸워 차지해야 한다고 생각했다. 젊기 때문에 기력도 넘쳤다. 곽여왕은 스스로 황후가 되기 위해 가장 강한 적인 견씨를 타도하려 했다.

"견씨는 폐하를 원망하고 있답니다."

곽여왕은 잠자리에서 문제에게 베갯밑공사(公事)를 꾸몄다.

후궁 여자가 확고한 지위에 있는 견락을 중상하는 것은 생명을 내던지고 하는 모험이다.

만일 그런 사실이 없다면 곽여왕은 거꾸로 참언의 죄로 쫓겨나거나 죽음을 받게 되리라.

그러나 곽여왕은 자신이 있었다.

'이른바 조강지처라 부부 싸움도 한두 번쯤으로 그치지 않았을 거야. 문제의 아버지인 조조도 정실 정씨(丁氏) 부인과 싸워 마침내 이혼까지 했다고 하잖아! 조사해 보면 견씨가 원망을 한 증거가 반드시 나타날 거야.'

어쨌든 문제는 황초 2년 6월(221) 견후(甄后)에게 사자를 보내어 죽음을 내렸다. 견후는 분했지만 어쩔 수 없었다. 스스로 목을 매어 자결했다.

곽 귀인은 관 속에 누워 있는 견락의 검은 머리를 풀어헤쳐 얼굴을 가리게 했고 그 입 안에는 겨를 잔뜩 채워넣게 했다.

문제는 그런 곽 귀인에게 아직 어린 조예의 양육을 맡겼다. 그리고 1년 뒤

"곽 귀인을 총애하여 황후에 봉하신다면 분명 난이 위(황실)로부터 일어날 것입니다."

이와 같은 일부 신하들의 반대를 무릅쓰고 곽 귀인을 황후에 올렸던 것이다.

이리하여 곽여왕은 대망하던 황후가 되었다.

그런데 세상 소문은 조정의 공식 발표와는 달랐다.

"견후가 질투심이 많아 천자님을 원망했다고 하는데 그건 거짓말이야. 곽씨를 황후로 올리기 위한 구실에 지나지 않아!"

그러나 산양공이나 소용처럼 궁정의 내막에 정통한 소수 사람들

은 사건의 진상을 꿰뚫어 보고 있었다.

물론 여자로서, 특히 한 나라의 황후로서 지나친 질투심이나 천자에 대한 불경심은 충분히 죽음의 죄가 된다.

그러나 진짜 이유는 그런 것이 아니었다.

문제가 황후 견씨의 마음이 자기에게 없다는 것을 안 것이 결정적인 이유였다.

'동생이 내 아내를 연모하고 있다.'

이는 문제도 일찍부터 눈치채고 있었다. 자기 아내를 보는 동생의 눈에 예사롭지 않은 빛이 있었던 것이다.

문제는 그것을 알고 때때로 동생 놀리기를 서슴지 않았다.

조씨 진영이 분열되어 있다고 적이 믿게끔 모략을 쓰는 데 있어, 동생 조식과 아내 견락의 밀회 장면을 일부러 연출한 일도 있었다.

'뭐니뭐니해도 동생이 짝사랑하는 거야.'

문제는 그렇게만 생각하고 있었다. 그런데 그것이 일반적인 연모가 아니고 아내 쪽도 동생의 연모에 은밀히 호응하고 있음을 알았던 것이다.

또 비밀리에 조사해 보니 아버지 조조의 죽음을 동생이 정식 통지보다 이틀이나 먼저 알고 있었다는 것이 판명되었다. 그리고 그것은 견씨가 알려주었다는 사실도 알게 되었다.

조비는 크게 노했다.

견후의 궁전으로 가서 다그쳐 물었다.

"네 마음이 언제부터 식에게 기울어져 있었느냐?"

견후는 이미 죽음을 각오하고 있었다. 견락은 대담하게 대답했다.

"처음 그분을 뵈었을 때부터였습니다."

"뭐라고?"

문제는 더욱 격노했다.

견락이 처음으로 조식을 만났을 때 조식은 열세 살에 지나지 않았다. 그런 일은 있을 수 없다.

문제는 이렇게 생각했지만 견씨는 거듭 분명히 말했다. 만일 견씨의 말이 사실이라면, 자기는 딴 남자에게 마음을 둔 송장과도 같은 여자를 지금껏 품어온 것이 된다…….

문제는 거듭 다짐했다.

"참말이냐? 참말이라면 그대는 죽어야 한다. 죽더라도 조상을 만나볼 수 없도록 파묻어 버리겠다. ……그래도 참말이라고 하겠느냐?"

"참말이옵니다."

견씨는 끝끝내 같은 말을 반복했고 결국 죽임을 당했다.

세상에서는 곽후가 증오심으로 죽은 견후의 머리를 풀어헤쳐 얼굴을 가리게 하고 입에 겨를 채워넣었다고 했지만, 그것도 문제가 시킨 일이었다.

머리로 얼굴을 가려 지하에서 조상을 볼 수 없게 함과 동시에 아예 말도 못하게 하기 위해서였다.

진실은 소수의 사람들 가슴속 깊이 간직되고, 진실과 거리가 먼 다른 소문이 세상에 알려졌다.

어쨌든 견씨는 각오한 죽음이었지만, 그의 죽음으로 말미암아 가장 심하게 충격을 받은 것은 안향후 조식이었으리라.

그러므로 산양공은 '위문하려면 안향으로 가라'고 했던 것이다.

황제에 오르다

처음에 유비 현덕이 한중왕이 되었을 때, 유모(劉瑁)의 과부인 오씨(吳氏)를 왕후로 삼았다.

형주에 있을 때 유비에겐 미 부인(糜夫人)과 감 부인(甘夫人)이 있었다. 이 두 여인은 처음에 모두 유비의 측실이었다. 유비는 아내 복이 없는 사람으로 정실 부인을 몇 번씩 맞았으나 그때마다 잃어버렸다. 측실인 감 부인은 그럴 때마다 정실 부인 노릇을 했다.

이어 조조군에게 쫓겨 달아날 때 미 부인은 당양(當陽) 장판(長坂)에서 죽고 감 부인도 그 뒤 형주에서 병으로 세상을 떠났다.

그 감 부인이 낳은 아들이 유선(劉禪)이다.

감 부인이 공안(公安)에서 병사하자 오나라는 정략 결혼으로 손권의 누이를 유비에게 시집보냈지만, 손 부인은 손권과 유비의 관계가 악화되었을 때 오나라로 돌아간 뒤 다시 돌아오지 않았다.

그래서 유모의 미망인인 오씨 부인을 왕후로 맞았던 것이다.

오 왕후는 진류(陳留) 사람으로 오라버니는 오일(吳壹)이고 어렸을 때 아버지를 잃었다. 그 아버지가 익주자사였던 유언(劉焉)과 친했기 때문에 촉나라에 따라가 살게 되었다.

유언은 황제가 되겠다는 야심을 품고 있었다. 그래서 관상의 명인이 오일의 누이동생의 상을 보고서——

"장차 왕후가 될 상이다."

이렇게 말했다는 소문을 듣자 자기 아들인 유모의 아내로 맞이했다. 그러나 유모는 일찍 죽어 버려 유장이 유언의 뒤를 이어 촉나라 주인이 되었다.

이윽고 유비가 촉나라를 평정했다. 가신들이 과부로 있는 오 부인을 측실로 맞이하라고 유비에게 권했다. 오씨는 정숙하고 인물도 천하 미인이었다. 그러나 유비는 망설였다.

"모든 점에서 나무랄 데는 없지만, 그 여자의 전남편이 나하고 같은 종씨인 유모였다는 점이 마음에 꺼림칙하다."

유비가 망설이는 이유는 그것이었다.

이때 법정이 나서서 말했다.

"혈연 관계라 하면 진(晉)나라 문공(文公)의 예가 있습니다. 문공은 조카뻘인 자원(子圍)의 전 부인을 아내로 맞지 않았습니까!"

이 말을 듣고 유비도 오씨를 부인으로 맞아들일 결단을 내렸다.

젊은 부인을 맞자 유비의 삭막한 가정 생활이 봄바람 불듯 부드러워졌다. 오 부인과의 사이에 두 아들을 두었다. 형은 유영(劉永), 자는 공수(公壽). 동생은 유리(劉理), 자는 봉효(奉孝).

조조가 죽은 건안 25년, 유비는 60살이었다. 위나라 조조보다 여섯 살이 아래였던 것이다.

"나도 또한 인생 60이라……."

유비는 자기에게도 필연코 찾아올 죽음을 생각할 때 조급한 생각이 들지 않을 수 없었다. 그로서는 자기 눈에 흙이 들어가기 전에 오나라를 정벌하고 위나라를 멸망시키겠다는 생각이 더욱 급했다.

때마침 위나라에서는 조비가 위왕이 되어 더욱더 조정을 업신여기고 핍박을 가한다고 한다.

그래서 유비는 회의를 소집했다.

"먼저 오나라를 쳐서 관우의 원수를 갚고, 이어서 하늘 두려운 줄 모르는 위나라를 치고 싶은데 경들의 의견은 어떠하오?"

그러자 유비 앞에 요화(廖化)가 나와 울며 말했다.

"관우 장군을 죽게 만든 것은 우리편인 유봉(劉封)과 맹달(孟達) 두 장수였습니다. 오나라에 원수를 갚기 전에 그들을 처벌하시지 않는다면 복수전의 의미가 없을 것입니다."

현덕은 크게 끄덕이고 곧 유봉과 맹달 두 사람에게 소환장을 발부하려 했다. 그들을 성도에 출두케 하여 처단하려는 것이다.

공명이 옆에 있다가 조용히 말했다.

"아닙니다. 소환장을 보낸다면 일을 그르치기 쉽습니다. 먼저 두 사람을 한 군의 태수로 전임시킨 뒤 천천히 도모하심이 좋을 것입니다."

"그렇게 하도록 하오."

그런데 이날 회의에 참석한 사람 가운데 팽양(彭羕)이 있었다. 팽양은 맹달과 매우 친한 사이였다.

그는 집에 돌아오자 곧 밀서를 써서 하인에게 수어 맹달에게 전하도록 했다.

　　귀공의 목숨이 위태롭소. 태수 발령이 나더라도 방심하지 마오. 관우 문제가 재연(再燃)된 것이오.

팽양의 하인은 성문을 빠져 나가려다가 마초의 부하에게 붙잡혔다. 밀서 내용을 읽어본 마초는 크게 놀라 증거품과 함께 현덕에게 알렸다.

현덕은 곧 팽양을 체포토록 하여 하옥시키고 엄중히 조사했다.

팽양은 옥중에서 크게 뉘우치고 참회하는 글을 공명에게 보내어 구명을 부탁했다.

현덕도 그 진정서를 보고서——

"군사, 어떻게 하시겠소?"

공명은 쌀쌀하게 고개를 저었다.

"이런 넋두리는 미친 자의 말이라고 생각해야 합니다. 본디 반골이 있는 자는 한때 은혜를 느끼더라도 나중에 반드시 반골을 드러내므로……."

팽양은 주살되었다. 맹달도 팽양이 처형되었다는 말에 갑자기 위급함을 느꼈다. 더욱이 부하인 신탐(申耽)·신의(申儀) 형제가 간곡히 그에게 권했다.

"위나라로 달아나면 조비가 무겁게 써줄 것이 틀림없습니다."

맹달은 같은 성에 있는 유봉에게도 알리지 않고 불과 50기 남짓을 이끌고 밤중에 탈주했다.

유봉은 날이 새고 나서 맹달이 탈주한 것을 알았지만 그래도 믿지 않았다.

"그의 부하는 고스란히 남아 있고 어제만 해도 별다른 눈치가 없었다. 사냥이라도 갔을 테지."

그때 국경의 책문(柵門)에서 급한 연락이 날아왔다. 50기 남짓의 군사가 관문을 깨고 위나라로 갔다는 소식이었다.

"그렇다면 맹달이? 하지만 맹달이 이곳의 지위와 군대를 버리고 무엇 때문에 위나라로 달아났을까?"

아무것도 모르는 유봉은 맹달의 행동을 그저 의아하게 여기는 데에 그쳤는데, 이윽고 성도로부터 사자가 달려와 명령을 전했다.

"맹달의 배반은 분명한 일. 왜 팔짱 끼고서 보고만 있는가? 곧 상용(上庸)과 면죽(綿竹)의 병사로써 그의 목을 베도록 하라!"

이것은 공명의 깊은 계책이었다. 현덕은 성도의 병사를 급파하여 처리할 작정이었지만 공명이 그것을 반대한 것이다. 맹달의 추격을 유봉에게 명하면, 그 싸움에 이기든 지든 유봉은 성도에 돌아올 수밖에 없다. 그때 처단하는 것이 상책이라고 건의했던 것이다.

한편 위나라에 투항한 맹달은 조비 앞에 끌려가 심문을 받았다.

조비는 마음속으로 이 유능한 대장의 투항을 기뻐하고 있었지만, 그래도 겉으로는 반신반의하며 물었다.

"현덕이 그대를 특별히 냉대했다고는 생각되지 않는데 무슨 까닭으로 위나라로 왔는가?"

"관우군이 전멸 상태에 빠졌을 때 맥성 구원을 하지 않은 점을 현덕이 용서치 않고 있습니다. 관우를 죽게 만든 것은 저라고 하여 처형될 위험을 느꼈기에 망명했습니다."

마침 양양(襄陽) 방면에서 급보가 있었다. 유봉이 5만 남짓의 병사로 국경을 침범하여 마을에 불을 질러가며 진격해 온다는 소식이었다.

조비는 맹달을 시험할 좋은 기회라 생각했다.

"양양엔 우리의 서황 등이 있어 결코 불안은 없지만 우선 그대가 그곳에 달려가 위군과 합세하여 유봉의 목을 베도록 하라. 그대를 어떻게 할 것인가는 그 뒤에 결정하리라."

맹달이 양양에 이르렀을 때 유봉의 군세는 벌써 성 밖 80리까지 다가와 있었다. 그는 편지를 써서 유봉에게 보냈다.

유봉이 읽어보니 대략 다음과 같은 뜻이었다.

생각한 바 있어 나는 위나라 신하가 되었소. 귀공도 위나라에 항복하여 같이 부귀를 누리는 것이 어떻소? 촉나라 유비는 귀공과 양부자 사이지만 귀공은 본디 나후(羅侯) 구씨(寇氏)의 아들이 아니오? 유씨의 대통(大統)은 이미 한중왕의 적자가 이어받기

로 되어 있소. 귀공은 늦기 전에 위나라로 옮겨 본디 구씨를 일으
키는 것어 어떻겠소.

유봉은 편지를 읽기 무섭게 찢어 버렸다.
"오늘까지 그에게 얼마간의 우정을 남기고 있었지만 이제 이런
불충 불효를 권하는 악인이라고 안 이상 그의 목을 잘라도 홀가분
할 것이다!"
그는 즉시 사자의 목을 자르고 이어 군을 양양성 아래까지 나아가
게 했다.
그러나 유봉은 그 날도 그 다음 날도 패배만 했다. 적군 선두에는
언제나 맹달이 나타나 유봉군을 마구 무찔렀다. 게다가 양양에는 위
나라 용장 서황이 있어 그로서는 도저히 당해내지를 못했다.

유봉이 패하여 돌아왔다는 보고를 시중에게서 받자——
"당 위에는 올리지 말고 뜰에 꿇어앉혀라."
현덕은 명령하고 공명과 얼굴이 마주치자 가만히 한숨을 쉬었다.
현덕은 무거운 발걸음을 옮겨 바깥 정청(政廳)으로 나가면서 계
하(階下)에 꿇어 엎드린 양자 유봉을 흘끗 보며 말했다.
"넌 대체 무슨 낯으로 이곳에 왔느냐?"
유봉은 겨우 얼굴을 들고 대답했다.
"숙부님(관우)의 위급을 구하지 않았음은 전혀 저의 뜻이 아니었
습니다. 그때 맹달이 완강하게 거부했기 때문에 그만 그의 말에
이끌려 본의 아니게 원군을 보내지 않았습니다."
유봉은 자기 변명부터 시작했다. 현덕은 발을 쾅 하고 굴렀다.
"시끄럽다! 그와 같은 변명은 이제 와서 듣고 싶지도 않다. 너도
사람이 먹는 것을 먹고, 사람이 입는 것을 입는 인간이련만, 맹달
의 말에 뜻을 함께 하여 은혜 입은 숙부를 감히 눈뜨고서 죽게 했

단 말이냐? 너는 개 돼지만도 못한 놈이다! 일어나라! 썩 물러 가라! 보기조차 더럽다!"

더욱더 심하게 꾸짖었지만, 오랜 동안 키운 자식인지라 사사로운 정이 없을 수 없었다. 눈에 눈물이 맺혀 얼굴을 옆으로 돌리고 차마 층계 아래 무릎 꿇은 아들을 바라보지 못했다.

"……정말 저의 잘못이었습니다. 어리석은 탓이었습니다. 아무쪼록 이번만은 용서해 주십시오. 이렇게 빌겠습니다."

유봉은 눈물을 흘리며 몇십 번이나 이마를 땅에 조아렸다.

그러나 현덕은 외면한 채였다.

자신을 목석(木石)처럼 굳혀 사사로운 정을 지그시 억누르고 있었다. 이윽고 유봉은 소리내어 어린아이처럼 흐느껴 울었다. 그 울음소리에 어지간한 현덕도 가슴이 찢어지는 것만 같았다.

그만 그의 성난 눈썹이 자애로운 아버지의 얼굴로 바뀌려 했다.

그러자 그때까지 입을 꾹 다물고 현덕의 태도를 보고 있던 공명이 눈빛으로써 현덕의 무너지려는 마음을 버텨내게 했다. 현덕의 무너지는 의지를 자신의 의지로써 보충했던 것이다.

현덕은 별안간 외쳤다.

"이 어리석은 자를 빨리 끌고 나가 목을 베어라!"

현덕은 거의 도망치듯이 안으로 급히 들이가 비렸다.

방 안에 틀어박힌 채 그는 혼자 벽을 노려보고 있었다. 그러자 한 늙은 가신이 들어와 주저주저 아뢰었다.

"유봉 장군에 대해 양양 전장에서 돌아온 부하들에게 소신이 여러가지로 물어보았더니, 이미 유봉 장군께서는 상용에 계실 때부터 잘못을 크게 뉘우치고 계셨을 뿐 아니라 맹달이 달아난 뒤에는 더욱 참회하는 빛이었다고 합니다. 그리하여 양양의 진에서도 맹달에게서 온 투항 권고의 편지를 발기발기 찢었고 그 사자도 곧 목을 베었다 합니다. 아무쪼록 정상을 참작하시어 용서가 있으시기를 저희들 가신들은……."

그렇지 않아도 현덕으로서는 살려주고 싶던 참이었다. 그는 누군가 그런 말을 해주기를 은근히 바라고 있었기 때문에 벌떡 일어나며 외쳤다.

"오오, 그에게도 한 조각의 양심은 있었던가. 충효가 무엇인지 조금은 알았던 모양이지? 가엾은 놈, 죽일 것까지는 없으리라."

그리하여 곧 형 집행을 중지시키라고 그 늙은 가신을 보냈다.

그런데 벌써 유봉의 목은 잘린 뒤였다.

"뭐, 뭣이라고! 벌써 참형하고 말았단 말이냐! 경솔하게도 노여운 나머지 한 사람의 심복을 죽였구나."

조비가 스스로 대위의 황제가 되어 낙양에 새 궁전을 짓고 헌제의 생사는 알 길이 없다는 보고가 성도에 들어왔을 때 제갈공명은 그 자리에서 결심했다.

'……위나라와 맞서 싸우기 위해서는 한중왕을 황제로 받들지 않으면 안 된다.'

공명은 태부 허정과 광록대부 초주(譙周)와 상의하여 찬동을 얻자, 다시 문무백관을 모아 놓고 이 제안을 설명한 다음 말했다.

"만일 한 사람이라도 반대가 있으면 이는 그만두어야 합니다."

반대하는 사람은 없었다.

공명은 현덕에게 이 뜻을 말했다.

현덕은 쉽게 승낙하지 않았다.

스스로 황제의 자리에 오르는 불충으로 뒷사람의 조롱을 받고 싶지 않다며 단호히 거절했다.

그러나 공명은 현덕이 승낙할 때까지 끝까지 설복시킬 태도였다.

"천자는 이미 옥새를 조비에게 넘겨 주고 어딘가로 쫓겨났다고 합니다. 벌써 세상을 떠났을지도 모르는 일이옵니다. 아무리 천자

의 본뜻이 아니라 하더라도 한나라가 이미 끊어진 것은 사실이옵니다. 한나라의 부흥을 평생의 목적으로 삼고 계신 주군께서 공연히 조비로 하여금 황제를 자칭하게 버려두는 것은, 한나라 황실의 자손으로 도리어 불충불의가 되는 것이옵니다. 조비로 하여금 황제의 위에 오른 것은 저 하나뿐이라는 생각을 갖게 해서는 안 되옵니다. 그러기 위해서는 여기에 정통을 이어 한나라 종묘를 받드는 사람이 있다는 것을 천하에 널리 알려야 되옵니다."

"군사! 무슨 소리를 해도 이 일만은 받아들일 수가 없소."

현덕은 자리에서 일어나 안으로 들어갔다. 그러고는 며칠이 되어도 모습을 나타내지 않았다.

그러자 공명은 병을 핑계하고 자기 집에 들어앉고 말았다.

현덕은 공명이 병석에 누웠다는 말을 듣자 생각했다.

'……나를 굴복시키려 하는 거겠지.'

그러나 열흘이 지나고 스무 날이 지나는 사이에 현덕은 차츰 불안해졌다. 근시를 시켜 가만히 공명의 병세를 살피고 오게 했다.

병세가 상당히 무거운 모양이라는 보고를 듣자, 현덕은 가만히 있을 수 없었다.

어느날 현덕은 몸소 공명의 집으로 갔다. 공명은 본디가 튼튼한 체질은 못되었다. 강한 정신력으로 몸을 지탱하고 있었다. 공명의 양생법은 3년에 한 번씩 단식을 하는 것이었다. 공명은 현덕을 설복시키기 위해, 이 때 단식을 택했던 것이다.

20여 일의 단식은 현덕을 깜짝 놀라게 할 정도로 공명의 몸을 여위게 만들었다.

"군사! 이 어찌된 일이오? 의원에게 보였소? 음식을 제대로 자시지 못한 건 아니오? 너무도 참혹하구려!"

"걱정을 끼쳐 드려서 황공하옵니다. 그러나 쇠약한 창자에서 생긴 병 때문이 아니오니 너무 걱정 마옵소서."

"그렇다면……. 앞서 군사가 한 말을 내가 거절했기 때문에, 그 걱정으로 눕게 되었단 말이오?"

"신의 말을 들으시옵소서. 신이 초려를 나온 뒤로 오늘날까지 분수에 넘치는 소임을 맡아 겨우 주상으로 하여금 양천(兩川) 땅을 차지하시게 하여, 신이 전날 드린 말씀을 실현하게 된 셈이옵니다. 그런데 조비가 천자의 위를 앗음으로써 한나라 종사가 끊어진 지금, 성도의 문무백관은 누구나가 다 주상을 받들어 천자로 모신 다음, 위나라를 멸하고 유씨를 다시 일으켜 공을 세우려 하고 있사옵니다. 그런데 주상께서 단호히 이를 거절하셨사옵니다. 만일 이대로 나가게 되면 문무 관리의 마음은 저마다 흩어져 그 대부분이 위나라로 가버리게 될지 모르옵니다. 이보다 더 두렵고 이보다 더 애타는 일이 또 어디에 있겠사옵니까?"

"……."

현덕은 길게 침묵을 지키고 있었다.

이윽고 그는 무겁게 입을 열었다.

"내가 굳이 안 된다는 건 아니었소. ……다만 의리를 아는 사람들의 지탄이 두려워 망설이고 있었을 뿐이오."

"성인의 말씀에, 이름이 바르지 못하면 곧 일이 순조롭지 못하다 했사옵니다. 지금 주상께서 하시려 하는 일은 이름이 바르고 일이 정당한 것이 아니옵니까? 그 누가 이를 달리 평할 사람이 있겠사옵니까? 하늘이 주는 것을 받지 않으면 도리어 그 꾸중을 받게 된다 하지 않사옵니까?"

현덕은 눈을 감은 채 고개를 끄덕여 보였다.

그 때——. 일제히 들어온 것은, 태부 허정을 비롯해, 안한장군(安漢將軍) 미축(糜竺)·청의후(靑衣侯) 향거(向擧)·양천후(陽泉侯) 유표(劉豹)·별가(別駕) 조조(趙祚)·치중(治中) 양홍(楊洪)·의조(議曹) 두경(杜瓊)·종사(從事) 장상(張爽)·태상경(太常卿) 뇌공(賴

恭)·광록경(光祿卿) 황권(黃權) 등 30여 명의 고관들이었다.
　주욱 바닥에 무릎을 꿇고 머리를 조아리며 말했다.
　"바라옵건대 신들의 청을 들어 주시옵소서."
　일이 여기에 이르자 현덕도 승낙하지 않을 수 없었다.

　"천자 자리에서 물러나니 참으로 마음 편하구나."
　산양공 유협은 두 손을 천장으로 향해 마음껏 뻗쳤다. 기지개를 켰
던 것이다. 기지개를 켠 김에 그는 자기 주먹으로 자기의 어깨를 두
드렸다. 자못 태평스럽다는 태도였다.
　소용은 역시 미소로써 대답했다.
　"그것은 다행이옵니다."
　"교모는 인망이 있어 괜찮겠지만 진잠 쪽은 가끔 첩자라고 의심받
기 알맞지."
　유협이 말했다.
　"제가 말씀이옵니까?"
　진잠은 고개를 갸우뚱했다. 억울하다는 듯이 말했지만 때때로 그런
오해를 받는다는 것을 그 자신도 알고 있었다.
　──천하 만민을 위해서입니다.
　교모의 암시가 있을 때에는 명백히 첩자와 같은 소임을 맡았던 일
도 있기는 있다. 하지만 이번의 산양 탁록성 방문에 폐제와 그 주변
의 일을 탐색한다는 목적은 없었다.
　"그렇지, 첩자라는 거지. 진잠을 경계하라고 측근에서 오늘 아침에
도 귀띔을 해 주었어. ……그래서 짐, ……아냐 나는 대답했지.
탐색한다고 한들 마음 꺼림칙한 것은 없다. 그런데 무엇이 두려우
냐고!"
　"아무것도 탐색하거나 하지 않습니다."
　"그럴 테지. 첩자를 보낼 만큼 의심한다면 그 사람은 차라리 나를

죽여 버릴 거야.”

폐제는 자조의 웃음을 입가에 띠었다.

산양 고을은 새 도읍 낙양과 조씨의 군사기지 업과의 바로 중간 지점에 있었다. 두 거인이 팔을 뻗으면 닿는 곳에 있는 셈이다. 더욱이 산양의 탁록성은 아주 허술한 성이다.

“그 사람은 폐하를 의심하지 않습니다.”

소용은 어깨를 옴츠려 보였다.

“의심받고 있다면 큰일이지. 허락받은 일이라고는 하나 폐하란 말은 두번 다시 쓰지 말도록.”

“예, 예에.”

소용은 여전히 미소짓고 말했다.

“그런데 이 근처 땅은 어떠하옵니까?”

“안향보다는 낫다고 하더군.”

“그것은 정말 다행이옵니다.”

조식이 옮겨간 안향은 메마른 땅이라 일컬어지고 있다. 조비도 이것을 알고 있었던 것 같다. 정사(正史)에는 황초 3년 조식을 견성후(甄城侯)에서 견성왕으로 승격시키고 식읍으로 2천500호를 내렸다고 씌어 있다. 다시 이듬해 옹구(雍丘)로 영지를 바꾸어 주었다.

아무튼 소식의 영지와 비교한다면 산양은 땅이 기름진 듯하다. 그것은 실질적으로 수입이 풍부하다는 얘기였다.

“몇십 명의 측근을 먹여 살리는 데는 충분하지만 그러나 1천 명 군사도 기를 수 없는 곳이야. 하하하……”

유협은 또 자조의 웃음을 떠올렸다.

“뭐, 이런 성에서도 천자라 칭하여 좋다 하더군. 그런데 천자가 또 하나 늘었어. 나까지 넣는다면 천자가 셋이야.”

촉나라에서 유비 현덕이 황제가 된 것을 가리킨 말이었다. 조비가 위 왕조를 세운 일이——

"한나라 천자를 시해하고……."

이런 소문이 되어 촉나라에 알려졌던 것이다. 유비는 헌제의 상복(喪服)까지 입었고 효민황제(孝愍皇帝)라는 시호를 올렸다. 그리고 자신은 가신들에게 옹립되는 형식으로 황제가 되었다. 황초 2년 4월이었다.

즉위식은 성도의 서북 무담산(武擔山) 남쪽 기슭에서 행해졌다.

무담산은 이상한 전설이 있는 산이다. 먼 옛날 촉왕의 아내는 무도(武都 : ^{감숙성에} ^{있음}) 사람이었다. 그런데 전에는 남자였다. 남자가 여자로 바뀌었는데도 그 아리따움은 이 세상 사람으로 여겨지지 않을 정도였다. 촉왕은 그의 미모에 현혹되어 그를 성도로 데리고 돌아와서 왕비로 삼았다.

그런데 왕비는 성도의 기후가 몸에 맞지 않아 고향으로 되돌아가고 싶어했다. 그러나 왕은 허락하지 않았다. 한시라도 옆에서 놓아주고 싶지 않았던 것이다.

그러나 왕비는 그 때문에 끝내 병들어 죽었다. 촉왕은 슬퍼하였다. 왕은 많은 군졸을 동원하여 왕비의 고향인 무도로부터 흙을 져날라 오게 하여 무덤을 만들었다. 무도에서 져나른 흙으로 이루어진 산이라 해서 무담산이라고 이름지었다.

무담산 남쪽에서 즉위식을 올림과 동시에 천하에 대사령을 내렸다. 그리고 연호를 장무(章武)라고 했다. 그러나 어디까지나 새 황조 창건이 아니고 한 황조의 계승이라는 명분을 천명했다. 그러기에 후세의 사가는 후한과 구별하여 촉한(蜀漢)이라 불렀다.

촉한의 장무 원년은 위나라 황초 2년(221)에 해당된다. 유비는 오씨를 황후로 삼았다. 유모의 과부였던 오씨 부인이다.

동시에 감 부인이 낳은 유선(劉禪)이 황태자로 책봉되었다. 이때 15세라 장비의 큰 딸을 황태자비로 맞이했다.

제갈공명은 승상으로 임명되었고, 허정(許靖)이 사도(司徒)로서 공명을 보좌하게 되었다.

이와 같은 정보는 위나라 쪽에 자세히 전해졌다. 웬만한 사람들은 다 알고 있었다.

"촉나라 사람들이 나를 위해 복을 입고 있다는군."

산양공은 자기의 턱을 쓰다듬으며 말했다. 산양공은 이때 겨우 41세였다. 아직 턱수염을 기르지는 않았다.

"이렇듯 건강하시온데……."

소용이 말하자 산양공은 갑자기 진지한 표정이 되었다.

"아니오, 죽은 거나 같소. …… 그렇지 않소? 천자로서는 죽은 거요. 발상을 했다 하여도 이상할 것은 없다고 생각되오."

"부디 그런 말씀은 하지 마십시오."

소용은 달랬다.

"그건 그렇다 하고 교모한테는 촉의 자세한 상황이 전해지고 있겠지. ……제갈공명이 승상이 되었다든가 하는 그런 것 말고 촉나라 사람들의 마음 같은 것 말이오. ……허도에 있는 한나라 천자가 죽었다고 듣고 사람들이 정말로 슬퍼하는 것인지 혹은 그와 같은 허수아비는 있으나마나 하다든가…… 그런 것 말이오."

유협은 조금 목소리를 낮추어 물었다. 체념했다고는 하나 그 또한 인간이니만큼 사람들이 자기를 어떻게 보고 있는지 알고 싶었다.

액(厄)

소용은 솔직하게 말했다.

"촉나라 사람들 마음은 어둡고 우울해져 있다고 합니다. 오두미도 신자들 말에 의하면…… 마치 넋을 잃은 것 같다고 합니다."

그것은 진실이었다.

'한나라 천자가 시해되었다!'

이런 소문이 그들에게는 그대로 받아들여졌다.

아버지 조조보다 더욱 냉혹하다는 평을 듣는 조비이니만큼 능히 헌제를 죽이는 만행을 저지를 수 있는 일이었다. 그래서 촉나라 중신들은 그 그릇된 정보를 액면 그대로 믿어 버렸다. 게다가 유비의 즉위라는 큰 일을 치렀다.

만일 정확한 정보를 알았다면 제갈량쯤 되는 사람이 유비 즉위 같은 그런 실수는 저지르지 않았으리라.

나중에야 헌제의 죽음이 오보(誤報)임을 알았다. 그러나 촉나라로서는 새삼 한나라 천자가 살아 있다고는 발표할 수 없었다. 그것을 발표하게 되면 유비의 즉위는 불의(不義)가 된다. 조비에 의해

폐위된 천자를 전과 다름없이 받드는 것이 충신의 도리인 것이다.

그래서 촉나라는 비밀을 가지게 되었다. 비밀이 있게 되면 그 주변은 어두워진다. 비밀에 관계되는 일을 말할 때 목소리를 낮추지 않으면 안 된다. 무엇이 비밀과 관계되게 될지 몰라 사람들은 자연히 말수가 적어진다.

그뿐이 아니었다.

황제로 즉위한 유비가 전혀 웃지를 않았다. 그로서는 가슴에 맺힌 것이 있었다. 관우의 전사, 그것이 유비의 한이 되어 있는 것이다.

유비는 이제껏 아내가 죽든가 어버이를 잃든가 하며 너무도 많은 죽음을 겪어왔다. 인간으로서 그만큼 온갖 고난을 겪은 사람도 흔치 않으리라.

그러나 관우를 잃은 슬픔보다 더한 슬픔을 그는 경험한 일이 없었다. 이런 애끓는 슬픔이 또 있겠는가?

'딱하게도…….'

제갈공명은 옆에서 보기만 해도 가슴이 저며 똑바로 바라보지 못할 정도였다.

"손권을 치리라!"

입술을 깨물고 유비는 말했다. 너무나 으쩍 깨물어 입술이 터지고 피가 턱까지 흘렀을 정도였다.

"폐하의 심정을 헤아리고도 남습니다."

제갈공명은 그렇게 말할 수밖에 없었다.

유비는 황제가 되자 백관의 하례를 받고 나서 곧 조직을 내렸다.

"짐은 일찍이 고향 누상촌에서 관운장·장익덕과 의를 맺고, 생사를 같이할 것을 맹세했다. 불행히도 운장이 손권으로 인해 목숨을 버렸다. 짐은 이 원한을 씻고 말리라. 파촉의 전 병력을 동원하여 오나라로 진격하리라."

이 조서의 낭독이 끝나기를 기다렸다가 앞으로 나온 무관이 있었다. 호위장군 조자룡이었다.

> 임금이 하늘 대신 정벌하기 전에
> 신하가 바른 말씀 먼저 드리는구나

"그것은 아니되옵니다."
자룡은 힘찬 목소리로 간했다.
"나라의 역적은 조비이지 손권이 아니옵니다. 조비가 한나라를 앗은 것은 하늘과 사람이 다같이 노여워하고 있는 일이옵니다. 폐하께서는 관중을 쳐나가 군사를 위수 상류에 머물러 두시고 격문을 천하에 띄우게 되면, 관동의 뜻있는 사람들은 다같이 군량과 말, 양식을 이끌고 달려와 천자의 군사를 맞게 될 것이옵니다."
"손권은 관우를 죽인 짐의 원수다. 그리고 그 휘하에는 부사인과 미방, 반장과 마충 등 미운 놈들이 있다. 짐은 먼저 손권을 무찌르지 않고는 운장의 영혼을 위로할 길이 없다!"
"나라의 원수는 공적인 일이요, 신하의 원수는 사사로운 일이옵니다. 바라옵건대 사사로운 원한은 뒤로 미루시옵소서."
그러나 현덕은 조자룡의 충고를 받아들이지 않았다.
그날 공명은 승상부에서 나라일로 눈코 뜰 사이가 없었다. 황급히 자룡이 들어와, 천자께서 운장의 복수를 위해 대군을 일으킬 조서를 내렸다고 알리자 공명은 잠시 생각하더니 말했다.
"하는 수 없소."
"승상께서는 이 조서에 반대하실 줄 알고 있었는데……."
"물론 찬성은 할 수 없소. 그러나 천자도 사람인 이상 운장을 잃은 통분을 언제까지고 참고 계실 수는 없으실 거요."
조운이었으니까 그 주장이 무시되는 정도에서 그쳤다. 별 공적도 없이 반대하는 자라면 곧 하옥되었을 것이다.

이를테면 광한(廣漢)의 처사인 진복(秦宓)은 '하늘의 때가 지금 우리에게 꼭 유리하지는 않습니다.' 했을 뿐인데 집에서 출입이 금지되는 연금 처벌을 받았다.

유비는 감정적이 되어 있었다. 반대는 용납되지 않았다.

'무엇을 더 말하랴!'

제갈공명은 하늘을 우러르며 탄식했다. 진복이 지적한 것처럼 시기는 촉한에 좋지 않았다.

관우라는 위대한 장군을 잃은 지 얼마 안 된 시기이다. 게다가 관우의 복수전이라면 위나라에 대해 정치적인 공작을 편다는 것이 거의 불가능하다. 관우를 공격해서 사망케 한 손권 뒤에 위나라가 있었음이 너무나 명백하기 때문이다.

공격받는 손권으로서는 위나라와 손잡는 공작이 가능하다.

'법정이 있었다면……?'

공명은 지난 해 죽은 법정을 새삼 아쉽게 생각했다. 촉나라 점거를 헌책하고 실제로 공격하여 유비를 이 지방에 맞이한 장본인은 법정이었다. 나이가 많고 경험도 있어 법정은 남을 설득하는 재능도 지니고 있었다.

공명은 남몰래 법정의 설득 기술을 습득하려 했다. 조금은 습득했지만 아직 법정에 미치지는 못했다.

설득술이 뛰어난 법정이 살아 있다면 혹시 이 자리에서 유비를 설득하여 손권 토벌을 중지시킬 수 있었을지도 모른다. 그러나 공명을 포함해서 다른 사람들은 불가능했다.

낭중에 있던 거기장근(車騎將軍) 겸 파서태수(巴西太守)인 장비는 그때 말을 달려 성도에 도착했다.

장비는 이번에 거기장군으로 승격되고 서향후(西鄕侯)에 봉해졌다. 그는 칙사가 찾아와 그 조서를 전달하였는 데도 조금도 기뻐하는 기색이 없었다. 오히려 안타까운 듯 호통을 칠 뿐이었다.

"우리 황상께선 한가롭게 천자의 위에 올라 대체 뭘 어떻게 하시겠다는 건가! 운장의 원수는 언제 갚을 생각인가! 공명도 공명이지! 즉위 같은 건 뒤로 미루어도 되지 않는가."

장비는 운장이 손권에게 죽었다는 말을 듣자, 머리털이 치뻗고 온몸에서 피가 내뿜을 정도로 격노했었다. 그 뒤로 그는 잇따라 사람을 성도로 보내 손권을 쳐 무찌르자고 재촉했다.

그 사자들은 공명에 의해 곧 쫓겨 돌아가곤 했다.

공명이 몇 번이나 직접 찾아가 설득했으나 소용이 없었다. 며칠 잠잠하다가 아무리 생각해도 참을 수 없었던지 똑같은 일을 되풀이했다.

신출귀몰한 책략으로 적을 굴복시키는 천하의 군사 공명이었으나 분노한 협객(俠客) 장비의 마음만은 결코 다스릴 수가 없었다.

장비는 몸이 달고 화가 치밀어 매일같이 술에 취해 욕을 퍼부었다.

그뿐만이 아니다. 취하기만 하면 완전히 미친 사람이 되어 사람들을 떨게 만들었다. 장비에게 쥐어 박히고 발에 채어 병신이 되는 사람이 속출했다.

어제는 병사 두 명이 행군 도중 대열을 이탈했다는 명목으로 목숨을 잃었다. 알고 보면 그들이 대단한 잘못을 저지른 것도 아니었다. 명령을 오인하여 순간적으로 잠시 대열을 벗어났을 뿐이었다. 그것을 본 장비는 화풀이하듯 즉각 사모를 휘둘러 그들을 난자해버렸다.

휘하의 모든 장병들이 지켜보는 앞에서 벌어진 일이었다. 장비의 광포하고 무자비한 행동에 병사들은 치를 떨었다. 죄없이 희생된 두 병사들은 창자를 드러낸 채 참혹한 몰골로 거리에 버려졌다. 그 끔찍한 광경에 병사들은 아예 눈을 감아버렸다.

장비는 그들을 향해 소리쳤다.

“이들은 내 명령을 따르지 않았다. 물론 잠시 오인했다고는 하나 실전에서 이런 실수를 저질렀을 경우 어차피 이들은 죽을 목숨들이었다. 적의 손에 덧없이 죽느니 여기서 본보기로 나의 손에 죽는 것이 백 번 더 나은 일이다. 너희들은 이들의 주검을 보고 정신을 바짝 차려 내 명령에 절대적으로 복종토록 하라. 알았느냐!”

그러나 장비의 호통에 대답하는 병사는 단 한 명도 없었다. 모두 새파랗게 주눅이 들어 입을 뗄 용기조차 없었던 것이다.

장비는 순간 머쓱했다.

대충 훈련을 마치고 낭중으로 돌아온 장비는 이마에 흐르는 땀을 닦으며 중얼거렸다.

“내가 좀 너무했나? 아니야, 운장 형의 원수를 갚기 위해서라도 군기를 바짝 죄어놓아야 해. 언제 출병할지도 모르는 일이잖아.”

장비는 시비에게 크게 소리쳤다.

“술을 가져 오너라, 빨리! 뭘 그리 꾸물대느냐!”

곧 하인이 항아리에 담긴 말술을 가져왔다. 장비는 숨도 쉬지 않고 그것을 단숨에 벌컥벌컥 들이켰다. 밤이 새도록 계속 마셨다.

그러고도 끝내 견딜 길이 없자, 장비는 직접 말을 타고 성도로 밤낮없이 달려왔던 것이다.

마침 그날은 현덕이 연무장에서 병마의 조련을 구경하고 있었다.

“폐하!”

장비는 대 아래에서 큰 소리로 부르며 털썩 그 자리에 꿇어 앉았다. 금세 눈물이 얼굴을 적시었다.

“오오! 서향후인가?”

“폐하! 운장의 원수를 갚게 해 주옵소서!”

“음, 이미 손권을 칠 군사를 일으키기로 결정하였다.”

“망극하옵니다. ……그럼 장비에게 선봉을…….”

“내가 직접 출전하겠다. 함께 나란히 가기로 하자. ……그대는 군사를 거느리고 낭중에서 직접 나오도록 하라. 강주에서 그대와 만나기로 하겠다.”

“오오! 성은이 망극하옵니다!”

장비는 기뻐 어쩔 줄 몰랐다.

“곧 낭중으로 돌아가 정병 3만을 이끌고 떠나겠사옵니다.”

“서향후, 소문에 듣자하니 그대는 요즘 또 술만 마시면 난폭한 성질을 버리지 못하고 측근을 비롯해 군졸들을 분간 없이 마구 욕하며 때린다고 하더군. 제발 그런 일이 없도록 하라. 그것이 어떤 재난을 부르게 될지 모르는 일이다. ……부하들을 사랑하도록 힘써야 한다.”

“폐하……, 이제 출전이 결정된 이상 술은 한 방울도 입에 대지 않겠사옵니다.”

장비는 허공을 날 듯 낭중으로 돌아갔다.

그 때 벌써 낭중에 있는 부장과 벼슬아치들은 장비로부터 마음이 떨어져 있었다.

그러나 장비는 그 점을 몰랐다.

장비는 싸움터를 날리기 위해 태어난 호걸이었나. 평온한 세상의 우두머리가 되기에는 너무나도 부적절한 사람이었다. 정치적 수완 같은 것은 전혀 없었다.

장비는 낭중으로 돌아오자 출전을 선포하고, 사흘 안으로 흰 깃발과 흰 군복을 만들어 전 장병이 상복 차림으로 오나라 군사를 칠 것을 명령했다.

이튿날 아침 휘하에 있는 범강(范彊)·장달(張達) 두 장수가 찾아와서 청했다.

“흰 깃발과 흰 군복을 사흘 동안에 다 준비할 수는 없습니다. 열

홀로 해 주십시오."

"뭐야!"

장비는 성이 나자 두 장수를 나무에 붙들어 묶고 매 50대를 치게 했다. 그런 다음 엄명했다.

"무슨 일이 있어도 내일 안으로 준비를 끝내야 한다!"

매를 맞아 옷이 갈기갈기 찢긴 채 숙사로 돌아온 두 사람은, 이제 죽기 아니면 살기라는 결심을 하게 되었다.

도저히 내일 안으로 흰 깃발과 흰 군복을 다 준비할 수 없다. 자기들은 그 벌로써 목이 달아나거나 매를 맞아 죽거나 할 것이다. 이왕 죽을 바에는 우리가 장비를 죽이고 말자. 두 사람은 이런 비밀 의논을 했던 것이다.

삼경이 지났을 무렵, 두 장수는 품속에 단도를 품고 장비가 자고 있는 장막으로 다가갔다.

장비는 현덕에게 술 한 방울도 입에 대지 않겠다고 약속했지만, 출전 전의 축하 잔치를 여는 자리에서 그만 잔에 손을 대고 말았다. 한 잔이 두 잔 되고 이어서 잔이 거듭되자 결국은 취하도록 마시고 말았다.

그러나 전처럼 난폭하지는 않았다. 다만 무장들에게 기어코 손권의 목을 잘라 관운장의 원수를 갚고 장비의 무훈을 길이 남게 하겠다는 소리를 몇 번이고 되풀이한 끝에 푹 쓰러졌다.

"오늘밤 안으로 급히 장군께 보고해야 할 기밀이 있다."

범강과 장달은 장막 앞을 지키는 군사를 속이고 장막 안으로 들어갔다. 두 사람은 소리없이 살금살금 가까이 가 보았다.

그들은 깜짝 놀랐다. 장비가 자지 않고 눈을 뜨고 있지 않겠는가.

장비는 잠을 잘 때도 눈을 뜨고 자는 버릇이 있었다.

범강과 장달은 잠시 몸이 얼어붙은 듯 꼼짝도 못했다.

그러나 다음 순간 '드르렁' 하고 천둥처럼 코고는 소리가 장막 안을 울렸다.

‘……옳다!’

두 사람은 마주 눈짓을 주고받고 단도를 꺼내 들었다.

배와 가슴에 칼날이 꽂혔다. 장비는 고리눈을 크게 부릅떴다.

그러나 일어날 힘이 없었다.

두 손을 내밀어 허공을 휘어잡으며 입에서 피를 내뿜었다.

“으음!”

장비는 한 번 신음소리를 내더니 큰 몸뚱이가 활처럼 뒤로 휘었다. 그러고는 숨이 끊어졌다.

영웅의 마지막치고는 너무도 어이없는 죽음이었다. 그 때 나이 55세.

후세 사람이 시를 지어 장비를 애도했다.

안희현에서 탐관 독우를 매질하더니
황건적 소탕하여 한실을 보좌했다네
호뢰관 싸움에선 앞장서서 용맹 떨치고
장판교 큰호통으로 강물조차 역류시켰지

엄안을 의리로 풀어주어 서촉 땅을 평정터니
지혜로 장합 속여 중원을 안정시켰네
오나라 치기도 전에 몸이 먼저 죽으니
가을 풀 핀 낭중땅에 수심만 남겼어라

범강·장달은 장비의 목을 자르자 어둠속을 도망쳐 오나라로 달렸다.

이튿날 아침, 이 참혹한 변을 알고 추격대가 말을 달렸으나 끝내 두 사람을 잡을 수는 없었다.

낭중 영(營)의 도독(都督)에게서 보고가 도착하자 유비는 곧 장비가 죽었구나 하고 느낀 것에는 그럴 만한 이유가 있었다.

파서에서의 보고라면 으레 장비의 이름으로 올려질 것이 아닌가! 영 도독의 명의로 보고서가 올라온 것은 장비가 세상에 없다는 것을 뜻하지 않는가.

장비의 평소 행동을 알고 있는 유비는 반사적으로 불길한 예감이 들었다.

'부하에게 살해된 것이 아닐까?'

불행히도 그 예측은 들어맞았다.

오나라 정벌군을 진발(進發)시키려 할 순간 벌어진 장비의 죽음은 무엇인가 불길한 그림자를 앞길에 드리웠다. 하지만 복수의 일념에 불타고 있는 유비는 결심을 바꾸려 하지 않았다. 장비가 살해된 것은 유비가 즉위한 해 7월이었다.

유비는 고요히 벽을 응시하고 있었다.

장비가 죽었다. 관우에 이어 장비마저 죽은 것이다.

유비는 천지에 홀로 뚝 떨어져 있는 기분이었다. 벽을 마주하고 있으려니 더욱 그런 느낌이 들었다.

형님! 하고 우레같은 목소리로 자신을 부르던 장비의 모습이 떠올랐다. 그 뒤에 긴 수염을 휘날리며 믿음직스러운 모습으로 서 있는 관우의 모습도 보였다. 눈을 감아도 눈을 떠도 그들은 여전히 그 자리에 서 있었다. 아, 영원히 그 자리에 머물러 있을 줄 알았건만……

유비는 일어서서 벽 한쪽에 걸려 있는 보검을 내렸다. 탁현을 떠날 무렵, 가진 것이라고는 이 칼 한 자루가 전부였다. 칼집에서 칼을 뽑았다. 잘 닦인 칼날에 자신의 얼굴을 비추어 보았다.

수염도 머리도 벌써 반백이다. 유난히 큰 귀도 이제 힘없이 늘어져 있다. 대 촉나라의 황제가 되었건만 자신의 모습은 이름없는 듯 자리 장수로 초야에 묻혀 살 때보다 더욱 초라하게 보였다.

아직도 내 손이 돗자리 짜는 법을 기억하고 있을까? 유비는 문득 그런 생각이 들었다. 돗자리 장수로서의 삶을 한번도 부끄럽게 여긴 적은 없었다. 다시 돌아갈 수 있다면 보검 한자루를 어깨에 메고 고향 누상촌으로 가고 싶다. 물론 그 옆에는 여전히 관우와 장비가 서 있어야 한다.

유비는 눈을 감았다. 모든 것이 그립다. 탁현 교외 누상촌의 허술한 집과 앞뜰에 있는 커다란 뽕나무, 그리고 뒤꼍의 도원(桃園)도. 난세가 아니었다면 매일 돗자리를 짜며 한가로이 평화로운 삶을 살다가 삶을 마감할 것이 아닌가.

유비의 눈에서 두 줄기 눈물이 흘러내렸다.

"선발대는 곧 출발하라!"

장비 횡사의 소식을 들은 바로 뒤 눈이 벌겋게 충혈된 유비는 비장하게 명령을 내렸다.

선발대는 오반(吳班)·풍습(馮習) 두 장군이 이끌고 장강을 내려갔다.

이어 황충을 선봉으로 삼고 장남(張南)을 부장으로 딸렸다. 조자룡은 후비군으로 군량 수송을 겸하게 하고, 황권과 정기(程畿)를 참모로 하여 양천의 대상 수백 명에게 저마다 군사를 거느리고 수백 리에 걸친 장사의 행렬을 짓게 했다.

승상 공명은 태자 유선을 받들어 성도를 지키고 마초는 위연과 함께 한중을 굳히어 위나라의 습격에 대비하기 위해 출전하지 않았다.

공명은 75만의 대군이 성도 교외로 빠져나간 다음 혼자 방 안에 들어앉아——

'……우리 주상께 아직 천수(天壽)가 남아 있기를……'

다만 그런 기원을 가슴에 담고 있었다.

유현덕이 말 위에서 가끔 현기증을 느끼기 시작한 것은, 75만의 대군을 거느리고 성도를 떠난 지 며칠이 지났을 무렵부터였다.

처음은 쇠도 녹일 듯한 더위 때문인 것으로 생각했다. 그러나 하루가 지나고 이틀이 지나는 사이, 팔다리가 끝에서부터 얼음처럼 차가워지는 것을 느끼고 갑자기 불안한 생각이 들기 시작했다.

'……내 목숨도 이번 출전으로 끝나게 될지 모른다.'

그런 불길한 예감이 갑자기 가슴에 떠올랐다.

'……그것도 좋지! 운장의 복수를 위해 싸우는 마당에서 죽는 것은 내가 원하던 일이다. 성도에는 태자를 지키며 나라를 다스릴 공명이 있다!'

현덕은 자신에게 타일렀다. 그리고 건강에 대해서 어느 누구에게도 말하지 않았다. 그러나 무장들 가운데는 현덕의 얼굴빛이 심상치 않은 것을 눈치채고 걱정하는 사람도 있었다.

그럴 무렵, 대군의 행렬을 뒤쫓아 한 부대가 먼지를 뽀얗게 말아올리며 달려오고 있었다. 그 선두에 서 있는 것은 새하얀 전포에 은투구와 흰 갑옷을 입은 젊은 무사였다.

"아니! 저건 장비의 아들 장포(張苞)가 아닌가?"

후비를 맡고 가던 조자룡이 그의 모습을 알아보았다.

"장포, 어찌된 일인가?"

곧 가까이 온 장포에게 자룡은 소리쳤다.

장포의 두 눈은 시뻘겋게 충혈되어 있었다.

"아버님을 대신해서 이 장포가 폐하를 모시겠습니다!"

그 말을 듣고 조자룡은 모든 것을 알아차렸다.

"폐하 앞으로 가도록 하게."

"알았습니다, 그럼!"

채찍을 휘둘러 급히 달려간 장포는 중군에 이르러 흰 말 위의 현덕을 보자 말에서 뛰어내렸다.

현덕은 땅바닥에 꿇어 엎드린 젊은 무사를 굽어보며 말했다.

"그대는 장포가 아닌가?"

어릴 때 한 번 보았을 뿐이지만 아버지를 꼭 닮은 얼굴로 금방 알 수 있었다.

"폐하! 신의 아비 장비, 부덕한 탓으로 범강·장달 두 장수의 모반을 입어 세상을 떠났사옵니다. 뜻하지 않은 죽음에 아버지를 대신해서 용서를 비옵니다."

씩씩하고 힘찬 목소리로 말했다.

순간 현덕은 말없이 두 눈을 부릅떴다. 그리고 곧 이어 한쪽 눈을 가리며 천천히 말 위에 엎드렸다.

"폐하!"

옆에 있던 진진이 깜짝 놀라 현덕의 몸을 부축했다.

현덕은 잠시 동안 그대로 정신을 잃고 있다가, 이윽고 몸을 일으켰다. 눈물이 두 눈에 넘쳐 흘렀다. 그러나 현덕은 닦을 생각도 않고 머리를 곧추 세워 멀리 앞을 바라보았다. 창자가 끊어지고 가슴이 찢어지는 슬픔을 견디는 침묵이었다.

이윽고 유비는 무겁게 입을 열었다.

"이 유비에게는 아직 제갈공명이 있고, 조자룡이 있고, ……그리고……."

유비는 눈 아래 꿇어앉아 있는 장포를 굽어보았다.

"익덕 대신 그대 장포가 있고, 운장 대신 그의 둘째아들 관흥이 있다!"

"폐하! 나라를 위해, 폐하를 위해, 죽은 아비를 위해, 소장이 목숨을 바쳐 싸우겠사옵니다."

"음! 죽은 아버지도 그대의 활약을 지켜보겠지."

다시 밀어닥친 현기증을 참으면서 현덕은 허리에 차고 있던 칼을 풀어 장포에게 주었다.

"그대와 관흥 중에서 누가 먼저 손권의 머리를 벨 것인지 겨루어

보아라.”

유비가 형주를 잃은 지금, 손권 세력과의 경계는 거의 현재의 사천성과 호북성의 성 경계에 해당된다.

그곳은 옛날부터 ‘삼협(三峽)의 험(險)’이라 일컬어지며 상류에서 하류에 걸쳐 구당협(瞿塘峽)·무협(巫峽)·서릉협(西陵峽)의 여울이 이어져 있다.

그 중간 무협 부근에 손권은 이이(李異)·유아(劉阿)와 같은 장수를 배치해 놓고 있었다.

촉한 측은 강 북쪽 기슭인 백제성(白帝城)을 기지로 삼고 있었다.

전한 말, 그러니까 200년 전 이 일대에 공손술(公孫述)이란 인물이 세력을 구축하고 황제를 참칭하고 있었다. 그때 궁전 우물에서 흰 용이 나타났다 하여 이곳을 백제성이라 이름 지었다.

촉한은 그 성터에 군사를 주둔시켰다.

성도에서 장강을 내려온 오반과 풍습의 군세는 약 4만이었다.

이 촉한군은 단숨에 손권군을 격파했다. 강을 무대로 싸울 경우 역시 상류 쪽이 유리하다.

게다가 촉한군은 관우의 복수전이라는 분노로 불타고 있었다.

관우는 장비와는 달리 윗사람에게는 반항적이고 교만했지만 부하들을 참으로 아껴 주는 장수였다.

촉한군의 장병 가운데에는 관우에게 은혜를 입은 자가 많았다. 돌격하는 촉한군 속에서——

“관 장군의 원한을 풀어드리자!”

이와 같이 외치는 소리가 들렸다. 그 외침이 촉한군의 사기를 더욱 북돋았다.

무협을 지나 서릉협에 이르는 곳에 자귀성(秭歸城)이 있었다. 촉한군은 거기까지 진출했다.

유비는 백제성에 전진사령부를 두고 병사를 남쪽으로도 보냈다. 남쪽 무릉(武陵)에는 만족(蠻族)이 있었다. 무릉 산속의 소수 민족이지만 날래고 용감하여 전쟁에 강했다.

유비는 그들을 설득하여 촉한군에 끌어들이려 했다. 이 공작은 성공하여 무릉의 소수민족 군세가 유비군에 가담했다.

유비는 말했다.

"앞길이 밝다!"

관우·장비 등 혈맹을 맺은 의제들을 잇따라 잃은 뒤이다. 나쁜 일은 이제 이쯤으로 끝나 주었으면 싶었다. 이제부터는 좋은 일이 시작되어야 한다. 무협의 전승과 무릉의 산지 민족을 끌어들인 일은 그 좋은 일의 조짐처럼 생각되었다.

이 무렵 오나라 손권에게서 화친을 청하는 사자가 백제성을 향해 달려가고 있었다. 그 사자는 갸름한 얼굴에 염소 수염을 기른 나이 지긋한 사나이였다. 종자는 셋. 무장은 하지 않았으며 발걸음은 매우 느릿했다.

느릿한 이유는 염소 수염의 사나이가 때때로 깊은 생각에 빠지듯 눈에 띄게 속도를 늦추기 때문이다.

그럴 때마다 종자 셋은 서로 얼굴을 마주보며 걸음 속도를 맞췄다. 그들은 무관은 아닌 듯싶었다. 무관이라기보다 외교관이라 하는 편이 옳았다. 언제라도 무장으로 탈바꿈할 수 있는 그와 같은 외교관.

아무래도 염소 수염의 발걸음이 느려지는 까닭은 그가 바칠 외교 문서에 있는 것 같았다.

친서(親書)의 내용을 도중에서 몇 번이고 되씹고 있는 듯한 눈치였다.

염소 수염이 머리를 갸웃한다 싶을 적마다 속도가 느려지고, 곧 허리를 굽히고서 말을 급히 몬다. 무엇인지 입 안으로 중얼거림을 되풀이하면서…….

느릿느릿 가는 염소 수염은, 촉나라 국경에 이르렀을 때 무거운 추를 달고 장강의 한복판에 뛰어들 듯——

"좋아!"

마침내 자기의 궁리에 결단을 내렸다.

염소 수염의 이름은 제갈근이었다. 제갈근은 이때 남군태수로 있었다.

그러나 오나라에서는 누구라도 본명 대신 '염소 수염의 외교쟁이'라고 부른다. 그는 지금 아주 중대한 사명을 띠고 있었다.

염소 수염

‘하늘이 울고 있어!’

요 며칠 동안 유비는 줄곧 그렇게 생각했다.

백제성 높은 곳에서 우러르는 가이 없는 하늘의 벽. 시름마저 느껴지는 늦은 여름의 드넓은 창공에서 투명한 이슬방울이 구르고 달리는 것만 같았다.

그러나 비는 내리고 있지 않았다. 사실은 현덕의 눈에 괸 엷은 눈물이 하늘의 넓이를 흐릿하게 만들고 불투명한 흔적을 보여주었을 뿐이다.

현덕은 늙어서인지 눈물이 많아졌다. 눈물이 많아진 것이 이미 그가 늙었다는 증좌였다.

더욱이 지금은 눈물을 마르게 하는 비통이 그의 가슴을 저미고 있다. 내쉬는 숨결이 불타는 불길로 바뀌고 뜨거운 눈물이 되어 흐르고 있다.

유비 현덕은 이제 촉한의 창업자이다. 사람들이 그를 ‘폐하’라 부른다.

하지만 제위(帝位)에 가장 어울리지 않는 사나이처럼 보였다. 왜냐하면 그는 실력의 뒷받침이 없는 오만을 결코 즐기지 않고, 형식에 치우치는 공동(空洞)을 극도로 배격하는 성미였기 때문이다.

그런데도 불구하고 자기를 허(虛), 다시 말해서 언제라도 텅 비울 수 있는 인간이라 여겼다.

이 성품은 평생을 두고 변함이 없었고 몇 살이 되든 어린이와 같은 순진성, 순정을 지니고 있었다.

그것은 오랫동안 턱 밑에 기르고 있던 훌륭한 수염을 거의 두 달쯤 전 깨끗이 깎아 버린 것 하나만 보아도 알 수 있다. 수염은 그때 난세에는 무장 인격의 상징이었고 위엄이었다. 또 때로는 겁주기 위한 소도구였고 외교였고 정서(情緒)이기도 했으며, 남에게 자기를 인상깊게 하는 커다란 간판이었다.

현덕은 그와 같은 간판을 선뜻 없앴다. 더욱이 제위에 오르고 나서 얼마 지나지 않아서였다.

높은 지위에 올라 새로이 기른다면 또 이해가 되지만 깎아 버리는 일은 전혀 없었다.

이런 일을 그에게 결행케 한 것은 무엇인가?

유비는 다시 하늘을 우러르며 눈을 부릅떴다. 그러나 푸른 하늘은 보이지 않는다. 눈 안 가득 희뿌연 안개가 흐르는 것만 같았다.

그리하여 어느덧 그의 눈꺼풀 속에서 분홍색 복사꽃이 흩날리고 있었다.

'함께 손을 잡고 천하를 건지리라.' 우리 셋은 그렇게 맹세하며 소리높이 외쳤었지. 그 운장과 익덕이 지금은 이 세상에 없다!"

"에잇!"

마침내 현덕은 부르르 떨리는 주먹을 허공을 향해 힘껏 내질렀다. 만일 옆에 검이 있었다면 아마도 그것을 뽑아들어 희뿌옇기만 한 하늘을 향해 미친 듯 휘둘렀으리라.

"운장·익덕이 모두 죽었는데 건업(建業)이 다 무엇인가! 무엇이 천자이고 무엇이 부귀영화인가!"

그때 뒤에서 인기척이 났다. 현덕에게 사자가 왔음을 알리는 시신의 기척이었다.

"이곳까지 사자를 보낸 자는 누구냐! 동오에서 온 사자냐? 어디에 있느냐?"

유비는 멀리서부터 소리를 질러가며 이쪽으로 오고 있었다. 일부러 그러는 것이다. 동오의 사자 제갈근이 들으라고 한 말이다. 그것은 조금 전까지 자기 가슴 속에 응어리져 있던 비통을 숨기기 위한 허세였을지도 모른다.

이어 현덕은 당에 들어서자 내던지듯 물었다.

"동오에서 무엇하러 왔는가?"

제갈근은 이만한 현덕의 분노쯤 각오하고 있었다.

오나라에 사람이 많지만 자기만큼 유비를 이해하는 자도 없을 거라고 자부했다. 팔다리처럼 여기는 관우와 장비를 잃은 유비이다. 그러니까 미운 오나라 사자에게 무례한 대접을 해도 참아야 한다고 제갈근은 자신을 타일렀다.

"황공하옵니다."

제갈근은 읍하고 나서 말을 이었다.

"귀국의 군이 갑자기 백제성까지 진주했다고 듣고 이렇게 찾아뵙게 되었습니다. 아마 신하들께서 오후가 형주를 앗고 운장을 살해한 것을 들어 출병할 것을 주장한 모양인데 그와 같은 의견에 동요되시면 안 됩니다. 그렇다면 작은 일에 얽매이고 큰 일을 잊었다고 해도 할 말이 없으실 겁니다. 이제 폐하 입장이 되어 그 이해득실(利害得失)을 말씀드리고자 합니다. 폐하의 노여움은 당연하지만 부디 잠시나마 제 의견에 귀를 기울여 주십시오. 그러면

폐하께서 취하실 계책은 여러 가신에게 물을 것도 없이 금방 명백
해질 것입니다.⋯⋯먼저 폐하께서 운장의 원수를 갚겠다는 심정
도 모르는 바 아니지만 한나라 선제(先帝)에의 의리는 어떻게 하
실 작정이옵니까? 더욱이 작은 형주 땅을 서로 빼앗으려 하느니
보다 천하 통일이야말로 목표가 아니겠습니까? 위나라와 오나라
를 원수로 삼아 미워한다 하더라도 먼저 쳐야 할 것이 어느 쪽일
까요? 이와 같은 점은 생각할 것도 없이 명백한 일이라고 생각됩
니다⋯⋯.”

제갈근은 땀을 흘려가며 열심히 설득했다. 그러다가 문득 얼굴을
들어 현덕을 올려봤다.

말없이 자기를 응시하고 있는 현덕의 얼굴엔 노기와 비웃음이 가
득했다. 비로소 제갈근은 유비의 수염없는 얼굴을 보았다. 전과는
모두가 다르다. 여느 때 보지 못한 현덕의 태도며 표정이었다.

“흥! 제갈근이라 했겠다! ⋯⋯우리 공명이 ‘어리석은’ 그대의 아
우란 말이지?”

이것은 전혀 있을 수 없는 모욕의 말이었다. 순간 제갈근은 현덕
이 실성하지 않았나 의심했다.

그렇지 않아도 제갈근은 오나라에서 자타가 공인하는 친유비파로
여겨지고 있다. 이번 촉한에 파견되는 사자로 뽑힌 일을 놓고도 그
를 중상하는 사람들이 많았음을 알고 있는 그였다.

“제갈근은 오나라 신하이면서도 측근 사람들을 자주 촉나라에 보
내어 연락을 취하고 있습니다.”

그래도 손권은 단호히 그를 옹호해 주었던 것이다.

“나와 제갈근은 굳은 약속을 나누며 평생 변함이 없을 거라고 맹
세한 사이. 그 사나이만은 절대로 나를 배신할 리가 없다!”

그렇건만 유비는 지금 자기를 비웃고 있다.

만일 실성하지 않고 제정신으로 한 말이라면 그보다 더한 야유는

없었다. 현덕의 그 말대로라면 '너 제갈근은 우리 공명의 어리석은 형이 아니냐?' 하는 말이 된다.

그러나 제갈근은 이성을 되찾았다. 여기서 화를 낸다면 백제성까지 찾아온 일이 물거품이 된다.

그런데 현덕은 제갈근의 말을 귓가로 흘려 버리는 눈치였다.

참을성을 가지고 들어주는 것만으로도 다행으로 알라는 태도가 역력했다.

"……앞서 오나라에 돌아오신 손 부인께서는 여몽의 간책으로 속은 것을 아시고…… 지금껏 오후의 보호를 단연코 거부하시며 오직 폐하를 사모하고 계십니다."

제갈근의 이 말에는 그 토끼귀가 꿈틀하고 움직였던 것 같다.

"아무쪼록 굽어 살피시옵소서. 그리하여 촉나라와 오나라가 만대에 이르기까지 서로 걸음도 나란히, 우의를 더욱더 두터이 하여……."

제갈근이 말을 마치고 다시 읍하는 것을 기다렸다는 듯이 현덕은 외쳤다.

"이제 끝났는가?"

마치 상대편 혀끝에 찬물을 끼얹는 듯한 말이었다. 그것으로써 관우가 돌아오느냐! 하는 야유이기도 했다.

군자라는 소리를 듣는 온후한 제갈근이었으나 마침내 분격했다.

"말씀드리자면 황공하옵게도 폐하는 한조(漢朝)의 황숙! 그런 분이 역적 위나라를 버려두고 오히려 오나라 침공의 병을 일으켜도 좋다고 생각하십니까? 한낱 이성(異姓)인 의제 관공을 위해서!"

"무슨 말이냐! 닥쳐라!"

유비는 자리에서 벌떡 일어섰다. 무섭게 살기가 감돌았다.

그러나 제갈근도 죽음을 각오하고 있었다.

"문답은 필요없다. 더 말하면 참(斬)하리라!"

그리고 성큼성큼 걸어 방문까지 가서 집게손가락으로 제갈근의 염소수염 언저리를 가리켰다. 그래도 마음이 안풀리는지 다시금 외쳤다.

"돌아가서 전하라! 중모(仲謀), 목을 씻고 늘이고 기다리라고!"

장무 원년(221) 가을 9월, 동오의 건업에서는 손권·장소·손환(孫桓)·주태·주연 이하 오나라 수뇌진이 촉한의 군세를 어떻게 맞아 싸울 것인가? 이마를 맞대고 의논하고 있었다.

75만이라고 일컫는 촉나라 대군의 침공! 오나라로서는 그야말로 위급 존망지추였다.

이와 같은 비상시에 여몽의 모습이 보이지 않는 것이 손권으로서는 한없이 아쉬웠다. 아무리 아쉽게 여기더라도 죽은 사람은 돌아오지 않는다. 문제는 누구를 사령관으로 세우느냐였다.

일은 긴급을 요한다.

귀를 기울이고 눈을 감으면 관우를 잃은 촉군, 유비 현덕의 외곬으로 사무친 복수의 열기에 손권의 몸이 뜨거워질 정도였다. 이윽고 밀어닥칠 노도와 같은 대군…….

이상하리만큼 늘어서 있는 일동 가운데 흥분하는 자가 적다. 비록 마음의 흥분을 털어놓으려 해도 다른 이들의 침묵과 한두 마디 말에 압도되기 때문이었으리라. 눈이 입술만큼이나 크게 의사를 나타내고 있었다.

이것도 오나라 사람이 가진 왕성한 분석력이라 할까, 얽매임의 밀도(密度)라고나 할까. 그들의 체질이 이 자리에서 나타난 것인지도 모른다.

어제의 벗이 오늘의 적이 되는 일이 예사인 전국 난세에서 얽히고 설킨 것들을 차분하게 풀어나가는 자야말로 승리를 얻을 수 있다는 현명함. 혹은 교활하다고도 할 수 있는 외교 자세가 오나라 사람의

기질 안에 깊이 뿌리박혀 있는 것이다.

전화(戰火)의 불티가 쏟아져도 피할 수 있는 데까지 피하고 절대 절명인 상황까지 몰리더라도 결코 공격을 하지 않는, 참으로 신중하고 얼른 보기에 답답할 정도의 전술적 요소가 그들의 피와 살이 되어 있다. 이것을 한 마디로 말한다면 건(乾).

어떻게 싸울 것인가 하는 것이 아니고 어떻게 복수할 것인가 하는 유비의 투지는 기(氣)였다.

그런데 오나라의 기는 메말라 있다. 대륙 동남에 자리한 지세(地勢)가 멀리 바다를 끼고 꼬리를 끌고 있어 매우 개방적인 인종이 많았다.

'파란 수염, 파란 눈의 쥐'라고 매도되곤 하는 손권처럼 이민족과의 혼혈, 아니면 이민족의 핏줄을 이어받은 자도 결코 드물지가 않았다.

그래서인지 오히려 순수한 혈통을 낳게 하는 연약함을 배격하고 잡다한 결합에 의한 후손이야말로 천하를 차지해야 한다는 생각을 가지고 있었다. 그 정도로 앞서 있었다. 너무 앞서 전략적 요소조차 이(理)에 빠져 버리는 경우마저 있었다. 물론 합리성을 띤 메마른 조작(操作)이 주된 원인이었다.

유비 침공에 대비한 군의가 한창일 때 곤두박질치듯 위로부터 오나라 사자가 보고를 가지고 돌아왔다. 촉나라로 간 제갈근과 거의 때를 같이하여 위나라에 갔었던 조자(趙咨)였다. 제갈근보다는 젊고 그만큼 패기에 넘쳐 있었다.

오나라는 촉나라가 복수전을 일으킨다는 정보를 입수하자 곧 위나라에 대한 외교 작전을 활발히 폈다.

관우에게 항복했던 위나라 명장 우금(于禁)은 관우가 사로잡힐 때 오나라 포로가 되어 있었는데 손권은 그를 정중히 위나라에 송환했다. 그리고 편지에 '신 손권'이라고 서명했다.

"손권 놈이 드디어 항복해 왔군요. 어쨌든 경사스러운 일입니다."

위나라 가신들은 모두 기뻐했다.

그러나 시중 유엽(劉曄)이 말했다.

"동오의 항복을 받아들여선 안 됩니다. 지금이야말로 오나라를 칠 좋은 기회입니다."

"어째서인가?"

"손권이 항복을 청해온 것은 옴짝달싹 못할 사태에 몰렸기 때문이겠지요. 아마도 앞서 관우가 살해되고 형주 4군을 앗긴 유비가 마침내 대군을 일으켜 침공을 시작했기 때문일 것입니다. 손권으로서는 강적의 침공을 받아 민심이 동요되고 있는데다가 아군에게 그 틈을 찔리지 않을까 겁내고 있습니다. 그 때문에 머리를 숙여 항복을 청해 온 것으로 그 목적은 두 가지라고 생각됩니다. 우선 첫째로 아군의 예봉(銳鋒)을 피하는 일, 둘째는 아군의 구원을 받아 전력을 증강시키고 촉의 전의를 꺾는 일입니다. 손권은 용병(用兵)은 물론이고 임기응변의 책략도 뛰어나 이번의 항복 제의는 앞서의 두 가지 점을 노리고 있을 것이 틀림없습니다."

"음."

조비는 궁리하는 눈치였다. 유엽이 다시 말했다.

"그런데 지금, 천하는 삼분(三分)되어 있다고는 하나 우리 영토가 그 8할을 차지하고 있고 촉과 오는 저마다 일주(一州)를 차지하고 있는 데 지나지 않습니다. 그러나 두 나라 모두 산하를 천연의 요새로 가졌고 일단 유사시에는 서로 도울 수가 있습니다. 이것은 작은 나라로서 유리한 점이지요. 그런데도 불구하고 그들이 전쟁을 한다면, 참으로 그들을 토멸할 다시없는 기회! 곧 대군을 보내어 단숨에 장강을 건너 오나라 심장부를 찔러야 합니다. 촉이 바깥쪽에서 공격하고 우리가 그 중심부를 치면 얼마 안 되는 시일에 오나라를 멸망시킬 수 있을 것입니다. 오나라가 멸망하면 촉나라는 고립됩니다. 만일 우리 나라가 오나라의 반을 빼앗아 버리면 촉나라도 그리 길게는 가지 못할 것입니다. 하물며 우리가 요긴한 중심부를 차지한다면 촉나라 따위는 문제도 되지 않습니다.”

그러나 조비는 천천히 고개를 젓고 나서 말했다.

“항복해 온 자를 친다는 것은 옳지 않다. 그런 짓을 한다면 두 번 다시 항복을 청하는 자가 없을 뿐 아니라 결사적으로 대항해 올지도 모른다. 그러면 우리가 다치기 쉽다. 지금은 항복을 받아들여 오나라와 호응하여 촉나라의 등 뒤를 치기로 하자.”

유엽은 대답했다.

“낙양에서 오나라까지는 얼마 안 되는 거리지만, 촉나라는 먼 곳에 있어 작전에 곤란이 따르게 됩니다. 우리가 촉나라 등 뒤에 군을 보냈다는 것을 알면, 유비는 곧 군을 철수시켜 수비를 굳히겠지요. 다행히 지금 유비는 분노로 거의 이성을 잃고 오나라에 덤벼들고 있습니다. 아군이 오나라에 쳐들어갔다는 말을 들으면 오의 멸망은 틀림없다고 보고 용기백배, 위군에게 뒤질소냐, 맹공을 가할 것입니다. 당초의 작전 계획을 변경시켜 노여움을 억누르고 오나라와 손을 잡지는 않을 것입니다. 이것은 바로 필연지세(必然之勢)입니다.”

그러나 조비는 유엽의 진언을 물리치고 오나라의 항복을 받아들였으며 손권에게 오왕의 칭호를 내렸다.

그때 조비가 조자에게 물었다.

“그런데 오왕은 어떤 인물인가?”

“한 마디로 말하면 총(聰)·명(明)·인(仁)·지(智), 게다가 웅(雄)과 약(略)을 아울러 갖추고 계십니다.”

조비가 그것을 자세히 묻자 조자는 대답했다.

“노숙의 재능을 꿰뚫어 보고 낮은 신분임에도 그를 등용했습니다. 이것이 총(聰)이옵니다. 또 한낱 무인에 지나지 않던 여몽을 지용 겸비의 장군으로 키웠습니다. 이것이 명(明)이옵니다. 귀국의 우금 장군을 잡고서도 죽이지 않았습니다. 이것이 인(仁)이옵니다. 다음은 무력을 쓰는 일 없이 형주를 탈환했습니다. 이것이 지(智)이옵니다. 그리고 형주·양주·교주를 지배 아래 두고 호시탐탐 천하를 노리고 있습니다. 이것이 웅(雄)이옵니다. 또 지금은 굳이 폐하에 신종(臣從)하고 있습니다. 이것이 약(略)이옵니다.”

조자의 이 말은 지도자의 조건이라 하겠다. 현대적으로 풀이해서 총은 부하의 재능을 꿰뚫어 보는 판단력, 명은 부하의 재능을 키우는 기획력, 인은 널리 덕을 베푸는 것, 지는 뛰어난 지략을 낳게 하는 머리의 회전력, 웅은 선견성이 풍부한 구상력, 약은 정세에 거스르지 않는 유연한 사고력이라고 할 수가 있다.

그래서 조비는 손권이 정말로 신하로서 복종할 생각이 있나를 시험하기로 했다.

즉 문제는 조자에게 일러 작두향(雀頭香)·큰 조개·명주(明珠)·상아·서각(犀角)·대모(玳瑁)·공작·비취·투압(鬪鴨 : 싸움오리)·장명계(長鳴鷄)와 같은 진귀한 것들의 조공을 명했다.

항병

위나라에서 돌아온 조자의 보고를 듣자 오나라 가신들이 먼저 들고 일어났다.

"봉하다니 무슨 말인가! 우리 주군께서 언제부터 조비에게 신종하셨는가?"

손권은 가신들의 불만을 가볍게 눌렀다.

"옛날의 한신을 보라! 모든 게 전략이다."

"그러나 형주·양주에서 조정에 헌상하는 물건은 옛날부터 무엇무엇이라고 정해져 있습니다. 이번의 위나라 요구는 한마디로 말해 무례하기 짝이 없습니다. 곧 거절하셔야 합니다."

"서북에서 시시각각 유비의 대군이 다가오고 있는 지금, 우리 영민의 목숨은 나의 결단 하나에 달려 있다. 위나라가 요구해 온 물건은 나에게 있어 하찮은 것들, 조금도 아깝지가 않다."

이렇게 말하고 요구한 물건들을 전부 마련하여 위나라에 보냈다. 그 뒤 조비는 손권의 태자인 손등(孫登)을 열후에 봉한다는 뜻을 전해 왔다.

하지만 손권은 즉시 상서(上書)하여 이를 사양했다. 손등은 아직 너무 어리다는 것이 그 이유였다.

손권은 다시 승상부의 관리 심형을 사자로 보내어 감사의 뜻을 아룀과 함께 오나라의 산물을 바쳐 조비의 비위를 맞추었다.

조비는 심형에게 물었다.

"손권은 위군이 오나라에 침공할까 의심하고 있을 테지?"

"아아뇨, 그렇지 않습니다."

"호오, 어째서 의심을 하지 않는가?"

"귀국과는 앞서 동맹을 맺고 그 뒤로도 우호 관계 증진에 힘쓰고 있습니다. 결코 의심 같은 것은 하지 않습니다. 가령 귀국이 동맹을 파기한다 하더라도 그것에 곧 대응할 만큼의 방위 체제는 갖추고 있습니다."

조비는 화제를 바꾸었다.

"본디 태자가 온다고 듣고 있었는데 어떻게 된 일인가?"

"저는 오나라를 섬기고 있다곤 하나 말단 관리의 몸, 묘당의 회의에도 연회석에도 참석이 허락되지 않고 있습니다. 그와 같은 말을 도무지 들어본 일조차 없습니다."

조비는 심형의 대답에 감탄하고 가까이 불러 종일 담소했다. 심형은 어떤 화제라도 척척 받아넘겼고 조금도 막히는 빛이 없었다.

심형은 이렇게 지내다가 오나라로 돌아오자 손권에게 아래와 같이 보고했다.

"저는 은밀히 시중 유엽과도 만나 보았습니다만 자기들 이익을 위해서만 여러 가지로 획책할 뿐 도무지 강경한 태도를 바꾸려 하지 않았습니다."

"음."

"옛날의 병법책에도 '적이 침입해오지 않음에 기대를 걸기보다도 미리 침입을 용납 않는 방위 태세를 갖추어 두라'고 했습니다만,

지금의 우리나라가 꼭 해야 할 일도 바로 그것입니다. 그래서 저의 의견입니다만, 얼마 동안은 모든 부역을 중지시켜 농업 생산에 힘을 쓰고 병량의 확보를 꾀해야 합니다. 다음에 병선·수레·병기 따위의 증산 체제를 만들어 풍부히 준비해 두어야 합니다. 또한 병사·백성의 생활에도 신경을 쓰며 일할 곳을 주어야 합니다. 그리고 숨은 인재를 초빙함과 아울러 장병의 사기를 고무하십시오. 이상의 일을 빈틈없이 실행하면 우리들이 천하통일하기도 어렵지 않을 것입니다."

이렇듯 오나라의 전략은 활발했다. 이어 손권은 드디어 유비와 싸울 군 편성에 들어갔다.

"이제 위나라 쪽은 안심이다. 나머지는 현덕뿐!"

손권이 좌중을 둘러보자 말석 가까이서 큰 목소리가 들렸다.

"뭐 그까짓 현덕! 소장이 무찔러 버리겠습니다."

매우 용맹스러운 말을 땅땅거린 것은 손환, 자를 숙무(叔武)라 하며 일명 돌저(突猪)라 불리는 무장이었다. 멧돼지처럼 한사코 돌진만 한다는 뜻이다. 물론 젊다. 지위는 무위도위(武衛都尉).

"부디 저에게 군사 몇만만 주십시오. 며칠도 지나기 전에 유비 목을 주군께 바치겠습니다."

"호오."

노도 같은 군단에 대해 겨우 5만 남짓을 요구했다. 손권은 어떻게 이길 작정이냐고 묻지도 않고 다른 말을 물었다.

"용사를 기르고 있느냐? 좋은 무장을 가지고 있느냐?"

기다렸다는 듯이 손환은 곧 이름을 들었다.

"이이(李異)·사정(謝旌), 그리고 저의 부장수 담웅(譚雄)이 있습니다. 이들은 모두 칼을 잘 쓰고 강궁을 잘 당기며 전술이 뛰어날 뿐 아니라 따르는 부하들은 민첩하고 과감합니다. 반드시 촉군을 짓밟아 보이겠습니다."

“좋겠지.”

손권이 고개를 끄덕였을 때 곧 이어서 다른 목소리가 들렸다.

손환의 맞은쪽에 앉아 있던 주연(朱然)이었다. 별명 호위장군(虎威將軍). 그는 나이가 지긋했다. 벗어진 이마, 치켜올라간 눈꼬리, 그런 얼굴로 달밤에 포효하면 영락없는 호랑이와도 같은 인상이리라.

“숙무를 도와 소장은 강 위에서…….”

주연은 수군 장수였다. 수군 장수로서 안성맞춤인 무장은 그밖에도 있었으나 공교롭게도 병상에 있었다. 장강을 무대삼았던 해적 출신 감녕(甘寧)이었다.

그래서 주연은 큰 소리로 말했다.

“감녕 장군에 부끄럽지 않은 전과를 올리겠습니다.”

두 사람의 발언으로 군의는 활발해졌고 손권은 자리에서 일어섰다.

이튿날 오나라 군사는 총병력 5만으로, 주연을 우도독, 손환을 좌도독으로 삼아 의도(宜都)까지 나아갔다.

촉나라 선봉은 오계(五溪)의 만왕(蠻王) 사마가(沙摩柯)가 이끄는 5만과, 낭중에서 달려온 장비 휘하의 맹장 오반(吳班)이 이끄는 3만이었다. 오반의 군대에는 장비의 아들 장포와 관운장의 둘째아들 관흥도 가담해 있었다.

만족 5만은 그 용맹이 이루 말할 수 없었고, 또 복수의 일념에 불타는 오반의 군대도 그에 앞서는 용맹을 발휘했다.

양군의 선봉이 마주치는 순간, 촉나라 군사는 오나라 군사의 진지를 마구 짓밟았다.

특히 장포와 관흥, 두 젊은 무사의 활약은 눈부셨다.

해가 바뀌어 위나라 연호로는 황초 3년(222), 촉한 연호로는 장무 2년 2월 유비는 군에게 동진(東進)을 명했다.

사령관으로 진북장군(鎭北將軍) 황권(黃權)이 기용되었다. 자는 공형(公衡)이며, 촉 출신이다.

"상류에서 하류를 향해 싸우는 것은 나아가긴 쉽지만, 물러나는 게 매우 어렵습니다. 그러므로 제가 선봉으로 나아가고 폐하는 움직이지 마시고 후방의 중진(重鎭)으로 위력을 과시해 주십시오."

유비는 그 말을 좇지 않았다.

이치는 알고 있었다. 강 흐름에 거스르는 후퇴는 어려우리라. 후방의 수비가 든든하다면 퇴각할 때도 마음든든할 것이 틀림없다. 그러나 유비는 후퇴 따위는 염두에도 없었다.

이것은 관우의 원한을 풀기 위한 작전이다. 황제 스스로 선두에 서서 싸워야만 원한에 사무쳐 부릅떠진 관우의 눈도 감아지리라.

"두 패로 나누겠다. 강의 북쪽 기슭은 황권에게 맡기리라. 나는 스스로 병을 이끌고 강의 남쪽 기슭을 공격해 가리라."

유비의 결심은 조금도 흔들리지 않았다.

이 보고를 받은 손권은 육손을 대도독에 임명하고 그에게 방위 전권을 맡겼다. 그 휘하에 반장·송겸(宋謙)·한당·서성·선우단(鮮于丹)이 있었다.

육손의 본대는 뒤에서 손환과 주연의 부대를 지원하기로 했다.

장병의 행렬이 이어진다. 촉나라 대군이다. 장병 모두 사기는 하늘을 찌를 것만 같았다. 황제 자신이 진두에 서 있다. 사기가 왕성하지 않다면 오히려 이상하리라.

손권의 지배권으로 들어섰으나 아무런 저항도 없었다. 의도(宜都) 가까이까지 싸움다운 싸움도 없이 나아갔다.

"오병은 사라졌는가!"

촉병들은 서로 고개를 갸웃거리는 자도 많았다.

앞을 가로막지 않는다면 더욱더 남하할 뿐이라는 기개가 전군에 넘쳤다. 이윽고 전군에게 휴식 명령이 내렸다. 후속 부대나 병참 도착을 기다리기 위한 짬이었다.

비로소 촉군 앞에 가로막는 부대가 나타났다. 손환·주연이 이끄는 동오의 정병이었다.

부대 전면에 있는 건 손환, 주연은 강 위에 있었다.

유비도 손환의 군을 보았다.

재빨리 육병(陸兵)의 수를 계산했다. 고작 2만 몇천.

오병을 본 순간 관우의 죽음이 상기되었다. 순조롭던 진격에 땅두더지가 나타난 것처럼 불쾌했다.

"무찔러 버려라!"

유비의 명령은 질타에 가까웠다.

그러자 유비 앞에 젊은 장수가 한 사람 무릎꿇었다.

"저 적병은 저에게!"

관흥이었다. 관우와 더불어 죽은 관평의 아우.

"가겠느냐?"

이어서 장포가 앞으로 나왔다.

"가서 치겠습니다."

장포는 거기장군 장비의 아들. 2세들의 등장이다. 유비는 가볍게 고개를 끄덕였다. 만감이 가슴에서 소용돌이친다. 복수라는 말을 입에 올리지 않음으로써, 젊은 그들에게 고삐 풀린 말과 같은 위태로움을 주지 않으려는 마음 씀씀이었다.

관흥도 장포도 말에 올라타기 무섭게 손환군 속으로 돌입하고 있었다. 무기는 저마다 장팔사모와 큰 칼. 장포의 그것은 아버지의 유품이리라.

그러자 손환의 부장 사정이 장포 앞으로 달려왔다.

사정은 승마의 명수였다. 장포와 어울려 싸우기 30여 합.

젊은 장포에게 유리한 싸움이었다. 몰리기 시작한 사정을 도우려고 이이가 뛰어나온다. 그는 머리 위로 도끼를 힘껏 휘두르면서 돌진해 왔다.

장포는 자세를 고쳐 맞으려 했다.

그 틈을 노려 담웅이 화살을 날렸다. 간발의 차이로 화살을 피한 장포의 말이 도약했다. 속사로 두 번째, 세 번째, 네 번째 화살이 말 가슴에 꽂혔다.

전투는 오군 진 바로 앞에서였다.

"엉?"

관흥이 무섭게 외치며 달려갔다. 놀라운 마술, 말에서 퉁겨진 장포를 공중에서 잡아채듯이 옆구리에 안으며, 관흥의 대검이 햇빛에 번쩍였다. 이이의 목이 날아올랐다.

불꽃 튀는 난전(亂戰). 오군은 자꾸만 밀렸고 후방에서 퇴각 징이 울리자 손환의 패배로 끝났다.

이틀째, 이이를 잃은 손환은 필사의 용맹을 발휘하며 촉군에 육박했다. 사정과 담웅을 양쪽에 거느리고 손환군은 눈사태처럼 쏟아져 들어왔다.

촉군의 진 앞에 장포와 관흥이 버티어 섰다. 관흥은 손환에게 곧바로 달려가 접전 40여 합.

손환이 도망치는 것을 장포도 가세하여 맹추격. 그 뒤로 촉장 오반이 쳐나갔다. 따르는 장수는 풍습과 장남.

오군은 괴멸되었고 사정과 담웅은 전사. 오병의 시체가 산더미처럼 쌓였고 피는 흘러 내를 이루었다.

촉한의 전위 부대는 오반을 중심으로 모계를 썼다. 강 위에 고스란히 남아 있는 주연의 수군을 괴멸시키기 위해서.

"승리의 여세를 몰아 동오 본진을 습격합시다."

주장한 것은 장남과 풍습이었다. 오반이 미소짓고 말했다.

"강 위에 적이 있네."

그들의 성급한 마음을 달랬다. 참으로 조심스럽다.

돌출한 전위부대가 협격당하는 것을 겁냈기 때문이다. 오반은 먼저 말 잘하는 군졸 하나와 우직한 녀석 셋을 뽑아 가까이 불러 차분하게 일렀다.

목이 달아날지도 모를 사명을 곧 승낙한 것은, 역시 촉병의 기(氣)였다.

오반은 그들 넷에게 말했다.

"주연군에 항복하여 촉 진영의 욕설을 마구 퍼부어라. 욕을 실컷 하고 난 뒤 군사 기밀을 마지못한 듯이 누설하는 것이다. 너무 가볍게 굴면 의심받아 너희들은 마지막이 될 것이다. 항복한 뒤 익주에 있는 너희들 가족에 대해서도 걱정하고 있는 것처럼 꾸며라."

오반은 배우 뺨치는 세심한 데가 있었다.

촉병 네 사람이 저마다 오군의 전선에서 헤매다가 '무사히' 붙들렸다. 붙잡혀 주연 앞에 끌려갔다.

주연이 물었다.

"촉군 형편은 어떤가?"

거짓 투항한 자들은 연일 패하면서 남의 형편을 물을 주제냐고 속으로 비웃었지만 얼굴엔 나타내지 않고 촉군의 욕을 늘어놓았다.

"그게 이만저만 나쁜 것이 아닙니다. 매일처럼 강기슭 진지 구축에 마소처럼 혹사당하는 데다가 먹을 것조차 제대로 주지 않습니다. 그래서 불평이라도 하는 날엔 끌어내어 목을 벤답니다. 모두들 그야말로 죽지 못해 묵묵히 움직일 뿐입니다. 저만 하더라도 배가 고프고 일에 시달려 정신없이 헤매다가 장군의 진영에 끌려왔습니다."

"그래, 그렇게도 심한가? 그런데 촉군의 움직임에 대해 무엇인가 들은 일은 없느냐?"

"그러고 보니 참, 풍습이 오늘밤 손 장군의 진지에 야습을 한다던 가요. 신호로 봉화를 올리고서……."

말 잘하는 투항병이 나불나불 지껄여대자 둔중(鈍重)한 병사가 자못 무서운 표정으로 노려보더니 어깨를 축 늘어뜨리고 마지못한 듯이 같은 말을 한다. 같은 탈주병이라도 밀고를 하는 배신만은 양심의 부담이 된다는 태도였다.

주연은 이들의 연극에 보기좋게 넘어갔다. 대머리를 번들거리면서 그들을 칭찬까지 했다.

"잘 말해 주었다!"

주연은 곧 뭍에 있는 손환에게 급사를 보냈다. 급사의 편지는——

　　우리들이 풍습의 계책을 역이용한다.

이런 내용이었다. 야습해 온 적을 역습하여 낮의 패전에 대한 원수를 갚는다. 주연이 이런 공명심에 사로잡혀 가슴이 잔뜩 부풀어 있을 때 투항병을 말끄러미 바라보고 있던 최우(崔禹)가 말했다.

"장군, 그들의 말을 전부 믿으시면 안 됩니다!"

"?"

"이 녀석들, 설마라는 생각도 듭니다만 장군은 좀더 신중을 기하여 강 위에서 보고만 계십시오. 제가 대신 1만의 병을 이끌고 출격하겠습니다."

"좋겠지."

이리하여 주연 휘하 수군 1만과 오반의 부하 군졸 4명의 명운(命運)이 저울대에 걸리게 되었다.

물론 주연이 손환에게 달려보낸 급사는 중간에서 촉병에게 붙잡혔고, 손환의 본진은 야습을 만나 손환 이하 모든 군사가 결사적으로 맞아 싸우면서 이릉성(夷陵城)으로 도망쳐 들어갔다.

불길을 보고서 지름길로 달리던 최우의 1만 군사도 협곡에서 관흥과 장포를 만나 섬멸되고 말았다.

손권의 군영에 차례로 전황이 보고되었다. 그러나 들어오는 것이란 패전 소식뿐. 그것도 완패에 가까웠다.

손권은 신음 소리만 냈다.

자못 흰소리를 쳐가며 의도로 진출한 손환은 겨우 목숨만 살아 이릉성까지 도망쳐 왔다고 한다. 그 이릉성도 사방이 적의 대군에 둘러싸여 있었다.

수군의 주연 또한 촉병의 날랜 행동에 손쓸 겨를이 없어 전선에서 선대(船隊)를 60리 후퇴시켰지만 강 위에 고립되어 있다는 비참한 보고.

이대로 밀리기만 한다면 오군은 바다까지 쫓겨갈 판이었다. 그만큼 격렬한 촉군 장병의 기(氣)가 손권에게도 그대로 전해져 오는 듯했다.

사실 촉한의 수뇌부는 이번 작전에서 감정적이었다. 노여움, 곧 기(氣)가 그들의 활력원(活力源)이라 할 수 있었다.

하지만 노여움은 오래가는 것이 아니다. 특히 승리를 거듭하면 노여움은 잊혀지기 쉬운 병이다. 적어도 활력의 원천은 되지 않는다.

아무튼 손권조차 일단 그 기에 눌려 있었다. 그는 여러 장수를 소집하자 직접 군을 재편성했다.

여러 장수와 상의할 여유도 없었던 것이다. 참으로 전황은 발등의 불이 아니라 눈썹을 그을리듯 하는 급함이었다.

"어떻게든지 현황을 타개해야 한다!"

손권은 한당(韓當)을 주장, 주태(周泰)를 부장(副將), 반장(潘璋)은 전위, 능통(凌統)은 후위, 감녕(甘寧)을 유격으로 임명했다. 병력 10만 남짓.

육손은 그대로 총사령관이었다.

육손은 그 자리에서 한 의견을 내놓았다.

"적은 복수의 일념으로 불타는 기가 왕성한 군대. 이런 때는 무저항으로 후퇴하는 것이 상책입니다."

"무슨 소리! 대도독쯤 되는 자가 어찌 그런 말을 할 수 있소?"

여러 장수들의 공격이 심했다. 이때는 아무도 육손의 실력을 몰랐다. 따라서 육손의 계책은 무시되었다.

감정적이 되어 있었지만 유비도 백절불굴의 장군이었다.

무인지경을 가는 듯한 쾌진격에 한시도 경계를 게을리하지 않았다. 점령하는 주요 지점마다 임시로 성채를 구축하고 성채와 성채 사이에 나무 울타리를 쳤다.

기록에 '무협의 건평(建平)에서 영(營)을 잇달아 이릉의 경계에 이르다'라고 씌어 있다. 이 영이 곧 성채로서 수십 군데나 건설되었던 것이다. 건평에서 이릉까지는 약 750리나 되었다. 유비 현덕은 그런 대비를 하는 한편 아군의 '기'를 유지하는 데 힘을 썼다.

요즘 현덕은 근시들도 눈치채지 못하게 주의하고 있었지만 이미 죽을 때가 다가온 것을 알고 있었다. 하루 한 번씩 현기증이 찾아오고 쌀다리는 삼삭이 없을 정도로 피가 잘 통하지 않았다.

두 잔쯤 술을 마신 현덕은 앞이 가물가물해지는 고통으로 잠시 탁자에 몸을 기댔다. 그는 무심코 푸념을 늘어놓듯 말했다.

"나나 여러 장군들이나 벌써 나이가 많아 어느덧 몸이 말을 잘 듣지 않게 되었다. 이제 장포나 관흥 등 젊은 장수들에게 공을 세우도록 양보해야 되겠지."

그 이튿날 아침, 노장 황충이 겨우 대여섯 명을 이끌고 적에게 항복한 것 같다는 보고가 들어왔다.

그 말에 현덕은 깜짝 놀랐다.

“어젯밤 내가 늘어놓은 푸념을 듣고 황 장군이 화가 난 모양이구나! 적진으로 달려가 이름 있는 적장의 머리를 베어 들고 와서 늙었어도 아직 젊은 사람에게 지지 않는다고 큰소리칠 생각이었겠지만……. 위험하다!”
현덕은 곧 장포와 관흥을 불러 명령했다.
“노장 황충을 구출하라!”
장포와 관흥이 질풍처럼 달려갔으나 이미 때는 늦었다.
늙은 영웅은 주태·한당·반장·능통 등 적장들에게 포위되어 피나는 싸움을 전개한 끝에 겨우 혈로를 열고 달아나던 중 마충이 쏜 화살을 등에 맞고 쓰러져 있었다.
후세 사람들이 장렬하게 전사한 노장 황충을 기리는 시를 읊었다.

    노장 황충으로 말하자면
    서천을 정벌할 때 큰 공을 세웠네
    거듭 금 쇠사슬의 갑옷을 입고
    철궁을 좌우로 당겼노라
    그의 담력은 하북을 놀라게 하였고
    그의 위엄은 촉 땅을 제압했으며
    세상을 떠날 때 머리칼이 흰 눈 같았으니
    아아! 스스로 영웅임을 보였도다

유비는 황충의 주검 앞에서 애닯게 탄식했다.
“오호대장 중 세 사람이 죽었건만 아직도 원수를 갚지 못했으니 참으로 원통하다!”
현덕은 노장의 유해를 담은 널을 성도로 보내고——
‘…… 다음은 내 차례이리라.’
이렇게 각오를 정하자 어림군을 이끌고 말을 내몰았다.

싸움은 혹은 이기고 혹은 지고 하며 일진일퇴를 거듭했다.

몇 차례 싸움에서 관흥은 죽은 아버지 운장의 원수 반장과 마주쳤다. 관흥은 반장을 피보라 밑에 두 토막으로 내리쳤다.

또 장포와 관흥, 두 젊은 장수는 마충이 이끄는 군대와 맞부딪쳐 종횡무진으로 마구 짓밟았다.

마충이 이끄는 군대에는 여몽에게 항복한 형주병이 많았다. 군사들은 촉군이 너무 강한 데 겁을 먹고 갑자기 마충을 배반하여 그의 머리를 잘랐다. 다시 부사인이 이끄는 공안의 군사와 미방이 이끄는 장릉 군사들과도 호응해서 저마다 그들 주장(主將)을 사로잡았다.

군사들에게 배반당해 한순간에 포로가 된 부사인과 미방은 관흥의 손에 끌려 현덕 앞으로 나갔다.

부사인과 미방은 번갈아가며 여몽의 속임수에 걸려 부득이 오나라에 항복하게 되었다고 변명했다. 그러나 현덕은——

"이 자리에서도 너희들은 목숨이 아까우냐? 이 멍청한 놈들!"

엄히 꾸짖고 나서 관흥에게 명령했다.

"죽은 아버지의 영전에 꿇어 엎드리게 하고 목을 치도록 하라."

바로 그 뒤에 오나라 손권의 이름으로 장비를 암살한 범강과 장달이 함거에 실려 보내져 왔다.

손권은 촉나라 군사의 기가 너무도 무시무시했기 때문에 현덕의 분을 어느 정도 가라앉히고 화친하기를 바랐던 것이다.

만일 현덕이 아직 건강에 자신이 있었다면 이 청을 받아들여 군사를 철수시켰을지도 모른다. 그러나 현덕은 죽을 때가 다가온 것을 느끼고 있었다.

범강·장달의 목을 장포에게 치게 하고도 여전히 진영을 거둘 생각은 하지 않았다.

오나라 사신으로 정병(程秉)이 찾아와서 손권의 말을 전했다.

"우리 주군께서는 형주를 넘겨 드리고 오 부인을 돌려보내어 길이 우의를 맺고 함께 손을 잡아 위나라를 멸망시키기를 바라고 있습니다.”

그러나 현덕은 차갑게 거부했다.

“오나라와 동맹을 맺음으로써 운장과 익덕이 다시 살아나게 된다면 짐도 기꺼이 받아들이겠다.”

정병이 허둥지둥 도망치다시피 돌아와 이렇게 보고를 하자 손권은 결심을 굳혔다.

“그렇다면 흥망을 걸고 결전을 할 수밖에 없다!”

젊은 명장

　손권의 필사적인 계획은 모두 실패로 돌아갔다. 촉한에 대한 화전 (和戰) 양면 작전이 모두 성과를 거두지 못하고 있는 것이다.

　이때 오나라의 젊은 대도독 육손을 강력히 두둔하고 나선 사람이 있었다. 감택(闞澤)이었다.

　육손은 군의에서 복수의 일념에 불타오르고 있는 촉군에 적극적으로 대항하기보다는 무저항으로 후퇴하는 것이 상책이라고 건의한 바 있다. 그때 육손의 의견은 노장들에게 철저히 무시당했다. 명색이 대도독이긴 하나 육손에겐 아직 직위에 걸맞는 권위가 없었다. 젊은 데다가 실력을 보여 줄 만한 공을 세운 적도 없었기 때문이다. 그런 육손을 감택이 칭찬하고 나선 것이다.

　감택은 말상에 콧구멍이 커서 별명이 '강남의 말'이었다.

　"전하, 오나라에 하늘을 떠받치는 기둥이 있음을 모르십니까?"

　"호오, 누구이지?"

　손권은 곧 관심을 보였다.

　"바로 가까이 있습니다."

감택은 말했다.

"옛날 우리나라의 병마 대권은 주유가 맡고 있었습니다. 주유가 죽자 노숙, 그가 죽고 나서 여몽이 맡았습니다만, 안타깝게도 지금 그 여몽도 고인이 되어 버렸습니다. 그러나 다행히도 병마 대권을 맡을 만한 인재가 아직 하나 남아 있습니다. 이만하면 주군께서도……"

"육손 말인가?"

감택은 크게 고개를 끄덕였다. 그는 이때다 싶어 육손을 추켜세웠다.

"그렇습니다. 실은 돌아가신 여몽 장군이 보여줬던 뛰어난 용병술과 전략은 실은 모두 육손의 두뇌에서 나온 것이었습니다. 앞서 촉한이 자랑하는 무장 관우를 오군의 손으로 잡게 한 것도……"

"호오, 그게 정말인가!"

지금 말한 것은 거짓말이었다. 그러나 오나라를 구하기 위해서는 거짓말도 부득이하다고 생각했다.

"육손에게 일임하셨다가 만일 불운하게도 실패한다면 그때는 저를 먼저 참수하십시오."

"좋겠지. 그렇게까지 말한다면 육손에게 모든 것을 일임하겠소."

장무 2년(222) 2월, 유비는 몸소 대군을 이끌고 자귀(秭歸)를 출발했다. 그리하여 험준한 산들을 넘고 넘어 효정(猇亭)까지 진출, 그곳에 둔영을 설치했다.

이때 황권이 간했다.

"오나라 사람들은 싸움을 잘한다고 들었습니다. 아무쪼록 폐하는 진격을 늦추어 주십시오."

그러나 유비는 듣지 않았다. 시중 마량(馬良)을 시켜 한산(恨山)에서 무릉군 일대에 걸쳐 살고 있는 이민족을 회유하도록 명했다. 그래서 오계(五谿)의 남은 이민족이 모두 촉군에 가담했다.

한편 오나라 장수들은 촉군이 효정까지 진출했다고 듣고 모두 싸우자고 설쳤으나 육손은 허락하지 않았다.

"기다려라! 유비는 전군을 동원하여 쳐들어왔다. 그 기세는 도저히 당해내지 못할 만큼 강성하다. 더욱이 천험의 요새에 포진하고 있어 공격하여 깨뜨리기란 몹시 힘들 것이다. 비록 격파하더라도 전멸시키기는 어려우리라. 더욱이 공격을 가했다가 실패한다면 돌이킬 수 없는 사태를 가져오리라."

육손의 기본 전략은 적이 피로하기를 기다렸다가 친다는 것이었다. 그는 다시 말을 이었다.

"지금은 얼마 동안 아군의 사기를 높이고 만반의 준비를 갖추면서 정세 변화를 기다려야 한다. 이 근처가 들판이라면 군이 전개되어 수습하기 어려운 난전이 될 염려도 있지만, 적은 산지(山地)를 따라 진격해 오고 있어 군의 전개도 뜻대로 되지 않을 터. 대군이라고 해도 겁낼 것이 없다. 또 산길을 계속 행군함으로써 저절로 지치게 되리라. 우리들은 차분히 지키며 적이 피로하기를 기다려야 한다."

오나라 장수들은 육손의 전략을 이해하지 못했다. 적의 기(氣)에 압도되어 겁을 먹고 있다고 오해했다. 그래서 저마다 불만이 많았다.

"역시 육손은 백면서생(白面書生)이야. 책상물림 따위가 공연한 탁상공론만 하고 있구나!"

확실히 육손의 이 전략은 손자병법 군쟁편(軍爭篇)에 나오는 그대로였다.

손자는 말했다.

'군에는 전장 가까이 있는 자와 멀리 있는 자, 기력을 고스란히 간직한 자와 지쳐 있는 자, 보급이 잘된 자와 그렇지 못한 자가 있다. 아군을 가까이, 편안히, 배불리 해 두고 멀리 지쳐 굶주린 적을 대하는 것이 참으로 힘으로 다스리는 것이다.'

후세 사람들이 육손을 찬탄한 시가 있다.

군막에 앉아 병법 따라 작전 세워
향기로운 미끼 놓아 큰 고기 낚으려네
천하가 셋으로 나뉘며 영웅호걸 많았지만
또다시 강남에선 육손이 명성 드높여라

여러 장수들도 저마다 손자병법은 읽어 알고 있었다. 그러나 알고 있는 것과 실제로 이해하고 실천하는 것과는 다르다.
더욱이 그들은 육손이 아직 42세의 젊은이라는 것과 실전 경험이 없다는 것을 불만으로 여겼다. 그들은 대개가 손책 때부터 전장을 누벼온 노장들이거나 왕족들이었다. 그들은 경력이나 신분을 내세우며 육손의 명령 따위는 한 귀로 흘려 버렸다. 마침내 육손은 손권이 하사한 검에 손을 대고 꾸짖었다.
"유비는 저 조조마저 겁나게 했던 무장. 그런 사나이가 총력을 기울여 침공해 오고 있는데 여러분은 내 명령을 들으려 하지 않는다. 애송이라곤 하나 나는 주군에게서 대권을 위임받은 사람이다. 이 나의 명령에 여러분이 복종하는 것은 바로 주군의 뜻을 받드는 것이다. 군령 위반은 단호히 처벌하겠다!"
육손의 작전으로 전국은 교착 상태에 빠졌다.

성도의 승상부에 있는 공명이, 최전선에서 돌아온 마량에게서 현덕이 진을 옮겨 장강을 끼고 700여 리에 걸쳐 40여 개의 진지를 구축했다는 보고를 받고 그 도면을 보게 된 것은, 어느새 여름이 가까운 4월이었다.
이를 보고 나서 공명은 신음했다.
"아아! 누가 이런 포진을 권고했는가! 아아, 얼마나 어리석은 생각인가!"

"승상, 이 포진을 어째서 어리석다고 하십니까?"

"이 도면으로 볼 때, 진지를 구축하고 있는 곳은 모두 풀밭과 늪지와 험한 산속이 아닌가! 이런 곳에 진을 치는 것은 병법에서 가장 꺼리는 것이다. 만일 적이 불로 공격하면 어떻게 하겠는가! 적을 앞에 두고 700리나 진지를 넓히다니 이럴 수가 있단 말인가! 실은 묶어야만 튼튼한 법이다. 한 가닥으로 길게 늘이면 쉽게 끊어지지 않는가. ……이 무슨 어리석은 작전이란 말인가!"

마량은 공명이 이토록 무섭게 꾸짖는 것을 처음 보았다. 실인즉 이 포진은 현덕 자신이 생각해 낸 것이었다. 마량은 차마 그 이야기는 못했다.

공명은 말을 계속했다.

"오나라에서 수집한 정보에 따르면 손권은 육손을 대도독으로 삼았다 하오. 나는 육손이 어떤 사람인지 알아보았소. 그는 여몽에 못지않은 지모를 가진 장수요. ……그 증거로 육손은 대도독이 된 뒤로 침묵을 지키며, 군사 하나 움직이지 않고 있소. 아마 그는 단숨에 승부를 끝내 버릴 작정으로 착착 준비를 하고 있을 거요. ……공은 즉시 진영으로 되돌아가 폐하께 진지를 고치도록 권하시오."

"그러나 이미 적이 움직여 이쪽이 불리하게 되었을 때는……."

"육손은 절대로 추격하지는 않소."

"어떻게 승상께서 그걸 아십니까?"

"위나라가 허를 찌르려고 노리고 있는 것을 육손은 알고 있소.……우리 폐하께서는 원통하지만 크게 패하게 되실 거요. 그 때는 백제성(白帝城)으로 달아나도록 권하시오. 내가 어복포(魚腹浦)에 복병 10만을 숨겨 두었으니, 백제성으로 들어가면 염려 없을 거요."

"승상. 저는 어복포를 여러 차례 내왕한 일이 있습니다. 그러나 군사라곤 한 명도 본 적이 없습니다. 정말 10만 명을 숨겨 두었습니까?"

"그때 가면 알게 될 거요. 어서 서두르도록 하오."

공명은 마량을 급히 보내고 나서 혼자 외로이 한숨을 내쉬었다.

'······우리 폐하께서 몸과 마음이 함께 쇠약해진 것이 틀림없다. 지난 날의 폐하라면 이런 무모한 작전을 쓸 리가 없다.'

공명은 환히 내다보이는 것에서 절대로 눈을 돌리지 않는 사람이었다. 유현덕에게 죽을 시기가 닥쳐온 것을 공명은 분명히 느꼈다.

육손은 5월이 되자 겨우 조금씩 반격해 나왔다. 이 해는 5월이 윤달이었다. 윤 5월에 접어들면서였다.

이보다 앞서 유비는 초조했다. 전선이 교착 상태로, 오래 끌면 끌수록 불리하다.

그래서 유비는 오반에게 명하여 수천 군사를 이끌고 산을 내려가 평지에 포진토록 시켰다. 그것을 보고 오나라 장수들은 단숨에 무찔러 버리겠다고 설쳤지만 육손이 또 막았다.

"이것은 유인 전술이오. 좀더 사태를 관망합시다!"

유비는 적이 꾐에 빠지지 않자 계곡에 숨겨 두었던 복병 8천을 철수시켰다.

육손은 장수들을 돌아보며 말했다.

"어떻소! 내가 말한 대로 아니오?"

이 무렵 육손은 다음과 같은 상주문을 오왕 손권에게 올렸다.

이릉은 오나라 방위의 핵이라 할 요충지이옵니다. 이릉을 탈환하는 것은 어렵지 않지만, 섣불리 서둘렀다가는 다시 빼앗길 염려가 있습니다. 이릉을 잃는다면 단지 한 군의 손실에 머물지 않고 형주 전체가 위기에 놓이게 됩니다. 소장은 이제부터 반격에 들어갈 작정입니다. 반드시 기대하신 대로 승리를 거둬 은혜에 보답할 수 있을 거라고 확신합니다. 유비는 하늘의 상도(常道)를 거슬러 어정어정 굴에서 기어나왔습니다. 불초 신은 비록 재주 없사오나 반드시 이 역적을 무찔러 보여드리겠습니다. 그날은 멀지 않았습니다. 처음에 신은 적이 수륙 두 길을 따라 침공해 오는 것을 염려하고 있었습니다만, 지금 적은 배를 내려 육지로 오고 있으며 차례로 둔영을 만들고 있습니다. 그 포진을 살펴보건대 우리의 승리는 틀림없다고 생각되옵니다. 아무쪼록 염려 마시기 바랍니다.

이리하여 육손이 총반격을 개시하려 하자 부하 장수들이 입을 모아 작전 중지를 건의했다.
"공격하려면 쳐들어온 직후에 기세를 꺾어야만 합니다. 지금 적은 700여 리나 깊이 우리 영토 안에 침입하여 곳곳의 요새를 함락시키고 수비를 굳혔으며 벌써 예닐곱 달이나 지나고 있습니다. 지금 싸우더라도 승산이 없습니다."
그러나 육손은 자신만만했다.
"유비는 역전의 무장. 쳐들어온 초기에는 충분히 작전을 세웠을 것이므로 정면으로 싸워도 승산이 없었소. 그런데 지금은 전선이 교착 상태에 빠지고 적군 병사는 지치고 사기도 떨어져 있소. 그러면서도 국면 타개의 묘책을 내지 못하고 부질없이 세월을 보내고 있소. 적의 허점을 포착, 섬멸할 기회는 지금 말고는 없소!"
육손은 일부 병력을 사용하여 적 둔영에 공격을 가했지만 어이없게 패하고 말았다.
장수들은 그것 보라는 듯이 말했다.
"우리 의견이 맞소. 역시 병졸을 헛되이 죽일 뿐이오!"
그러나 육손은 회심의 미소를 지었다. 그가 바랐던 대로 진세가 전개되고 있었기 때문이다.

육손의 계산은 이러했다.

달아나기만 하고 싸우려 하지 않던 오군이 별안간 공격하면 촉군은 '드디어 왔구나!' 긴장할 것이다.

지금까지 달아나기만 했던 것은 오나라의 실력이 아닐 테지. 그렇다면 그들의 실력은 얼마만 한 것일까? 육손도 시험 공격을 한 것이지만, 촉한 측도 오나라의 실력을 시험한 셈이었다. 그런데 신기하게도 반격해온 오군을 쉽사리 격퇴할 수 있었다.

'역시!'

촉한군은 그렇게 생각하리라. 방심은 그런 데서 생긴다. 그것은 진짜 방심이다.

육손은 그 직후에 과감하게 총공격을 가했다. 그것도 야습이었다.

촉한군은 방금 오군의 반격을 격퇴했기 때문에 안이한 마음으로 땀을 닦아가면서 촉군을 깔보고 있었다.

"역시 별것 아니었잖아?"

"응, 오병은 막강하다지만 놈들이 제대로 싸울 수 있는 것은 수전(水戰)뿐일세."

"맞았어! 육지에서의 싸움은 형편없어. 오히려 너무 약해서 싱겁다니까."

"어디, 오늘밤은 마음놓고 실컷 잠이나 자자."

바로 그날밤 오군의 총공격이 감행되었다.

"횃불을 준비하라!"

전군에 명령이 내려졌다.

이어 육손은 장수들에게 자세히 작전 지시를 내렸다.

"주연은 마른 풀을 가득 실은 배를 장강 위로 내보내라. 내일 오후에 동남풍이 크게 일면 내가 시키는 대로 행한다. 한당은 강 북쪽 기슭을 공격하라. 주태는 강 남쪽 기슭을 공격하라. 군사들은 모두 안에 유황과 염초를 넣은 풀 한 다발씩과 불씨를 가지고 가

라. 상륙하게 되면 바람을 따라 일제히 적의 진영에 불을 지른다.
단 적의 진영 40곳 가운데 하나씩 건너 20곳만을 태워라. ……상
륙하면 절대로 물러나서는 안 된다. 그러므로 각자 말린 밥을 허
리에 차고 유비를 사로잡을 때까지는 밤낮을 가리지 말고 뒤쫓아
라. 이 싸움은 유비를 사로잡고 난 다음에야 비로소 끝난다.”

오나라 장수들은 육손이 대도독이 된 뒤로 잠자코 뭔가를 기다리
고 있는 동안 조바심을 내며 지켜보고 있었다. 그러다가 드디어 이
런 지시가 내리자 기뻐 날뛰었다.

드디어 촉나라 군사를 무찌를 때를 맞은 것이다.

초저녁 동남풍이 불기 시작할 무렵, 촉나라 본영 왼쪽 진지에서
불길이 솟아올랐다.

실수해서 낸 불이겠지 하고 생각한 것은 잠시 동안이었다. 오른쪽
진지에서도 검은 연기가 치솟으며 그 밑으로 불기둥이 섰다.

“화공이다!”

본영의 장수들이 알아차렸을 때는 이미 늦었다.

몰아치는 사나운 동남풍이 불길을 더욱 세차게 만들고, 세찬 불길
은 다시 바람을 불러 불길은 사방 숲으로 옮겨 붙었다. 불이 혓바닥
을 무섭도록 날름거리는 숲 저쪽에서 함성이 터져 나왔다.

드디어 본영에도 시뻘건 악마의 손길이 뻗쳤다.

유비는 이릉현 마안산(馬鞍山)이란 곳에 있었다.

유비는 마침내 달아날 것을 결심하고 여원 몸을 말에 실었다. 그
때는 벌써 눈앞에 오나라 군사가 밀어닥치고 있었다.

“백제성으로!”

자기편 누군가가 외치는 소리가 멀리 유비의 귀에도 들어왔다. 그
리고 그 길로 의식을 잃었다.

문득 정신이 들었을 때는, 유비의 몸은 장포의 등에 묶인 채 산비
탈을 달려 올라가고 있었다.

돌아다보니, 들은 불바다를 이루고 산기슭에는 겹겹이 쌓인 촉나라 군사의 시체가 불꽃에 드러나 보였다.

유비는 정신을 잃고, 그저 멍하니 참담한 패배의 싸움터로 초점 잃은 눈길을 던질 뿐이었다.

우와!

함성이 넘치는 바닷물처럼 밀어닥쳤다.

"장포, 달려라! 뒤는 내가 지키겠다!"

관흥의 부르짖는 소리가 들렸다.

유비는 다시 정신을 잃었다.

주군을 등에 업은 장포는 세 번 말을 갈아탔다. 산을 넘고 골짜기를 건너 백제성을 향해 계속 달렸다. 여기저기에 복병이 기다리고 있어서, 백제성까지의 산과 들은 곧 죽음의 땅이었다. 장포는 아버지 장비의 용맹을 그대로 이어받아, 몰려오는 적병을 무찌르며 죽음의 땅을 돌파하여 나아갔다.

마침내 장강 기슭에 이르렀다. 그러나 거기에는 또 적장 주연이 기다리고 있었다.

"안 되겠다!"

장포는 날아온 화살을 어깨에 맞고, 말머리를 돌려 산골짜기로 달아나려 했다. 그러나 골짜기 밑에서 검은 구름이 솟아오르듯 오나라 군사가 나타나 성난 파도처럼 몰려왔다.

관흥이 뒤따라오지 않았으면 장포는 유비와 함께 사로잡히고 말았을 것이다. 장포는 관흥에게 의식이 없는 유비를 맡겨 두고 적진으로 뛰어들었다.

관흥은 유비를 보호하여 달아나는 길을 일부러 골짜기로 택했다.

순간적인 기지가 주군과 자신을 구출하게 되었다. 관흥은 간신히 골짜기를 빠져 들로 나올 수 있었다.

"아버님 혼령이시여! 저를 지켜 주옵소서!"

관흥은 새벽 하늘을 향해 외치고 무섭게 말을 몰았다.

그때 기적이 일어났다. 적진이 금방 무너지기 시작했다. 적의 등 뒤를, 갑자기 나타난 촉나라 군사가 찌른 것이다.

조자룡이었다.

자룡은 동천의 강주(江州)에 있었다. 유비가 고원과 습지와 산골짜기를 싸고 포진했다는 보고를 받자

"이거 큰일났다!"

부랴부랴 구원차 달려온 것이다.

"폐하!"

한맺힌 조운의 외침에 유비는 희미하게 정신을 붙잡으며 이윽고 눈을 떴다.

"조운! 조운이 왔구나."

조운 자룡은 유비의 하얗게 센 백발의 머리칼을 보고 가슴이 찢어지는 것 같았다.

"안심하십시오. 제가 달려온 이상, 오군이 폐하에게 손가락 하나 대지 못하게 할 것입니다."

"자네가 있었군. 자네만은 죽지 않았네그려."

조운은 불꽃같은 눈으로 창을 거머쥐며 외쳤다.

"관흥, 곧장 백제성으로 달려라. 오나라 군사는 내가 맡겠다!"

그 믿음직한 외침을 듣고 관흥은 기쁨의 눈물로 얼굴을 적시며 말을 달렸다.

무수한 촉나라 장수가 차례로 죽어갔다. 장남·풍습·마량(馬良), 그리고 페르시아의 왕족이라 자칭하던 사마가(沙摩柯)도 전사했다.

후세 사람들은 풍습과 장남의 충절을 시를 지어 찬탄했다.

풍습만한 충신은 세상에 둘이 없고
장남의 의기 그 짝을 찾기 어렵네

전쟁터에서 싸우다 기꺼이 목숨 바치니
꽃다운 그 이름 나란히 청사에 전하네

촉한의 명장 두로(杜路)·유영(劉永)은 오나라에 항복했다.

북쪽 기슭의 촉군 총사령관 황권은 오나라가 아닌 위나라에 항복했다.

이 숱한 죽음 가운데서 가장 아까운 것은 마량의 죽음이었다. 마량은 유비의 눈 앞에서 죽었다. 유비는 그를 안아 일으켰다.

마량의 자는 계상(季常)인데 마속(馬謖)의 형이다. 본디 형제가 다섯이었으나 이 마량이 가장 뛰어났었다.

유비가 안아 일으켰을 때 마량은 아직도 숨이 가냘프게 남아 있었다. 유비는 마량의 귀에 대고 외쳤다.

"네 아들의 장래는 염려 말라. 내가 꼭 살펴주고 등용하리라.……그리고 네 동생인 마속도……."

마량은 끄덕이는 것 같았다.

유비는 가까스로 백제성으로 도망쳐 들어갈 수 있었다. 석문(石門)이란 곳은 길이 비좁았다. 그곳에 갑옷 등 불에 타는 것을 산처럼 쌓아놓고 불을 질렀다. 그럼으로써 추격해 오는 오군을 막고 한숨 돌릴 수 있었다. 하지만 뒤늦게 도망쳐 온 촉한군은 오히려 불길에 가로막혀 오군에게 떼죽임을 당하고 말았다.

전사한 촉한군은 12만이 넘었고 오나라에 항복한 군사는 그 수를 헤아릴 수 없었다. 또한 촉한은 선박·무기·군수물자를 거의 잃었다.

유비는 굴욕감으로 몸을 떨며 탄식했다.

"아아, 애송이 육손에게 당했구나. 이것도 천명이겠지."

후세 사람들이 육손의 대승을 찬탄한 시가 있다.

불로 공격하여 칠백 리 영채들을 깨뜨리니
현덕은 궁지에 몰려 백제성으로 달아나네
하루아침에 그 위명 촉과 위를 놀라게 하니
오왕이 어찌 서생을 공경하지 않으랴

이때 의양(義陽)의 부동(傅彤)이 후군으로서 오군의 추격을 잘 막아냈다.

병사가 잇따라 쓰러지는 가운데 부동은 용감히 싸웠다. 오군 가운데서 그의 용맹을 아까워하며 항복을 권하는 자가 있었다. 그러나 부동은 무섭게 꾸짖었다.

"무슨 소리냐! 대장부로서 두 임금을 섬기겠느냐."

부동은 마침내 창이 부러지고 칼날이 톱니처럼 되도록 싸우다가 전사했다.

후세 사람들은 시를 지어 부동을 찬탄했다.

이릉땅에서 오와 촉이 큰 싸움 벌이는데
육손의 계략으로 사방이 불구덩이라
죽음 앞두고도 당당히 오나라 개라 욕하니
부동이야말로 한나라 장수로 부끄럽지 않았어라

종사좨주(從事祭酒)로 있던 정기(程畿)도 배로 후퇴하며 장강을 거슬러 올라가고 있었다.

"적군이 쫓아오고 있습니다. 끌고 가는 배의 밧줄을 잘라 멀리 달아나도록 하십시오."

부하가 외쳤으나 그는 거절했다.

"나는 내 평생에 달아나는 훈련을 받은 적이 없다."

마침내 그도 전사하고 말았다.

후세 사람이 정기를 찬탄하는 시를 남겼다.

　　그 기개 장하다 촉나라 정 쪄주여
　　한자루 칼 몸에 지녀 주군께 보답했네
　　위기 앞에서도 평생의 뜻 바꾸지 않으니
　　그 이름 길이 전해 만고에 향기로워라

승천

오나라 대도독 육손은, 일찍이 주유가 적벽 싸움에서 조조를 대패시킨 것 못지않은 대승리를 거두었다.

"이 기회를 놓치지 말고 유현덕을 사로잡아라!"

육손은 숨쉴 틈도 없이 추격하라고 호령을 내렸다.

그러나 어복포에 가까이 오자, 선두에 서서 말을 달리던 육손이 무슨 생각을 했는지 갑자기 말고삐를 당기고 주위를 유심히 바라보았다.

그러고는 문득 한쪽 손을 높이 쳐들고 물러나라고 명령했다.

"복병이 있다고 보셨습니까?"

부장 한 사람이 물었다. 육손은 대답했다.

"어쩌면 그럴지도……."

부장들은 믿어지지 않았다. 촉나라 군사가 뿔뿔이 흩어진 마당에, 추격해 오는 오나라 대군을 요격할 복병을 둘 리가 만무했다.

그러나 대도독의 명령이므로 하는 수 없이 10리를 물러나 진을 쳤다.

육손은 탐색대를 여러 길로 보내어 알아 보게 했다. 그러나 그 보고는 똑같았다.

"적병은 그림자도 없습니다."

육손은 여전히 경계를 풀지 않고 심복들을 탐색대로 보냈다. 육손은 강과 산을 따라 수만의 적군이 잠복해 있는 것 같은 살기를 느꼈던 것이다.

육손은 자신의 예감이 조금도 틀리지 않는다고 믿고 있었다.

그러나 심복 장수들도 앞서의 탐색병들과 똑같은 보고를 해왔다. 복병은 없다는 것이다.

"이상하다! 틀림없이 적군이 숨어 있을 텐데…… ?"

"소장이 본 바로는 강언덕 일대에 100여 개의 큰 바위가 여기저기 흩어져 있을 뿐 사람의 기척은 전혀 없었습니다."

"큰 바위가 흩어져 있었다고?"

육손은 어복포의 지형으로 보아 그와 같은 큰 바위가 강가에 있다는 것이 수상하게 여겨졌다.

곧 토민들을 불러오게 하여 물었다.

"강가의 큰 바위는 옛날부터 있던 것이냐?"

토박이들은 고개를 좌우로 힘껏 휘두르며 대답했다.

"제갈량 공명 선생이 서천으로 들어갈 때 바위를 옮겨다 거기에 놓아두었습니다. 그런 뒤로 그 근처에 이상한 기운이 뻗쳐 사람들이 가까이 가지 못합니다."

이튿날 아침 육손은 10기를 이끌고 그곳으로 향했다.

한 번 바라보고 나서 육손은 고개를 끄덕였다.

"이건 바위를 가지고 만든 진지다."

부장들 눈에는 단순히 큰 바위를 되는 대로 여기저기 놓아둔 것으로밖에 보이지 않았다.

육손은 몇 기를 데리고 그 바위진 안으로 들어가 보았다. 바위와 바위 사이가 좁아졌다 넓어졌다 하며, 나아가는 동안 문득 벗어날 길을 알 수 없게 되었다.

거의 한 시간이나 바위 사이를 빙글빙글 돌던 육손은 차츰 불안한 생각이 들기 시작했다.

"내가 공명의 꾀임수에 걸려든 모양이다!"

순간 육손의 얼굴이 창백해졌다.

그때 문득 큰 바위 뒤에서 지팡이를 짚은, 머리가 하얗게 센 노인이 나타났다.

"길을 잃었소, 장군?"

"누, 누구신지요?"

"나는 제갈공명의 장인되는 사람으로 황승언(黃承彦)이라 하오. 공명이 서천으로 들어갈 때 이 바위진을 만들고 팔진도(八陣圖)라 이름했소. 모두 기문둔갑술(奇門遁甲術)에 의해 만든 것으로 휴(休)·생(生)·상(傷)·두(杜)·경(景)·사(死)·경(驚)·개(開)의 여덟 문이 있고, 그날 날씨에 따라 강물이 흘러들어왔다 흘러나갔다 하며 모래를 쌓아올렸다 무너뜨렸다 하여 그 변화란 이루 말할 수 없소. ……공명은 나보고 '언젠가 촉나라를 침입하려는 적장이 빠져 나갈 길을 찾지 못할 텐데, 그대로 버려두면 끝내 나가지 못하고 강에 빠질 것입니다' 했소. 장군은 사문(死門)으로 들어왔기 때문에 나갈 수가 없는 겁니다."

"어찌 하시려오? 제갈공명의 장인이시라면 내가 이대로 죽게 내버려두실 작정이오?"

"천만에……. 나는 나라를 서로 뺏고 빼앗기는 당신들의 어느 쪽도 편들지 않소. ……그대로 강물에 빠지는 것을 보고 있을 수가 없어 이렇게 찾아온 거요. 자아, 이쪽으로 나를 따라오시오."

노인은 육손을 나가는 길로 안내했다.

후세에 당나라 두공부(杜工部 : 두보(杜甫). 공부는 호)가 이 일을 시로 읊었다.

그 공적은 세 나라를 뒤덮고
그 명성은 팔진도에서 이루었네
강은 흘러도 돌무더기 변치 않으니
오를 잘못 쳐서 한으로 남았네

육손은 드디어 본진으로 돌아왔다.
"휴우…… 공명은 천 년에 하나 날까말까한 인물이다. 나 같은
사람은 도저히 미칠 수 없다. ……촉나라를 치게 되면 오나라 군
사는 공명에게 크게 패하고 말 것이다."
그렇게 말하고 즉시 철수를 명했다.
육손의 철수 명령에 불복하는 장수들도 많았다. 오나라 장수 서성
(徐盛)·송겸(宋謙) 등은 앞을 다투어 손권에게 상주했다.
"이 기회를 이용하여 단숨에 유비를 쳐야 합니다. 부디 촉나라 진
격의 명을 내려 주십시오."
손권은 곧 육손에게 의견을 물어왔다.
육손은 주연·낙통(駱統)과 함께 이런 상주문을 올렸다.

시금은 위나라의 움직임에 대비하지 않으면 안 됩니다. 소비는
오나라를 도와 유비를 친다고 대군을 동원했지만 사실은 우리나
라를 엿보고 있습니다. 아무쪼록 군의 철수를 명령해 주십시오.

손권은 육손의 의견대로 철수 명령을 내렸다. 그리고 육손에게 보
국장군(輔國將軍)의 칭호를 내렸고 형주목(荊州牧) 강릉후에 봉했다.

앞에서 황권(黃權)이 위나라에 항복했다고 했다. 그는 어찌 되었
는가. 황권은 강쪽 기슭에 있던 촉나라군의 총대장으로 퇴로가 끊겨

돌아갈래야 돌아갈 수 없게 되었다. 그래서 부득이 부하들을 데리고 위나라에 항복했던 것이다.

이 소식이 촉나라에 알려졌다. 법관이 곧 황권의 가족을 체포하여 군법회의에 회부코자 유비의 허가를 청했다.

그러나 유비는 승낙하지 않았다.

"황권의 의견에 귀를 기울이지 않은 내가 잘못이었다. 그럴 필요는 없다."

그뿐 아니라 유비는 특별히 사자를 보내어 황권의 가족을 잘 보호해 주라고 당부했다.

한편 위나라 문제(文帝)가 된 조비는 황권을 불러내자 말했다.

"그대도 촉나라를 버리고 항복한 이상 진평(陳平)이나 한신처럼 위나라를 위해 충성을 다할 생각은 없는가?"

그러자 황권이 대답했다.

"저는 유비 현덕님에게 분수에 넘치는 후한 대접을 받아왔습니다. 그런 제가 위나라에 귀순한 것은 퇴로를 끊겨 돌아갈래야 돌아갈 수 없고, 그렇다고 오나라에 항복하는 것도 마음내키지 않았기 때문입니다. 지금 제가 패군의 장으로서 목숨을 잇고 있는 것은 다행입니다. 그렇다고는 하나 선인의 보기를 따르라 하시니 너무 지나친 말씀입니다."

"알았다."

조비는 그의 대답에 감동했다. 황권에게 진남장군(鎭南將軍)의 칭호와 함께 시중의 자리를 주었다.

얼마쯤 지나자 그의 출세를 기뻐하지 않는 위나라 가신이 황권에게 와서 말했다.

"당신의 가족이 촉나라에서 모조리 처형되었다 하오."

황권이 그 말에 동요되고 고민하기를 바랐던 것이다. 그러나 황권은 그 말을 믿지 않았다.

얼마쯤 지나자 자기의 가족이 유비의 특별 배려로 무사히 살고 있음을 알았다.

후세 사람이 황권을 책망하는 내용의 시가 있다.

　　오에 항복할 수 없어 위에 항복했다 하네
　　충의로 어찌 두 조정을 섬기려는가
　　한탄스럽도다! 목숨 아낀 황권
　　자양선생이 가벼이 용서치 않으리라

유비는 병상에 누워 있었다.

"통증은 어떠십니까, 폐하?"

찌르는 통증으로 하루에도 서너 번 소리를 지를 것 같았다. 그러나 유비는 신음 소리 하나 없이 놀라운 인내력으로 잘 참아냈다.

"조금이라도 완화시킬 수 있겠는가?"

시의는 고개를 끄덕였다. 그러나 그의 눈빛은 절망적이었다.

"예, 물론입니다. 하지만 기력은 점점 쇠약해지실 겁니다."

"괜찮네, 지금보다 통증만 좀 덜어진다면. 어차피 내 몸은 이미 틀렸어."

"아닙니다, 폐하. 폐하께서는 충분히 기력을 되찾으실 수 있습니다."

잠시 후 시의는 유비의 몸에 침을 놓았다. 침은 정확하게 손톱만큼의 간격으로 놓았다. 한 개의 침이 살을 파고들 때마다 유비는 미간을 찌푸렸다. 극심한 통증이었다. 마치 환부의 중심에 칼을 꽂는 듯한 느낌이었다.

'천험(天險)의 기름진 땅 촉. 내가 죽고 나면 제위는 어떻게 될까? 유선이 이을 수 있을 것인가. 한(漢) 황실은 어떻게 되는 것인가. 아니, 그 전에 패전으로 기울어진 나라는 어떻게 재건할 것

인가.'

통증이 엄습할 때마다 유비는 그런 생각을 했다. 자신의 패전은 촉이라는 나라를 흔들리게 할 만큼 안팎으로 엄청난 영향을 끼쳤다.

그러나 다행히도 하루에 한 번씩 들어오는 시중의 보고에 의하면 공명은 짧은 시간에 재건을 이룩하고 있었다.

'백성들이 큰 고통을 받으리라. 공명은 나라의 재건을 위해 부득이 백성들로부터 많은 조세를 거둬들였을 것이다.'

유비는 자신 때문에 공명이 그런 궂은 일을 한다고 생각되었다.

지난 날, 유비는 많은 사람들로부터 덕장(德將)이라는 칭송을 받아왔다. 돌이켜보면 그건 덕도 아무것도 아니었다. 단지 살아남기 위하여 덕을 이용했을 뿐이다.

유비는 지금껏 자신이 용케도 잘 버텨왔다고 생각했다. 진작에 죽지 않은 것이 오히려 이상하게 여겨질 정도였다. 그리고 지금의 자신도 죽은 거나 마찬가지 아닌가. 이런 상태를 두고 살아 있다고 할 수는 없으리라.

"나는 이제 죽어도 여한이 없네. 회생이 불가능하다는 것쯤 잘 알고 있지."

시의가 마지막 침을 놓았을 때 유비는 혼잣말을 하듯 뇌까리고 다시 깊은 잠에 빠져들었다.

어느 날 유비는 문득 밤중에 잠이 깨었다.

조금씩 의식이 되살아났을 때, 촛불 앞에 두 사람이 자신을 지키고 서 있지 않은가.

실눈을 뜬 유비는 소스라치게 소리를 질렀다.

"아니! 운장과 익덕이 아닌가!"

유비는 일어나려 했다. 그러나 일어날 힘은 없었다.

"운장!"

"……."

“익덕!”

“……”

아무리 불러야 두 사람은 끝내 대답이 없었다.

유비는 두 손을 내뻗었다.

순간 두 사람의 모습이 사라졌다.

“운장! 익덕!”

유비는 자꾸만 이름을 불러댔다. 그리고 자신의 소리에 놀라 의식을 되찾았다.

‘……그래! 운장과 익덕이 나를 데리러 온 거다!’

유비는 고개를 끄덕였다.

그때 조용히 들어오는 사람의 기척이 있었다.

공명이었다.

“군사!”

유비는 자신을 촉한의 황제로까지 올려놓은 공명에게 두 눈을 돌렸다. 자신의 세상 살 날도 얼마 남지 않았음을 느꼈다.

공명은 가까이 오자 말없이 절을 했다.

“군사…… 미안하오. 이번 출전은 전적으로 내 잘못이었소. ……용서해 주오.”

“폐하! 이미 시나간 일은 잊으시옵소서. ……하루 빨리 완쾌하시어 성도로 돌아가시기를 비옵니다.”

“군사, 내게 사실대로 말해 주도록 하오. ……방금 운장과 익덕이 나를 맞으러 왔었소.”

“……”

공명은 말없이 현덕의 여윈 얼굴을 지켜보았다.

“……새가 죽으려 하면 그 울음이 슬프고, 사람이 죽으려 하면 그 말이 착하다 했소. 내 마지막 말을 들어 주시오.”

"삼가 받들겠습니다."

"군사, 경의 큰 재주는 조조보다 열 배나 뛰어나오. ……앞으로 10년만 있으면 경은 천하를 통일할 수도 있을 거요. 그러나 황태자 선(禪)은 천하를 통일할 재목이 못되오. ……군사께서 태자 선을, 보좌할 만한 값어치가 없는 못난이라고 생각하면 경이 스스로 촉나라 임금이 되어 주오……."

"폐하!"

공명의 두 눈이 차츰 젖어 왔다.

"어찌 그같은 말씀을 하시옵니까? 황태자를 폐하의 옥좌로 나아가게 하여 신복(臣僕)으로서의 충절을 다하는 것이 신에게 주어진 사명이옵니다. 지금 신의 가슴 속에는 과연 그 사명을 다할 수 있을 것인가 하는 두려움만 있을 뿐이옵니다."

"고맙소. 면목이 없소."

여윈 유비 현덕의 뺨에 눈물이 흘러내렸다.

유비는 그 일생에서 수없이 좌절을 경험했다. 식객으로 돌봐주던 여포 아래로 들어가는 굴욕도 맛보았고, 조조·원소·유표에게 차례로 몸을 의탁하기도 했다. 따라서 좌절에는 익숙했다.

그렇건만 이번 패전만큼 큰 충격을 받은 일은 없었다. 그 전에도 전혀 조짐이 없었던 것은 아니지만, 60세가 지난 육체가 이번 패전으로 갑자기 고장을 일으켰는지 여기저기 아프기 시작했다.

이제까지 정신력으로 억눌러 왔던 병의 싹이 한꺼번에 돋아난 것만 같았다.

그래서 유비는 백제성에 앓아 누웠다.

이 성에 패주해 오고 나서 그는 백제(白帝)라는 이름을 영안(永安)으로 고쳤다. 영원히 평안하라는 뜻이겠지만 어딘지 풀이 꺾인 느낌이 드는 새 이름이었다.

유비가 백제성에 도망쳐 들어온 무렵부터 천하 형세는 크게 바뀌었다.

앞서 촉한의 동정(東征)이 있자 오나라 손권은 배후의 안전을 꾀하여 위나라에 신하를 자칭하고 항복의 뜻을 나타냈다. 위나라 문제는 기뻐하며 손권을 국왕에 봉했다. 그러나 손권은 자기 아들 손등을 볼모로 보낸다고 약속했지만 그것을 실행하지 않았다.

유비의 공격을 받아 존망의 갈림길에 있을 때에는 어떠한 일이라도 약속할 수 있었지만, 그 유비를 무찌른 다음에는 생각이 달라졌다. 이미 위나라의 요구 따위를 들어줄 필요가 없었다. 귀여운 자기 아들을 볼모로 보내는 약속 같은 것은 파기해도 좋았다.

"조비는 겁낼 존재가 아닙니다."

가신들도 그렇게 말했다.

유비와의 싸움에서 대승리를 거두고 난 지금이다.

오나라는 자신에 넘쳐 있었다.

그 해 9월, 위나라는 정동대장군 조휴(曹休), 전장군 장료, 진동장군 장패(臧霸)에게 남하를 명했다. 이미 남쪽 국경에 있는 조인(曹仁)에게도 동원령을 내렸다. 형주 쪽에는 상동대장군 조진(曹眞)·정남대장군 하후상·좌장군 장합·우장군 서황을 파견했다.

오나라는 이에 대항하여 건위장군 여범(呂範)·좌장군 제갈근 등에게 방어를 명했다.

하지만 위군은 강력했다.

손권은 사과장을 보내고 질질 끌고 나가는 전술을 썼다.

손등(孫登)이 도착하면 곧 병을 물리겠다고 조비는 회답을 보냈다. 손등은 손권의 적자로 태자로 책봉돼 있었다. 위나라는 어디까지나 손등을 볼모로 요구했다.

볼모 문제로 위나라와의 관계가 악화되자 오나라는 촉한과 다시 손잡으려는 외교책을 썼다.

관우 복수에 그토록 집념을 불태운 유비도 병상에 있어서인지 마음이 약해져 있었다. 이미 복수에 그다지 구애되지 않고 있었다. 병상에서 반성도 하고 있었다.

'나는 지나치게 감정에 사로잡혔던 것 같아.'

그러기에, 퇴로가 끊겨 위나라에 항복한 황권 가족을 체포하자는 건의가 있자 유비는——

"그것은 불문에 부치자. 그 싸움은 나에게 책임이 있는 것이다."

이렇게 그들의 건의를 무마했다.

유비가 병상에 있는 기간이 길어지자 유비를 대신하여 중신들이 정사를 처리하는 일이 많아졌다.

"역시 승상을 불러야겠다."

성도에 있는 공명이 불려왔다. 공명이 영안에 도착한 것은 이듬해인 장무 3년(223) 2월이었다.

이때 유비는 중태에 빠져 있었다.

그 무렵 강릉 방면까지 진출한 위나라 대군이 갑자기 후퇴했다. 그 지방에 전염병이 유행된 것이다. 조인도 이 무렵 병을 얻어 사망했다.

제갈공명은 유비의 병상 옆을 한시도 떠나지 않았다. 유비는 하루하루 눈에 띄게 쇠약해져 갔다. 누가 보아노 재기 불능이었다. 공명은 그것을 냉철하게 지켜보고 있었다.

"군사의 말처럼 천하 삼분의 계는 거반 정해진 것 같소."

위·촉·오의 3대 세력이 지금 천하를 나누어 갖고 있다. 그리고 위나라와 촉나라는 황제를 칭하고 있었다. 오나라는 아직 왕을 칭하고 있는 데 지나지 않았으나 지난해 스스로의 연호(年號)를 쓰기 시작했다. 황무(黃武)이다.

그러므로 이 해는 위나라의 황초 4년, 촉나라의 장무 3년, 오나라의 황무 2년이었다. 삼국 연호의 시작은 1년씩 차이가 있었다.

‘마음 약하신 말씀을……’

공명은 말하려 했다.

천하 3분이라고는 하나 위나라가 천하 8할을 차지하고, 촉과 오가 저마다 1할씩을 차지하고 있는 데 지나지 않는다. 진정한 천하 삼분과는 거리가 멀다.

위나라는 유주·기주·청주·서주·예주·병주·옹주·연주의 8주를 거의 다 차지하고 있다. 그것에 비한다면 오나라는 양주(揚州)뿐, 촉나라는 익주뿐으로 이 양자가 형주를 다투고 있는 것이다.

‘오나라와 손잡고서 위를 치는 수 밖에 없다. 그리고 남정(南征)이다.’

공명은 이미 미래를 생각하고 있었다. 익주뿐이라 하지만 익주의 남쪽에 있는 만족(蠻族)의 땅은 이제부터 개발이 가능하다. 남쪽을 정벌하여 국부(國富)를 늘릴 수 있으리라.

하지만 공명은 중병 중인 유비에게 그 계획을 말하지 않았다. 유비는 거의 눈을 감고 있었다.

한참 후 유비는 갑자기 눈을 부릅뜨며 공명을 쳐다보았다. 유비의 눈은 무엇인가를 말하고 있었다. 천하의 공명이라 할지라도 그 섬뜩한 눈빛에 가슴이 철렁 내려앉지 않을 수 없었다. 유비의 눈에는 한 차례 소낙비가 퍼부은 뒤 맑게 갠 하늘처럼 환한 기운이 넘실대고 있었다.

“공명, 연노라는 것을 아오?”

갑작스런 질문에 공명은 당황했다. 목소리도 병을 얻기 전의 또랑또랑한 것으로 도무지 중병을 앓고 있는 사람의 음성이 아니었다.

“예, 화살을 열 개씩 동시에 쏠 수 있는 활로 알고 있습니다.”

“경은 일찍이 운제(雲梯)·충차(衝車)·호교(豪橋) 같은 것을 연구해 그 능률을 높이는 장인(匠人)들을 데리고 있었지?”

“예. 그런데…… ?”

공명은 유비의 운명이 임박했음을 느꼈다. 본래 사람이 죽기 직전에 정신이 또렷해져 평소보다 활기가 넘쳐보이는 시간이 있다. 정신력이 강한 사람에게서 그런 현상을 자주 보았다. 그것은 잠재돼 있는 마지막 기력을 뽑아 천명에 의지하지 않고 본인 스스로 만들어내는 시간이었다. 범속한 사람들에게는 짧은 유언을 남길 정도의 시간에 지나지 않지만, 영걸들은 그 이상의 긴 시간을 만들어낼 수 있다. 그만큼 잠재돼 있는 내부의 의지가 많기 때문일까.

그 시간이 지나면 기력은 전보다 몇 배로 빨리 소진해 금세 육체 속에 남아 있던 생명의 불씨가 꺼져버리고 만다. 유비는 그 소중한 시간을 공명과 함께 함으로써 제갈량 공명에게 최상의 신의(信義)를 베푼 것이었다. 공명 자신이 누구보다 그것을 잘 알고 있었다.

"장인들에게 들고 다니기 쉬운 소형 연노를 만들어보라 하오."

유비는 활달한 음성으로 말했다. 눈에도 근래에 볼 수 없던 총기가 발산되고 있다.

공명은 물었다.

"그런 것은 어디에 필요한 것입니까?"

유비는 재미있다는 듯 웃었다.

"남정(南征)이야. 군사도 잘 알고 계시지 않나? 어찌 나를 속이려 하오."

공명은 가슴이 뜨끔했다. 마치 자리바꿈을 한 듯 유비는 공명 자신의 속마음을 꿰뚫고 있지 않은가. 유비는 계속 말했다.

"남쪽을 다녀온 상인들을 만난 적이 있었소. 남쪽은 울창한 산림이 많아 활이 제 구실을 못한다고 하더군. 화살을 쏘면 얼마 날지도 못하고 나무에 걸린다는 거요. 그러니 사정거리가 짧은 연노를 연구해보오. 가능하면 화살도 짧게 만들고. 그럼 병사들이 지금까지보다 몇 배나 많은 화살을 들고 다닐 수 있을 게 아니오. 불시에 매복병이라도 만나면 화살 세례를 퍼부어 단숨에 무찌를 수도 있을 거요.”

공명은 감탄하며 말했다.

“거기까지 생각하고 계셨습니까?”

“남부로 가려면 중간에서 무기를 보급받는 것도 쉬운 일이 아니 잖은가.”

유비의 음성은 날개를 단 듯 밝고도 경쾌했다. 공명은 이야기의 내용보다 그런 유비를 보고 있는 기쁨이 더 컸다.

환담은 계속되었다.

“남정 지휘관은 누가 좋을까?”

공명이 명쾌하게 대답했다.

“제가 직접 가겠습니다.”

“군사가 직접?”

“예. 이곳 영안에 같이 와 있는 마충이라는 교위도 데리고 갈 생각입니다.”

유비는 고개를 끄덕였다.

공명은 남정에 관해 유비와 많은 이야기를 나누었다. 유비는 한 번 입을 열자 봇물 터진 듯 많은 말을 했다. 지금껏 해 온 구상과 전략들을 모두 얘기하려는 듯 조급해하면서 공명의 대답을 채 들을 겨를도 없이 이야기를 풀어놓았다.

어느덧 유비는 지쳐 잠이 들었다. 공명은 말없이 한동안 유비의 잠든 모습을 가만히 지켜보다가 밖으로 나왔다.

그러나 유비는 자신이 아직 잠들지 않았다고 생각했다. 사실 잠이 든 것인지 환상을 보고 있는 것인지 분간할 수 없었다. 꿈인지 생시 인지 경계가 희미해져갔다.

유비의 눈꺼풀에는 조조의 모습이 아른거렸다. 저승인가 하는 것 이 있을까. 오두미도 사람들도 저승 이야기를 했고, 부도 사람들은 좀더 구체적으로 저승을 설명했다. 그렇다면 그곳에서 조조를 만날

지도 모른다.

'잘 왔네.'

조조는 어깨를 토닥거려 주며 반가워할까?

'현덕은 바보야!'

감정적이 되어 오나라를 공격한 것을 비웃을 것만 같았다. 특히 750리에 걸쳐 둔영을 잇닿게 했던 작전을, 병법에 정통하다고 자부했던 연구가인 조조는 경멸할 테지.

'잘못 보았어!'

조조가 그렇게 말한다면 어떻게 대답할까?

'당신이 나빠. 먼저 죽어버려서……'

그렇게 대답해 줄까?

거기까지 생각했지만 뒤는 의식이 흐려졌다.

그러다가도 의식은 때때로 회복되었다. 그럴 적마다 유비는 제갈 공명의 얼굴을 보았다. 그것은 현실인 공명의 얼굴인 듯싶다.

공명의 얼굴 뒤에 온갖 얼굴이 행렬을 짓는다. 조조나 원소, 여포의 얼굴까지. 혹은 미 부인과 감 부인의 얼굴도 보였다. 부인들이 아직 젊었을 때의 얼굴이었다.

그 환상들 속에서 유비의 의식은 점점 뚜렷해졌다. 조자룡이 들어온 것은 그 때였다.

공명은 일어나 뒤로 물러났다.

"폐하!"

자룡은 바닥에 꿇어 엎드려 통곡했다.

"조운 자룡!"

현덕은 떨리는 손을 뻗었다. 자룡은 그 손을 받들어 잡았다.

"그대와는 늘 같이 싸우며, 이기나 지나 어려움 속에 서로 의지하여 기쁨과 슬픔을 나눠 가졌었는데…… 마침내 이별할 때가 온 것 같다."

“폐하!”

“관우와 장비가 죽고 난 다음, 태자 선에게 무인다운 기개를 몸으로써 알려줄 사람은 경뿐이다. ……부탁한다!”

“폐하! 황태자를 위해 죽는 날까지 힘과 정성을 다하겠사옵니다!”

“고맙다. ……이젠 아무 미련도 없다.”

현덕은 눈을 감았다.

조자룡은 다시 통곡했다.

그러나 그 뒤에 서 있는 공명의 두 눈은 이미 메말라 있었다. 오히려 차가울 정도로 맑아 있었다.

현덕의 죽음을 맞아 자신의 두 어깨에 지워진 무거운 책임을 견디기 위해 공명은 자기의 한 목숨을 바쳐온 사람과 세상을 달리하게 된 이 순간의 슬픔마저 뿌리치려 하고 있었던 것이다.

유비가 죽은 것은 4월 계사(癸巳) 날이었다. 나이 63세.

유현덕의 유해는 공명과 자룡의 호위 속에 성도로 운구되었다.

황태자 유선은 성 밖에 나와 영구를 맞아 정전(正殿)에 안치하고 장례 의식을 마친 다음 유조(遺詔)를 펴 읽었다.

짐은 듣건대 인생은 오십이라 했다. 짐은 이미 육십이 되었으니 지금 죽은들 무엇이 한되랴. 다만 생각되는 것은 너희들 형제의 일이다. 힘쓸지어다. 악한 일은 아무리 작더라도 이를 해서는 안 된다. 착한 일은 아무리 작더라도 이를 행해야만 한다. 다만 어짐과 덕으로써만 사람을 복종시킬 수 있다고 알라. 이 아비는 덕이 부족하여 본받을 것이 없다. 너는 승상과 함께 일을 하며, 승상 섬기기를 아비처럼 하라. 결코 게을리 말라.

후에 당나라 시인 두보가 시를 지어 유현덕을 찬탄했다.

촉 임금 오를 치러 삼협으로 향했더니
돌아가신 그때에도 역시 영안궁에 있었네
황제깃발 상상하니 빈산 밖에 펄럭이고
아름다운 궁전 간데없고 험한 절간 들어섰네

유비 사당 전나무엔 학이 둥지 틀고
해마다 복랍에는 시골 노인들 찾아오네
무후 사당 언제나 가까이 자리하여
군신이 한 몸으로 제사도 같이 받네

황태자 유선은 5월에 성도에서 즉위했다. 이때 17세.
유비는 소열황제(昭烈皇帝)라는 시호가 내려졌고 감 부인을 감
황후(甘皇后)로 추존하여 합장했다. 오 황후도 뒷날 여기에 합장되
었다.

미남 자객

유비가 죽었다. 조운은 몇 번이고 그 사실만을 되씹었다. 관우나 장비가 죽었을 때와는 또 달랐다. 조운에게 그것은 실로 엄청난 상실감이었다.

'주군이 죽다니. 오로지 주군 한 사람을 위해 목숨바쳐 전쟁터를 달렸다. 그런데 이제 주군은 이 세상에 없다.'

조운은 매일같이 말을 타고 들판을 내달렸다. 그것도 미친 듯이 빠르게, 말이 지칠 때까지 쉴 새 없이 달렸다.

밤에도 잠을 이룰 수 없었다. 병영의 불이 모두 꺼지고 사위가 어둠 속에 파묻혀도 유독 조운의 거처만은 불빛이 밝았다.

깊은 밤이었다. 그날도 여지없이 조운은 수심에 잠겨 있다가 밖으로 나왔다. 산책을 하기 위해서였다. 하늘에는 무수히 많은 별들이 떠 있었다. 별은 촉나라 수십만 전몰 장병들의 영혼처럼 슬프게 빛났다. 조운은 중얼거렸다.

'주군의 영혼도 저 어디쯤에서 날 내려다보고 계실지 몰라.'

눈시울이 뜨거워졌다. 조운은 요즘 들어 마음이 매우 심약해져 있었다. 자신을 알아주던 주군 유비가 세상을 떠난 후부터였다.

조운은 쓸쓸한 마음으로 걸음을 옮겼다. 그런데 문득 그의 눈에 들어오는 것이 있었다. 멀리 칠흑같은 어둠 속에 등불을 밝힌 병영이었다. 교위용 병영이다.

'누가 있나?'

조운은 서둘러 그쪽으로 향했다.

마충이었다. 마충은 젊은이 두 명과 뭔가를 부지런히 조립하고 있었다.

"무엇을 하고 있는가?"

마충은 조운을 보자 벌떡 일어났다.

"시끄러워서 잠을 깨셨습니까?"

"아닐세. 자고 있지 않았어. 불이 켜 있길래 그냥 와 본 것일세. 뭘 하고 있었는가?"

거기에는 도면이 펼쳐져 있었다. 조운은 들여다봐도 뭐가 뭔지 알 수가 없었다.

"연노입니다."

"연노? 이렇게 작은 연노도 있나?"

연노는 열 개 가량의 화살을 한꺼번에 쏠 수 있는 도구이다. 수레가 달려 있는 것도 있으나 지금은 거의 사용하시 않는다.

"승상께서 한번 만들어보라고 하셔서요. 여기 있는 이 두 사람은 승상님 밑에서 여러 병기를 만들었던 장인들입니다."

조운은 적잖이 놀랐다.

'공명이 무슨 꿍꿍이로 신병기 제작에 들어간 것일까.'

조운은 공명이 여러 종류의 편리한 농기구를 개발했다는 사실은 알고 있었지만 공격용 병기까지 개발하는 줄은 몰랐다.

"이것이 화살인가? 화살치고는 좀 짧군."

"승상께서 짧게 만들라 하셨습니다. 남부는 울창한 숲뿐이어서 화살이 나무에 걸려 멀리 날아갈 수 없다 하시며 손수 길이를 정해 주셨습니다.”

조운은 고개를 끄덕였다. 맞는 말이다. 타고난 군략가인 줄로만 알았던 공명이 병기 개발에도 천재성을 발휘하고 있었다.

마충은 계속했다.

“이것을 두 개씩 쏘아서 열 개. 그것이 한 상자인데 크기가 작아서 병사들이 넉넉히 20개씩은 나눠 가질 수 있습니다. 즉, 한 명당 200개의 화살을 소지하게 되는 셈이지요.”

“남부라…….”

“장군께서는 남부에 가 보신 적이 있으십니까?”

마충의 물음에 조운은 고개를 저었다.

그때였다. 누군가 병영 가까이 다가오는 기척이 들렸다. 조운은 반사적으로 입구 쪽을 바라보았다.

공명이었다. 공명이 시종 하나를 데리고 들어섰다. 손에는 무슨 도면같은 것이 들려 있었다.

“역시 용장은 다르군요. 어느새 칼자루에 손이 가 있으니…….”

반가운 기색으로 공명이 말하자 조운은 자신의 허리춤을 망연히 내려다보았다. 한 손이 칼자루에 가 있었다. 여지껏 깨닫지 못했던 습관이었다.

“조운 장군께서 어인 일이십니까?”

조운은 어이없다는 듯 답했다.

“그건 제가 묻고 싶은 말입니다. 승상께서 이곳까지 오시다니요. 그것도 이렇게 깊은 밤에 호위도 없이.”

공명은 가벼운 도포 차림이었다. 칼도 차지 않았다. 시종 또한 호위병이라 하기에는 너무 왜소한 체구의 사나이였다.

“위병과 오병이 승상을 붙잡아가기라도 한다면 촉의 운명은 그야말로 바람 앞의 등불입니다. 무슨 일이라도 생기면 어쩌시려고.”

그러자 공명은 태연하게 답했다.

"알고 있습니다. 워낙 깊은 밤이라 괜찮겠다 생각했지요."

공명은 조운과 몇 마디를 더 나누고 마충과 장인들에게 연노 개발의 진척 상태를 물었다. 그 모습을 보며 조운은 생각했다.

'공명은 무서운 인간이다. 주군의 탈상이 끝나기도 전에 남정을 준비하고 있다니. 난 그에 비하면 한치 앞도 내다보지 못하는 필부일 뿐이다.'

"다시 성내로 가십니까?"

조운이 물었다.

"달이 밝아 괜찮소이다."

공명이 대답했다. 역시 그 눈빛에는 조운 못잖게 쓸쓸함이 배어 있었다.

조운과 공명은 말머리를 나란히 하여 동행했다. 살갗에 와닿는 미풍이 제법 상쾌한 밤이었다. 침묵을 깨고 조운이 입을 열었다.

"승상께서 병기 제조까지 관여하실 줄 몰랐습니다."

"전투에서 병기는 병사의 기량 못잖게 중요한 것입니다. 예전에는 청동칼을 썼지요. 그러다 철이 발견되었습니다. 철제 칼을 쓰는 군대가 승리를 거두자 청동칼은 자취를 감추었지요."

"그건 잘 알고 있습니다만……."

다시 정적이 흘렀다.

한동안 두 사람은 아무 말도 하지 않았다. 이번에는 공명이 먼저 침묵을 깼다.

"모두 사라졌습니다. 우리들의 주군마저도."

조운은 애써 목을 가다듬으며——

"주군이 가시다니 아직도 믿어지지 않습니다."

목이 메어와 조운은 더 이상 뒷 말을 잇지 못했다.

"달빛이 아름답습니다."

공명의 눈에도 가득 눈물이 고였다. 달빛이 밝았으나 어둠의 그물이 얼굴을 가려 그 표정만은 누구도 읽을 수가 없었다.

유비가 영안에서 죽기 전에 오왕 손권에게서 화친 제의가 있었고 유비는 그것을 받아들여 송위(宋瑋)·비위(費褘) 능을 파견하여 교섭에 임하도록 했다.
유비가 죽은 지금, 승상 제갈량이 서둘러 해결할 문제는 오나라와의 수교였다.
공명의 걱정은 '손권이 유비의 사망을 듣고 방침을 바꿀지도 모른다.'는 것이었다.
게다가 사자로 누구를 보낼 것인지 그것도 문제였다.
등청한 관원들은 오나라에 파견될 사자로 혹 자신이 뽑히는 게 아닐까 두려워 고개조차 들지 못했다. 자칫 고개를 들었다가 공명과 눈이라도 마주치게 되면 큰일이기 때문이다. 적국인 오나라에 파견된다는 것은 죽음을 담보하는 일이었다.
관원들의 얼굴을 주욱 둘러보던 공명은 문득 입가에 미소를 띠며 고개를 끄덕였다. 젊은 관원들 중에 유일하게 눈빛을 빛내며 공명을 정면으로 응시하는 이가 있었기 때문이다. 공명이 골상(骨相)을 보니 더욱 믿음이 갔다.
공명은 시종을 불러 은밀히 명했다.
"호부상서 등지(鄧芝)에게 잠시 나를 보고 가라고 이르거라."
관원들이 모두 퇴청하자 공명은 등지와 마주앉았다.
"지금 천하는 위·촉·오의 세 나라로 삼분되어 있다. 두 나라를 쳐서 천하를 통일해야 한다면 먼저 어느 나라를 쳐야 하겠는가?"
등지는 거침없이 대답했다.
"그야 물론 위나라입니다. 하지만 위는 워낙 그 세력이 커서 쉽게 도모할 수 없을 것입니다."

"그럼 어찌해야 하는가?"

등지가 말했다.

"폐하는 아직 어리시고 더욱이 즉위한 지 얼마 되지 않사옵니다. 지금 긴급히 처리할 문제는 오나라와의 우호 관계를 회복시키는 일, 그 일에는 거물급을 사자로 보내야 한다고 믿습니다."

"음. 나는 전부터 그리 생각하고는 있었지만 그동안 마땅한 사람이 없었다. 이제야 겨우 나타났다."

"그게 누구입니까?"

"그대일세."

이리하여 등지는 화평 교섭 사자로 오나라로 가게 되었다.

　　오나라에서 창과 방패 거두자마자
　　촉의 사자 옥과 비단 가지고 가네

　등지는 자를 백묘(伯苗)라 하는데, 의양(義陽) 신야(新野) 사람이다. 유비를 섬겨 비현(郫縣)지사, 광한태수를 역임했다. 크게 치적을 올려 황제의 정무비서로 발탁된 인물이었다.

　이윽고 등지는 오나라에 닿았지만 손권이 좀처럼 만나주지를 않았다. 그래서 등지는 한 가지 계책을 궁리하여 개인적으로 상서를 써 올렸다.

　제가 이곳에 온 것은 오나라를 위해서이고 다만 촉나라의 이익만을 생각하는 것은 결코 아닙니다.

　이 글을 보고 손권도 겨우 등지를 만나 보게 되었다. 그리고 손권은 말했다.

　"나도 진심으로 촉나라와 화목하기를 바라고 있었소. 그러나 지금 와서 주저되는 것은, 촉나라의 새로운 군주가 유약한데다가 나라 힘 또한 부진하다는 것. 그래 가지고서는 위나라의 공격을 받아 촉나라의 보존마저 염려스럽다는 점이오."

손권의 말은 촉과 동맹을 맺어도 실익(實益)이 없다는 것이었다.

등지는 손권의 그와 같은 염려를 깨끗이 씻어 주었다.

"오나라와 촉나라를 합친다면 천하 13주 가운데 넷을 차지하는 것이 됩니다. 더욱이 대왕은 물론, 제갈량 또한 일세의 영걸입니다. 촉에는 첩첩이 산으로 에워싸인 천험이 있고 오에는 세 개의 큰 강이 스스로 나라를 지켜 주고 있지 않습니까? 이 두 나라의 이점을 살려 서로 돕는다면 천하를 병탄(倂呑)할 수도 있을 것이고 적어도 삼국 정립(鼎立)의 국면만은 유지할 수 있을 것이 아닙니까? 그와 반대로 대왕께서 지금 위나라에 신종(臣從)을 맹세하신다면 어떻게 될까요? 위나라는 반드시 대왕 스스로 조공을 바치러 오라, 태자를 볼모로 보내라는 요구를 할 것이 틀림없습니다. 그것을 거부한다면 그야말로 반란 토벌을 구실삼아 군세를 보내올 것이고, 촉한 또한 장강을 내려와 기회를 보아 공격할 것이 뻔한 일. 그렇게 되면 이 강남의 땅도 대왕의 것이 아니게 되겠지요."

손권은 묵묵히 생각하고 있다가 이윽고 말했다.

"그대 말이 옳소."

등지도 뛰어난 설득의 대가였던 것이다. 오나라와의 국교 재개는 그때의 촉나라에게 가장 시급한 과제였다.

따라서 사자의 임무는 무거웠다.

이때의 등지는 상대편 오나라 입장에 서서 손권을 설득했다. 그것만으로 충분했다.

오나라는 위나라와 손을 끊고 촉나라와 동맹할 결심을 굳혔으며 장온(張溫)을 답례 사자로서 성도에 보냈다.

늦은 봄 맑게 갠 푸른 하늘에는 구름 한 점 없고, 산들바람에는 벌써 찬기운이 가셨다.

그 봄 하늘 아래 아름다운 산과 맑은 물이 펼쳐져 있다. 여기는 촉나라 서울 성도에서 20리쯤 떨어진 호수 지대. 그러나 옛날에는 호수의 이름이 없었다. 유현덕이 성도에 촉나라를 세운 뒤로 이 고장 사람들은 어느 사이엔가 이 호수를 와룡호(臥龍湖)라 부르게 되었다.

와룡호는 익주 땅을 기름지게 하는 도강의 방죽으로 맑은 물이 늘 괴어 있었다. 겨울에도 얼음이 어는 일이 없었고, 사철을 통해 단 한 번도 물결이 이는 일도 없었다. 언제나 주위의 산들을 아름답게 비추며 거울처럼 맑았다. 갖가지 고기들이 맘껏 뛰어놀고 물새도 즐겁게 지저귀었다.

이 호수에 낚싯줄을 드리우고 무엇인가 깊이 생각하는 사람이 있었다. 오늘 아침에도 그 사람은 남쪽 언덕 큰 바위 위에 앉아 낚싯줄을 드리우고 있었다.

머리에는 윤건(綸巾)을 쓰고, 몸에는 아주 검소한 도포를 걸치고 있었다. 넓은 이마에 맑은 두 눈, 높게 선 콧날, 굳게 다문 입술——그 얼굴도 남달리 뛰어났지만, 몸매와 태도에서 풍기는 맑고 시원한 기운이 사람의 눈을 끌어당기고 마음을 감농시켰다.

유비 현덕을 도와 마침내 촉나라를 세운, 1천 년에 한 사람 나올까 말까 한 군사 제갈량 공명 바로 그였다.

지난해 임금 현덕을 잃었다. 이제 17세인 황태자 유선을 후주(後主)로 받들어 촉나라 운명을 두 어깨에 지고 있는 승상이다.

촉나라에 들어온 뒤로 공명은 이 호수를 좋아했다. 여가만 있으면 혼자 낚싯줄을 드리우는 것이 버릇처럼 되어 있었다. 그 고장 주민들도 공명의 단 하나의 취미인 낚시질을 방해하지 않으려고 일체 가까이 가지 않았다.

촉나라를 경영하는 공명의 구상은, 자기집 서재보다도 오히려 이 호숫가에서 이루어졌다고 말할 수 있다.

그래서 이 호수의 이름을 와룡호라 불렀다. 와룡은 공명의 호이다. 공명이 유현덕을 따라 세상에 나올 때까지 은거했던 곳의 산 이름이 와룡강(臥龍岡)이어서 붙인 호이다.

지금 공명의 두 눈은 낚싯줄을 드리운 수면이 아닌 허공을 바라보고 있다. 뭔가 큰 계획이 가슴 속에 용솟음치고 있었던 것이리라.

"아! 고기가 걸렸습니다."

뜻밖에 등 뒤에서 소리가 들렸다.

공명은 조금도 서두르지 않고 큰 붕어를 허공으로 낚아챘다.

붕어는 공명의 머리 위를 넘어 소리친 사람 앞에 떨어졌다.

땅바닥에서 팔딱팔딱 뛰었다.

얼른 낚싯바늘에서 붕어를 벗겨낸 것은 스물 남짓한 나그네 차림의 젊은이였다.

젊은이는 놀랄 정도로 얼굴이 아름답고 살결이 여자처럼 곱고 희었다. 허리에 칼을 차고 있는 것으로 보면 청운의 뜻을 품고 고향을 떠나온 것같이 보인다.

붕어를 다래끼 속에 넣은 젊은이는 말했다.

"꿈속에서 보는 것처럼 경치가 아름답군요."

공명은 그래도 몸을 돌려 바라보려고도 하지 않았다.

"이 고요한 곳을 피로 물들이기 위해 일부러 찾아온 모양이군."

이렇게 말했다. 남의 말하듯 조용한 말투였고, 젊은이의 눈길을 받는 뒷모습에는 조금도 긴장된 기색이 보이지 않았다.

젊은 사람 쪽이 그 순간 태도를 싹 바꾸었다.

얼굴이 아름다운 만큼 갑자기 달라진 험한 표정에는 한결 으스스한 느낌이 감돌고 있었다.

공명은 여전히 앞쪽으로 눈길을 보낸 채 물었다.

"그대는 위나라에서 보낸 자객인가?"

"……."

젊은 사람의 침묵은 시인을 뜻했다.

그런데도 공명은 태연자약했다.

몸에 무기 하나 없건만 방어할 태세를 취하는 기미도 없이 등을 돌린 채 가만히 있었다. 그 너무도 뜻밖의 태도는 젊은 자객에게 일종의 무서운 생각마저 들게 했다.

"그대의 이름은 무엇인가!"

공명은 젊은 자객의 살기를 등에 받으면서 여전히 낚싯대를 잡은 채 물었다.

"성은 강(姜), 이름은 유(維), 자는 백약(伯約), 천수군(天水郡) 기현(冀縣) 출신이오."

젊은이는 대답했다.

"천수군 태수는 마준(馬遵)인데, 그대는 그 부하인가?"

"맞소. 촉나라 승상 제갈공명의 목숨을 앗기 위해 몰래 들어왔소. ……각오하시오!"

강유라는 젊은이는 허리에 차고 있던 칼을 뽑아 들었다. 공명은 상대가 흉기를 뽑아들자, 그제야 서서히 낚싯대를 옆에 놓고 일어나 몸을 돌렸다.

"……."

"……."

다같이 침묵을 지킨 채 마주 보고 있었다.

서로 다른 점은, 공명은 손에 아무것도 들지 않았는데 강유는 시퍼런 칼날을 겨누고 있는 것과, 양쪽의 눈빛이었다.

공명의 두 눈은 맑게 개어 있었고, 강유의 두 눈은 핏발이 선 채 살기에 차 있었다.

열을 셀 만큼의 시간이 지난 뒤 공명이 문득 입을 열었다.

“그대는 자기 한 사람의 얕은 생각으로 이 공명을 죽이러 왔겠지만, 안타깝구나!”

“…….”

“그대는 장차 십만 대군을 부릴 수 있는 기량을 갖추고 있다. 그러나 지금 나를 죽이면 그대 역시 몸을 망치게 될 것이다.”

“천하에 비할 데 없는 대군사(大軍師)를 죽인 공로가 도리어 나를 망친다는 말씀이오?”

“그 공로가 자신을 교만하게 만든다. ……천수군 태수 마준은 큰 그릇이 못된다. 그대가 나를 죽였다고 자랑스럽게 보고하면, 그것을 믿는 대신 그대를 미워하게 될 것이다.”

“그럴 리가?”

“잘 들어보게. 나는 뜻하지 않은 이런 죽임을 당할 경우를 대비하여, 내가 설사 죽는다 해도 1년 동안은 이를 비밀히 하라고 촉나라 문무백관에게 일러두고 있다. ……내가 죽어도 촉나라는 아무 일 없이 무사히 지나게 될 것이다. 그러므로 그대가 돌아가 태수 마준에게 틀림없이 공명을 죽였다고 보고하더라도 믿게 할 수는 없다. 그대는 오히려 허위 보고자로 처벌당하게 될 것이다.”

“…….”

강유는 뭐라고 대답하려 했으나, 말이 입 밖에 나오지 않았다.

그뿐이 아니다.

공명의 맑게 갠 두 눈빛을 받고 있는 동안, 실로 마음이 그에게로 끌려가는 것만 같았다.

‘……빌어먹을!’

위나라의 젊은 자객은, 공명의 맑고 시원한 두 눈에 잠시 투지를 잃고 만 자신을 부끄러워하며 무서운 반발을 일으켰다.

칼을 다시 고쳐잡았다.

“공명! 받아라!”

땅을 박차며 공명이 서 있는 바위 위로 뛰어오르려 했다.

그 순간 무서운 소리가 강유의 온몸을 덮쳐눌렀다.

"이놈!"

공명의 입에서 나온 것은 아니었다.

그의 등 뒤에서 들렸다.

강유는 껑충 뛰며 몸을 돌렸다.

소나무가 엉성한 숲 앞에 새하얀 군마에 올라탄 무인이 창을 들고 나타나 있었다.

"햇병아리 같은 녀석! 그게 뭣 하는 미친 짓이냐!"

화살처럼 날카로운 눈빛을 얻어맞는 순간, 젊은이는 온몸이 짜릿했다.

촉나라 오호대장(五虎大將) 가운데 단 하나 살아 있는 맹장 중의 맹장 조자룡이었다. 마초는 222년에 병사했다.

그 옛날 당양 장판교 싸움에서 어린 임금 유선을 품속에 안고, 혼자서 조조의 백만 대군 속을 헤치고 나아간 상산 조자룡의 이름은 너무도 유명했다.

그로부터 20년이란 세월이 지나 조자룡도 벌써 마흔하고 반이 되었지만, 말 위에 우뚝 앉은 모습은 귀신도 달아나게 하는 정기가 넘쳐 흘렀다.

"조자룡이 상대가 되어 주마!"

자룡은 훌쩍 땅 위로 내려섰다.

"……."

강유는 마른 침을 꿀꺽 삼키고 무심중에 뒤로 한 걸음 물러섰다.

천하에 둘도 없는 창의 명수로 알려진 조자룡이 이 사람인 것을 알자, 강유는 벌써 싸울 용기를 잃고 말았다.

"장군, 잠깐만."

공명이 조용한 목소리로 말렸다.

"이 젊은이를 이대로 위나라에 돌려보냅시다."

"무슨 그런 분부를?"

"이 젊은이는 벌써 싸울 힘을 잃고 있소. 장군의 창 제물로 삼을 것까지는 없을 거요."

"그러나 승상의 목숨을 노리고 숨어 들어온 맹랑한 놈입니다."

"보통 자객이라면 죽여도 아까울 것이 없겠지만……. 이 젊은이는 장래 대군을 이끌 수 있는 그릇임을, 얼굴에 나타난 기백으로 알 수 있소."

"그렇다면 더더구나 죽여 없애야 하지 않겠습니까? 이놈이 조비의 심복이라도 된다면 장차 우리 촉나라를 위협하게 될 것이 아닙니까?"

"아니오……."

공명은 고개를 저었다.

"내 짐작으로는 이 젊은이는 언젠가는 위나라를 버리고 촉나라 장수가 될 것 같소."

"승상께서는 그렇게 내다보십니까?"

20년이란 긴 세월 동안 공명 밑에서 싸움터를 달려온 자룡이다.

귀신같이 앞을 내다보는 공명의 형안을 누구보다 잘 알고 있는 그였다.

"너도 들었지? 승상께서는 자신의 목숨을 노린 너를 살려 주시는 거다. 이 은혜를 가슴에 새기고 돌아가거라!"

한 시간 뒤, 보기에도 기름진 들 한 가운데로 뻗어 있는 큰길로 백마를 모는 조자룡과 나란히 검은 사륜마차가 달리고 있었다.

공명은 손수 고삐를 잡고 마차를 몰고 있었다.

자룡이 와룡호에 나타난 것은 결코 우연이 아니었다.

일찍이 유현덕이 때를 만나지 못했을 시기, 하는 일 없이 오랜 세월 방 안에 들어박혀 있었기 때문에 허벅지살이 뒤룩거리는 것을 한탄한 일이 있었다. 그래서 뒷날 뜻을 펼 기회를 얻지 못하고 있는 것을 '허벅지 살의 탄식〔髀肉之歎〕'이라고 말하게 되었는데, 조자룡은 그 허벅지 살이 뒤룩거리게 될까 두려워, 매일 멀리까지 말달리기를 하고 있었던 것이다.

한편으로는 승상 공명이 와룡호에서 혼자 낚시질하고 있는 것을 뒤에서 지켜 주기 위해 늘 가까이까지 말을 달리고 있었던 것이다.

아마 공명은 조자룡이 자기를 뒤에서 모르게 지켜 주고 있음을 알고 있었을 것이다.

"장군……."

공명이 불렀다.

"네에. 무엇입니까?"

"장군에게 한 가지 물어보고 싶은 것이 있소."

"무엇이든……."

"우리 폐하에 대해 장군은 어떻게 생각하오?"

"네에…… ?"

자룡은 공명의 옆 얼굴을 바라보았다.

"장군의 생각을 듣고 싶소."

"네에……. 폐하께서는 이제 춘추 열여덟이십니다. 승상의 가르침으로 머지않아 성군이 되실 줄 압니다."

자룡이 대답했다.

그에 대해 공명은 말이 없었다.

젊고 용렬한 천자를 받들고 중원을 차지하여 옛 서울 낙양에 새로 한(漢)나라 조정을 세운다는 것이 얼마나 어려운 일인가.

공명은 처음부터 그것을 알고 있었다. 다만 참되고 충성된 조자룡이 어떻게 생각하고 있는지 시험삼아 의견을 물어 보았을 뿐이다.

참으로 조자룡다운 대답이었다.

'그런가…….'

공명은 속으로 끄덕였을 뿐이다.

촉나라를 지혜와 무용으로 붙들고 있는 두 영웅은 평화로운 들판을 달려 도성으로 돌아갔다.

바로 그 무렵, 촉나라 황제 유선의 대궐 안에서는 대부분의 문관들이 놀라 소란을 피우고 있었다.

국경을 지키는 장수로부터 급한 보고를 받았던 것이다.

"위나라가 총병력을 동원하여 세 길로 나누어 쳐들어옵니다!"

촉나라 창업주 유현덕이 죽고 1년 동안, 위나라는 숨을 죽이고 단 한 번도 쳐들어온 일이 없었다. 참으로 기분 나쁜 침묵이었다.

역시 위나라는 이 1년 동안, 단숨에 촉나라를 쳐 없애려고 온갖 계획을 짜내어 착착 준비를 서두르고 있었던 것이다.

국경 수비대장의 보고에 따르면——

제1군은, 조진(曹眞)이 대도독이 되어 10만군을 이끌고 양평관에 육박해 와 있다.

제2군은 촉나라를 배반하고 위나라에 항복한 맹달이 상용군(上庸軍) 7만을 이끌고 서쪽 한중을 찌르려 하고 있다.

제3군은 선비족(鮮卑族)의 국왕인 가비능(軻比能)이 강병 10만을 거느리고 육로로 나와 서평관(西平關)을 엿보고 있다.

모두 합치면 30만 가량이다. 아무리 제갈량이 강태공을 앞지르는 천재라 하더라도 이 세 방면의 대군을 맞아 물리친다는 것은, 귀신의 도움에 의해 기적이라도 일어나지 않는 한 불가능한 일일 것이다.

"어서 승상부로 사람을 달려 보내라!"

후주 유선은 얼굴이 새파래져서 소리쳤다.

그러자 문관 중에 수재로 이름나 있는 허정이 대답했다.

"승상은 지금쯤 와룡호에서 낚시질을 하고 계신 줄로 아옵니다."

"그렇다면 와룡호로 경이 직접 말을 달려 가도록 하오!"

18세의 황제는 안절부절못하며 명령했다.

"그러하오나 승상은 와룡호에 있는 한나절은 아무도 곁으로 오지 못하도록 하옵니다."

유선은 드디어 얼굴이 벌개져 호통쳤다.

"지금 촉나라가 망하느냐 살아 남느냐 하는 위급한 때가 아니오! 한시바삐 승상에게 알려야 한다고 경은 생각지 않소?"

"군사가 승상부로 돌아올 때까지 기다리시기 바라옵니다."

허정은 조용한 태도로 대답했다.

후주 유선은 공명이 와룡호에서 승상부로 돌아오기를 조바심하며 기다리는 수밖에 없었다.

"벌써 해가 저물어가고 있으니 승상께서 이미 돌아오셨을 줄로 아옵니다."

허정의 말에, 후주 유선은 곧 황문시랑 동윤(董允)과 간의대부 두경(杜瓊)을 승상부에 다녀오게 했다.

승상부는 대문이 굳게 닫혀 있었다.

"문 열어라! 중대한 일로 대궐에서 어명을 받들고 나왔다."

동윤과 두경은 번갈아 큰 소리를 질렀다. 그러나 집 안은 조용할 뿐 아무 대답도 없었다.

두 시신의 목이 쉬었을 무렵에야 문지기가 나왔다.

"승상께서는 이미 와룡호에서 돌아오셨겠지?"

"돌아오셨습니다."

"그렇다면 어째서 어명을 받들고 찾아온 우리를 이토록 대문 밖에 기다리게 하느냐?"

"승상께서는 와룡호에서 돌아오시면 그 길로 서재에 들어가 혼자 계시다는 것은 대감마님들께서도 잘 아실 줄 압니다."

"때에 따라서는 부득이할 수도 있지 않으냐. 위나라 조비가 30만 대군을 동원하여 국경으로 쳐들어오고 있다고 말씀드려라!"

문지기는 잠시 망설이더니 안으로 들어갔다.

조금 뒤에 문지기가 돌아와 공명의 말을 전했다.

"승상께서는 내일 입궐하여 묘당에서 의견을 말씀드린다 하십니다."

동윤과 두경은 뜻하지 않은 대답에 아연할 수밖에 없었다. 그들은 공명이 당장 자기들과 함께 입궐하리라고 믿고 있었던 것이다.

나라의 존망이 눈앞에 닥쳤다는 보고를 듣고도 태연히 서재에 틀어박혀 혼자 무슨 생각을 하고 있단 말인가?

두 시신은 얼굴을 마주 보며 한숨을 내쉬었다.

이튿날 아침 날이 밝기 전부터 승상부 문 앞에는 10여 명의 문관들이 모여들어 웅성거렸다.

그런데 아침 먹을 시간이 되어도, 해가 중천에 떠올라도, 마침내 날이 어두워질 때까지도 공명이 나오는 기척은 없었다.

밤이 되자, 두경은 참다 못해 후주 유선을 배알하여 진언했다.

"이제는 하는 수 없사옵니다. 폐하께서 몸소 승상부로 납시옵소서."

"그러지."

유선은 속으로는 공명의 불손한 태도가 비위에 거슬렸다. 그러나 그런 티를 낼 수도 없어 승낙했다.

잠도 제대로 못 자고 하루 밤을 더 샌 유선은 해가 뜰 무렵에 문관들을 거느리고 대궐을 나섰다.

황제가 승상부를 찾는 일은 처음이었다.

승상부의 문지기는 천자의 거둥에 황급히 문을 열었다.

유선이 물었다.

"승상은 아직도 서재에 계시느냐?"

'공명을 상부(相父)로 모시도록…….'

죽은 아버지 현덕으로부터 유조를 받은 유선이었다.

즉 공명에게 나라 일을 송두리째 맡기는 동시에 임금으로서 신하를 대하는 태도를 버리고 자식이 아비를 섬기는 마음을 가지라고 유언한 것이다.

문지기는 엎드린 채 아뢰었다.

“승상은 아침을 든 뒤 그 길로 수레를 타고 어디론가 떠났습니다.”

‘……어찌 이럴 수가!’

유선은 노여움으로 표정이 굳어졌다.

“폐하…….”

동윤이 뒤에서 말했다.

“승상이 입궐하지 않고 혼자 있는 것은 반드시 뭔가 깊은 생각이 있기 때문인 줄로 아옵니다. 폐하께서는 승상이 입궐할 때까지 기다리시는 것이…….”

“기다릴 수 없다! 지금 곧 만나리라!”

유선은 소리쳤다.

두경이 아뢰었다.

“어쩌면 승상은 와룡호로 갔을지도…….”

“그럼 와룡호로 가자!”

유선은 결정을 내렸다.

동윤이 말렸으나 젊은 황제는 듣지 않았다. 행차는 그대로 와룡호로 20리 길을 달렸다.

과연 공명의 모습은 호숫가의 그 바위 위에 있었다.

유선은 숲속에 수행원들을 기다리게 해 두고 혼자서 그리로 다가갔다. 낚싯줄을 호수에 드리우고 조용히 앉아 있는 공명의 뒷모습을 유선은 미운 듯 노려보았다. 그러나 죽은 아버지의 유훈을 생각하고 뛰는 가슴을 달랬다.

“상부…….”

애써 태연한 목소리로 불렀다.

그러자 공명은 황제가 찾아오기를 기다린 듯이 조용히 일어나 몸을 돌리더니 절을 했다.

"폐하께서 몸소 여기까지 행차하시니 몸둘 바를 모르겠사옵니다."

"한가한 놀이를 방해한 것 같습니다만, 이미 시신 편에 알린 바와 같이 조비가 30만 대군으로 우리 국경을 침범해 오고 있소.……상부께선 이런 위급한 때에 어찌하여 조정에도 나오지 않고 이렇게 한가히 낚시질만 하고 있는 거요?"

유선은 말하는 동안 노여움으로 얼굴이 굳어졌다.

공명은 밝은 미소를 보냈다.

"폐하, 어찌하여 그토록 다급하시옵니까?"

"뭐요?"

"신이 승상의 자리에 있다는 것을 잊으시지는 않으셨겠지요?"

"그, 그러나…… 촉나라가 일찍이 없었던 위기를 만난 이 순간, 승상의 그같은 태도를 어찌 이상하게 생각지 않을 수 있소?"

"폐하, 이 바위로 오르시옵소서."

공명은 유선을 자기 옆으로 앉게 한 다음 말했다.

"마음을 가라앉히시고 보시옵소서. 서쪽에서 가장 아름다운 경치이옵니다."

유신은 아연할 뿐이었다.

"산은 푸르고 물은 맑고, 그야말로 이 나라의 평온을 상징하고 있사옵니다."

"……"

"부디 마음을 편안히 하시옵소서."

"상부!"

"신이 살아 있는 한은 폐하께서 이 아름다운 경치를 마음껏 사랑하실 수 있게 해드리겠사옵니다."

가난한 선비

"상부!"

촉나라 후주 유선은 공명의 단정한 옆얼굴을 바라보고 물었다.

"위나라는 30만 대군을 세 길로 나누어 쳐들어오고 있소. 나로서는 도저히 이를 막을 수 없을 것으로 생각되는데……."

유선으로서는 아무리 공명이 이 평화스런 땅을 적에게 짓밟히지 않게 하겠다고 장담해도 일찍이 없었던 이 국난에 대한 공포를 씻어 버릴 수가 없었다.

공명은 젊은 임금에게 맑은 두 눈길을 보냈다.

"폐하께서는 이 성도에 무장들이 한 사람도 남아 있지 않다는 것도 모르고 계시옵니까? 엊그제까지 조자룡 혼자 남아 있었는데, 그도 어제 아침 또 말을 타고 성도를 떠났습니다."

촉나라에서는 관우·장비·황충 등 후세에까지 그 용명을 떨친 맹장들이 차례로 세상을 떴지만, 그래도 아직 조자룡을 비롯하여 위연·이엄·이희·마대·마속·오반·요화 등 쟁쟁한 무장들이 있었다. 뿐만 아니라 관운장의 아들 관흥과 장비의 아들 장포는 죽은 아버지의 무용을 이어받아 서로 무공을 겨루려 하고 있었다.

"이걸 보십시오."

공명은 조용히 품속에서 종이를 한 장 꺼내 바위 위에 펴놓았다.

그것은 위나라 군사 30만을 요격하는 배치도였다.

공명은 현덕이 죽은 후 1년 동안 승상부 서재와 이 와룡호에서 위나라가 어떤 공략계획을 짜고 있는지 연구하면서 그 대책을 강구하고 있었다.

국경 수비대장이 급보를 보내오기 전에, 공명은 위나라 군사 30만이 어떻게 쳐들어오고 있는지를 팔방으로 보내둔 첩자의 보고로 알고 있었다.

공명은 한 번 보면 누구라도 알 수 있는 요격 배치도를 후주 유선에게 보이며 설명했다. 공명은 벌써 위나라 군사 30만이 세 길로 쳐내려오고 있는 데 대해 만전의 포진을 하고 있었던 것이다.

서평관으로 쳐들어온 선비족 국왕 가비능의 군사는 마대를 보내 맞게 하여, 사방에 복병을 배치시키고 있었다. 마대는 본디 서량 출신으로 선비족들은 그를 대장군이라 부르며 존경했다.

한중으로 쳐들어오고 있는 것은 상용의 군대를 이끄는 맹달이다. 맹달은 촉나라 장수로 위나라에 항복해 간 사람이다. 그러나 그가 항복한 것은 본의가 아니었다. 그리고 이엄과는 생사를 같이하기도 맹세한 사이이다. 그래서 맹달에 대해서는 이엄이 맞아 싸우게 했다. 맹달은 상대가 이엄이란 것을 알면 일부러 병을 핑계하여 군사를 전진시키지 않을 것이다.

양평관으로는 조조의 조카인 조진이 쳐들어오고 있다. 그러나 양평관은 천험의 요새로 지형이 험준하기 때문에 적은 수의 군사로써도 충분히 막을 수가 있다. 그래서 조자룡이 엄한 훈련으로 길러낸 장병 한 부대를 보내 이를 지키게 해 두었으므로 아무런 걱정도 없었다.

그러나 만일을 몰라 조자룡을 어제 양평관으로 떠나 보냈으므로 수비는 완전하다.

"이렇듯 위나라의 세 길 군사에 대해서는 조금도 걱정할 것이 없사옵니다. ……또 만일의 경우를 생각해서 관흥과 장포에게 각각 3만의 군사를 주어 출전하게 하고, 서평관과 역주 네 고을과 한중과 양평관에 하루 200리를 달리는 탐색대를 보내 두게 했으므로 어느 쪽이 불리했을 경우라도 즉시 구원병을 보낼 수 있게 되어 있사옵니다. 다만 두려운 것은, 오나라가 위나라 편으로 돌아설지도 모른다는 점입니다."

그러나 공명은 지난 해 조비가 오나라를 공격한 일이 있기 때문에 손권이 쉽사리 위나라에 협력하지 않을 거라고 보았다.

이와 같이 공명은 촉나라 조정 문관들이 전혀 눈치채지 못하는 사이 손쓸 곳은 모조리 손을 써두고 있었다. 그러니까 유유히 와룡호에서 낚싯줄을 드리우고 있었던 것이다.

"승상, 나는 꿈에서 깬 것만 같소. 허둥댄 나를 용서하시오."

젊은 황제는 공명에게 깊숙이 머리를 숙여야만 했다.

공명은 임금을 배웅하여 숲 저쪽에 세워 둔 수레까지 갔다.

거기에는 문관들이 불안한 얼굴로 기다리고 있었다.

그들은 임금이 아까와는 달리 희색이 만면해 있는 것을 보자, 일제히 안도의 한숨을 내쉬었다.

그 중에는 젊은 호부상서 등지도 있었다.

공명은 그를 보자 명령했다.

"등 상서……. 오늘밤 승상부로 찾아와 주시오."

"알았습니다."

저녁이 끝나고 나서 공명은 등지를 서재로 맞이했다.

"백묘, 수고스럽지만 오나라에 한 번 더 가 주어야만 하겠소. 오나라는 앞서 동맹의 약속은 했지만 언제 번복할지 모르니 가서 단단히 다짐을 해 두어야 하오.”

유비가 살아 있을 때나 유비가 죽은 지금이나 촉한의 대의명분은 위나라를 쓰러뜨려 한실(漢室)을 다시 일으켜 세운다는 것이다.

그러나 그러기 위해서는 해결해 두지 않으면 안 될 문제가 두 가지 있었다. 하나는 오나라와의 분쟁이고, 또 하나는 남방 이민족의 반란이다.

모름지기 오나라와 동맹하여 위나라에 대항한다는 전략은 공명의 천하대계의 핵심이라 해도 좋다.

그는 일찍이 양양의 초려에서 유비를 처음으로 보았을 때 ‘천하 삼분의 계’에서도 이 점을 강조했고, 이듬해에는 몸소 오나라에 사자로 가서 동맹 관계를 실현시켰었다.

그러나 그 뒤의 두 나라 관계는 공명이 기대했던 대로는 발전하지 않았다. 그뿐인가. 관우의 패사(敗死), 유비의 패주를 계기로 하여 최악의 상황까지 이르렀다. 그러나 북으로 군을 진출시켜 위나라를 치자면 뭐니뭐니해도 오나라와의 동맹 관계를 다시 살려서 동서로부터 위를 협격하는 태세를 만들어내지 않으면 안 되었다.

따라서 공명은 유비가 죽은 그 해에 벌써 등지를 오나라에 파견하여 양국의 관계 개선에 나서고 있었다. 그리고 이듬해 촉한 건흥(建興) 2년(224)에 다시 오나라를 방문하게 하였다.

위나라 조비는 촉한을 치기 앞서 손권에게 사신을 보내어 이렇게 말했다.

“이번에 대군을 동원하여 촉나라를 쳐서 없애려 하는데 오나라도 그 한쪽을 맡아 협력해 주시오. 서천을 점령하는 날에는 위나라와 오나라가 이를 양분할 것을 약속드리겠소.”

그러자 육손이 의견을 내놓았다.

“위나라는 지금 중원을 차지하고 있고 사마의를 비롯한 뛰어난 인재들을 갖추고 있으며, 그 병력은 우리의 두 배가 되옵니다. 지금 만일 촉나라 공략에 합세해 달라는 요구를 거부하게 되면, 위나라는 반드시 오나라를 무찌르려 할 것입니다. ……그러나 이번 위나라의 침공은 아마 제갈량의 지모에 의해 실패하게 될 것입니다. 그러므로 우리 오나라로서는 일단 위나라에 가담한다고 해 두고 무협까지 군대를 진주시킨 다음, 위나라의 공격 상황을 지켜보는 것이 좋을 줄로 아옵니다."

만일에 공명의 작전이 실패하여 세 길로 진군한 위군이 촉나라로 밀고 들어가게 되면, 그때야말로 오나라 군사가 질풍처럼 성도로 쳐들어가 먼저 점령해 버린다. 이것이 육손의 영악한 계산이었다.

그래서 손권은 조비에게 수락하는 대답을 보내고, 첩자를 놓아 촉나라를 공격하는 세 곳의 전황을 탐지시켰다.

촉나라에서는 등지가 사신으로 오나라 도읍 건업을 향해 장강을 쏜살처럼 내려가고——.

손권은 위나라의 세 길 공략군이, 하나같이 공격해 들어가는 데 실패하고 물러났거나, 아니면 꼼짝 못하고 있는 것을 벌써 알고 있었다.

"촉나라 사신 등지를 어떻게 대하는 것이 좋을까?"

손권은 문관들을 불러 모아 놓고 의논했다.

그러자 원로인 장소가 말했다.

"그는 공명이 우리 오나라 군사의 진격을 막기 위해 세객으로 보낸 것이옵니다."

"그럼 만나지 말고 쫓아 버려야 할 것인가?"

"아닙니다. 만나 보도록 하시옵소서. 다만 뜰 위에 큰 가마솥을 걸어 놓고 여기에 기름을 끓게 해 두옵니다. 그리고 정병 1천 명을 궁문에서 어전까지 좌우에 정렬시켜 놓사옵니다. 즉 등지로 하여금 하고픈 말을 하기 전에 역이기(酈食其)의 옛 일을 생각나게 하는 것이옵니다."

역이기의 옛일이란──

역이기는 한나라 고조를 섬긴 외교 천재였다. 제나라 왕을 달래어 싸우지 않고 10여 성을 고조에게 바치게끔 만들었다. 그런데 제나라를 공격해 가던 한신(韓信)이 미처 그런 내용을 모르고 제나라로 쳐들어갔다. 역이기의 말만 듣고 싸울 준비를 않고 있던 제나라 왕은 그에게 속은 줄을 알고 기름가마에 역이기를 넣어 죽였다.

이튿날 아침 촉나라 황제의 정사(正使)로서 의관을 갖춘 등지가 조용히 궁문으로 들어왔다.

들어가면서 보니 좌우에는 체격이 건장한 군사들이 어마어마한 군복 차림으로 저마다 큰칼을 비롯해 큰도끼에 긴 창을 들고 대궐 뜰 밑까지 두 줄로 주욱 늘어서 있었다.

그뿐만 아니라 그들은 똑같이 살기에 찬 눈길을 등지에게로 쏘아 보내고 있었다. 보통 사람 같으면 그것만으로도 오금이 붙고 얼굴빛이 달라졌을 것이다. 그러나 과연 공명의 눈에 든 만큼, 등지는 눈썹 하나 까딱하지 않으며 앙연히 머리를 들고 가슴을 편 채 서슴없이 걸어갔다.

댓돌 밑 가까이에는 큰 가마솥에서 기름이 부글부글 끓고 있었다. 등지는 거기에 흘끗 한 번 눈길을 보낼 뿐이었다.

근시가 등지를 손권이 앉아 있는 발 앞으로 안내했다. 그때 이 젊은 사신은 가볍게 절을 했을 뿐이었다.

무릎을 꿇고 절하는 것이 마땅한 예절이었지만, 등지는 일부러 그렇게 하지 않았다.

손권은 성난 얼굴로 발을 올리게 하더니 눈을 크게 뜨고 등지를 노려보았다.

"듣거라! 그것이 촉나라 사신의 태도냐!"

크게 호통을 치자, 그것을 기다리고 있은 듯이 등지는 엷은 웃음

을 지었다.

"한나라 정통을 이어받은 천자의 정사가 어찌 속국인 오나라 왕에게 무릎을 꿇어야만 하겠소."

"너 이놈! 거기 기름이 끓고 있는 것이 눈에 보이지 않느냐? 역이기의 꼴이 되기를 원한다면 원대로 가마 속에 던져 넣어 주리라!"

"하하하……. 이 오나라에는 어진 신하와 지혜로운 벼슬 아치들이 많은 줄로 듣고 있었는데, 가엾게도 한낱 어린 선비에게 이토록 거창한 경계를 펴고 위협적인 태도를 과시할 줄이야!"

"닥쳐라! 네놈은 제갈량의 간사한 꾀를 받아, 우리 오나라로 하여금 위나라와 싸우도록 하기 위해 온 것이렷다!"

"과연 나는 제갈 승상의 계책을 갖고 멀리 찾아왔습니다. 그러나 내가 말하려는 것이, 오나라가 위나라에게 멸망당하는 것을 면케 하려는 것이라면 어찌 하시겠습니까?"

등지는 가만히 손권을 쳐다보았다.

'……이 젊은이는 보통내기가 아니다.'

손권은 무장병 1천 명을 모두 물러가게 하고, 등지를 전(殿) 위로 오르게 하여 자리를 권했다.

"촉나라 형편을 듣고 싶소."

"지금 촉나라는 제갈공명 승상 아래 관민이 일치 단결하여 조금도 흔들리지 않고 있습니다."

"호오! 어떻게?"

"승상께서는 먼저 정치를 함에 있어 심모원려(深謀遠慮)를 하고 계십니다. 선생은 입버릇처럼 이렇게 말씀하십니다. '……정치에 임하는 자는 먼저 가까운 곳에 생각을 두고 이어 먼 장래의 일에까지 대책을 생각해 두지 않으면 안 된다. 모름지기 먼 곳까지 내다보며 대책을 생각해 두지 않으면 가까운 곳에서 넘어지게 된다.

그러므로 군자는 상사(上司)의 직분에 대해서까지 신경을 쓰지는 않는다. 남에게 참견하기 전에 먼저 자기의 직책을 다한다. 먼 장래의 계(計)를 염려하기 전에 우선 당면 문제 해결에 힘쓰는 것이다. 중대한 문제는 본디 해결이 어렵고 조그만 문제는 해결이 쉽다. 그러나 어느 쪽이든 문제를 해결하기 위해서는 일면적(一面的)인 태도로 임해서는 안 된다. 곧 이익을 얻으려 한다면 손해 보는 일도 계산에 넣지 않으면 안 된다. 성공을 꿈꾼다면 실패했을 때의 일도 고려해 둘 필요가 있다. 아홉 겹의 대(臺)는 확실히 높지만 기초를 허술하게 하면 반드시 무너지는 법이다. 따라서 높은 대를 우러르는 자는 아래쪽 토대를 무시하지 않는다. 그것과 마찬가지로 앞으로 나아가는 자는 앞쪽에만 정신을 팔아 후방에 주의하는 일을 게을리해서는 안 된다. 부질없이 높은 곳을 우러르고 전방에만 마음 쓴다면 실패를 가져올 것이 틀림없다'고…… 말입니다."

손권을 비롯한 오나라 군신들은 열심히 귀를 기울였다.

"우리 승상께서는 보기를 들어 설명해 주셨습니다. ……'진(秦)나라 목공(穆公)이 정(鄭)나라를 쳤을 때 백리해(百里奚)와 건숙(蹇叔) 두 중신이 '옛날부터 천 리나 먼 곳에 원정군을 보내어 승리를 거둔 자가 없습니다'라고 간했다. 그러나 목공은 듣지 않고 원정군을 보냈다가 결국 대패하였다. ……백리해나 건숙은 장래의 일까지 내다보는 선견지명이 있었다고 할 수 있으리라. 그러나 발 밑이 무너진다면 앞일을 내다보아도 아무런 소용이 없다. 진시황제의 패업이 요순의 정치에 미치지 못하는 이유도 거기에 있었다.' 그리하여 선생은 말했습니다. 위(危)는 안(安)에서 생긴다. 망(亡)은 존(存)에서 생긴다. 난(亂)은 치(治)에서 생긴다. 군자는 조짐만 보고서도 이제부터 생길 일들을 헤아리고 처음을 보고서 끝을 알 수 있다. 그러니까 불행한 사태를 피할 수가 있는 것이라고!"

등지의 말에 사람들은 숨을 죽였다.

제갈량의 정치 철학에 새삼 감탄했기 때문이다.

'무서운 것은 역시 공명! 적으로 돌리면 두렵지만 한편이라면 마음 든든하다.'

손권을 비롯한 오나라 중신들이 감탄한 것은 그 이면적(二面的) 사고법이었다.

사람은 흔히 눈앞의 일에만 사로잡혀 '장래의 계'를 생각지 않는다. 반대로 장래의 일만 생각하고 발 밑을 잊고 있다. 이런 것은 어느 것이나 일면적 사고법이다.

이것과는 달리 사물을 종합적으로 생각하는 것이 이면적 사고법이다. 발 밑을 항상 잊지 않는 선견성(先見性)이라 해도 좋다.

그러나 오나라 문무백관이 반박조차 못한다면 수치이다. 장소가 날카롭게 물었다.

"듣건대 제갈량 공명은 법을 엄하게 집행하고 있다는데?"

"그렇습니다. 그러면서도 원망하는 소리는 좀처럼 들어볼 수 없습니다."

"그 이유는 어째서이지?"

"신상필벌(信賞必罰), 법의 집행을 공평무사(公平無私)하게 하고 있기 때문입니다."

"……"

"승상께서는 늘 말씀하십니다. '훌륭한 정치를 하자면 한결같이 신상필벌의 방침으로 임해야 한다'고. ……'왜 상이 있는가? 공을 장려하기 위해서다. 왜 벌을 가하는가? 법을 어기는 자를 뿌리 뽑기 위해서다. ……상은 공평하게 주지 않으면 안 된다. 벌은 정실에 끌리는 일 없이 적용해야 한다. ……상이 어떤 경우에 주어지는지 두루 알려지면 용기 있는 자는 죽을 힘을 다할 장소를 알게 된다. 벌이 어떤 경우에 주어지는지 두루 알려지면 악인이

해서는 안 될 짓을 알게 된다. ……상은 공이 없는 자에게 주어
져선 안 된다. 만일에 그런 인간에게 상을 준다면 공을 세운 인간
의 불만을 사게 된다. 벌은 죄 없는 인물에게 가해져서는 안 된
다. 만일에 그와 같은 인물에게 벌을 가한다면 정직히 법을 지키
고 있는 인간의 원한을 사게 된다. 양고기국 한 그릇 때문에 나라
를 잃은 일도 있고 초왕(楚王)처럼 참소하는 말을 믿고 죄 없는
인물을 죽였기 때문에 멸망의 위기를 맞은 자도 있다'고……."
　양고기국 한 그릇으로 나라를 잃었다는 이야기는 무엇인가——어
느 날 중산왕(中山王)이 온 나라의 명사를 초대하여 잔치를 베풀었
다. 그 잔치 자리에 사마자기(司馬子期)라는 자도 있었는데 마침
양고기국이 모자라 그에게까지 차례가 돌아오지 않았다. 이것에 원
한을 품은 사마자기는 곧 초나라로 망명했고 초왕을 부추겨 중산국
을 공격케 했다. 작은 나라인 중산국은 여지없이 패망했다.
　참언을 믿고 멸망의 위기를 맞은 초왕은 춘추시대의 초나라 평왕
(平王)이다. 평왕의 태자는 이름을 건(建)이라 했다. 태자 건에게
는 오사(伍奢)와 비무기(費無忌)의 두 시종이 있었다.
　비무기는 어떤 사건 때문에 태자의 미움을 받았다. 장차 태자가
즉위하면 자기 한몸의 파멸을 가져온다고 생각한 비무기는 연방 태
자와 오사 두 사람을 평왕에게 참언했다. 태자는 이웃나라에 망명했
지만 오사는 큰아들과 옥사했다. 오사의 차남이 오자서(伍子胥)였
다. 자서는 가까스로 난을 피하고 이웃나라 오(吳)를 섬겨 중신이
되었다. 그리하여 17년 뒤 오자서는 오나라 정예를 이끌고 초나라
에 침공했으며 초나라 도읍 영(郢)을 함락시키고 평왕의 무덤을 파
헤쳐 아버지와 형님의 원한을 풀었던 것이다.
　손권은 등지의 말에 감탄했다. 그의 입을 통해 제갈량의 실력을
알면 알수록 촉나라와의 동맹이 유리함을 깨달았다.
　이어 손권이 등지에게 말했다.

"두 나라가 동맹함으로써 태평스러운 세상이 되고 오나라와 촉나라 군주가 천하를 둘로 나누어 다스리게 되면 얼마나 즐겁겠소?"
그러자 등지는 대답했다.
"아아뇨. 하늘에 두 해가 없고 땅에 두 임금이 없다고 합니다. 위나라를 멸망시켰을 때에 천명(天命)이 꼭 대왕에게 돌아간다고는 할 수 없지요. 군주가 저마다 덕을 높이고 신하가 저마다 충성에 힘쓰면, 그때는 북을 울리며 또 전쟁이 일어나겠지요."
"그대의 솔직한 말에는 정말 놀랐소!"
손권은 크게 웃고 제갈량에게 친서를 보내어 말했다.

정광(丁廣)은 허풍선이여서 뒷구멍으로 무슨 소리를 하게 될지 모르오. 두 나라의 화평을 달성할 수 있는 것은 오직 등지뿐이오.

후주 유선은 쳐들어온 위나라 30만 적군을, 공명이 미리 짠 군략으로 막아낸 것에 마음을 놓기는 했으나, 아직도 오나라 총대장 육손이 국경 무협에 진을 치고 돌아가지 않고 있다는 보고에 어쩐지 불안한 느낌을 씻어 버릴 수가 없었다.
육손은 일찍이 선주 유현덕을 이릉과 효정에서 참패하게 만든 지혜 있는 장수이다.
유선은 죽은 아버지의 유언에 의해 공명을 상부로 우러러보고는 있지만, 실지로 공명과 함께 싸움터로 나가 그 귀신같이 치밀한 책략을 눈으로 보지는 못했다.
게다가 날 때부터 소심한 탓도 있고 해서, 공명과 마주앉아 그가 말하는 것을 듣고 있을 때는 완전히 믿음이 가지만, 헤어지고 조금만 있으면 차츰 불안이 더해 가는 것을 견딜 수 없었다.
공명은 마치 유선의 조바심이 절정에 이르는 것을 헤아리고 있기라도 한 것처럼, 하루는 문득 입궐해 유선을 배알했다.

"등지는 아마 앞으로 사흘 안에 돌아오게 될 것이옵니다. 오나라 문관 한 사람이 답례사로 함께 올 줄로 아옵니다."

"상부가 그렇게 말씀하면 틀림은 없겠지만……."

"폐하께서 하실 일은, 그 사신을 오왕 손권을 맞이하듯 후한 예로써 대접하시는 것이옵니다. 이 점 잊지 마시기 바라옵니다."

공명은 다만 그렇게만 다짐을 주어 놓고 곧 승상부로 돌아갔다.

공명의 예측은 하루도 어긋나지 않았다.

그로부터 사흘째 되는 날, 공명의 말대로 등지는 오나라 정사 장온(張溫)과 함께 돌아왔다.

대궐에서의 장온에 대한 환대는 공명의 지령대로 그야말로 오왕 손권이 직접 찾아온 것처럼 대단한 것이었다.

후주 유선은 비단을 깐 상좌에 장온을 앉히고, 똑같은 위치에서 시종 겸손한 태도를 보였다.

그러나 어찌된 일인지 이 화려한 술자리에 정작 승상 제갈량이 모습을 나타내지 않았다.

'……제갈량은 무슨 속셈이 있어서 오나라 정사인 내게 인사를 하지 않는 걸까?'

장온은 의심을 품으면서 환대를 받고 있었다.

이튿날 낮이 되자 장온의 객사로 공명의 사자가 찾아와 승상부로 장온을 초대했다.

'……제갈량에게 어제 나타나지 않은 무례함을 꾸짖어 주리라!'

장온은 그렇게 벼르며 승상부로 향했다. 그러나 막상 연회석에 마주 앉게 되자, 장온은 공명의 그 청아한 용모와 태도에 마음이 끌려 어제 나오지 않은 무례를 꾸짖거나 할 생각이 조금도 나지 않았다.

탁자 위에 늘어놓은 음식은 아주 검소한 것들뿐이었다.

뿐만 아니라, 공명의 대하는 태도는 한 나라 재상으로서의 위엄을 그대로 지니며 조금도 장온에게 몸을 낮추거나 하는 기색이 보이지 않았다.

"선주께서는 여러 차례 오나라와 싸움을 했었지만, 그 유조에 의해 후주께서는 절대로 오나라와 말썽을 일으켜서는 안 된다는 결심 아래 묵은 원한을 버리고 길이길이 동맹의 의를 맺어 위나라를 무찌르려 하고 있습니다. 돌아가시거든 부디 이 점을 오왕께 잘 말씀드려 주시기 바랍니다."

공명의 이같은 말에 대해, 장온은 갑자기 거만한 생각이 들었다.

'……건방지게! 내게 대해 마치 명령이라도 하는 것 같은 태도로 임하다니! 우리 오나라의 힘을 빌리지 않으면 촉나라가 망하는 것은 불을 보듯 뻔하지 않은가?'

그리하여 술이 거듭됨에 따라 장온은 방약무인한 태도를 보였다. 공명은 마치 장온이 그런 태도로 나올 것을 짐작이라도 한 것처럼 쉴새없이 미소를 보내며 맑은 두 눈으로 지켜보고 있었다.

잔치가 한창 무르익었을 때 뜻밖에 웬 사람이 비틀거리며 들어왔다. 꾸깃꾸깃한 옷에 흐트러진 머리와 맨발, 차마 볼 수 없는 꼴을 하고 있었다. 게다가 얼굴까지 아주 못난 축이었다.

누구에게 인사를 하는 법도 없이 빈 자리에 털썩 주저앉자 '후우' 하고 술냄새를 내뿜으며 지껄인다.

"이거 대접이 변변치 못하군. 석어도 술만은 좋은 술을 마시고 싶은데……."

그러나 공명은 그 무례한 태도를 나무라지 않았다.

장온은 이런 주정뱅이의 침입에 대해서도 화가 치밀었지만, 그를 쫓아내려고도 하지 않는 공명에 대해 더욱 화가 치밀었다.

"뭣하는 사람입니까, 이 사람은?"

"진복(秦宓)이라는 가난한 선비입니다."

'……한낱 뒷골목 놈팽이가 함부로 들어오다니?'

장온은 더욱 화가 났다.

"승상께서 이런 주정뱅이 선비에게 함부로 드나들게 허락하시는 것을 보니 무척 그의 학식과 재주를 높이 평가하고 계시는 모양이군요?"

"글쎄요, 이 사람이 어느 정도의 학식이 있는지는 시험해 본 일이 없습니다. ……이 공명은 아무리 건달일지라도 나를 좋아해서 찾아오는 이상, 거절은 하지 않습니다."

'……내버려 둘 수 없다!'

장온은 화가 나서 진복을 노려보았다.

"당신이 어느 정도의 학식이 있는지 듣고 싶소."

"……말하지."

진복은 큰 잔을 주욱 단숨에 들이켜고 나서 큰소리로 말했다.

"위로는 천문, 아래로는 지리에 이르기까지, 삼교(三敎)와 구류(九流)를 모르는 것이 없고, 또 고금동서 흥망의 역사와 성현의 글과 주석을 모조리 다 외고 있소."

삼교란 유(儒)·불(佛)·도(道)를 말하고, 구류란 전국시대의 이른바 제자백가(諸子百家)의 학문을 말한다.

'……큰소리치는군. 거지 같은 주제에!'

장온은 오나라에서도 손꼽히는 학자 가운데 한 사람이었다.

이 주정뱅이 선비의 말문이 막히게 하는 어려운 질문을 던지리라 마음먹고 잠시 생각을 가다듬은 끝에 물었다.

"그렇다면 묻겠소. 하늘에 머리가 있소?"

"그야 있지요."

"어느 쪽에?"

"서쪽에 있소."

"어떻게 서쪽에 있다고 단정할 수가 있소?"

"당신은 「시경」을 읽지 못했소? '곧 그리워 서쪽을 돌아본다(乃眷西顧)'는 글귀가 들어 있지 않소."

"그럼 하늘에는 귀가 있소?"

"머리가 있으니 귀가 있지요. 「시경」에 '학이 구고에서 울면〔鶴鳴
于九皐〕 소리가 하늘에 들린다. 〔聲聞于天〕'고 했소. 하늘에 귀가
없으면 어떻게 학의 울음이 들리겠소. ……아마 당신의 다음 질
문은 하늘에는 다리가 있느냐는 것이 되겠지요? 「시경」에 '하늘
의 걸음이 심히 어렵다. 〔天步艱難〕'고 했으니 다리가 있어야 걸을
수 있겠지요. 실례지만 당신은 「시경」도 읽지 못하고서 어리석은
질문을 하고 계시군. 이만 실례!"

진복은 표연히 자리에서 일어나 나가려 했다.

"잠깐만!"

장온은 이 술취한 거지 같은 선비에게 모욕을 당하고 그대로 보낼
수가 없었다.

"왜 그러시는지요?"

"하늘은 성(姓)이 있소?"

"물론 있소."

"무엇이오?"

"유(劉)요."

"「시경」에 그런 것은 적혀 있지 않은데!"

"하늘의 아들인 천자(天子)의 성이 '유'니까 하늘도 유씨 아니겠
소?"

"해는 동쪽인 손방(巽方)에서 나온다. 그러므로 그 성은 손(孫)
일 테지?"

"글쎄, 어쩌면 손일지도 모르지요. 하지만 그 손도 서쪽에 지고
말지 않소."

때리면 울리듯 하는 뼈아픈 풍자였다.

장온이 얼굴이 파래져 입을 다물고 말자, 진복은 무슨 생각을 했
는지 비틀거리며 본디 있던 자리로 되돌아왔다.

"정사께서 오나라의 학식 높은 분이란 건 일찍부터 듣고 있었소.
하늘에 대해 질문하신 걸로 보아, 하늘의 이치에 대해서도 깊은
조예가 계실 테니까 한 가지 물어보겠소. 먼 옛날 혼돈(混沌)이
나뉘어 음(陰)과 양(陽) 둘로 갈라지며 가볍고 맑은 것은 위로
떠서 하늘이 되고 무겁고 탁한 것은 아래로 엉키어 땅이 되었다고
합니다. 공공씨(共工氏)가 싸움에 져서 머리를 부주산(不周山)에
들이받는 바람에, 하늘 기둥이 부러지고 땅 한쪽이 떨어져 나가,
하늘은 서북쪽으로 기울고 땅은 동남쪽이 내려앉았다고 합니다.
가볍고 맑아서 위로 뜨게 된 하늘이 어떻게 서북쪽으로 기울어지
게 되었는지 그 까닭을 듣고 싶습니다."

해가 동쪽에서 떠올라 서쪽으로 지는 것을 비유한 이야기인지도
모른다. 그러나 이 이치를 설명한 책은 아직 없었다.

장온은 대답할 말이 없어 눈만 내리감고 있었다.

그때까지 잠자코 듣고만 있던 공명이 어색한 장면을 풀어 주었다.

"장 특사께서는 너그러이 용서하십시오. 이건 한낱 술자리에서의
농담에 지나지 않는 것이니, 이 주정꾼에게 시달리신 것을 웃고
넘기시기 바랍니다."

그러나 장온은 촉나라에 대한 인식을 달리하지 않을 수 없었다.
뒷골목에서 술이나 마시며 빈들거리는 선비에게조차 이토록 놀라운
학식이 있다는 건 충격적인 사실이 아닐 수 없었다.

실인즉, 이 진복은 놀고 있는 건달 선비가 아니었다. 좌중랑장(左
中郞將) 장수교위(長水校尉) 벼슬에 있는 사람으로 촉나라에서 첫
손꼽히는 학자였다. 공명이 일부러 뒷골목에서 술이나 마시는 건달
선비로 꾸며 보인 것이다.   오나라로 돌아온 장온은 손권에게 아뢰
었다.

"촉나라에는 제갈량을 비롯해 시장 골목까지 훌륭한 인재들이 꽉
차 있으므로 촉나라를 적으로 삼는 것은 불리할 줄 아옵니다."

　그런데 위·오·촉 세 나라는 저마다 변장술에 뛰어난 첩자들을 사방으로 내보내어, 적군은 물론 동맹을 맺은 남북 이민족들의 동정까지도 살피고 있었다. 촉나라와 오나라가 사신을 교환하고 손을 잡게 된 소식은 첩자에 의해 금방 위나라에 알려졌다.

　조비는 불처럼 격노했다.

　"손권이란 놈이 나를 배신하다니! 그렇다면 촉나라를 치기 전에 먼저 오나라를 쳐서 없애고 말리라!"

　조비의 측근 중에서 대사마 조인과 태위 가후 등 원로 대신들은 이미 죽고 없었다. 그러나 시중 신비(辛毗)라는 모사가 있었다. 그가 조비에게 말했다.

　"폐하, 그건 너무 무모한 일인 줄 아옵니다. 우리 중원이 국토는 넓지만 지금까지의 수많은 전쟁으로 장정들의 수가 두드러지게 줄었사옵니다. 지금 대군을 동원시키기로 말하면 어린 소년들까지 소집을 해야만 되옵니다. ……앞으로 10년 동안 국경 수비병에게 농사를 짓게 하고 양병을 하면 적어도 백만의 정병을 만들 수 있을 것이며 군량도 충분히 저장하게 될 것입니다. 오나라·촉나라를 쳐서 없애는 것은 앞으로 10년의 기간이 필요한 줄로 아옵니다."

　그러나 별로 신임도 하지 않는 신비가 그런 말을 한나고 해서 받아들일 조비가 아니었다.

　"경은 어느 사이에 썩은 선비로 변했는가. ……오와 촉이 손을 잡은 이상, 금년 안으로 쳐들어오게 될지도 모르는 일이다. 어떻게 태평스럽게 10년이나 기다리고 있단 말인가!"

　조비는 곧 문무백관을 묘당에 모아 오나라 공격을 명령했다.

　그 명령을 들은 문무백관들 가운데——

　'……이 싸움은 지고 만다.'

　날카롭게 예감한 사람이 있었다. 그것은 사마의 중달이었다.

봉황 베개

'얼음과 같다.'

이런 말로 표현될 만큼 황제 조비는 냉혹했다. 그런 인물이었기 때문에 태연히 한나라 천자를 폐하여 스스로 황제가 되었던 것이다.

이런 조비 아래에서 두각을 나타내기 시작한 인물이 바로 사마의(司馬懿) 중달(仲達)이었다.

사마의는 위 문제(文帝)가 즉위하자 하진정후(河津亭侯)에 봉해졌고 승상부의 장사(長史)가 되었다. 그에게는 전략가로서의 재능이 있었다.

문제가 막 즉위했을 때, 때마침 손권이 군을 이끌고 서쪽으로 움직이려는 낌새를 나타냈다.

진로가 되는 번성과 양양에는 비축미가 전혀 없었다. 조의(朝議)는 두 성을 포기하기로 결정하고 양양의 수비 장수 조인을 완성(宛城)까지 철퇴시키기로 했다. 그때 사마의가 혼자서 반대했다.

"손권은 관우를 막 격파하고 촉과 적대하고 있는 이상 우리 나라와 손을 잡으려고 바라면 바랐지 공격을 가해 올 턱이 없습니다.

양양은 수륙 어느 쪽으로 보나 오지이고 또한 위나라 방어의 요충입니다. 포기해선 안 됩니다."

하지만 그의 의견은 무시되고, 조인은 양성에 불을 지르고 철퇴했다. 손권은 결국 공격을 가하는 일 없이 통과했고 문제는 이를 갈며 분하게 여겼으나 이미 소용없는 일이었다.

사마의 중달의 뛰어난 군략가적인 재능을 나타내는 일화이다.

그 뒤 사마의는 조비의 신임을 받아 상서(尙書)가 되고 다시 독군(督軍)·어사중승(御史中丞)·안국향후(安國鄕侯)가 되었다.

이례적으로 빠른 출세라 할 수 있었다.

황초 4년(223) 조비는 멀리 형주 강릉까지 군을 전진시켰다가 전염병 때문에 철수시켰다.

이 무렵부터 황제 조비의 성향이 조금씩 달라지기 시작했다. 적어도 조비의 가슴에 뜨거운 피가 흐르기 시작한 것 같았다.

조식에게는 그렇게 느껴졌다.

형제라고는 하지만 군신(君臣)의 사이이다. 그리 많은 말을 주고받은 것은 아니었지만 조식은 형한테서 이상하게 따뜻함을 느꼈다.

조식은 아버지 조조가 죽은 뒤 안향후(安鄕侯)로 좌천되면서 줄곧 불우한 운명을 한탄하며 지냈다.

소식의 시에 '우차편'이라는 것이 있다.

아아, 바람에 떠도는 쑥털이여
세상에 나같은 이 또 있을까
뿌리부터 멀리 떨어져
낮이나 밤이나 헤매고 다니네
동으로 너울너울
서로 너울너울
아차 하는 사이 회오리바람에 휘말려

높이높이 떠오르네
하늘 끝까지 왔다 싶자
천길 아래로 떨어지고
돌풍에 구원되어
고향인 논둑에 돌아오네
그런데 고향은 남쪽이건만
북쪽으로 날려가고
도무지 뜻대로는 되지 않는다네
흘러흘러 의지할 곳 없고
문득 사라졌다 싶으면 다시 모습 드러내네
천하를 두루 다니고도
발붙이고 살 곳이 없네
이 괴로움 누가 알까
될 수 있는 일이라면
숲 아래 풀이 되어
가을 들판을 태우는 불에 타고 싶네
불태워지는 것은 꽤나 뜨거울 테지
비록 뜨겁더라도
내가 태어난
뿌리와 더불어 태워진다면 원이 없겠네

이렇듯 자기 처지를 한탄하는 조식이었는데 뜻하지 않은 형의 초
대를 받은 것이다.

하짓날 궁정에서 황족들 모임이 있다. 역병(疫病)이 창궐하여
짐도 3월에 낙양으로 돌아왔노라. 도읍에서 오랜만에 형제들이
만나 즐거운 환담이라도 나누자.

사자가 전하는 황제의 편지에는 이런 뜻이 씌어 있었다.

그런데 그 하지가 지나고 나서 6월에 임성왕(任城王) 조창(曹彰)이 낙양에서 죽었다.

황제 조비에게는 같은 배의 동생이다. 조식에게도 역시 같은 어머니의 둘째형님이다. 조창은 강용(剛勇)하기로 알려져 있었다. 글재주가 없기 때문에 조조로부터 가볍게 여겨지고 처음부터 후계자 후보에도 들지 못했다. 본인에게도 그런 야심은 없었던 것 같다.

"그와 같은 임성왕도 목숨을 잃었습니다. 조심하도록 하십시오. 여차할 때에는 이 낙양을 탈출합시다."

조식의 가신들은 얼굴이 파랗게 질려 말했다. 임성왕 조창이 죽은 원인은 분명치가 않았다. 갑작스런 병으로 죽었다는 공식 발표가 있었을 뿐이다.

조식의 측근들은 조창이 살해되었다고만 믿고 있었다. 무리도 아니다. 조비는 황제로 즉위하자마자 조식의 심복이었던 정의(丁儀) 형제를 처형했다.

정의 형제는 조식을 옹립하여 위나라 후계자로 만들려고 여러 가지로 획책했었다. 그러므로 무고한 죽음이라곤 할 수 없었다.

그렇지만 정의 형제를 잃은 조식은 날개를 잃은 것이나 다름없었다. 그들밖에는 재능있는 가신이 별로 없었기 때문이다.

조식은 말했다.

"나에게는 날개가 없다. 형님…… 아냐, 폐하께서도 나를 의심하지는 않으실 거야."

"아닙니다. 경쟁자가 아니었던 조창님마저 폐하에게 죽임을 당하지 않았습니까?"

가신은 목소리를 죽여 말했다.

"말을 삼가라. 임성왕이 죽임을 당했다고 어떻게 단정하지?"

"그렇듯 건강하신 분이었는데……."

"병은 몸의 강약 따위와 상관없는 거다."

"하지만……."

"앞으로는 그런 말을 하지 말라!"

조식은 부하를 꾸짖었다.

8월이 되어 조정에서 조식에게 입궐하라는 명령이 왔다.

'드디어 올 것이 왔구나.'

조식의 가신들은 입술까지 하얘졌다. 어떠한 구실을 붙일지는 모르지만 틀림없이 죽임을 내릴 것이라고 생각한 것이다.

"도망치십시오!"

"저희들이 싸우다 죽는 한이 있더라도 관문을 부수어서 혈로를 열겠습니다."

"입궐하시면 이미 돌이킬 수 없습니다."

가신들은 번갈아가며 권했다.

"칙명을 어기면 역적이 된다. 입궐해도 죽임을 꼭 내린다고 단정할 수 없지 않은가?"

조식은 가신들의 만류를 뿌리치고 입궐했다. 이때 그는 마음 속으로 생사가 반반이라고 생각했다.

입궐해 보니 배다른 동생인 조표(曹彪)도 와 있었다. 오두미도의 교모 소용과 그 제자 진잠의 얼굴도 보였다.

소용의 모습을 보고 조식은 한숨을 돌렸다.

'죽지는 않겠구나.'

위나라 군병이나 백성의 8, 9할 정도가 오두미도의 신자였다. 죽은 조조도 그랬지만 황제 조비가 소용을 초대할 때에는――

'전군과 모든 백성 앞에서'

이러한 의식(意識)을 가지고 있었다.

소용이 있는 곳에서는 비밀 처형 따위는 행해지지 않을 터였다.

"견성왕(조식)과 오왕(조표)은 이제부터 영국(領國)으로 돌아가

라. 오늘은 송별 잔치이다. 친밀한 자들을 초대했다. 마음껏 술을 마시자꾸나. 견성왕의 시가 이 자리의 흥을 돋워 줄 거야."

황제 조비는 말했다.

만일 소용이 없었다면 이 송별 잔치가 독살의 자리가 아닐까 걱정되어 마음놓고 술을 마실 수 없었으리라. 황제 조비도 그것을 알고 소용 일행을 초대했을 것이 틀림없다.

잔치가 끝날 무렵 황제는 시녀를 시켜 비단보에 싼 것을 두 개 가져오게 했다.

"선물이다. 크기는 같지만 내용물은 다르다. 바꿔 전하지 말라. 빨간 비단보는 견성왕, 파란 보는 오왕에게 주는 것이다. 숙소에 돌아가서 끌러 보도록 하라."

"고맙게 받겠습니다."

황제의 아우 두 명은 공손히 두 손으로 받들었다.

"몸을 아끼도록 하라. 이별을 슬퍼하지 말라. 또 만날 날이 있으리라. 반드시 있으리라."

일찍이 황제의 말에 이토록 따뜻한 느낌을 받은 적이 없다. 이상한 느낌마저 들었다.

조식은 숙소에 돌아와 빨간 비단보를 풀었다.

안에는 아름답게 옻칠한 베개가 하나 들어 있었다. 빨강·노랑·청색으로 봉황을 그린 베개. 아름답다기보다도 농염(濃艶)하다는 편이 좋을지 모른다. 부피도 별로 크지 않은 것이 어쩐지 부인용이라 생각되었다.

"아!"

가죽에 몇 겹이나 옻칠한 베개인데 그 옆쪽에 '견부인을 위해 이것을 만들다'라는 글씨가 씌어 있지 않은가!

조식의 두 눈에서 눈물이 걷잡을 수 없이 볼을 타고 흘러내렸다.

일설에 의하면 조식이 형인 문제를 배알했을 때 문제는 조식에게

옥과 금으로 장식된 견후의 베개를 보여 주었다.

그때 조식은 그만 눈물을 글썽거렸다.

이때 견후는 이미 곽후의 참언에 의해 살해된 지 오랜 뒤였다.

문제는 동생의 눈물을 보고서 그 마음을 눈치챘다. 그래서 함께 술을 마시고 견후가 쓰던 베개를 그에게 선물했던 것이다.

돌아가는 도중 환원(轘轅)의 관문을 지난 조식은 낙수(洛水) 물가에서 잠시 쉬었다.

생각나는 것이란 견후의 추억뿐이다. 생각에 잠기고 있으려니까 홀연 견후의 아리따운 모습이 수면에 나타났다. 풀어헤친 머리에 가려 그녀의 얼굴은 보이지 않는다.

그러나 그 몸매로 대번에 견후임을 알 수 있었다.

견후는 조식에게 이렇게 말했다.

"저는 서방님을 사모하고 있었지만, 그것은 이루어질 수 없는 사랑이었어요. 그 베개는 시집올 때 가지고 와서 조비님께 드렸던 것입니다. 지금 서방님의 손에 들어가 잠자리의 시중을 들게 되니, 기쁨으로 가슴이 벅차 말로 이루 표현할 수 없어요. 곽후는 입에 쌀겨를 잔뜩 틀어넣어 숨이 막혀 살해되었습니다. 그 흉악한 얼굴을 보이고 싶지 않아 이런 모습으로 만나뵙게 된 것입니다."

말을 끝내자 견후의 모습은 연기처럼 사라졌다.

그리고 사자가 나타나더니 유품인 진주를 조식에게 건네 주었다. 조식은 한쌍의 옥패(玉佩)를 답례품으로 주었다.

기쁘고, 또 슬펐다. 조식은 자기의 감정을 억누를 수 없어 시를 지어 노래했다.

그것이 '감견부(感甄賦)'이다.

조비는 마침내 오나라 공격의 동원령을 내렸다. 사마의는 반대하지 않았다.

오나라 공략을 반대해도 꾸중만 당할 것을 알고 있기에 그는 공략 방법만을 진언했다.

"오나라는 장강에 의해 지켜지고 있으므로, 먼저 크고 작은 전선들을 준비하여 채하(蔡河)·영수(潁水)에서 회하로 들어가고 수춘을 거쳐 광릉으로 나가 단숨에 장강을 건너가야 할 것이옵니다."

"그것이 좋겠군."

이리하여 밤낮을 가리지 않고 용선(龍船) 10척을 건조했다.

한 척의 길이가 200자나 되는, 군사 2천 명을 태울 수 있는 큰 배였다.

이 용선 10척에 병선 3천여 척이 준비되었다.

공략군의 진용을 보면 선봉은 조진이 맡고 여기에 장합·장료·문빙·서황 등 맹장이 뒤따랐다.

중군은 조비가 거느리고, 그 호위로서 허저와 여건이 따르고, 참모로 유엽과 장제가 있었다.

후군은 조휴가 맡았다. 총군세 30여 만 명이었다.

사마의는 모처럼 무훈을 세울 수 있는 좋은 기회를 자진해서 사양하며 말했다.

"신은 허도를 지키고 있겠사옵니다."

이번 오나라 공략이 실패할 것으로 내다본 사마의의 엉큼한 처신술이었다. 조비는 그런 줄도 모르고 사마의를 상서복야(尙書僕射)에 임명하고 모든 정사를 그에게 일임했다.

황초 5년(224)의 일이다.

위나라 군사 30만이 조비의 직접 지휘 아래 용선과 병선을 나눠타고 채하·영수로부터 회하로 들어오고 있습니다. 광릉을 거쳐 장강을 건너 쳐들어올 것이 틀림없습니다.

첩자로부터 이런 밀서가 오나라로 들어오자, 손권은 문무백관을 바라보았다.

"역시 조비가 쳐들어오는군! ……이 침략군을 어떻게 막고 쳐부숴야 할지 의견들을 말하라."

고옹(顧雍)이 일어나 대답했다.

"위나라 군사가 나누어지도록 급히 촉나라에 사람을 보내어 제갈량으로 하여금 한중에서 출격하도록 해야 하옵니다."

"우리 오나라가 막아야 할 지점은?"

"남서(南徐)가 좋을 것이옵니다."

"그러나 남서에서 적을 막을 수 있는 사람은 육손밖에 없다!"

그 육손은 현재 형주를 지키고 있었다. 너무 멀어 급히 불러들일 시간이 없었다.

"누가 육손을 대신하여 남서에서 적을 맞아 싸우겠는가!"

"폐하, 여기 서성이 있는 것을 잊으셨사옵니까!"

서성은 오나라 장군 중에서 다섯 손가락 안에 꼽히는 용장이다. 손권이 하동의 소패왕으로 불리던 손책의 뒤를 이어 겨우 19세로 강동의 임금이 되기 전부터 이름을 날리던 맹장이다.

"오오, 서 장군…… 경이라면 수전(水戰)의 명수니까 틀림없이 강남 일대를 지켜낼 수 있을 거요."

손권은 서성을 안동장군에 봉하고 건업과 남서의 군대를 통솔하는 도독에 임명했다.

노장 서성은 지금 오나라 총수로 있는 대도독 육손보다도 나이가 열 살이나 위인 대선배였다.

일찍이 제갈공명의 귀신 같은 계산에 의해, 오나라 군사가 적벽에서 조조의 83만 대군을 참패시켰을 때, 서성은 대도독 주유의 총지휘 아래 정봉과 함께 장군호군교위(帳軍護軍校尉)로서 그 용맹을 떨쳤었다.

그 무렵 육손은 이름도 없는 한 젊은 서생에 지나지 않았다.

육손이 군략의 천재인 것을 알고 대도독으로 추천한 사람은 손권을 좌우에 모시고 있으면서 오나라 정치에 심혈을 기울이던 노숙과 여몽 두 원로였다.

육손은 이 발탁의 기대를 저버리지 않고, 이릉에서 유현덕의 대군을 패해 달아나게 함으로써 현덕으로 하여금 죽음을 재촉하게 만들었던 것이다.

그러나 오나라 원로 장군들 가운데는 지금도 여전히 훨씬 후배인 육손을 총사령관으로 받드는 것을 못마땅해하는 사람들이 한둘이 아니었다. 서성도 그 중 한 사람이었다.

"……됐다! 이번 위나라와의 결전에서 대승리를 거두어 내가 육손을 대신해서 대도독이 되어 보이겠다!"

서성은 기뻐 어쩔 줄 몰랐다.

그가 본영에서 온갖 지혜를 짜내 작전을 생각하고 있을 때였다.

"도독, 드릴 말씀이 있어 왔습니다."

그렇게 말하며 한 젊은이가 들어왔다.

오왕 집안의 한 사람인 손소(孫韶)였다.

손소의 큰아버지 하(河)는 본성이 유씨(兪氏)였는데, 손권의 형 손책의 사랑을 받아 손이란 성을 받았던 것이다. 손하와 그 아들들(孫桓을 맏이로 하는 네 아들)은 그들 집안의 이름을 사방에 떨친 용장들이었다.

손소도 역시 같은 피를 이어받은 용감한 젊은 무사였다.

"도독, 오늘 임금께서 장군을 도독으로 임명하신 것은 조비를 사로잡았으면 하는 생각에서인 줄 압니다. 조비를 사로잡으려면 적의 공격을 막기보다는 거꾸로 이쪽에서 먼저 쳐야 하리라 생각합니다. 즉 오늘밤 안이라도 장강을 건너 북쪽 언덕에 이르러, 회남에서 기습을 감행해야만 합니다."

"손소, 그대는 왕가의 성을 받은 덕분에 양위장군(揚威將軍)이란

벼슬에 올라 있지만, 아직 한 번도 싸움터에 나간 일은 없지 않은
가."

"없습니다."

"싸운 경험도 전혀 없는 어린 사람이 이 도독에게 작전을 가르치
려 하다니!"

서성은 어처구니없다는 듯 웃었다.

지금까지 서성이 생각하고 있던 작전은, 조비가 직접 대군을 끌고
오는 이상 반드시 전투 경험이 많은 용장을 선봉으로 삼고 있을 것
이 분명하므로, 적의 선단이 북쪽 기슭에 집결해 있는 것을 어떻게
격파하느냐 하는 그것에만 집중되어 있었던 것이다.

"도독, 소장에게 3천 명의 군사가 있고, 또 지난해까지 광릉 수비
를 맡고 있었으므로 그곳 지리는 손바닥을 들여다보듯 잘 알고 있
습니다. 부디 소장에게 강을 건너가 조비와 승부를 짓게 해 주십
시오. 만일 실패하게 되면 어떤 처분이라도 달게 받겠습니다."

"안 돼!"

서성은 호통쳤다.

그러나 손소는 완승을 장담하는 자신에 넘치는 표정으로 한발도
물러나려 하지 않았다.

격렬한 입씨름이 한참이나 계속된 끝에 서성은 마침내 분통을 터
뜨렸다.

"너 이놈! 도독인 내 명령에 끝까지 맞서겠다는 거냐? 반항죄로
여러 장수들이 보는 앞에서 목을 베어 본을 보여 주겠다!"

곧 집행관을 부른 서성은 그 자리에서 명령했다.

"이놈의 목을 치도록 하라!"

그러나 손소는 끝까지 자기 주장을 굽히려 들지 않았다. 마침내
집행관은 손소를 진문 밖으로 끌어내어 처형하는 표지의 검은 기를
세웠다.

이 소식이 손소의 부하들에 의해 손권에게 급히 보고되었다.

손권은 깜짝 놀랐다.

"서성이 눈이 뒤집혔는가!"

손권은 손수 말을 타고 형장으로 달려갔다.

손권이 도착했을 때는 벌써 도부수 하나가 칼을 들고 막 명령이 떨어지기를 기다리고 있었다.

"기다려라! 안 된다!"

손권은 말 위에서 호통을 쳐서 도부수를 물러가게 했다.

손소로부터 전후 사정 이야기를 듣고 난 손권은 도독의 본영으로 들어갔다.

서성은 아주 거북스런 태도로 임금을 맞이하여 말했다.

"도독에 임명된 신이 군율을 어긴 부하 장수를 처형하려는 것을, 폐하께서 직접 관여하시는 것은 참으로 뜻밖이옵니다."

"나는 손소의 기상을 잘 알고 있다. 그가 공을 혼자 독점하려는 야심 때문에 조비에게 선제 공격을 시도하려던 것은 아니다."

"아뢰옵기 황공하오나, 이번 싸움에서 총지휘를 하는 것은 신이 옵니다. ……군령을 어기는 사람은 신분을 가리지 않고 군법대로 시행해야만 되옵니다!"

서슬이 시퍼런 서성을 손권은 좋은 말로 달래어 처형만은 면하게 했다. 그런 다음, 손권은 손소에게 도독에 대해 살려준 은혜에 감사하라고 시켰다. 그러나 손소는 앙연히 고개를 쳐들고 말했다.

"소장은 장강을 건너가 회남 땅에서 조비를 맞아 공격하는 길 외에 이기는 방법이 없다고 생각합니다."

그리고 성큼 본영을 나가 버렸다.

그제야 손권도 손소의 무례함을 용서하기 어렵다고 화를 냈다.

그러자 서성이 미소를 지으며 손권을 안으로 모시고 들어가 속삭였다.

“이것으로 잘 된 것이옵니다.”

“무슨 소리인가?”

“신은 손소의 의견을 들었을 때 그것이 가장 좋은 작전이라고 생각했사옵니다. 그러나 우리 군대 안에 들어와 있는 적의 첩자가 한둘이 아니옵니다. 그러므로 도독으로서는 어디까지나 손소의 의견을 물리친 것으로 보이지 않으면 안 되었사옵니다. ……적의 첩자는 조비에게 우리 오나라 군사가 남쪽 기슭에서 맞아 싸울 계획을 하고 있다고 보고할 것입니다. ……이른바 허허실실의 전술로 아시기 바라옵니다.”

요컨대 서성은 숨어 들어온 적의 첩자에게 보여 주기 위해 일부러 손소의 목을 치라고 했던 것이다. 물론 손권이 말을 달려와 이를 말릴 것도 계산에 넣은 치밀한 연극이었다.

——그날 밤.

“손소 장군이 부하 군사 3천 명을 거느리고 안개를 타고 몰래 북쪽으로 건너갔습니다.”

보고가 서성에게로 들어왔다.

서성은 동료 장군인 정봉을 불러 부탁했다.

“정 장군도 군사 3천 명을 거느리고 북쪽으로 건너가 손소를 도와 주시오.”

“알았습니다.”

정봉은 한 시간 뒤에 한 무리의 쾌속선을 거느리고 짙은 안개가 낀 장강을 소리없이 건너갔다.

한편 조비는 용선 10척과 병선 3천 척의 대선단을 거느리고 영수로 내려와, 수춘에서 합류되는 회하로 나와 광릉에 이르렀다.

광릉은 오나라 도읍 건업보다 더 동쪽에 자리하고 있었다.

선봉을 맡은 조진은 벌써 군사를 장강 북쪽 기슭에 포진시키고 있었다.

조비가 물었다.

"우리 군사를 맞아 싸우기 위해 오나라 군사는 남쪽 기슭에 어느 정도의 군사를 배치시키고 있는가?"

그러자 조진은 대답했다.

"탐색병들이 쾌속선을 타고 강 중간까지 나가 살폈던바, 우리의 상륙을 막기 위한 진지는 물론이요 군사 한 명도 보이지 않았으며, 깃발 그림자 하나 볼 수 없었다 하옵니다."

"그건 수상하다. 뭔가 작전을 쓰고 있는 것이 틀림없다. 그러나 육손이 형주에 있으므로 대단한 작전을 꾸미지는 못했을 것으로 본다."

조비는 직접 용봉과 일월과 오색기가 나부끼는 용선을 타고 남쪽 기슭 가까이까지 나가 보았다.

조진의 보고대로, 오나라 쪽에 방비다운 방비라고는 아무것도 눈에 띄지 않았다.

"밀고 건너가야 할지 어떨지?"

조진은 유엽·장제 등 참모들과 상의했다.

유엽이 대답했다.

"손권 같은 사람이, 우리 대군이 밀고 쳐내려오는 것을 알면서 아무 방비 없이 기다릴 리가 없습니다. ……며칠을 기다려, 적의 복병이 있나 없나를 안 다음, 우선 선봉대를 건너게 하시는 것이 어떨까 싶습니다."

"좋다! 아무튼 내일까지만 기다려 보자."

그날 밤은 달도 없이 깜깜했다. 위나라 수군은 저마다 화톳불을 피워, 낮이 무색할 정도로 주위를 밝혀 시위했다.

이에 대해 남쪽 기슭은 반딧불만한 불빛 하나 보이지 않았다.

위나라는 장군에서부터 군졸에 이르기까지, 오나라 군사가 위나라 수군에 겁을 먹고 강가에서 멀리 떨어진 요새로 피해 대기하고 있는 것으로 생각했다.

그런데 짙은 안개가 깔려 코앞에 있는 얼굴도 분간하기 어려운 새벽이 막 지날 무렵, 갑자기 강한 바람이 불어닥치며 그 짙은 안개를 단숨에 몰아내고 말았다.

그런데 이게 어찌된 일일까!

조비 이하 위나라 전군이 깜짝 놀랄 광경이 남쪽 기슭에 나타났다. 눈이 미치는 한 높은 성벽이 줄지어 있고, 그 위에 무수한 깃발들이 휘날리고 있지 않는가.

성벽 위와 망루에는 군사들이 들고 있는 창과 칼이 떠오르는 아침 해에 눈부시게 번쩍이고 있었다.

"이게 어찌된 일이냐!"

자기 눈을 의심하고 있는 조비에게 다시 놀라운 보고가 들어왔다.

"연안에서 석두성(石頭城)까지 수십 리에 걸쳐 새로 쌓은 요새가 나타나 있고, 강에는 전선, 뭍에는 전거(戰車)가 빈틈없이 늘어서서 전투 준비를 끝내고 있사옵니다."

그것은 위나라의 침략군을 맞아 싸우기 위해, 오나라가 온 병력을 동원했음을 뜻한다.

성벽은 눈가림용이고 수없이 늘어선 군사도 모조리 짚으로 만든 인형이었다. 그러나 조비는 그것을 알아볼 만한 눈을 가지고 있지 못했다.

만일 조조였다면 혹 속임수를 눈치챘을지도 모를 일이다. 그러나 조비는 그저 기가 찰 뿐이었다.

"적이 이 정도로 철벽 같은 준비를 하고 있는 이상 오나라를 마음껏 짓밟아 줄 수는 도저히 없겠구나."

조비는 한숨을 내쉬었다.

더구나 그때 불행하게도 위군에게 갑자기 무서운 강풍이 불어닥쳤다.

2천 명이 타는 거대한 용선까지 뒤집힐 것만 같은 강풍이었다. 조비는 황급히 조진의 충고를 받아들여 문빙의 부축을 받으며 작은 배로 옮겨 육지로 올라갔다.

거기에 급보가 들어왔다.

"촉나라 조자룡이 양평관에서 출격하여 장안을 바라보며 질풍같이 진격해 오고 있사옵니다."

조비는 오나라 국토에 발을 내딛을 경황이 없었다.

"후퇴하라! 오나라를 치는 것은 뒷날로 미룬다!"

다급해진 조비는 장군들에게 명령을 내렸다.

30만 위군은 앞을 다투어 달아나기 시작했다.

그런데 위나라가 자랑하는 용선 10척과 병선 3천여 척이 광릉을 버리고 회하를 거슬러올라 영수와 합류되는 수춘 근처까지 퇴각했을 때였다.

갑자기 양쪽 언덕에서 천지가 진동하는 함성이 터졌다.

손소와 정봉이 이끄는 6천 명 군사가 퇴로에 매복해 있었던 것이다. 무수한 불화살이 용선을 향해 날아왔다.

조비가 탄 용선은 간신히 불화살을 피해 30리 남짓 도망쳐, 갈대숲 속으로 숨으려 했다.

그런데 손소는 미리 조비가 그렇게 달아날 것을 예측하고 있었던 듯, 그 일대의 갈대에 이미 고기 기름을 뿌려 두었다.

수백 개의 불화살이 갈대밭에 떨어지며 용선은 삽시간에 불길에 휩싸였다.

조비는 하는 수 없이 작은 배로 옮겨타고 뭍으로 올라갔다.

거기에 정봉이 이끄는 3천 명 군사가 밀어닥쳤다.

조비의 팔다리 같은 장료가 결사적으로 이를 막아 싸웠다. 그러나 정봉이 쏜 화살을 허리에 맞고 넘어졌다.

그것을 서황이 도와 조비를 지키며 걸음아 날 살려라 하고 도망쳤
다. 위나라 황제 조비가 살아서 낙양에 돌아올 수 있었던 것은 기적
이었다.

위나라 공략군은 이번 싸움에서 수많은 목숨을 잃었다. 장료마저
화살의 상처로 인해 죽고 말았다. 위나라 군사를 대패시킨 서성은
손권으로부터 크게 은상을 받았다.

반골(反骨)

손권은 술을 마실 때면 노려보듯 눈동자를 꼼짝하지 않는 습관이 있었다. 그리고 끝도 없이 마신다. 술버릇도 별로 좋지 않다.

그러면서도 적반하장으로 술버릇이 나쁜 인간을 싫어한다.

그런가 하면 연회석에서 술을 마시지 않고 점잔을 빼고 있는 사람을 보면 까닭없이 화를 낸다.

"너는 내 술을 맛없게 하기 위해 이 자리에 참석했느냐?"

시비를 걸기 일쑤였다.

한마디로 비위 맞추기 어려운 술 상대였다.

유비가 관우의 복수전으로 장강을 내려와 오를 칠 무렵, 손권은 무창(武昌)에 본영을 두었다. 그때 위나라 문제는 손권을 오왕에 봉했다.

그 때 축하연에서 손권은 언제나처럼 군신들에게 말했다.

"자아, 오늘은 진탕 마시자. 곤드레만드레가 되지 않으면 용서치 않겠다."

이때 그는 이미 술이 어지간히 취해 있었다. 손권은 시신을 불러 명했다.

"물을 길어다가 모두에게 끼얹어라! 술마시기는 그 뒤부터다."

흥을 돋구기 위해서이기도 했지만, 자기는 엉망으로 취해 있는데 가신들이 단정히 앉아 있는 모습이 썩 기분 좋지 않았기 때문이기도 했다.

어쨌거나 물이라도 끼얹어 난장판을 만들고 싶었던 것이다.

하인들이 통에 물을 담아 가지고 들어와 긴 자루 바가지로 물을 떠서 점잔을 빼는 군신들에게 마구 뿌렸다.

손권을 오왕에 봉한다는 사자가 위나라에서 온 것은 황초 2년 11월이었다. 한겨울이었다.

아무리 강남이 따뜻하다고 하나 이 계절의 물벼락은 결코 유쾌한 일은 못되었다.

모두 시무룩한 얼굴로 물벼락을 맞고 있었다. 너무 화난 얼굴을 하게 되면 오왕 손권의 벼락이 떨어질 염려가 있었다. 그래서 때때로 웃고 싶지도 않은 웃음소리를 냈다.

이때 손권의 바로 옆에 앉아 있던 인물이 벌떡 일어섰다.

가신들 중에서 가장 나이많은 장소(張昭)였다.

"물러가겠사옵니다."

장소는 노인답지 않은 결연한 태도로 성큼성큼 물러갔다.

여느 때의 손권이라면 여기서——

"기다려!"

호통칠 것이었으나, 술에 취해 있어 상황을 파악하는 데 조금 시간이 걸렸다.

장소의 발소리가 복도 저편으로 사라지고 나서야 겨우 알았다.

'영감이 내 행동에 불만이 있어 나갔구나.'

"수원장군을 다시 불러와!"

손권은 명했다.

위 문제는 손권을 오왕에 봉함과 함께 장소에게 수원장군 칭호를 내리고 유권후(由拳侯)에 봉했던 것이다.

수원장군 장소는 다시 불려왔다.

손권도 장소에게만은 다른 가신에게 하듯 대뜸 소리를 지르거나 하지 못했다.

"동생 권을 부탁하오!"

형 손책은 죽기 직전 장소를 불러 당부했던 것이다.

지난 10년 동안, 주유·노숙·여몽 등 오나라의 대들보가 차례로 세상을 떠났다. 장로급으로 남아 있는 것은 오직 장소뿐이었다. 아무리 술에 취했다고 해도 그러한 장소에게 모욕을 줄 수는 없는 일이다. 손권이 그렇게 대했는데도 장소는 멋대로 자리에서 물러남으로써 많은 가신들 앞에서 손권에게 치욕을 안겨 준 셈이었다.

손권은 그렇게 생각했다. 적어도 그 치욕만은 씻어 두고 싶었다.

손권은 말했다.

"모두들 함께 즐기려고 했을 뿐이 아닌가. 그것이 뭐가 나쁜가? 영감, 그리 성내지 말라."

장소가 말했다.

"옛날 은나라 주왕은 조구(糟丘)에서 주지육림(酒池肉林), 밤을 밝혀 잔치를 벌였습니다. 그때도 역시 즐기고자 생각했을 뿐이었지 결코 나라를 멸망시킬 생각은 없었습니다."

"알았다, 알았어!"

손권은 그 이상 말하지 않았다.

'수원장군이기에…….'

사람들은 그렇게 생각했다. 장소가 아닌 다른 사람이 같은 뜻의 말을 입에 올렸다면 손권은 과연 이렇듯 순순히 물러나고 말았을까?

그 자리에 있던 가신들은 눈앞의 정경에서 한 인물을 연상했다.

우번(虞翻)이었다.

다행히도 그 인물은 이 자리에 없었다. 만일 있었다면 무사히 넘어가지는 않았으리라.

우번은 대학자이고 매우 강직한 성품을 지닌 인물이었다. 그런데 곤란하게도 손권 못지않게 주벽이 심했다.

우번은 몇 번이고 손권과 충돌했다. 아니, 손권의 형님 손책 때부터 그는 거침없이 바른 말을 잘했다.

사냥에 미치다시피 한 손책에게——

"조심하지 않으면 안 됩니다."

강력하게 간한 일도 있었다.

손책은 사냥 나갔다가 자객의 습격을 받아 목숨을 잃었다.

우번으로서는 '그것 보라, 내가 뭐랬나.' 하는 마음이 있었다.

'내가 옳다!'

그렇게 믿는 일은, 비록 상대가 주군이든 누구든 사정없이 직언(直言)을 했다.

술이 들어갔다 하면 말이 더욱 강경해졌다.

'놈의 말버릇이 마음에 들지 않는다. 주군을 뭘로 아는가!'

손권은 화를 내어 기도위(騎都尉)라는 요직에서 해임하고 단양(丹陽)의 경현(涇縣)으로 귀양보냈다.

그러나 얼마 후 우번은 죄가 용서되었다. 그에게는 의술(醫術) 특기도 있었다. 마침 손권이 관우를 공격코자 여몽을 대도독으로 파견할 때였다.

여몽이 병자였으므로 출전에 즈음하여 의원을 데려가기를 희망했기 때문이다.

"좋아. 명의를 수행시키지. 그런데 장군이 희망하는 명의는?"

손권이 물었다.

"우번입니다."

"아아, 그놈이냐!"

우번의 이름을 듣자 손권은 이맛살을 찌푸렸다. 그러나 의원 수행은 일단 허가한 일이라, 남의 위에 서 있는 자로서 고개를 저을 수는 없었다.

"그것도 좋겠지. 놈을 슬슬 풀어 주려던 참이었다. 그 고집쟁이도 이제는 버릇이 고쳐졌겠지."

손권은 곧 우번을 사면하여 건업에 불러 올리는 절차를 밟으라고 명했다. 입으로는 버릇이 고쳐졌겠지, 말했지만 마음 속으로는 그렇게 생각하고 있지 않았다.

'귀양쯤으로 그 사나이의 본성이 바뀔 리가 없다. 만일 바뀐다면 그것은 이미 우번이 아니다. ……이제부터 그 골머리 아픈 사나이를 어떻게 다루어야 할까?'

손권은 장소를 불렀다.

"우번을 불러 올리기로 했다. 그가 보기 드문 석학이고 유능한 인물임은 나도 잘 알고 있다. 하지만 인간을 좋아하고 싫어함은 어쩔 수가 없는 일이야. 나는 놈의 얼굴만 보아도 욕지기가 나올 판이다. ……벌써부터 앞으로의 일을 생각하면 우울해진다. 무슨 좋은 방법은 없을까?"

장소는 잠깐 생각했으나 좋은 방법이 떠오르지 않는지 대답이 없었다.

역시 귀양쯤으로 천하의 고집불통 우번의 본성은 바뀌지 않았다. 돌아온 우번을 보았을 때 오나라 사람들로서 위로 임금인 손권부터 아래로는 군졸에 이르기까지 새삼 그렇게 느꼈다.

위나라 명장 우금(于禁)은 번성 싸움에서 관우에게 포로가 되어 있었는데 관우 멸망 후에 손권이 그를 오나라로 데리고 와서 후하게 대접했다. 손권은 말을 타고 외출할 때 우금을 수행원 속에 참가시키는 일이 있었다. 손권은 그만큼 우금에게 호감을 가졌다.

언젠가 손권은 우금과 말머리를 나란히 하고서 외출을 했다. 건업 성문을 나서자 우번과 마주쳤다. 우번은 긴 가죽 채찍을 들고 있었다. 그는 거기에서 기다리고 있었던 모양이다.

"야, 포로 놈!"

우번은 소리치면서 채찍을 휘둘러 가며 우금에게 다가왔다.

"포로의 몸으로 우리 주군과 말머리를 나란히 하다니 괘씸하구나! 하늘이 무서운 줄 모르는 철면피 같으니!"

"무엄한 놈! 물러가라!"

손권이 호통쳐서 우번은 발걸음을 멈추었다. 손권의 제지가 없었다면 그의 긴 채찍은 우금의 얼굴을 후려쳤으리라.

그런 뒤 얼마 있다가 손권은 가신들을 초대하여 장강에 누각배를 띄워 뱃놀이를 했다.

그때의 정식 연회에는 으레 음악이 딸렸다. 악대는 서주 사람들이라 그들은 고향의 음악을 연주했다. 태산(泰山) 출신인 우금은 고향의 가락을 듣자 그만 눈물이 나왔다.

"이봐 문칙(文則 : 우금의 자)."

여럿 앞에서 우번이 큰 소리로 꾸짖었다.

"너는 눈물을 흘리면 석방이라도 시켜줄 줄 아느냐? 여자나 어린이가 쓰는 낡은 수법이야. 집어쳐라, 꼴도 보기 싫다!"

좌중의 흥이 일시에 깨어졌다.

우금은 얼굴을 숙였고 손권은 노골적으로 불쾌한 빛을 보였다.

우번은 전에 여몽군에 종군하여 관우를 치고 승리를 거두었다. 이때의 승리는 강릉에 있던 미방이 관우에게 군량미를 보내 주지 않고 마침내는 오나라에 항복한 것이 큰 원인이었다.

미방의 배신으로 이겼는데, 우번은 배신 행위를 용서할 수 없는 성미라 미방에게 온갖 모욕을 주었다.

미방의 군영에 일부러 찾아가서 소리질렀다.

“충성과 신의를 잃은 인간은 이미 어떤 주군이라도 섬길 자격이
없어!”

견디다 못한 미방의 부하는 우번이 모습을 나타내자 영문을 닫아
버렸다. 그러자 우번은 문 앞에서 비웃었다.

“이곳 문은 닫아야 할 때 열고 열어야 할 때 닫히게끔 되어 있구
나. 과연, 과연 알 만하구나!”

미방이 유비군의 장수로 강릉을 지키면서도 배신하여 손권군을
위해 성문을 열어준 것을 비꼬는 말이었다.

손권의 술버릇이 나쁜 것도 아마 불치(不治)의 병인 듯싶었다.

어떤 술잔치에서 손권이 몸소 잔을 들어 가신 하나하나와 차례차
례 건배했다. 우번에게 술잔이 갔는데 그는 이미 술이 취해 바닥에
누워 있었다.

“이 녀석, 곯아떨어졌군!”

손권은 중얼거리고 다음 자리로 옮겼다. 그런데 손권이 자기 앞을
떠나자 우번은 일어나 히죽 웃으며 옆자리 사나이와 이야기를 나누
었다. 엉망으로 취해 있었다고는 여겨지지 않는 멀쩡한 태도였다.

마침 그것을 손권이 뒤돌아보았다.

“이놈, 감히!”

손권은 그 푸른 눈에 핏발을 세우며 외쳤다.

“나하고는 건배할 수 없다는 거냐! 그렇다면 두 번 다시 내 얼굴
을 보지 않도록 해 주겠다!”

손권은 칼을 뽑았다.

“기다려 주십시오!”

대사농(大司農)인 유기(劉基)가 뒤에서 손권을 끌어안고 간했다.

“안 됩니다. 지금 주군께서는 왕으로 봉해져 있습니다. 우번은 대
학자, 천하에 그 이름이 알려진 인물입니다. 왕이 몸소 학자를 죽
였다고 하면 천하의 사람들이 어떻게 생각하겠습니까? 우번에 죄

가 있더라도 사람들은 전하께서 현량(賢良)을 받아들일 그릇이
못 된다고 생각하겠지요. 그러면 앞으로가 중요한 지금의 오나라
에 인재가 모이지 않습니다.”
“조조도 공융(孔融)을 죽였다. 내가 우번을 죽이는 데 무슨 망설
일 일이 있겠는가? 이놈!”
손권은 칼을 높이 들려 했고 유기는 그 팔을 꽉 잡았다.
“조조는 그 때문에 천하의 비난을 받았습니다. 게다가 조조만 하
더라도 스스로 칼을 휘둘러 공융을 죽인 것은 아닙니다.”
유기는 필사적으로 간했다.
공융은 공자의 20대 자손으로 북해(北海)의 상(相)을 지낸 인물
이다. 성인의 자손이라는 것을 배경삼아 기교(奇矯)한 말과 행동이
많았다. 손권이 우번을 싫어하듯 조조도 공융을 싫어했다.
공융은 이론을 앞세우기 좋아했다. 그것도 대국(大局)을 염두에
둔 이론이 아니고 이론을 위한 이론이었다. 현실주의자인 조조가 공
융을 끝끝내 싫어했던 것은 당연할지 모른다.
이를테면 군량 부족에 고심하던 조조가 어느 때 술 빚기를 금했
다. 이 일에 공융은 의견서를 제출했다.

한고조가 취하여 흰 뱀을 베었기에 한 나라가 탄생했습니다. 경
제(景帝)가 취하여 왕미인을 총애하지 않았다면 저 영명한 무제
는 이 세상에 태어나지 않았을 것입니다.

공융은 이렇듯 기다랗게 술의 효능을 열거했다. 조조는 그 의견에
대해 술로 나라를 잃은 본보기도 있다고 반박했다.
공융은 또 조조의 말에 반박하는 편지를 썼다.

그런 식으로 말하자면 서(徐)나라 언왕(偃王)은 인의를 중히

여긴 나머지 나라를 망쳤고, 연(燕)나라 번쾌(樊噲)는 겸양 때문에 망했고, 노(魯)나라는 학문을 지나치게 존중하여 쇠약해졌고, 하(夏)와 은나라는 여자 때문에 망했습니다. 술만 금지하지 마시고 인의·겸양·학문·남녀의 성생활도 금하시는 게 어떻겠습니까?

'이따위 아는 체하는 인간과는 더 상종할 수 없다!'

조조의 혐오는 더욱더 심해져서 구실을 만들어 공융을 처형했던 것이다. 물론 조조의 손으로가 아니고 형리의 손으로——

"알았다!"

손권은 뽑았던 칼을 칼집에 꽂았다. 하지만 일단 죽인다고 설쳐대다가 우번을 용서한 일이 아무래도 쑥스러웠던 모양이다.

"이제부터는 술에 취해 죽인다고 말했을 때에는 모두 형을 집행하지 않기로 하겠다!"

이렇게 덧붙였다.

유비군을 이릉(夷陵)에서 대패시킨 뒤 손권은 마침내 우번에 대해 더 용서할 수 없었다. 그때 군신 앞에서 우번은 방약무인하기 짝이 없는 말을 했다.

손권은 장소와 신선(神仙)에 대해 이야기를 나누고 있었다. 때마침 백마사의 지겸(支謙)이 왕태사의 스승으로 임명되었을 무렵이라 이국의 불교가 오나라에서 화제로 올랐었다.

남쪽 사람은 북방인에 비해 신선에 대해 더욱 깊은 흥미를 가졌고, 따라서 신선 이야기를 좋아했다.

"하하하."

그때 별안간 우번이 크게 웃고 장소를 가리키며 말했다.

"이분은 송장이야. 어느 틈에 죽어 버렸을까. ……하하하."

"중상(仲翔), 말을 삼가라!"

손권은 얼굴이 시뻘게져서 말했다. 오나라 최고 장로인 장소를 가리켜 '송장'이라니 그 무슨 망언인가!

아무리 강직한 직언거사(直言居士)라 해도 해서 될 말과 안 될 말이 있다.

"그렇지 않습니까? 이 세상에 신선 따위는 없습니다. 대체 누가 신선을 보았지요? 저 세상이라면 있을지도 모릅니다. 자포(子布)는 저 세상 사람인 모양이지요. 그러니까 신선이 어쩌고저쩌고 하며 말하시는 거겠죠."

우번은 두려워하는 빛도 없이 말했다.

"닥쳐라!"

손권은 벌떡 일어나더니 부들부들 떨리는 손가락을 우번에게 내밀며 외쳤다.

"이놈을 끌어내라! 더 이상 참지 못하겠다. 교주(交州)로 귀양을 보내 버려!"

교주 지역은 엄청나게 넓다. 지금의 광동성과 광서성에서 베트남의 북부까지 포함된다.

중국의 남쪽 끝이었다.

한나라 초기 조타(趙佗)가 이 지방에 독립 정권을 세우고 남월(南越)이라 자칭했다. 한 무제가 남월을 평정하여 창오(蒼梧)·남해(南海) 등 7군을 두었고 나중에 해남도(海南島)를 포함시켜 2군을 더 늘린 뒤 교주자사의 통치 아래 두었던 것이다.

처음에 자사는 용편(龍編)에 주재했는데 용편은 지금의 베트남 통킹 근처이다. 나중에 광신(廣信)으로 옮겨졌다. 지금의 광동성 봉천현(封川縣)이다.

교주가 교주와 광주(廣州)의 2주로 분할된 것은 몇 년 뒤였다. 삼국시대 교주는 오나라에 속했다. 그러나 촉한의 제갈공명이 착착 남방을 경영하고 있어 매우 미묘한 문제가 일어나고 있었다.

그때까지는 남쪽 변경으로, 고작 좌천이나 귀양을 보내는 땅으로
만 이용되어 왔던 것이다.

"교주로 귀양보내라!"

손권이 외쳤을 때, 그 자리에 있던 사람들 가운데에는 동정하는
사람도 있었다.

"교주라고? 어쩌지!"

"자업자득이다. 그렇게 함부로 입을 놀리더니……."

마음속으로 이렇게 생각하는 사람이 더 많았다. 우번의 방약무인
한 태도는 사람들의 미움을 사고 말았던 것이다.

그때의 교주 정세는 어떠했을까?

그곳에는 사섭(士燮)이라는 토호가 있었다. 사씨는 전한 말 왕망
의 난 때 중원의 전란을 피하여 교주로 이주한 이래로 이미 200년
이나 된 토착 세력이었다.

사섭의 아버지 사사(士賜)는 환제(桓帝) 때 일남태수(日南太守)
로 임명되었다. 사섭은 교지태수(交趾太守)가 되었지만 동생 사일
(士壹)이 합포태수(合浦太守), 그 다음 동생이 구진태수(九眞太
守), 또 그 아래 동생이 남해태수로 일족이 그 일대를 단단히 장악
하고 있었다.

한나라 말기 조정에서 파견한 교주자사인 장진(張津)이 살해되었
을 무렵, 이 고장에는 이미 중앙의 법이 미치지 않았다. 형주목 유
표가 멋대로 뇌공(賴恭)이라는 인물을 교주자사에 임명했다.

유표 세력이 사라진 뒤 이 지방에는 적벽전에서 대승한 손권의 세
력이 미치게 되었다.

토착 세력은 그와 같은 대세력에 거스르지 않고 적당히 조공을 보
내어 신하의 예를 차렸지만, 실질적으로는 독립되어 있었던 것이다.

사섭은 위장군이 되어 용편후(龍編侯)로 봉해졌고 동생들도 저마
다 중랑장·편장군에 임명되었다.

손권의 힘이 강해지고 그에 압박감을 느끼자, 사섭은 아들을 볼모로 보내어 공순히 따르겠다는 뜻을 나타냈다. 또한 손권을 위해 익주 변경의 호족들을 자기 편으로 끌어들이고, 손권의 세력 확장에 힘을 빌려 주었다.

우번이 교주로 귀양갔을 무렵, 사섭은 이미 80세가 가까웠고 「춘추좌씨전」의 주석에 몰두하면서 나날을 보내고 있었다.

우번도 석학으로 알려져 「노자」·「논어」·「국어」 등의 연구는 당대 으뜸이었다.

"기다려지는군."

우번이 귀양온다는 말을 듣고서 사섭이 말했다.

아들 사휘(士徽)가 이에 대답했다.

"소문에 의하면 안하무인, 교만하기 이를 데 없는 인물이라고 합니다. 아버지의 뜻을 거스르는 짓도 많을 거예요. 아무튼 오왕 전하마저 속을 썩였다는 인물이라니까요."

"내가 기다리고 있는 것은 우번이 아니야. 우번이라면 그의 저술을 읽은 일이 있어 어떤 생각을 가진 인물인지 대강은 알고 있다. 별로 걱정할 사람도 아니지."

"그럼 아버지는 무엇을 즐겁게 기다리고 계십니까?"

"우번과 같은 배로 부도의 사람과 오두미도의 사람이 온다더라. 어떤 생각을 품은 자들인지 잘 모르니까 만나 이야기를 듣는 기회가 기다려진단 말이다."

우번과 같은 배로 부도의 여승 경매(景妹)와 오두미도의 진잠이 교주에 온다는 소식이 있었다.

남쪽 나라

경매(景妹)는 월지 여자이다. 월지족 신(神)으로 중국에 들어온 부도의 가르침인 불교는 난세라는 배경을 타고 급속히 중국인들 사이에 퍼졌다.

그러나 실크로드를 지나 중원에 들어온 불교와, 남쪽을 거쳐 교주에 들어온 불교는 약간 색깔이 달랐다.

장강 일대의 불교는 그 두 가지가 뒤섞여 얼마간 혼란을 빚고 있었다.

경매는 그 조정을 위해 교주로 가게 되었다. 경매는 젊었을 때는 골골대는 병추기였으나 40대가 되면서 강건해졌다. 체질이 개선되었던 것이다.

교주는 그때 음사(淫祠), 사교가 성하고 불교도 갓 들어온 때였으며 오두미도의 힘 역시 약했다. 아직 제대로 된 신앙이 없는 고장이었다.

진잠은 교모 소용의 말에 따라 오두미도 포교를 위해 교주에 파견된 것이다.

그런 색다른 인물들이 온다는 이야기는 이미 교주에도 전해졌다.

그때 장강 일대 지방에서 교주로 가는 가장 가까운 코스는 파양호(鄱陽湖)로부터 뱃길로 가는 길이었다.

무창으로 진출하기 전의 손권의 전진 기지 시상(柴桑)은 여산(廬山) 기슭에 있었고 파양호는 그 남쪽에 걸쳐져 있었다. 현재의 남창(南昌) 근처를 거쳐 감강(贛江)을 거슬러 올라간다. 강서(江西)와 광동의 경계에서 잠시 육로를 가다가 주강(珠江) 상류인 정수(滇水)에 배를 띄워 이번에는 강물을 따라 내려간다. 소관(韶關)을 거쳐 지금의 광주시까지 주강을 내려간다.

우번 일행도 이 길을 이용했다.

사휘가 말했다.

"무창에서 온 자의 이야기로는 우번은 귀양으로 끝난 것이 이상할 정도라고 합니다. 오왕께 꽤나 대들었다 하더군요. 목숨을 아까워하지 않는 사나이라고밖에 할 수 없습니다."

"그 사나이는 예사 귀양이 아니야."

나이든 아버지 사섭은 흰 수염을 쓰다듬으면서 말했다.

"예사 귀양이 아니라면 무엇이란 말씀이오?"

"우리는 오왕을 위해 좀더 힘써야지."

아버지 사섭은 화제를 별안간 바꾸었다.

사휘가 말한다.

"애당초 우리는 오왕의 가신이 아닙니다. 그런데도 오왕을 위해서 꽤나 힘써 오지 않았습니까. ……우리의 도움이 없었다면 옹개(雍闓)가 촉한에 반역하는 일도 없었을 것입니다. 촉한이 바빠지면 그만큼 오나라에 도움이 되는 셈입니다."

"그렇게 격렬히 싸웠는데도 촉나라와 오나라는 친해졌지."

"위나라에 대항하자면 오나라도 촉나라도 혼자 힘으로는 안 되지요. 두 나라는 손잡을 수밖에 없습니다."

“그렇지만 그렇게 간단한 것은 아니다.”

“그럴까요? 저에게는 천하 정세가 아주 간단한 것처럼 보입니다만…….”

“하하하…… 50세가 되고서도 그만한 것을 모르느냐?”

사섭은 웃었다. 어딘지 쓸쓸한 웃음이었다.

관우·장비, 마지막으로 유비의 순서로 촉한의 세 영웅은 정확히 1년마다 죽었다.

‘그 셋이 없고 보면 촉한도 이젠 끝장이 아닐까?’

위나라나 오나라에서는 이런 말도 있었지만 사정을 아는 자라면 고개를 설레설레 흔들었으리라.

“천만에! 촉한에는 제갈공명이 있어. 공명만 건재하다면 촉한의 기초는 흔들리지 않네.”

유비가 죽었다는 소식이 전해졌을 때 위나라 문제 조비는 소용에게 물은 일이 있었다.

“제갈공명은 먼저 무엇부터 손을 댈까?”

촉 땅에는 오두미도의 신자가 많아 소용은 촉한에 관한 정보를 가장 많이 가지고 있었다.

소용은 대답했다.

“인재를 양성하는 일부터 시작하겠지요. 적어도 1년 동안은 다른 일을 할 수 없을 것입니다.”

“그렇겠지.”

조비는 고개를 끄덕였다.

누가 보아도 촉한에는 인재가 적었다. 관우나 장비 두 대들보뿐 아니라 황충이나 마량과 같은 맹장들도 세상을 떠나 여태까지 비교적 풍부했던 대장감도 이제는 조운밖에 살아 있지 않다. 그런 조운도 이미 장년기를 지났다.

제갈공명은 무엇보다도 먼저 문무 양쪽에 걸쳐 인재를 갖추지 않으면 안 되었다.

실은 촉 땅에 인재가 없는 것은 아니었다. 다른 곳에서 들어온 유비 정권을 토착 인재들이 외면하고 있을 뿐이었다. 또 유비 정권의 입장에서는 고락을 함께 한 부하가 있는데 그들을 제쳐놓고 현지의 토착 인재를 등용할 수는 없었다.

"본고장 사람은 높은 관직에 오르지 못한다."

"역시 타향 사람 세상이야!"

이런 말이 촉 땅의 토착 인재들을 망설이게 했다.

그러나 유비가 촉 땅에 들어온 지 벌써 10년이 지났다. 유비 직속 인재도 늙기 시작하여 간부층은 교체 시기에 이르렀다.

제갈공명은 승상부 문을 개방하여 인재 등용에 나섰다. 현지 출신자를 대거 채용했다.

이제까지의 촉한 간부는 '한'만을 사랑하고 '촉'에는 뜨악했었다. 공명이 승상부에서 양성한 인재는 촉 사람이 많았고 그들은 열렬한 애향심을 갖고 있었다.

대지에 뿌리를 내린 정권이어야 비로소 탄탄해진다. 탄탄해지기까지는 다른 일에 손을 댈 수 없다──소용이 예상한 대로였다.

교주에 있으면서 창 밖으로 열대의 햇볕을 바라보며 흰 수염을 쓰다듬고 있던 사섭도 그 점은 알고 있었다. 그는 하루종일 바깥 경치에 멍하니 눈길을 보내고 있는 것처럼 보였지만, 실은 때때로 책상 앞에 앉아서 붓을 잡는 일도 있었다.

짧은 문장을 쓴다.

지령서였다.

촉한이 아무것도 못하는 틈을 노려 익주의 소수 민족 지도자를 부추겼던 것이다.

사천의 남부로부터 운남(雲南)·귀주(貴州)·광서(廣西)에 걸쳐 지금도 소수 민족이 많다. 그들은 장로를 기수(耆帥)라 불렀다. 그 무렵은 옹개가 기수였다.

“촉한의 태수를 죽여 반란을 일으켜라! 만일 반란을 일으키겠다면 얼마든지 군자금을 대주마.”

사섭은 젊었을 때 낙양에 유학한 일이 있다. 그 기간만 빼고서 80 가까운 인생의 거의 모두를 교주에서 보냈다. 소수 민족 속에서 생활했던 것이다. 사씨 가문이 교주에서 살아 온 200년 동안에 아마 소수 민족의 피도 섞였을 것이 틀림없다. 그리하여 핏줄로써, 또 생활면에서 그는 소수 민족을 이해하고 있었다.

기수를 선동하기란 그에게는 아주 쉬운 일이었다.

‘오나라를 위한 일이다.’

지금 사섭은 오나라에 조공을 바치고 있었다. 그러므로, 오왕 손권을 위해 소수 민족을 선동, 촉한을 괴롭힐 수 있다. 그것은 교주에 기반을 두는 사씨를 위해서이기도 했다.

‘제갈공명은 촉한이 안정되면 반드시 남하해 오리라.’

이것은 사섭의 예상이었다.

위나라에 비교해서는 말할 것도 없고 오나라에 비해서도 촉한의 국력은 약했다. 국력을 기르기 위해서는 촉 남부의 개발이 무엇보다 중요하다.

자원이 풍부한데다 인도차이나 반도·미얀마·인도·남양과의 교역도 활발했다. 촉한이 위나라나 오나라와 싸우기 전에 자기 영내의 개발을 꾀하는 것은 당연한 순서이다.

‘이럴 때 그 개발하려는 지방을 앞서서 교란하자.’

노인은 생각했다.

기수인 옹개는 촉한이 임명한 익주태수 정앙(正昻)을 죽이고 반란을 일으켰다. 촉한은 정앙이 살해되자 장예(張裔)를 후임자로 보냈지만, 옹개는 이를 사로잡아 오나라로 보냈다. 이 공적으로 오나라는 옹개를 영창태수(永昌太守)로 임명했다.

이렇게 되면 이미 요원(燎原)의 불길이다.

애당초 촉 남부는 이제까지 성도의 한인 정권에 착취당하고 있었다. 그 원한은 뼈에 사무쳤다. 반항의 깃발이 한번 오르기만 하면 그 뒤는 특별히 부추길 필요도 없었다.

민중은 일제히 봉기했다.

촉한에서 임명된 관리들도 민중측에 붙어 성도에 대해 반기를 들었다. 또 그렇게 하지 않으면 자기들 목숨이 위태로웠다.

장가태수(牂牁太守)인 주포(朱褒)도, 월수(越嶲)의 우두머리 고정(高定)도 모두 반란군에 가담하여 옹개 진영에 들어가 버렸다.

유비가 백제성에서 죽은 바로 뒤의 일이다.

촉한으로서는 이들 반란군을 토벌할 만한 여유가 없었다. 제갈공명은 월수의 영관(靈關)이란 관문을 폐쇄하고 반란이 촉한의 중심부에 파급되지 않도록 하는 것이 고작이었다.

이때의 반란을 방비하느라고 촉한측은 영창(永昌)의 선에서 완강하게 응전했다. 그러나 이 선도 곧 무너졌다. 그 돌파의 힘이 된 것은 소수 민족 지도자인 맹획(孟獲)이었다.

제갈공명은 그런 위기를 외교적인 힘으로 극복했다. 앞서 나온 등지의 활약이 그것이었다.

유비가 죽은 해 촉한은 건흥(建興)이라 개원했다.

그 이듬해인 촉한 건흥 2년, 위나라 황초 5년, 오나라 황무 3년은 별일없이 지났다. 조비는 수군을 이끌고 광릉(廣陵)까지 남하했지만 곧 북쪽으로 철수했다. 광릉은 현재의 양주(揚州)이므로 거의 장강선까지 병사를 진출시켰던 것이다.

그 사이에 촉한과 오의 동맹은 더욱 굳어졌다.

그리하여 제갈공명은 이릉 패전에서 받은 촉나라의 상처를 아물게 하는 한편 민생 안정에 힘을 써 전반적인 국력을 키웠다.

거의 2년에 걸쳐 내실을 다진 뒤 건흥 3년(225) 봄 3월 촉군에 동원령을 내렸다.

"곧 양평관에 가서 조자룡을 불러들여라."

공명은 생각했다.

'역시 등지를 보내 오나라와 손을 잡은 것은 잘한 일이었다.'

동맹을 맺은 오나라가 촉나라를 침략해 올 염려는 거의 없고, 오나라에 대패한 위나라 조비도 한동안은 촉나라로 쳐들어 올 엄두를 내지 못하게 되었다. 이제 공명의 눈은 남쪽으로 돌려지기 시작했다.

'……남만(南蠻)을 쳐서 촉나라의 후환을 없애지 않으면 안 된다.'

남만을 평정한 다음 재력과 군사를 축적하여 중원으로 쳐들어가 위나라를 무찔러 없애고, 한나라 정통을 이은 유선을 참다운 중국 천자의 자리에 앉게 한다.

이것이 제갈공명의 포부이자 사명이었다.

공명은 승상부를 나와 입궐했다.

"남만을 정복하기 위해 신이 군사를 거느리고 직접 출전하겠사옵니다."

공명의 말을 듣고 유선은 당황했다.

"상부! 북쪽의 위나라와 동쪽의 오나라가 우리 촉나라를 넘보고 있는 것을 잊지는 않았겠지요? 승상이 성도에 없다는 말을 들으면 조비와 손권이 반드시 손을 잡고 쳐들어올 것이오."

"그럴 염려는 없사옵니다. 손권은 우리 촉나라를 칠 생각은 조금도 하지 않고 있사옵니다. 설사 육손이 손권을 부추겨 쳐들어온다 해도, 신은 이엄에게 5만 명 군사를 주어 백제성을 지키게 해 두었으므로 결코 침공을 받지는 않을 것이옵니다. ……위나라는 오

나라에 대패를 당한 바로 뒤라, 지금 원정군을 일으킬 기력이 없
사옵니다. 한편 한중에는 관흥과 장포에게 8만의 군사를 주어 요
소요소를 지키게 해 두었으므로 걱정하지 않으셔도 되옵니다.”
공명의 설명에 대해——
“승상, 승상께서 적접 남정(南征)하시는 것은 절대로, 절대로 안
될 일이오!”
이렇게 외치며 앞으로 나서는 문관이 있었다.
간의대부 왕련(王連)이었다.
“불모(不毛)의 나라, 유행성 열병이 심한 땅에 원정하시어 혹시
병이라도 나시면 어떻게 하십니까. 촉나라의 존망을 한몸에 지고
계신 승상께서 군사를 거느리고 토벌을 떠나시는 것은, 너무도 무
모한 일입니다.”
간의대부다운 의견을 말했다.
이 말에 공명은 눈시울이 뜨거워졌지만 눈물을 꾹 참았다.
왕련은 지난 날 유장(劉璋)의 가신이었다. 유비가 촉나라를 침공
했을 때 왕련은 재동성(梓潼城)을 지켜 완강히 저항했으므로 그곳
을 함락시키지 않고 그냥 지나쳤을 정도였다.
이 타국 정권에 가장 지열하게 적의를 품을 만한 인물이다. 그런
자가 눈물을 흘려가며 공명의 몸을 염려해 준 만큼 되었다.
공명은 격해지려는 감정을 누르며 차분히 설명했다.
“왕 대부, 당신은 싸움이 어떤 것인지를 모르오. 옹개와 맹획이
이끄는 남만 군사는 위나라나 오나라 군사보다도 몇 배나 용맹하
오. 여기 있는 여러 장군들 가운데 나보다 더 자세하게 남만의 지
형과 주민들의 성격·관습에 대해 아는 분이 있습니까? 우리 촉나
라 군사가 낯선 땅에서 알지 못하는 군사와 싸우지 않으면 안 되
기 때문에 내가 직접 지휘를 해야 됩니다.”
일찍이 소년 제갈량은 몇 마리의 산양을 이끌고 전란 속에 날이

새고 저무는 중국 전토를 10년 동안이나 유랑했었다. 그 당시 공명은 남만에까지 발을 들여놓았던 것이다.

후주 유선은 공명의 출전을 허락하지 않을 수 없었다. 공명은 그 달 안으로 모든 장수들을 승상부에 모아놓고 다음과 같이 명령을 내렸다.

장완(蔣琬)을 참군에.

비위(費褘)를 장사에.

동궐(董厥)과 번건(樊建)을 연사(掾史)에.

그리고 조운과 위연은 전군을 통솔하는 대장에 임명하고, 그 부장으로 왕평과 장익을 임명했다.

가장 중요한 참모장으로서는 이릉에서 전사한 마량의 아우 마속(馬謖)을 임명했다.

공명은 새로운 세대의 장군들에게 기대를 걸고 그들의 재능을 시험할 속셈이었다.

공명이 마속에게 물었다.

"작전의 근본 방침은?"

마속은 대답했다.

"성을 공략하기보다 마음을 공략할 것. 힘으로 싸우기보다 마음으로 싸울 것."

"바로 그것이다!"

공명은 자기 생각과 똑같다는 듯 끄덕였다.

이제 군세를 끌고 가려는 지방을 막연히 '남만'이라 했지만, 촉 사람들은 그곳을 남중(南中)이라고 불렀다.

남중은 성도에서 멀고 또한 길이 험하다. 가령 오늘 남중의 적을 공격하여 항복을 받더라도 내일이 되면 또 배반할지 모른다.

그래서 쉽게 토벌군을 보내지 못한다는 것을 남중 사람들은 알고 있었다.

"남쪽을 정벌하는 목적은 장기간에 걸친 남중의 안정에 있다. 장기간에 걸친!"

공명은 장기간이라는 말을 반복했다.

장기 안정을 얻어야 비로소 군량이나 자원을 이 지방에 의지할 수가 있다. 그러기 위해서는 힘으로 억누르기만 해서는 안 된다. 심복(心服)시켜야 한다.

"아무튼 2년 동안 놈들은 제멋대로 굴었습니다. 그것을 생각한다면 치가 떨립니다."

마속은 입술을 깨물었다. 제갈공명이 웃으며 되물었다.

"2년 동안 이쪽은 아무것도 하지 못했다는 건가?"

"그렇지 않습니까! 오나라와의 우호를 회복하는 데 온 힘을 기울여 그동안 남중을 돌아볼 겨를이 없었지요."

"겨를이 있건 없건의 문제가 아니다. 하고자 마음만 먹는다면 그러기 위한 시간은 얼마든지 만들어지는 법이다."

"그럴까요?"

마속은 고개를 갸웃했다.

"마음을 공격하는 싸움은 야전이 아니라도 가능하다. 나는 지난 1년 남짓 와룡호에서 낚시질을 하며 싸움 준비를 해왔다."

"어떠한 준비이십니까?"

"적에게는 내부 다툼이 있다는 이야기를 들었나?"

"예. 온갖 부족의 연합체라 여러 가지로 문제가 있는 것 같습니다. 그것이……승상의……."

"내가 내분을 일으켰다고는 말하지 않겠다. 처음부터 내분의 불씨는 있었어. 불이 붙은 것을 조금 부채질하기는 했지만……."

"과연 승상!"

마속은 눈을 빛냈다.

"아냐."

공명은 고개를 가로저었다.

"세상은 이쪽의 속셈대로 순순히 이루어지지는 않아. 이쪽이 불을 부채질하려 해도 그 불에 물을 끼얹는 자도 있지."

"물을 끼얹는다구요? 그들 속에서 말입니까?"

"아냐, 밖에서 작용하는 것이다!"

"누가 물을 끼얹습니까?"

"교주의 늙은이야."

"역시, 그 사섭 말입니까!"

마속은 눈썹을 곤두세웠다.

"아냐, 그 노인은 아니야. 꽤나 고생했지만 그 노인과는 타협했지. 그런데 엉뚱한 녀석이 끼어 들었어."

공명은 희미하게 눈살을 찌푸렸다.

"대체 누구입니까?"

"그러나 지지는 않는다!"

공명은 그 사나이 이름은 말하지 않고 가슴을 젖혔다. 자신에 넘치는 태도였다.

지휘력 조직력 매니지먼트

지휘력 조직력 매니지먼트

□ CEO의 결심은 기업의 운명을 좌우

사물에 결정적 순간이 있다고 한다면 그것을 적시(適時)에 포착할 수 있느냐 없느냐는 CEO 결심에 달렸고, 이것에 실패하면 사원들이 아무리 노력해도 헛일이 된다. 지휘자의 결심이 적절한가 못한가에 달려 있다.

조조는 이런 점에서 단연 두드러진 재능을 발휘했다. 조조가 중원을 제압한 것은 바로 이런 재능 때문이라고 할 수 있다.

경영에 있어서 결심은 CEO 스스로 하는 것으로 외부인은 물론이고 사원들에게 의존하는 것이 허락되지 않는다. 특히 남에게 질질 끌려 본의아닌 결심을 하는 것은 금물이다. 무릇 승패나 성공 여부는 종이 한 장 차이로 가려지는 일이 많으며, 진심으로 결심하지 않으면 이 종이 한 장을 극복하기 힘들다.

"싸워야 할 것과 싸우지 말아야 할 것을 아는 자는 이긴다."

(손자)

'호운(好運)일 때엔 적극 과감히 밀어라. 모든 것이 승리로 이어 진다. 악운일 때엔 소극 신중히 하라. 하는 일이 모두 시원찮다.'

□ 한 사람에게 지휘를

같은 지역에서 일을 시킬 경우 이것을 2명 이상의 사람에게 담당 시키는 일은 경쟁심을 부채질하기 위해 효과적인 것 같지만, 담당자 에게 책임 회피의 생각을 가지게 하고, 또 그 노력을 서로 방해케 하거나 또는 겹치는 부분이 발생하여 오히려 바람직하지 못하다. 그 때문에 야구에선 좌측과 중간에 플라이가 떨어질 경우 어느 쪽인가 손을 들어 담당자를 하나로 하고 있다.

또한 동일 지역에서 동일한 일을 동일 조직으로 실시할 경우, 이 조직을 2명 이상의 사람에게 지휘케 해선 안 되는 것은 야구 감독 이 2명 있을 경우를 생각한다면 명백하다.

과장이 계장을 지휘하고 있는데 부장이 직접 계장에게 명령하는 것도 지휘자가 2명 있는 것이나 다름없다.

유비가 관우·장비 등의 불평불만을 무시하고 또 자기의 지휘권까 시 죽이고서 공명 한 사람에게 모든 지휘권을 맡긴 깃이 촉나라 건 국의 힘이 된 것이다.

"지휘관은 복수(複數)여서는 안 된다. 2명의 우수한 지휘관을 같 은 지휘석에 앉히기보다 1명의 평범한 지휘관에게 모든 것을 맡 기는 편이 훨씬 좋은 성과를 올린다."　　　　(마키아벨리)

"독립 권한을 가진 2명의 지휘관이 동일 전장에 있는 것만큼 불 행한 일은 없다. 한 지휘관 아래 통일하든가 전장을 둘로 나누든 가 해야 한다."　　　　(클라우제비츠)

□ 선수를 잡아라

상대가 있는 일에선 항상 선수를 잡아 자기 페이스대로 밀고 나가는 것이 중요하며 상대 페이스에 끌려 들어가면 꼼짝없이 당한다.

"신전자(善戰者)는 남을 이르게 하되 남에게 이르지 않는다."

(손자)

후한 끝무렵 패권을 놓고 다툰 세력은 결국 선수를 쳐서 상대를 없앤 쪽이 꼭 승리했다. 만일 조상이 방심하지 않고 선수를 써서 사마의를 제거했더라면 중원의 역사는 크게 달라졌을 것이다.

선수 효과를 똑똑히 보여주는 것이 씨름이다. 천하 장사가 때때로 서툰 씨름 솜씨를 보이는 일이 있다. 맞서는 순간 기선을 제압당해 끝내 만회하지 못한다. 이것은 상대가 선수를 잡아 능동적 입장에서 압도하는 탓이며, 이렇게 되면 아무리 천하 장사라도 지고 만다. 역사는 순간적으로 전신경, 전역량을 집중시켜 상대를 자기 페이스에 끌어들여 승기(勝機)를 잡는 것이 절대로 필요한 것이다.

세일즈맨은 고객으로부터 '무엇을 사야 할까요?' 하고 상대에게서 먼저 질문받는다면 낙제이다. 고객이 들어서자마자 간발의 틈도 없이 선수를 쳐 말을 거는 것이 성공의 비결이다. 모든 교섭은 아무래도 먼저 내놓은 안을 중심으로 토의가 진행되고, 결론도 그것과 가까운 것이 되기 쉽다. 잘 준비하고 기선을 제압하여 단도직입적으로 용건을 꺼내지 않으면 안 된다. 우선 상대의 반응을 보아야 하며 망설이다가는 모르는 사이에 상대에게 휘둘려진다. 상대는 충분히 대비하고 행동에 옮기고 있는데 이쪽은 상대의 행동을 보아 급히 준비하게 되므로, 아무래도 한 수가 늦어 응급처치에 급급하고 마침내 패배하고 만다.

"승리는 변화를 예상할 수 있는 자에게 미소짓는다. 변화가 일어나고 나서 비로소 대책을 강구하려고 기다려선 안 된다."

(드웨이)

□예기된 사태 대처법

계획 실행에는 장애가 따르게 마련이다. 장애에는 예기된 것과 예기치 못한 것이 있지만, 우리는 예기된 장애에 당면했을 때에도 곧 잘 당황한다. 이 경우엔 계획을 변경시킬 필요가 없는데 착각을 일으켜 불필요한 대책을 강구하여 오히려 사태가 악화되는 일이 적지 않다. 이상(異狀)사태에 당면했을 때엔 입안(立案)의 기초조건을 떠올려야 하며 이것에 변화가 없는 한 예정대로 실행해야 한다.

"곧장 날아오르는 것은 보금자리로 돌아가는 새 정도이다."

(후루시초프)

'어떤 전제 아래 합리적인 결전(決戰) 지도 방책을 입안하는 것은 반드시 어렵지도 않다. 어려운 것은 전장의 현실에 직면하여 결전 지도에 관한 방책을 시의적절히 수정하고, 또는 변경하여 이것을 실행하고 근본 목적을 이룩하는 일이다.'

'대군은 참담한 손실을 입더라도 그것이 미리 계산된 범위 안에 머물러 있는 한 한사코 작전을 강행해야 한다.'

□곤경 타개의 길

곤경 타개의 길은 두 가지가 있다. 정말로 곤경인가? 하고 다시 한 번 돌아보는 일이다. 또 하나는 타개를 위한 대책을 강구하고 있나를 반성하는 일이다.

정말 곤경에 처했어도 대책을 강구하면 되지만, 우리는 많은 경우 당황해서 우왕좌왕하거나 멍청하게 주눅이 들어 실효있는 대책을 강구하지 못한다. 곤경은 대책 없이 타개될 까닭이 없다. 활로를 찾아서 갖가지 대책을 펴나가야 한다.

바로 이러한 타개법이 「삼국지」에는 무수하게 들어 있다.

'자기에 대한 객관성을 잊지 말라.'

"한번으로 성공하지 못했다면 다시 한 번만 더 해보라. 그리하여

다음에는 무엇인가 다른 것을 생각하라."　　　　　　　　(드러커)

□ 사람 마음을 사로잡는 비결

좋은 인간 관계를 형성하는 키포인트는 서로의 신뢰감이다. 신뢰가 없다면 우정도 애정도 성립되지 않는다. 이 경우 상대가 신뢰할 만하다고 생각되면 전면적인 신뢰감을 나타내야 한다. 섣부른 잔재주를 부리면 오히려 인간 관계가 무너지고 만다.

장무 3년(223) 백제성에서 죽을 때를 깨달은 촉나라 황제 유비 현덕은 성도에서 제갈공명을 불러 뒷일을 부탁했다.

"그대는 천하 영걸이라 일컬어진 위나라 조비보다 열 갑절은 뛰어난 인물이오. 촉나라를 안정시키고 천하통일 대업을 이룩할 힘을 가진 자는 그대뿐이오. 황태자 유선이 보좌할 보람이 있는 사람이라면 아무쪼록 그를 받들어 주시오. 만일 그 그릇이 못된다 생각하면 부디 그대가 대신 제위를 이어주기 바라오."

신뢰 관계로서 이보다 더한 것은 없었다. 공명은 감격한 나머지 눈물을 흘리며 유선을 받들 것을 맹세했던 것이다.

□ 신뢰 관계는 곧 의(義)

관우만큼 중국에서 인기 있는 무인도 없었을 것이다. 관우를 모시는 관제묘(關帝廟)는 중국 곳곳에 있다. 중국뿐 아니라 우리나라에서도 인기가 있었던 것 같다. 서울 숭인동에 1601년에 완성한, 관우에게 제사지내는 동묘(또는 東關王廟)가 지금껏 남아 있다.

당나라 건중(建中) 2년(782) 태공망 여상(呂尙)을 모신 무성왕묘(武成王廟)에 종제(從祭)된 것이 관우가 신으로 모셔진 최초였다고 한다. 한편 민중 사이에선 도교와 결부되어 관노야(關老爺)라고 불리는 재신(財神)이 되었고 불교에도 채택되어 관보살이 되었다.

이런 인기의 원천은 관우가 의사(義士)라고 믿어졌기 때문이었다. 일찍이 중국인은 봉건 윤리 속에서 살았다. 충효는 물론이고 별(別 : 부부 사이, 시집가선 남편을 좇는다), 서(序 : 형제 사이 장유 서열)로서 언제나 일방적 종속이 강요되었다. 하지만 '의'는 다르다. 의는 친구끼리의 윤리이고 신뢰의 기준이었다. 그러므로 민중 사이에선 가장 소중히 여겨졌다.

관우를 '천하 의사'라 맨 처음 칭찬한 것은 바로 조조였다.

황건당의 난부터 16년, 조조와 원소의 천하 쟁탈의 고비가 된 관도(官渡) 싸움의 전야. 유비는 서주의 소패(小沛)라는 작은 성을 겨우 하나 차지하고 있었다. 그때까지 관우·장비에 대해선 정사(正史)에 단 한 줄 '선주를 따르며 주선(周旋)했고 간난(艱難)을 피하지 않았다'고밖에 전해지지 않고 있다. 즉 어디에 가거나 밀착하여 목숨을 바쳐 유비를 지키고 있었던 것이다.

이어 유비는 조조에게 패하여 원소 진영으로 달아났고 관우는 조조의 포로가 되었다. 조조는 관우를 극진히 대접했으나 관우는 끝내 조조 진영에 머물러 있고 싶어하지 않았다. 그것을 눈치챈 조조는 부하 장요를 시켜 관우의 속마음을 떠보게 했다. 관우는 대답했다.

"조공이 나를 후하게 대접함을 너무도 잘 안다. 그렇지만 난 유장군의 두터운 은혜를 입고 죽음을 함께 한다고 맹세했다. 이것은 어길 수 없노라. 다만 공을 세워 조공의 은혜를 갚고 떠날 것을 바라노라."

장요는 그대로 보고했다. 조조는 "참으로 의로다!" 칭찬했다.

그때 군신 관계로선 주군이 신하를 선택할 수 있었지만 신하 또한 주군을 선택했다. 요즘 말로 자유 의사에 의한 계약 관계였다. 관우는 그 계약에 충실했다. '의'는 본디 분별, 도(道)를 말하며 '의사'는 분별있게 바른 길을 행하는 사람을 가리킨다. 조조는 관우를 충의의 인물이라고 칭찬한 것이 아니다. 신하로써 도리를 지키는 분별이 훌륭하다는 데 감동했던 것이다.

□팀워크의 위력

유방이 항우를 무찔러 한왕조를 세우는 데 성공한 것은 그를 리더로 한 장량(張良)·한신(韓信)·소하(蕭何)의 팀플레이가 훌륭한 덕택이었지만, 그로부터 423년 뒤 유비를 리더로 한 제갈공명·관우·장비의 팀은 촉나라 건국에 성공했고 더욱이 그 경과가 비슷하여 매우 흥미롭다. 특히 저마다 다른 특이한 재능을 가진 이들이 팀을 이루고 각자 장점을 발휘하여 서로 결점을 커버하고 조직력을 발휘했다는 데 공통점이 있다. 이 점 우리들에게 귀중한 시사(示唆)를 주고 있지만 자세히 검토해 보면 다음처럼 크게 다른 점도 있다.

①마음의 맺어짐은 유비 팀이 긴밀하다. 유비·공명·관우·장비는 마지막까지 신뢰와 애정으로 맺어져 있었다. 그러나 유방의 경우는 이들과는 달랐다. 장량에겐 다분히 경영 컨설턴트와 같은 점이 있었고 공명만큼 톱에 밀착돼 있지 않았으며 유방은 한신에 대해 줄곧 불신감을 품고 마침내는 그를 죽음에 이르게 했다.

②장량과 공명은 둘 다 위대한 참모로서 크게 공헌하고 있지만 대군을 운용하는 전략면에서는 공명이 한 수 위였다. 공명에겐 소하와 같은 고급 참모역의 협력자가 없었고, 또 그 천재를 발휘할 가장 중요한 때 유비·관우·장비 모두를 잃어 고군분투하지 않으면 안 되었다. 양 팀을 한 마디로 비판하면, 유방 팀은 유능했지만 뒤끝이 깨끗지 못했고, 유비 팀은 능력으로선 약간 뒤지지만 서로의 성실성을 진심으로 신뢰하고 있었으므로 아름다웠다. 세상 사람들이 불운한 유비의 「삼국지」 팀에 갈채하는 것도 이 점 때문이리라.

□상황 판단 수훈

조직을 이끌고 일을 할 경우의 계산은 상황 판단의 형식을 좇아 실시하면 편리하다. 상황 판단은 통솔의 요소이며, 통솔이란 통어(統御)하고 지휘하는 것을 말한다.

통어(컨트롤)는 집단 안의 각 성원에게 모든 능력을 발휘하고 지휘하려는 심정을 일으키게 하는 심리 공작이다. 지휘는 통어에 의해 끓어오르게 하고, 장악한 에너지를 종합하여 집단 전체의 목표에 적시에 집중 지향케 한다. 이를 촉진시켜 효과적으로 활용하는 기술로써 ①상황 판단, ②결심, ③명령, ④감독의 4단계를 밟게 되면 아무리 분주한 상황이라도 자연스럽게 실행할 수 있다.

상황 판단은 '지금 나는 어떻게 하는 것이 가장 좋은가?'를 계속적으로 생각하는 일이며 이것으로써 결심의 자료를 삼는 것이다. 결심과 다른 점은 실행이 따르지 않는 일이다. 이것에 관해 작전법(作戰法)에서는 다음과 같이 말한다.

"지휘관은 그 지휘를 적절하게 하기 위해 쉴새없이 상황을 판단해야 한다. 상황 판단은 임무를 기초로 하여 아군의 상태·적정(敵情)·지형·기상 등 각종 자료를 수집 비교하여 적극적으로 아군측 임무를 달성하는 방책으로 삼는 자료이다."

상황 판단은 주로 참모들이 실시하지만 지휘자도 실시하고 그 사고 과정의 대부분은 컴퓨터에 의존하기도 한다. 상황 판단을 할 경우에는 먼저 목적(임무)을 확인하고 그 뒤에도 이 목적에서 관심을 떼지 않아야 한다.

위기와 찬스는 같은 모습을 하고 있고 같은 상황이라도 어떤 사람은 찬스라고 보고 어떤 사람은 위기라고 보는 일이 있지만, 이렇게 차이가 나는 원인은 목적 인식의 다름에 있다.

□나귀를 메고 돌아온 부자

목적이 확립돼 있지 않으면 다음의 우화처럼 되어 버린다.

아버지와 아들이 나귀를 이끌고 걸어가자 '나귀를 이용할 줄 모른다'고 했으므로 아버지가 탔더니 '어린 아이를 돌볼 줄 모르는

자'라고 했다. 그래서 아들이 타자 '윗사람에 대한 예의를 모른다'
고 비난했다. 그렇다면 공평히…… 하고 부자가 함께 의좋게 탔
더니 이번에는 '동물 학대'라고 비난하는 바람에 마침내 둘이서
나귀를 묶어 어깨에 메고 돌아왔다는 한 토막 이야기가 있다.

결심은 '나는 이렇게 한다' 하고 상황 판단에 의거하여 지휘자가
의사 결정을 하는 것이며, 이는 참모들에게도 컴퓨터에게도 의존할
수 없는 것이다. 결심은 적시에 해야 하며 상황 판단처럼 시시각각
하는 것은 아니다.

□ 오퍼레이션스 리서치(OR)와 결심
어떤 비행기 무리를 미사일로써 조준할 경우를 OR했더니 100발
로 50기, 200발로 87기, 300발로 75기, 400발로 94기, 500발로 97
기를 격추했다고 나왔다.
최후의 100발로써 격추할 수 있는 것은 고작 3기였고 컴퓨터는
'중지' 라고 할 테지만, 마지막 3기가 미사일 100발에 해당되는 전
략적 또는 정신적 효과가 있다면 의사 결정자는 이것을 단행할 결심
을 해야 하며, '상황판단'은 이것에 반대할 권한이 없다.

□ 미군의 상황 판단
현대처럼 조직이 커지고 행동이 복잡화되어 수많은 요건을 긴급히
처리할 필요가 많아지면, 이미 소수자의 영지(英智)에만 의존하여
상황 판단을 하는 일은 불가능해진다. 따라서 위험·피로·분망 등으
로 사고력이 감퇴된 보통 사람이라도 일정한 단계를 밟아 조직적으로
활동함으로써 자연히 타당한 결론에 이를 수 있게끔 상황 판단의 프
로세스를 표준화시킬 필요가 있게 되었다. 사물을 보는 방법, 사고
방식이 다른 외국인과 협동 작업을 할 경우는 특히 그러하다.

이 점에 관해 새로운 해결책을 개발한 것이 미군이다.

많은 이민족의 집합체인 미군에선 일본의 '작전요무령(作戰要務令) 방식'은 처음부터 불가능했으므로 다국군보다 열심히 이 노력을 했다. 그들의 상황 판단 방식은 먼저 일을 분할하여 단순화시키고 조직 안의 각자에게 분담시키며, 저마다 각 부문의 담당자가 정해진 형식을 좇아 작업을 해나가면 자연히 연계가 이루어지고 종합되어 결론에까지 이를 수 있게 되어 있으며, 그 사고 방식으로써 '오퍼레이션스 리서치나 시스템 어낼리시스'를 채용하며 계산을 위해 전산(電算)을 구사하고 있다는 데 그 특징이 있다.

□미군을 개혁한 맥나마라

1960년 12월 미국의 국방장관에 발탁된 포드의 CEO 맥나마라는

"나의 일은 지휘하는 것이고 지금까지의 국방장관처럼 부하의 진언에 대해 판정을 내릴 뿐인 것은 아니다."

주장하고 일의 추진에 있어 다음의 네 가지 방책을 썼다.

"참모를 가지지 못한 국방장관은 지휘할 수가 없다. 할 수 있는 것은 장님 도장 찍기나 부하를 중재하는 일뿐이다."

①참모를 마련하고 미군의 톱 매니지먼트를 확립한다.

그는 PPBS(기획·계획·예산 일괄방식)를 도입함으로써 국방 목적의 확립과 그것을 달성하는 데 필요한 예산 준비까지의 작업을 연속된, 계통있는 것으로 통틀어 취급하기로 하고[참모본부와 육군성의 기획 기능의 합병], 육해공군의 그것을 합쳐 스스로의 참모진을 구성함으로써 국방장관의 톱 매니지먼트를 확립함과 함께 육해공군의 할거 상극 상태를 타파하여 군 조직의 효율화를 꾀했다.

②상황 판단의 방식을 다음과 같이 합리화시킨다.

(ㄱ) 목적을 정확히 분석하여 인식한다.

(ㄴ) 목적을 달성하기 위한 수단은 단 하나밖에 없다.

이같은 사고방식을 배제하고 제1안 외에도 몇 개의 대체안을 준비하여 그 이해·유효도(有效度)를 철저히 검토한다.

③종합적으로 보아 균형이 잡혀 있지 않은 기획은 배격한다.

④현실 세계가 불확실성이 지배하는 장(場)임을 인식하고 이것에 대응할 수 있도록 프리핸드(선택의 자유)를 갖는다.

'참모진이 1안밖에 제공 않는 것은 톱에게 장님 도장찍기를 강요하는 것이며, 몇 개 안을 제공하여 순위와 이해를 부기(附記)하지 않는 것은 부질없이 톱의 두뇌를 괴롭히는 것이다.'

⑤시스템 어낼리시스를 도입한다.

많은 정보를 모으고 전산을 활용하여 감정이 제외된 냉철한 분석을 함과 동시에 문제를 많은 일에 관련을 가지는 계통있는 것으로 종합 판단하여 방대·복잡하고 더욱이 긴급을 요하는 군의 상황판단을 계산화하여 그 결과를 알기 쉽게 표현한다.

⑥작전실을 정비한다.

□시스템 어낼리시스

시스템 어낼리시스하면 먼저 머리에 떠오르는 것은 난해한 수학적 수법이나 전산이고, 사실 그것들이 주역임은 틀림없다. 그러나 시스템 어낼리시스를 살리기 위해 가장 중요한 역할을 담당하는 것은 그것들이 아니라 문제 고찰의 태도와 컴퓨터가 출력(出力)한 것에 대한 평가 능력, 즉 목적을 정확히 파악하여 이것을 달성하는 방법을 연구하고 목적과 비용의 관계를 고려함과 더불어 그 가치 판단을 하는 능력이다.

시스템 어낼리시스는 어디까지나 적정(適正)한 판단을 하기 위한 보조 수단이며 판단 그 자체는 아니다. 따라서 뛰어난 직관적 판단을 배격하는 것은 결코 아니며 오히려 이것을 살리도록 뒷받침하고 촉진하는 것이다.

고산(高山)

서울출생. 성균관대학교국문학과졸업. 성균관대학교대학원비교문화학전공졸업. 소설 〈청계천〉으로 〈자유문학〉 등단. 1956년~현재 동서문화사 발행인. 1977~87년 동인문학상운영위집행위원장. 1996년 〈파스칼세계대백과사전〉 편찬주간. 지은책 〈얼어붙은 장진호〉〈한국출판100년을 찾아서〉〈망석중이들 잠꼬대〉〈한국인〉新文館 崔南善·講談社 野間清治〈愛國作法〉 한국출판학술상수상 한국출판문화상수상

그림/이우경 정준용 카츠시카 정웬 류성잔 스셍첸

1956

高山 大三國志
6 황제여 백성이여
고산 고정일 지음
1판 발행 /2008년 8월 8일
발행인 고정일
발행처 동서문화사
창업 1956. 12. 12. 등록 16-345(윤)
서울강남구신사동 540-22 ☎ 546-0331~6 (FAX) 545-0331
www.epascal.co.kr
잘못 만들어진 책은 바꾸어 드립니다.
*
이 책의 출판권은 동서문화사가 소유합니다.
의장권 제호권 편집권은 저작권 법에 의해 보호를 받는 출판물이므로 무단전재와 무단복제를 금합니다.
사업자등록번호 211-87-75330
ISBN 978-89-497-0469-2 04820
ISBN 978-89-497-0463-0 (세트)